Uma estrela me disse

CB025534

Minnie Darke

Uma estrela me disse

Tradução: Fal Azevedo

GLOBOLIVROS

Copyright © 2019 Editora Globo S.A. para a presente edição
Copyright © 2019 Danielle Wood Pyt Ltd

Todos os direitos reservados. Nenhuma parte desta edição pode ser utilizada ou reproduzida — em qualquer meio ou forma, seja mecânico ou eletrônico, fotocópia, gravação etc. — nem apropriada ou estocada em sistema de banco de dados sem a expressa autorização da editora.

Texto fixado conforme as regras do Acordo Ortográfico da Língua Portuguesa (Decreto Legislativo no 54, de 1995).

Título original: *Star-Crossed*

Editora responsável: Amanda Orlando
Assistente editorial: Samuel Lima
Preparação de texto: Denise Schittine
Revisão: Rebeca Michelotti, Julia Barreto e Suelen Lopes
Diagramação: Equatorium Design
Capa: Estúdio Insólito

1ª edição, 2019

CIP-BRASIL. CATALOGAÇÃO NA PUBLICAÇÃO
SINDICATO NACIONAL DOS EDITORES DE LIVROS, RJ

D233e

    Darke, Minnie
        Uma estrela me disse / Minnie Darke ; tradução Fal Azevedo. - 1. ed. - Rio de Janeiro : Globo Livros, 2019.
        392 p.

        Tradução de: Star-Crossed
        ISBN 978-85-2506-757-9

        1. Ficção australiana. I. Azevedo, Fal. II. Título.

19-56416
        CDD: 828.99343
        CDU: 82-3(94)

Vanessa Mafra Xavier Salgado - Bibliotecária - CRB-7/6644
08/04/2019 10/04/2019

Direitos exclusivos de edição em língua portuguesa para o Brasil adquiridos por Editora Globo S.A.
Rua Marquês de Pombal, 25 — 20230-240 — Rio de Janeiro — RJ
www.globolivros.com.br

Para meu escorpiano favorito: P. T.

As estrelas são os vértices de tantos maravilhosos triângulos!
Que seres diferentes e distantes, nas várias
mansões do Universo, estão contemplando a mesma
estrela ao mesmo tempo!

HENRY DAVID THOREAU

A astrologia é como a gravidade. Você não precisa
acreditar nela para que ela esteja em ação na sua vida.

ZOLAR'S STARMATES

Nenhuma força na Terra, nem o amor nem o ódio,
se iguala à força do desejo de mexer no rascunho de alguém.

H. G. WELLS

AQUÁRIO

♒

Nicholas Jordan não nasceu sob um céu estrelado, mas no Hospital Edenvale — um edifício modesto de tijolos vermelhos na periferia de uma cidade que tinha quatro pubs, nenhum banco, uma piscina, seis clubes e sofria, a cada verão, um amargamente odiado racionamento de água. O hospital era cercado por moitas de buganvílias cor-de-rosa e retângulos de grama sedenta e, no momento do nascimento do pequeno Nick, o céu acima do telhado de zinco quente tinha o azul escaldante de um meio-dia de fevereiro no hemisfério sul.

Mas, ainda assim, as estrelas *estavam* lá. Lá em cima, depois do calor sem nuvens da troposfera, além da camada de ozônio da estratosfera, além da mesosfera e da termosfera, da ionosfera, da exosfera e da magnetosfera, estavam as estrelas. Milhões delas, traçando um padrão na escuridão e orbitando em uma configuração precisa, que seria para sempre impressa na alma de Nicholas Jordan.

Joanna Jordan — Áries, proprietária e gerente do salão de cabeleireiro Uppercut em Edenvale, atacante assustadoramente habilidosa do time de *netbol* de Edenvale Stars e duas vezes Miss Edenvale — não pensou sobre as estrelas nas horas que se seguiram ao nascimento de seu filho. Enlevada e desgrenhada na única sala de parto do hospital, ela só examinou o rosto do pequeno Nick e identificou influências de natureza mais terrestre.

— Ele tem o seu nariz — murmurou ela para o marido.

E ela estava completamente certa. Seu bebê tinha uma perfeita réplica em miniatura do nariz que ela conhecia e amava no rosto de Mark Jordan — Touro, um vigoroso ex-zagueiro de futebol australiano, agora consultor financeiro, amante de *cheesecake* e grande admirador de mulheres de pernas longas.

— Mas as *suas* orelhas — disse Mark, achando de repente que suas mãos eram gigantescamente desproporcionais ao acariciar um tufo de cabelo negro que cobria a cabeça recém-nascida de Nick.

E assim, Joanna e Mark examinaram seu filho e atribuíram seus dedos dos pés e das mãos, suas bochechas e sua testa a várias origens. Os novos pais encontraram ecos do irmão de Mark no amplo espaço entre os olhos do bebê e uma insinuação da mãe de Joanna em seus lábios grossos e expressivos.

Em lugar algum, entretanto, eles encontraram, ou mesmo pensaram em procurar, as impressões digitais de Beta de Aquário, uma supergigante amarela que queima a aproximadamente 537 anos-luz da Terra. Ou o toque mais difuso da Nebulosa de Helix, ou na verdade de qualquer outro corpo celeste que compõe a grande constelação de Aquário, sob cujos auspícios o Sol estava abrigado no momento do nascimento de seu bebê.

Um astrólogo, olhando para as marcas do destino tal como apresentadas no mapa natal do pequeno Nick, poderia ter sido capaz de, no dia de seu nascimento, dizer que aquele bebê cresceria para ser original, talvez até um tanto excêntrico, criativo e carinhoso, mas com um traço competitivo tão acentuado que seus irmãos iriam preferir comer couve-de-bruxelas a jogar Banco Imobiliário com ele. Nick ia adorar festas a fantasia e teria o hábito de trazer para casa todos os cães famintos ou gatos pulguentos que cruzassem seu caminho.

Esse mesmo astrólogo poderia ter se permitido abrir um sorriso carinhoso ao prever que o menino, da adolescência em diante, acreditaria plenamente no poder das estrelas. Nick ia gostar de ser de Aquário — um signo que ele associaria com inovação e originalidade, bem como ao verão, aos festivais de música e a jovens hippies fogosos, cheirando a sexo e patchuli.

No dia do nascimento de Nick, entretanto, não havia nenhum astrólogo por perto, e a única pessoa que fez uma previsão astrológica sobre o pequeno Nick foi Mandy Carmichael, amiga de Joanna Jordan. Mandy — Gêmeos, seu rosto, com lindas covinhas, a atração das previsões do tempo da estação de TV regional, radiante com seu recente casamento, fanática pelo ABBA — surgiu no hospital como uma fada madrinha, vinda direto do trabalho. Seu rosto ainda estava coberto por uma camada grossa de base, e ela oscilava sobre os saltos altos, tentando equilibrar nos braços um enorme urso de pelúcia azul e um buquê de crisântemos comprado no supermercado. Logo o urso de pelúcia estava reclinado em uma cadeira, os crisântemos em um vaso e Mandy descalça ao lado da cama, embalando com imenso cuidado o primogênito da amiga.

— Um pequeno aquariano, hum? — disse ela, seus olhos marejando.

— Não espere que ele seja como você e Mark, está bem, Jojo? Aquarianos são diferentes. Não são, pequeno?

— Bem, é bom que ele goste de esportes — comentou Jo suavemente. — Mark já comprou uma raquete de tênis para ele.

— E é por isso que ele provavelmente será um artista. Ou um dançarino. Não é, tesouro?

Mandy encostou o dedo na estrela central da palma da mão do pequeno Nick e por um momento ficou estranhamente muda.

Então ela disse:

— Ele é lindo, Jo. Simplesmente lindo.

Quando Mandy saiu do hospital, o sol já havia se posto, trazendo uma brisa tão suave e fresca quanto a melancolia que havia se abatido sobre ela enquanto caminhava sobre a grama afiada — carregando os sapatos na mão — até o estacionamento. O céu ocidental era de um azul esfumaçado, entrecortado por linhas cor-de-rosa de nuvens baixas, mas, a leste, algumas estrelas mais ansiosas já haviam surgido na escuridão crescente. Mandy sentou-se diante do volante de seu carro e olhou para aquelas estrelas por um bom tempo. Ela ainda sentia o aroma de bebê.

Na sexta-feira seguinte, em Curlew Court — uma ruazinha sem saída em uma parte nova de Edenvale, com calçadas de concreto e casas térreas com telhados metálicos Colorbond, gramados bem cuidados e mudas de eucalipto em proteções de plástico —, Drew Carmichael se deixou cair de costas e disse:

— Uau.

Ao seu lado, sobre o pula-pula de seu vizinho, havia uma garrafa vazia de Baileys Irish Cream, dois copos de licor usados e sua sorridente, suada e seminua esposa. Drew — Libra, consultor agrário, entusiasta amador de aviação, fã do Pink Floyd e um esplêndido guitarrista de guitarra imaginária em frente ao espelho do quarto — chegara em casa havia menos de uma hora, de uma viagem a negócios de duas semanas, e agora tinha a sensação de ter sido completa e deliberadamente usado. Drenado de sua essência, até. Por sorte, os vizinhos estavam de férias em Gold Coast.

— Mmmm — disse Mandy, sorrindo para o céu estrelado.

Drew se apoiou em um cotovelo e olhou para sua mulher. Ele podia ver a sombra da covinha em sua bochecha esquerda e sentir o aroma de travessura de sua pele molhada.

— O que foi isso? — perguntou ele, colocando a mão sobre a maciez pálida da barriga exposta de Mandy. — Hein?

— Ei — disse ela, repelindo com um tapa a mão dele, mas exibindo um grande sorriso —, sou uma mulher casada. Não toque na mercadoria.

Ele fez cócegas nela, que riu.

— O que você está fazendo?

— Fazendo? — indagou ela. — Fazendo? Eu... estou olhando as estrelas.

Um pouco bêbado e muito feliz, Drew cruzou os braços atrás da cabeça e acompanhou o olhar da mulher, para o espaço.

Naquela noite de fevereiro, os Carmichael puseram em movimento a existência de uma garotinha, que nasceria nas primeiras horas de uma manhã de novembro, sob o signo de Sagitário. Ela chegaria, pequena e perfeita, com a cabeça coberta por uma versão mais rala do cabelo castanho-claro que um dia cairia em cachos em volta de seu rosto. Seus olhos teriam a cor da avelã, seu queixo seria pontudo e seus lábios — como os da mãe — formariam um arco pronunciado. Suas sobrancelhas escuras — como as do pai — seriam retas, quase severas.

Um astrólogo poderia ter previsto que aquele bebê cresceria para ser uma pessoa muito direta; brincalhona, mas um pouco perfeccionista. Ela ia adorar palavras, participaria de um torneio de soletração na TV aos nove anos (que venceria) e normalmente andaria com uma caneta presa atrás da orelha. Sua mesa de cabeceira iria sempre ranger sob o peso de livros (lidos, meio lidos, a ler), e haveria uma boa chance de que, oculto nessa pilha de livros, fosse possível encontrar um catálogo da Ikea ou da Howard's

Storage World, já que o vício secreto dessa garota seria, para sempre, organização de armários. Sua memória seria impecável, como um arquivo brilhante de aço inoxidável, e mesmo suas mensagens de texto teriam sempre formatação e pontuação perfeitas.

Também se poderia prever com precisão, para o triste balançar de cabeça do astrólogo, que essa criança cresceria para ter pouca consideração pelas estrelas. Para ser franco, ela ia considerar horóscopos um monte de bobagens implausíveis.

— Justine — murmurou Mandy, quase que para si mesma.

— O quê? — perguntou Drew.

— Jus-tine — disse Mandy, mais claramente. — Você gosta do nome?

— Quem é Justine? — perguntou Drew, espantado.

"Você vai saber", pensou Mandy. "Você logo vai saber."

PEIXES

♓

O TEMPO PASSOU. Luas orbitaram planetas. Planetas deram voltas em torno das estrelas mais brilhantes. Galáxias giraram. E, com o passar dos anos, mais e mais satélites se juntaram à dança. Então um dia, como que por mágica, lá estava ela: Justine Carmichael aos vinte e seis anos, abrindo passagem por uma rua arborizada de subúrbio, levando uma bandeja instável cheia de copos de café para viagem, em uma manhã de sexta-feira de março. Ela usava um vestido de bolinhas verdes e brancas esvoaçante, e seus tênis quase brancos alternavam entre a luz e a sombra do pavimento manchado enquanto caminhava.

Aquela rua — localizada umas duas horas a leste de Edenvale — era a Rennie Street, uma das principais artérias do subúrbio chique chamado Alexandria Park. Era um bairro de mansões imponentes, conjuntos de apartamentos art déco, floriculturas finas e cafés, o tipo de lugar onde era fácil encontrar um café vienense servido em copo alto com uma longa colher, e onde os pet shops se especializavam em cortes para malteses e West Highland terriers. O destino de Justine era a sede do *Alexandria Park Star*, seu local de trabalho. Oficialmente, o nome de seu cargo era "assistente de copidesque", apesar de o editor — que era dado a floreios verbais que não lembravam em nada o laconismo incisivo de seu texto — gostar de se referir a ela como "nossa querida e amada aia da escrita". Se ele fosse escrever sobre Justine, possivelmente a chamaria de "contínua".

A sede da revista *Star* ficava em uma elegante casa de madeira convertida em escritório, um pouco afastada da rua. Ao virar e seguir sem parar através do portão aberto, Justine passou sob um dos monumentos mais controversos de Alexandria Park — a estrela. Tão feia quanto imperdível, era uma escultura em mosaico, do tamanho de uma roda de trator, que ficava pendurada, alta e brilhante, em um suporte acima da calçada. Para uma estrela, a peça era gorda demais e tinha excesso de curvas, e suas cinco pontas não-exatamente-simétricas eram grosseiramente cobertas de ladrilhos amarelos e de cacos de um jogo de chá decorado com rosas amarelas.

Trinta anos antes, ao ser instalada ali, a estrela foi apelidada pelos vizinhos de "perigo amarelo", e eles tentaram todas as manobras possíveis com as regras do código de obras municipal para que fosse removida.

Naquele tempo, a maioria dos moradores de Alexandria Park considerava a revista *Star* um fanzine amador e marginal e seu jovem editor, Jeremy Byrne, um desprezível degenerado cabeludo. Eles sustentavam fortemente a opinião de que o devasso primogênito de Winifred Byrne não tinha nenhum direito de instalar um pasquim que só servia para embrulhar peixe no elegante endereço de sua falecida mãe, na Rennie Street.

Mas Alexandria Park aprendeu a conviver tanto com a publicação quanto com seu espalhafatoso símbolo na fachada, e agora a *Star* era uma brilhante e respeitada revista de atualidades, esportes e arte. Cada nova edição mensal era lida não apenas em Alexandria Park, mas por toda a cidade, até nos subúrbios do lado oposto. E, apesar do trabalho de Justine estar, hierarquicamente, em algum lugar abaixo do degrau mais baixo da pirâmide, muitos outros jovens brilhantes graduados em jornalismo considerariam seriamente a possibilidade de atropelá-la para tomar seu lugar.

No seu primeiro dia no novo emprego, Justine tinha feito um tour pelo prédio, acompanhada pelo próprio Jeremy Byrne, não mais cabeludo, na verdade bastante careca, e naqueles dias já muito mais um aristocrata do que um hippie pacifista. Ele a tinha feito ficar parada sob aquela estrela amarela de proporções insanas.

— Quero que você pense nela como um talismã, um símbolo dos princípios do jornalismo destemido e apartidário sob os quais nossa pequena e corajosa publicação foi fundada — havia dito ele, e Justine tentara não achar estranho e vergonhoso quando ele falou sobre os "raios de inspiração" da estrela e até imitado com os braços o movimento da luz descendo sobre a cabeça dela.

A revista *Star* era um ótimo lugar para trabalhar, exatamente como seu editor tinha prometido. A equipe era dedicada, mas também se divertia. As festas de Natal eram banquetes dionisíacos, com todo tipo de comida, e a qualidade dos textos na revista era alta. O problema de Justine era que a revista *Star* era um lugar tão bom para se trabalhar que nenhum dos jornalistas jamais se demitia. Havia atualmente três redatores na sede, e um em Canberra, e todos estavam no mesmo emprego havia uma década ou mais. O assistente anterior a Justine tinha passado três anos como "aia da escrita" antes de desistir e aceitar um emprego em relações públicas.

Naquele dia em que Justine, corada, tinha ficado em pé sob a estrela com Jeremy Byrne, estava convencida de que seu predecessor já tinha cumprido a espera no lugar dela. Com certeza, um trabalho de verdade estava a caminho. Mas dois anos tinham se passado sem nenhum sinal de promoção, e Justine estava começando a pensar que sua primeira matéria na *Star* não viria antes de alguém da equipe atual morrer de velhice.

Justine se apressou pelo corredor lilás, arrumando a pilha de copos de isopor para liberar uma das mãos e pegar o monte de correspondência no chão do pátio. No alto do pequeno lance de escada, ela abriu a porta com o quadril. Antes mesmo de a porta se fechar, uma voz doce a alcançou, vinda do saguão.

— Justine? É você?

A voz pertencia a Barbel Weiss, a gerente de publicidade, que havia transformado uma das lindas salas frontais envidraçadas da redação da revista *Star* em um espaço tão bem cuidado e feminino quanto ela. Quando Justine entrou no escritório, Barbel — vestindo um terninho rosa-escuro, os cabelos loiros retorcidos em um penteado que parecia pertencer à vitrine de uma confeitaria alemã — não se levantou, apenas agitou no ar um folheto.

— Querida, leve isso até o departamento de arte, por favor? Diga a eles que a fonte que quero para o anúncio da Brassington é essa. Aqui, está circulada.

— Claro — disse Justine, seguindo com dificuldade até a lateral da mesa, para que Barbel pudesse colocar o folheto sobre a pilha em suas mãos.

— Oh — disse Barbel, percebendo o arsenal de copos de café nas mãos de Justine e franzindo muito levemente a testa —, você está vindo do Rafaello's. Mas você não se importa em voltar lá, não é? Eu tenho um cliente em vinte minutos e pensei que seria bom servir *macarons*. De... framboesa. Obrigada, Justine. Você é um anjo.

A sala do outro lado do saguão pertencia ao editor, mas era completamente diferente da de Barbel. Lembrava, na verdade, a sala de estar de um acumulador compulsivo, com pilhas de revistas estrangeiras espalhadas pelo chão e estantes lotadas de compêndios de Direito, biografias de políticos, edições do *Almanaque Wisden** e livros sobre crimes reais. Jeremy, vestindo uma camisa quase social, mas que de alguma forma ainda lembrava uma saída de praia, estava falando ao telefone.

Quando Justine entrou para entregar o *chai* com leite de soja, ele levantou a mão aberta para ela, de uma forma que queria dizer *volte em cinco minutos*. Justine sorriu e assentiu.

A próxima sala, descendo o corredor, era ocupada pelos redatores. Ao som dos passos de Justine, Roma Sharples desviou o olhar do computador e a observou por cima da armação azul-celeste de seus óculos. Famosa por ser intratável e arrogante, ela devia ter quase setenta anos, mas não dava qualquer sinal de querer se aposentar.

— Obrigada — disse Roma, aceitando seu café grande. Ela arrancou um Post-it de seu bloco de notas e deu para Justine. — Dê isso para o Radoslaw e diga a ele que temos de estar lá às onze em ponto. Ah, Justine? Traga o carro aqui para a frente, por favor, sim?

Justine deixou um café com leite claro na estação de trabalho vazia ao lado da de Roma. Aquela mesa pertencia a Jenna Rae, que supostamente estava fora fazendo uma matéria e que — com menos de quarenta anos de idade — não representava quase nenhuma esperança para Justine.

O especialista em esportes da revista *Star* era Martin Oliver, que, com mais de cinquenta anos e dados seus vícios, era provavelmente a melhor esperança para Justine. Martin estava ao telefone e exalava seu fedor habitual

---

* Livro de referência britânico publicado anualmente há mais de 150 anos com todas as estatísticas do críquete naquele ano. (N.T.)

de álcool e nicotina quando Justine deu a ele seu *cappuccino* duplo com muito açúcar de sempre. Ele tocou no ombro dela. No bloco sobre a mesa, escreveu *Papel preso na copiadora*. E depois, *Computador não imprime* PDFs. *De novo. Chame a Anwen!*.

— Sim, claro, nossos técnicos de críquete são uns idiotas. Não sabem a diferença entre um grande arremessador e um arremessador grande — disse ele ao telefone, enquanto sublinhava a expressão *de novo* com força, criando um profundo sulco no papel. Justine pegou a caneta e desenhou uma carinha feliz sob a mensagem.

Continuando pelo corredor ficava um escritório estreito que, um dia, talvez tivesse sido um armário. Atrás da mesa se sentava Natsue Kobayashi, a gerente de colaboradores. Natsue havia sido abençoada com um extraordinário talento para se vestir e com uma aparência que desafiava os anos, fazendo com que as pessoas ficassem surpresas quando descobriam que ela tinha idade o suficiente para ter três netos. Todos os dias almoçava em exatamente 45 minutos e passava o resto do tempo de intervalo tricotando peças com fios especiais — merino, alpaca, *possum*, camelo — para esses amados netos, que viviam na Suécia. Natsue também tinha uma habilidade sobrenatural para realizar várias tarefas ao mesmo tempo.

Sem parar de transcrever a carta que estava pendurada no suporte de documentos ao lado da tela de seu computador, ela disse:

— Bom dia, Justine. Ah, seu vestido! Que lindo! *Kawaii!**

O vestido era genuinamente *vintage* — tinha pertencido à avó de Justine.

— Leite puro — anunciou.

— Muito agradecida. Vejo que você trouxe a correspondência. Se possível, gostaria de receber as minhas logo que você acabar de separar — disse Natsue, sem parar de digitar.

— Claro — respondeu Justine.

Ela encontrou a sala de arte milagrosamente vazia de pessoas que pudessem acrescentar mais alguma coisa à sua lista de tarefas, então deixou

---

* Palavra japonesa que se refere ao estilo "fofinho" de alguns animes e mangás. (N.T.)

um bilhete rápido para os designers com o folheto de Barbel e conseguiu escapar. Do outro lado do corredor, no departamento de TI, a técnica de informática residente da *Star*, Anwen Corbett, parecia dormir.

Anwen era parcialmente noturna, muitas vezes ficava no escritório tarde da noite para mexer nos computadores quando ninguém precisava deles. Agora sua cabeça coberta de *dreadlocks*, tendo um grosso manual de informática como travesseiro, descansava sobre uma mesa que era, na maior parte de sua superfície, a imagem de um desastre desordenado de cabos, placas de circuito integrado e bonequinhos de *Guerra nas estrelas*.

— Anwen — chamou Justine. — An!

Anwen levantou a cabeça rapidamente, mas seus olhos permaneceram fechados.

— Sim, sim. Tudo bem. Estou aqui.

— O computador de Martin não está imprimindo os PDFs de novo. Ele pediu para você olhar — informou Justine.

Anwen deixou a cabeça cair novamente sobre seu travesseiro improvisado e gemeu.

— Diz para ele que é um problema na PAT.

PAT era a sigla favorita de Anwen. Pessoinha Atrás do Teclado.

— Eu trouxe café — replicou Justine, em um tom de adulação.

— Trouxe? — perguntou Anwen, piscando os olhos inchados.

— *Macchiato* grande. Disponível na minha mesa assim que você tiver olhado o computador de Martin.

— Isso é muito cruel.

Justine sorriu.

— Mas eficiente.

Seguindo pelo corredor, o departamento de fotografia era a próxima parada.

Justine encostou no batente da porta e disse:

— Bom dia, Radoslaw. Roma disse para avisar que ela precisa de você para um trabalho às onze. Aqui está o endereço.

Como um lutador peso-mosca, o fotógrafo da *Star*, vestindo uma camisa de mangas curtas abotoada até em cima, com a barba preta bem cuidada, deu um pulo de trás de seu imenso monitor, uma lata de Red Bull na mão.

Justine deu uma olhada para a lata de lixo, onde já havia duas latas azuis e brancas vazias.

Era por causa do estilo de direção de Radoslaw, Justine sabia, que Roma tinha pedido que ela trouxesse o carro da empresa para a frente da casa. Graças a ele, os dois lados do Camry estavam arranhados, e tinta automotiva branca podia ser vista em vários pontos da cerca na passagem para a garagem nos fundos. Ainda assim, Radoslaw sempre insistia em dirigir para os trabalhos. Nem Roma fora capaz de convencê-lo do contrário.

— Bem, você pode dizer a Roma para ela ir se foder. — Ele não se preocupou em baixar o tom de voz. — Eu tenho um trabalho na pista de corrida com Martin esta manhã. Será que esses merdas não podem se falar? Puta que pariu. Eles trabalham na mesma porra de sala. Merda.

E já que essa era a forma normal de Radoslaw responder a uma mensagem, talvez fosse muita sorte ele nunca ter tirado uma foto ruim na vida.

Justine afinal conseguiu chegar à sua mesa, localizada em um puxadinho nos fundos da velha casa. As paredes da sala eram desalinhadas e tinham sido grosseiramente pintadas. Encostada a uma dessas paredes estava a bicicleta que Martin Oliver usara pela última vez havia provavelmente uns sete meses, também a última vez que ele sentira alguma vontade de se exercitar na hora do almoço, em vez de ir para o Strumpet & Pickle, seu bar preferido. Do meio das rodas emergiu um focinho de pelos brancos encardidos, e depois olhos marrom-escuros lacrimejantes. Eles pertenciam a um pequeno e desgrenhado maltês, que arrastava uma guia de oncinha.

— Falafel — disse ela. — O que você está fazendo aqui?

O cachorro apenas abanou o rabo, mas a resposta à pergunta de Justine estava sobre sua mesa, na forma de um bilhete da diretora de arte da *Star*. Com sua mão excessivamente confiante, Glyn tinha escrito: *Será que você pode levar F. para o banho e tosa? É às dez horas. Eles vão ter um troço se ele se atrasar de novo. Obrigada! G.*

Falafel correu até os tornozelos de Justine e latiu para ela, impaciente.

— Nem começa — disse ela para o cãozinho.

Justine parou por alguns segundos, respirando fundo várias vezes. Era inútil se sentir sobrecarregada, disse a si mesma. Quando todo mundo quer tudo na hora, você tem simplesmente que priorizar coisas. Ela raciocinou que, mesmo que Jeremy tivesse pedido para ela voltar em cinco minutos, mesmo ele sendo seu chefe, ele também era um incurável ficcionista do tempo. No mundo de Jeremy, cinco minutos podiam significar qualquer coisa entre dez minutos e seis horas. Assim, ela ia separar a correspondência, entregar pelo menos as cartas destinadas a Natsue, correr de volta ao Rafaello's para comprar os *macarons* de Barbel e voltar pelo caminho do pet shop, onde deixaria Falafel. Daí, ela ia destravar a copiadora, trazer o Camry para a frente e então começar uma briga entre Martine e Roma, passando a eles o espírito, ainda que não com as mesmas palavras, do recado de Radoslaw para Roma. Daí ela...

— Justi-*ne*!

Merda.

Era Jeremy, sua voz ecoando alegremente pelo corredor.

— Fique bonzinho — disse ela para Falafel. — *Bonzinho.*

Logo antes de entrar na sala de Jeremy, Justine parou para desamassar o vestido. *Profissional, competente, serena,* disse a si mesma antes de entrar.

— Querida! — disse Jeremy. Ele sorriu, e veias saltadas surgiram através de suas bochechas e seu nariz. — Sente-se, sente-se.

Jeremy gostava muito do papel de *chefe da família,* e Justine sabia que ele acreditava ser sua responsabilidade, como editor e seu autonomeado mentor, achar tempo para pequenas conversas de acompanhamento. Ele gostava de contar a ela memórias de guerra, de seu perigoso e glorioso passado, e de discursar sobre temas como ética, processos legais, jurisprudência e os mecanismos delicados do sistema parlamentar inglês.

— Querida — disse ele, se inclinando para a frente, preparando-se para introduzir o tópico aleatoriamente escolhido de hoje —, o que você sabe sobre a separação de Poderes?

— Bem... — começou Justine, e esse foi um erro. Em uma conversa com Jeremy, era sempre idiota começar a frase com uma palavra que desse abertura ao interlocutor.

— Nós devemos ao iluminismo francês — interrompeu ele — o conceito de separação de Poderes, que prega que os três eixos do governo: o Executivo, o Legislativo e o Judiciário...

E então Justine ficou ali sentada na frente de Jeremy por um bom tempo, ouvindo o monólogo. Com as mãos sobre o colo salpicado de bolinhas, ela tentava dar a impressão de estar realmente ouvindo com atenção e aprendendo. E não de estar pensando em *macarons*, na largura da entrada da garagem, no problema de impressão de Martin e se Falafel tinha ou não comido seu almoço, deixado desprotegido perto de sua mesa.

Afinal, o telefone de Jeremy tocou, e ele atendeu.

— Harvey! — exclamou ele — Só um segundo, velho. — Ele pôs a mão sobre o fone e olhou para Justine com um sorriso tristonho. — Continuamos depois.

Dispensada, Justine voltou ao saguão. Imediatamente, pelo barulho, ela sabia que Radoslaw não tinha esperado que ela transmitisse seu recado a Roma.

Martin também estava berrando:

— Jus-*tine*! Eu preciso imprimir uma coisa! Este ano!

Justine olhou para seu relógio. Falafel já estava atrasado para a tosa.

Barbel estava inclinada junto à porta de sua sala, sua linda testa franzida de ansiedade.

— Onde estão meus *macarons*? — perguntou ela, mas tudo que Justine podia oferecer era um sorriso amarelo.

Este seria um dia e tanto.

♓

Quando Justine terminou seu trabalho naquela tarde, eram seis e meia. Seu cabelo descia reto em volta do rosto, sua pele parecia cinzenta e — graças à impressora com defeito — havia manchas de tinta em seu vestido. Ela também estava faminta, pois apesar de Falafel não ter exatamente comido seu *wrap* de frango com curry, ele tinha brincado com a embalagem o suficiente para torná-lo intragável, e ela não tivera tempo para ir buscar outra coisa para almoçar.

Passando sob a estrela em mosaico no portão, ela olhou para cima, ressentida.

— Raios de inspiração — resmungou, e saiu para a Rennie Street.

Justine andou três quadras e virou à esquerda, para a Dufrene Street, onde os frequentadores do happy hour do Strumpet & Pickle já se espalhavam pela calçada. Ela atravessou para o outro lado da rua, e estava quase passando pelo portal leste de Alexandria Park quando parou, deu meia-volta e olhou para a série de armazéns remodelados na calçada de onde viera, onde ficavam os mercados.

É difícil saber o que a levou a fazer isso exatamente neste momento. Talvez o Sol a estivesse afetando, desde sua posição atual em Peixes, ou a Lua e Vênus juntos estivessem dando uns puxões em sua consciência de seu ninho de amor em Aquário. Ou talvez Júpiter tenha mandado alguma vibração lá de onde ele pisoteava o céu agora, em Virgem. Ou talvez tenha sido apenas o subconsciente de Justine sugerindo sutilmente uma maneira de adiar o momento inevitável em que ela entraria pela porta de seu apartamento vazio, ligaria a TV no próximo episódio de *Emma* na BBC, pensaria vagamente em ligar para sua melhor amiga Tara, mas em vez disso adormeceria no sofá após jantar uma torrada com Vegemite*.

Justine parou bem na beirada da calçada e pensou. Tinha tempo? Os mercados fechavam às sete. Ela consultou o relógio. Ah, sim, havia tempo.

Ela deu uma olhada dentro de sua bolsa de fibra pendurada no cotovelo e se alegrou em ver que sua caneta marcadora preta estava bem ali, esperando, em seu bolso especial. Ela colocou os óculos escuros antes posicionados na testa e se aproximou.

Os mercados de Alexandria Park eram um lugar onde Justine raramente comprava comida. Era mais frequente ela entrar naquele espaço refrigerado de pé-direito alto com o mesmo espírito com que entraria em um museu. Ela gostava de examinar os buquês estranhos e exóticos que enchiam os enormes vasos na floricultura e passar pela peixaria para admirar as brilhantes criaturas marinhas em suas camas de gelo.

Justine passou pela floricultura, pelo açougue e pela padaria, em direção à seção de frutas e verduras. Desviando de uma caixa de melões, ela levantou os óculos e olhou para a banca de avocados Hass.

---

* Pasta escura de sabor salgado e levemente amargo, elaborada à base de levedo de cerveja e muito popular na Austrália. (N.T.)

E ali estava, pendurado em uma haste de plástico sobre a banca, a placa ofensiva.

ADVOCADOS.

Esse homem *nunca* ia aprender? Ali estava um vendedor de frutas obviamente competente. Não, ele era mais que competente. Podia empilhar romãs para que parecessem joias da coroa de alguma nação exótica distante. Podia invariavelmente selecionar maçãs perfeitas e manter as uvas levemente úmidas, para que parecessem apetitosas durante todo o dia. Não fazia sentido que ele, teimosamente, insistisse em escrever *avocados* errado. Mas era o que ele fazia. Semana após semana. Justine corrigia o erro, e o quitandeiro respondia substituindo a placa por uma nova, onde novamente estava escrito ADVO-merda de-CADOS. Era enlouquecedor. Mas Justine não estava disposta a se dar por vencida.

Ela esperou até o atendente atrás do balcão estar distraído, então sacou sua caneta. Ela rapidamente cortou o "D" extra. AVOCADOS. Ah, sim. Agora estava bom.

Satisfeita que a ordem do mundo tinha sido restaurada, Justine se virou, com a intenção de seguir para a saída da Dufrene Street. Mas, apenas alguns passos depois, deu de cara com um peixe gigante.

Era difícil saber exatamente que tipo de peixe era. Era cinza-prateado, com os lábios rodeados por uma fita de cetim rosa. Seus olhos eram enormes, amarelos e convexos, como metades pintadas de uma bola de pingue-pongue. Uma barbatana dorsal muito reta começava atrás da cabeça da criatura e corria em ondas pontudas através de toda a sua espinha. O peixe usava grandes luvas prateadas sobre o peito e disse:

— Você devia estar fazendo isso?

Ela estava quase começando a discutir quando reconheceu o rosto humano emoldurado em uma abertura oval no tecido prateado do peixe.

— Nick Jordan? — disse Justine, incrédula.

— Puta que pariu, Justine?

— Oi!

— Oi para você também.

— Meu Deus, você não mudou nada — disse Justine, atordoada e sorrindo.

Nick fez uma expressão de dúvida e olhou para baixo, para sua roupa de peixe.

— Obrigado, acho.

— Nossa, faz quanto tempo?

— Anos — concordou Nick, e quando ele assentiu a fantasia prateada toda tremeu.

— Onze? Doze? — sugeriu Justine, como se estivesse adivinhando.

— Não pode ser tanto tempo — disse ele.

Mas era. Tinham se passado doze anos, um mês e três semanas. E Justine sabia disso, com precisão.

♓

Perdidas em alguma caixa de sapatos, ou talvez em um álbum, existiam fotos de Justine Carmichael quando ela era um bebê de algumas semanas, rosada e pequena como um coelho esfolado, deitada em um cobertor ao lado de Nicholas Jordan aos dez meses, que em comparação parecia um lutador de sumô vestido de Ursinho Pooh.

Quando pequenos, na caixa de areia da creche, Justine e Nick tinham compartilhado seus pacotes de biscoito de ursinho e a experiência traumática de serem destronados por irmãos mais novos. Justine tinha se saído melhor que Nick nessa última frente. Seus pais produziram um menino — Austin — em sua segunda tentativa, e pararam por aí. Mas depois de terem o irmão mais novo de Nick, que chamaram de Jimmy, Jo e Mark lançaram os dados uma terceira vez, querendo uma menina. E então veio Piper.

Quando Justine e Nick estavam saindo do jardim de infância, Nick passava por uma fase de macaco e se recusava a ir para a aula, mesmo no verão, com qualquer roupa que não fosse seu macacão comprido de lêmure. Então Justine passava as manhãs sentada lealmente ao lado dele no colchão, enquanto ele chupava sua cauda listrada, durante a hora da história, e ao fim do almoço ela o ajudava a tirar os pedaços de casca de árvore que haviam grudado em seu pelo no playground.

Nos primeiros anos da escola fundamental, Nick começou a jogar futebol nos intervalos, enquanto Justine subia em árvores ou ia e voltava dos imaginativos jogos das meninas, que quase sempre pareciam acontecer em torno de alguém deitado no chão, gemendo e fingindo ser um bebê. Mas, fora da escola, Nick e Justine brincavam juntos pelas intermináveis horas durante as quais suas mães conversavam e bebiam chá ou vinho, e as duas crianças sabiam que os ocasionais gritos de "Cinco minutos!" de Jo e Mandy podiam quase sempre ser ignorados sem maiores consequências. Justine sabia exatamente onde encontrar chocolates na despensa dos Jordan, e Nick tinha sua própria escova de dentes nos Carmichael.

Houve certa vez uma fita VHS com os dois aos sete anos: Nick detonando em um velho violão de cordas de nylon, e Justine, usando óculos escuros com aros em formato de coração, cantando no microfone de um aparelho de karaokê da Pequena Sereia. Eles cantaram "Big Yellow Taxi", e não foi tão ruim, e "Yellow Submarine", e não foi um desastre completo, mas então começaram a cantar uma versão inocentemente explícita de "Some Girls",* do Raceys. Em algum momento durante a cantoria eles perceberam que o público, composto exclusivamente por seus pais, estava rindo às gargalhadas. Deles. Só vários anos depois Justine ia descobrir exatamente o que, naquela canção, algumas garotas faziam e outras não. Mas, naquela noite do show na sala de estar, ela não precisava saber os detalhes para entender que estavam rindo dela.

Para Nick, a experiência tinha sido empolgante. Um pouco depois da noite do show, ele entrou para um grupo de teatro só para descobrir a inebriante verdade: as artes podiam ser um esporte brutal, tão competitivo quanto jogar bola. Os troféus começaram a se acumular.

Nick não falou com Justine por três dias inteiros após ela tê-lo superado, ao aparecer em rede nacional naquele famoso torneio de soletração. No quarto dia, ele não conseguiu se conter e deixou seu mau humor para trás para socar Jasper Bellamy, que tinha chamado Justine de nerd. Depois disso as coisas entre os dois velhos amigos voltaram ao normal sem necessidade de maiores esforços.

---

* Em tradução livre, o refrão da música diz: "Algumas garotas irão fazer, outras não/ Algumas garotas precisam de muito amor, outras não/ Bem, eu sei que eu sinto um calor, mas não sei por quê". (N.E.)

Mas quando Justine tinha dez anos e Nick estava prestes a fazer onze, tudo mudou. Mark Jordan aceitou um emprego do outro lado do país. Os Jordan então venderam sua casa e deixaram a cidade. Apesar das boas intenções dos dois lados em manter contato, os telefonemas noturnos entre Mandy e Jo se tornaram cada vez menos frequentes, e a correspondência também, até se tornar apenas a obrigatória carta de Natal dentro de um cartão onde Papai Noel aparecia na praia, vestindo uma sunga apertada.

Entretanto, as famílias não perderam todo o contato. Pois houve aquele fim de semana prolongado do Dia da Austrália, em janeiro do ano em que Nick e Justine completariam quinze anos. Os Carmichael foram para o Oeste e os Jordan vieram para o Leste, para um encontro no meio do caminho sob o calor escaldante de uma colônia de férias nas praias da Austrália do Sul. Apesar de Justine ter passado toda a calorenta viagem de carro até o destino assistindo em sua cabeça à cena cinematográfica na qual ela se encontrava com seu melhor amigo de infância, tinha, assim que o vira, se eriçado como um gato aterrorizado na presença de um cachorro.

Nick, ela percebeu imediatamente, tinha deixado de ser um menino ligeiramente pateta e se transformado em um jovem quase que absurdamente bonito — do tipo que Justine sabia, por experiência, que era mais seguro evitar, a menos que você quisesse sofrer a excruciante vergonha da rejeição. Então, por todo o sábado e por todo o domingo, ela se escondeu, mal-humorada, a compilação de músicas de verão *So Fresh* que ganhara de Natal tocando o tempo todo em seu Walkman, e irritando todo mundo por se trancar no banheiro para devanear em paz, ficar trocando os brincos e experimentando diferentes sombras no olho. Nick tinha estado igualmente distante, saindo para longas corridas na praia ou deitando sozinho à beira da piscina.

Mas então, na noite de domingo, seus pais impuseram sua autoridade e arrastaram os dois, taciturnos e ressentidos, praia acima até um parque de diversões. Talvez tenham sido os aromas nostálgicos de salsicha no palito e de algodão-doce que os transformaram novamente nas crianças que eles ainda eram. Ou talvez as violentas colisões dos carrinhos bate-bate tenham acordado os dois de seu desconforto constrangido. O que quer que tenha sido, haviam acabado juntos na praia tarde da noite, sozinhos, sentindo as vibrações da música dançante do parque de diversões se propagando pela areia.

Na manhã seguinte, Justine ainda estava na cama quando os Jordan apareceram, todos eles, para se despedir. Através das paredes finas do chalé, Justine ouviu tudo o que estava acontecendo — seu irmão Aussie brincando com Jimmy, Piper choramingando que tinha sido deixada de fora, as vozes de Mandy e Jo oscilando como notas de um violino, as vozes de Drew e Mark emitindo as notas mais baixas.

Ela ouviu sua mãe dizer:

— Tenho certeza de que ela estará de pé em um minuto, Nick, querido. Eu sei que ela quer se despedir.

Mas, mesmo quando Mandy veio ao quarto e alcançou a cama superior do beliche, para sacudir o ombro de sua filha, Justine tinha apenas se enterrado mais fundo embaixo das cobertas. Ela estava tão envergonhada que nem sequer queria mostrar o rosto. Porque tinha certeza de que todos em sua família, e na de Nick, veriam como seus lábios estavam inchados de todos aqueles beijos, como suas bochechas estavam completamente arranhadas pela aspereza do vislumbre de barba no rosto de Nick. E, ainda pior que isso, tinha certeza de que todo mundo poderia ver por fora o que ela sentia por dentro: alguma coisa nova e preocupante, deliciosa e aflitiva, inebriante e estranha. Era como se algo tivesse explodido, como pipoca em uma panela com óleo quente. Ela achava que nunca mais iria colocar aquilo de volta no lugar.

♓

Ele provavelmente nem se lembra mais, disse o cérebro de Justine a ela. Então ele disse a mesma coisa de novo, para o caso de ela não ter ouvido da primeira vez.

Cérebro: *Ele provavelmente nem se lembra mais.*

Justine: *Você pode ficar quieto?*

Cérebro: *Por que ele se lembraria? Todas aquelas páginas que você encheu no seu diário, enquanto ele provavelmente só foi para casa e se esqueceu de tudo.*

Mas mesmo enquanto mantinha um diálogo silencioso com seu cérebro, Justine também conseguia sustentar seu lado de uma conversa perfeitamente educada.

— E como vai sua mãe? — perguntou ela.

— Está igual — disse Nick. — Ela parece que não envelhece.

— Imagino — respondeu Justine, lembrando da adorável Jo, com seu imenso sorriso branco e seus longos cabelos castanhos sempre cheirando a caramelo. Jo tinha sido a primeira cabeleireira de Justine. Ela costumava sentá-la na cozinha e subornar a menina com biscoitos recheados para que ela ficasse quieta durante a parte de aparar as pontas. "Chondas" — era como Jo tinha chamado a mistura imprevisível e sensível ao clima de cachos e ondas do cabelo de Justine. Também tinha sido Jo quem convencera Mandy a deixar Justine assistir a *Guerra nas estrelas* quando tinha sete anos, apesar da classificação ser para maiores de treze. E fora Jo quem defendera Justine quando ela se meteu em um grande problema, por chamar sua professora da terceira série de vaca. Justine tinha ouvido Jo dizer à Mandy: "Vá devagar com ela, Mandy. Você precisa dar uns pontos à menina, pela precisão".

— E Jimmy? — perguntou Justine.

— Sapateador profissional, acredite ou não. Foi Piper quem seguiu os passos de papai. Zagueira do Carlton na AFLW, a Associação de Futebol Australiano Feminino.

— Nossa!

— Ela é uma muralha de músculos, eu não conseguiria mais derrubá-la. E seus pais? — perguntou Nick.

— Ainda em Edenvale, iguais.

— Não me diga que sua mãe ainda é a garota do tempo!

— Não, agora ela é a gerente geral do conselho municipal, você nem sabe como ela adora ser a chefe. Papai, por outro lado, se aposentou. Ele comprou um Cessna Skycatcher, mas tudo o que ele faz é voar por ali e olhar as plantações. Velhos hábitos são difíceis de largar.

— E você? Mora por aqui?

— Do outro lado do parque. A vovó deixou a velha espelunca dela aqui na cidade para o meu pai, abençoada seja. E você?

— Eu estou meio que entre endereços, mas sim, gosto desta cidade. Diria que é minha casa.

Justine examinou criticamente a fantasia de peixe prateada de Nick.

— E o que está rolando aqui? Você está promovendo, hummm… peixes?

— Na verdade, ostras — disse ele, dando uma olhada para os balcões forrados de gelo da peixaria. — Só por alguns dias, é uma promoção especial. Eu ando por aí dizendo coisas como: "Aqui o sabor é ostra coisa, amigão. Ei, cara, venha beijar o atum, você sabe que é isso que quer".

Justine estremeceu.

— Eu soube que você fez escola de teatro.

Nick explicou a ela como era difícil ganhar dinheiro como ator, como ele completava seus ganhos inconstantes com bicos como barista, garçom, entregador de catálogos, professor de teatro de curso de férias, servente de pedreiro.

— É um trabalho bem mais cansativo do que ser um peixe — disse ele. — Mas é menos humilhante. E você? O que faz? Patrulha as placas de frutas e verduras da cidade e garante que estejam corretas? É uma carreira, isso? Para crianças que venceram torneios de soletração na TV?

Ele se lembra do torneio de soletração, disse Justine, algo presunçosa, para seu cérebro.

— Eu trabalho na *Alexandria Park Star*.

— Você escreve na *Star*? Eu adoro a revista *Star*. Será que já li algo que você escreveu?

— Bem, eu, na verdade, eu não… — começou Justine. — Eu só…

Justine procurou as palavras certas, mas, antes de conseguir encontrá--las, Nick interrompeu.

— Ei, na verdade é meio estranho ter essa conversa dentro de uma fantasia de peixe. Mas eu saio em dez minutos. A gente podia, quer dizer, se você não estiver ocupada… A gente podia comprar peixe e batatas fritas e ir comer no parque? Colocar o resto da conversa em dia? Mas, olha só, sem pressão, só se você não tiver outro compromisso ou algo assim.

Ela estava faminta, e peixe com batatas fritas seria ótimo. Ainda assim, Justine fez uma pausa. Inclinou a cabeça e o deixou perceber que ela estava pensando.

— Se não for uma boa hora, ou…

Ela sorriu.

— Eu não tenho nenhum compromisso.

♓

A brisa cortante do entardecer criava *holas* no topo das copas das antigas e imensas árvores do Alexandria Park quando Justine e Nick passaram entre os pilares de ferro fundido do portão leste. Nick empurrava uma velha bicicleta com uma das mãos, e, apesar de agora estar sem a fantasia de peixe, permanecia um odor marinho em suas bermudas, em sua camiseta do filme *Onde vivem os monstros* e em sua pele.

Corredores de fim de tarde repisavam as trilhas do parque, e pequenos cães com coleiras caras perseguiam bolas pela grama. Nick escolheu um lugar em um aclive suave, que dava vista para a cidade lá embaixo, e onde a grama reluzia num tom cobre sob a luz do poente. Ele apoiou sua bicicleta em um canteiro cheio de repolhos ornamentais e se espalhou na grama. Apoiado em um cotovelo, sem nenhuma cerimônia rasgou o pacote de papel branco contendo a refeição e pegou um grande bocado de batatas pelando.

— Desculpe a falta de compostura, eu sei. Mas não como peixe com batatas há *anos* — disse Nick, com a boca meio cheia.

Sentada à frente dele, Justine pegou uma batata e testou a ponta com seu dente. Ela estava faminta e a batata estava perfeita, bem dourada por fora e toda branca e macia no meio.

Nick estava no segundo bocado quando disse:

— Então, a *Star*, não é? Como é trabalhar lá? Qual foi sua última grande matéria?

Justine suspirou.

— Nenhuma grande matéria. Ainda. Neste momento da história, eu sou só a assistente de copidesque.

— Isso não é como…?

— Sim, exatamente isso. Eu sou, oficialmente, a faz-tudo. Eu esperava que a esta altura já teria um trabalho de verdade, mas…

— E por falar na *Star*, não era hora de a próxima edição já ter saído?

— Amanhã em todas as bancas — disse Justine, com sua melhor voz de narradora de comercial. — Apesar de ser possível, de vez em quando, conseguir um exemplar adiantado.

Ela apontou para sua bolsa, pela abertura da qual saía, enrolada, uma revista novinha. Os olhos de Nick se esbugalharam em um prazer sincero, infantil.

— Posso? — perguntou ele.

— Por favor.

Distraído, ele limpou os dedos engordurados na camiseta antes de pegar a revista. Nick abriu a revista de trás para a frente e folheou as páginas até parar — de forma bastante competente, pensou Justine — nos horóscopos. Com um sorriso, ela se lembrou da obsessão adolescente dele com astrologia: a que tinha suposto que ele superaria, como tinha superado a fantasia de lêmure.

Era estranho, refletiu Justine. Por um lado, ela se sentia totalmente à vontade com Nick, como se o conhecesse desde sempre. O que, de certa forma, era verdade. Mas, por outro, ele era praticamente um desconhecido para ela. Estava talvez um pouco mais alto do que ela se lembrava, e só um pouco menos desengonçado. Mas seu rosto. O rosto dele estava diferente. *Como?*, Justine se perguntou, como se tivesse uma caneta na mão e sua missão fosse capturar precisamente as diferenças sutis neste novo Nick, mais velho.

Primeiro, pensou em um conjunto de bonecas russas. Talvez olhar para esse Nick fosse como olhar para a maior boneca do conjunto, quando você está familiarizado com a boneca um pouco menor, um pouco diferente, que está escondida lá dentro. Mas não, pensou Justine. Não era bem isso. Na verdade, era como se o Nick-Mais-Velho tivesse emergido de dentro do tecido do Nick-Mais-Novo — maxilares, maçãs do rosto e a testa ficando maiores e mais definidos. Seus olhos ainda eram grandes e azuis, suas feições ainda fluidas e expressivas, seu sorriso ainda levemente inclinado em seu rosto.

Nick lia atentamente, as sobrancelhas vibrando juntas, concentradas. Por fim ele fechou a revista e tamborilou na contracapa. Ele parecia confuso, então balançou levemente a cabeça, como que para desanuviar os pensamentos.

— Como ele *é*? — perguntou Nick a Justine.

Ela não entendeu.

— Ele quem?

— Leo Thornbury — disse Nick, como se isso fosse mais que óbvio.

Demorou alguns segundos até Justine se lembrar. Quando ela lia a *Star*, tendia a pular as seções fixas que considerava irrelevantes, como a coluna de jardinagem. E os horóscopos. Que eram escritos pelo supostamente famoso astrólogo, Leo Thornbury.

Justine sabia apenas três coisas sobre Leo Thornbury. Uma delas era como ele estava na pequena foto preto e branco que encimava sua coluna, que, até onde ela sabia, jamais tinha sido atualizada. Ali ele aparecia com uma pincelada de cabelo prateado e a testa proeminente acima dos olhos fundos, parecendo — ela uma vez tinha concluído — com uma mistura de George Clooney com o monstro de Frankenstein. Ela também sabia que ele tinha uma inclinação especial para incluir, em seus horóscopos, citações de escritores, filósofos e sábios famosos. A terceira e última coisa que ela sabia era que Leo Thornbury era um notório eremita.

— Eu nunca o vi — disse ela. — Acho que nenhum de nós jamais o viu.

— O quê? Nunca? Nenhum de vocês?

— Bem, talvez Jeremy. Em algum momento. Ele é o editor. Mas o resto de nós, nunca. Leo Thornbury não aparece nem na festa de Natal. E isso é o mais suspeito de tudo. A comida na festa de Natal da revista *Star* é tão boa que até a colunista de jardinagem supera sua ansiedade social uma vez por ano. Aparentemente, Leo mora em uma ilha, mas não sei se alguém sabe exatamente onde fica.

— Mas e por telefone? Alguém pelo menos deve falar com ele.

— Acho que não — disse Justine. — Eu nunca ouvi alguém dizer que tinha conversado com ele. Para falar a verdade, eu nem estou certa de que ele seja exatamente... real. Talvez Leo Thornbury não seja um homem, talvez seja uma máquina. Um computador em um porão qualquer, cuspindo frases aleatórias.

— Ah, sua cínica.

— Cínica? Eu achava que era Sagitário.

Nick pensou um instante.

— E você é. Nasceu em 24 de novembro — disse ele.

Ele se lembrava do aniversário. Ele *se lembrava* do aniversário. *Ei, você ouviu isso?*, disse Justine, ainda mais arrogante desta vez, para seu cérebro. *Ele se lembra do meu aniversário.* Sentindo uma onda quente subir pelo pescoço e alcançar seu rosto, ela agradeceu silenciosamente por a luz do dia ter se transformado em crepúsculo e por Nick não ser capaz de notar que ela estava enrubescendo.

Nick abriu de novo os horóscopos da revista *Star*. A luz fraca tornava a leitura difícil. Mas aí algum interruptor invisível, em algum lugar, foi acionado, e as luzes do Alexandria Park — esferas leitosas, suspensas acima das trilhas e caminhos em postes de ferro fundido — começaram a brilhar.

— Ah, muito obrigado — disse Nick. — Onde estávamos, onde estávamos? Libra, Escorpião... Sagitário. Vamos lá. *Segurem-se, arqueiros. Por todo este ano, a passagem de Saturno pelo seu signo continuará a provocar profundas atividades sísmicas em seu sistema de crenças; estejam preparados para experimentar, neste mês, pequenos tremores. Os últimos dias de março são auspiciosos para avanços profissionais, mas mudanças no ambiente de trabalho devem continuar a ser um tema pelos próximos meses.*

Nick ergueu os olhos para Justine e assentiu, como que impressionado com suas conquistas.

— E? — perguntou ela.

— Bem, é bom, não é? Eu acharia ótimo.

Justine bufou.

— Atividades sísmicas em meu sistema de crenças... Mas o que isso quer dizer?

— Não, eu quero dizer o avanço profissional. As mudanças no ambiente de trabalho.

— Nada muda na revista *Star*. Nada. Exceto talvez Jeremy nos fazer uma surpresa e aparecer para trabalhar de gravata.

— Bem, Leo fala de mudanças no ambiente de trabalho. E Leo sabe tudo — disse Nick, e, apesar de haver uma sugestão de autoironia em seu sorriso, Justine teve a clara impressão de que ele estava, ao menos em parte, falando sério.

— E quais profundidades Leo trouxe para você neste mês?

— Sim, eu realmente não sei o que ele está tentando dizer — admitiu Nick. — Diz aqui: *Aquário. "Que coisa assustadora, o ser humano"*, escreveu Steinbeck, *"uma massa de alavancas e válvulas e registros, e nós só conseguimos ler alguns deles, e mesmo esses talvez sem precisão." Para os portadores da água, este é um mês de reajustes, durante o qual você vai compreender que não é apenas o funcionamento interno dos outros que pode ser misterioso, mas também as maquinações de seu próprio eu. Em momentos silenciosos de vigília, será possível recalibrar seu entendimento do que realmente o move.* O que você acha que isso significa?

Justine deu de ombros.

— Hummm... que o gerador de citações de Leo Thornbury chegou à letra S, de Steinbeck.

— Não, o que você acha que isso significa para a minha vida? — perguntou Nick, mas Justine não achou que essa era uma pergunta realmente dirigida a ela.

E então, logo antes de ela poder se lançar em um pequeno monólogo sobre a natureza genérica das previsões astrológicas e como a arte ali estava em construir sentenças que se aplicassem a quase qualquer pessoa, em qualquer situação, ela viu um pensamento surgir na mente de Nick: apareceu no rosto dele como uma notificação de novo e-mail.

— Espera um pouco — disse ele.

Ele pegou seu celular do bolso, e Justine observou enquanto ele digitava uma busca no Google e rolava a tela de resultados rapidamente.

— Sim, sim, sim — disse ele. — Entendi. Eu sei o que o Leo está tentando me dizer.

— O quê?

— Ele está me dizendo para fazer Romeu!

Justine franziu a testa.

— Romeu?

— Sim, Romeu — disse Nick. — Leo quer que eu faça Romeu.

— Desculpe? Como exatamente você deduziu isso?

— A citação! A citação!

— A citação é de Steinbeck — relembrou Justine.

— Sim, sim. Mas — disse Nick, e então ele pressionou a tela de seu celular com vigor — não é *qualquer* Steinbeck. É de *O inverno do nosso descontentamento*.

Justine pensou um pouco e depois balançou a cabeça.

— Desculpe. E?

— Inverno do nosso *descontentamento*. *Inverno* do nosso descontentamento. Você sabe de onde é isso, não?

— Se bem me lembro... é de *Ricardo* III.

— E? — perguntou Nick.

— E o quê?

— Quem escreveu *Ricardo* III? *Shakespeare* escreveu *Ricardo* III. — Nick estava ficando animado e dramático, em sua explicação. — Você entende? Você precisa entender.

—Ah... ainda não.

— Então, preciso tomar essa decisão. Tem uma montagem de *Romeu e Julieta* sendo produzida. Eles me disseram que, se eu quiser, o papel de Romeu é meu. Mas o espetáculo... Não é uma grande companhia nem nada assim. Nem é totalmente profissional. Mas aí, eu nunca fiz Romeu. E o diretor já conseguiu alguns atores profissionais bem impressionantes para alguns dos outros papéis principais. Tem tão pouco trabalho disponível.

— Então você quer o papel? — disse Justine.

— Bem, é um papel que eu sempre quis. Mas o pagamento será uma merda. Ou nenhum. O espetáculo está sendo montado na base da divisão de lucros, o que normalmente significa que nós poderemos pagar por um barril de vinho para a festa depois da última apresentação.

Houve um breve silêncio. Daí Nick disse:

— Os horóscopos do Leo são sempre assustadoramente precisos. Se ele está dizendo para fazer a peça de Shakespeare, então deve ter uma boa razão. Leo sabe das coisas. Sempre que segui seus conselhos, as coisas deram certo. Coisas que levaram a... você sabe... outras coisas.

Justine o encarou.

— É assim que você toma decisões importantes na sua vida?

Nick deu de ombros.

— Frequentemente, sim.

— Não foi também Steinbeck quem disse alguma coisa sobre só querer conselhos se eles concordarem com o que você já queria fazer mesmo? — disse Justine.

Nick balançou a cabeça, incrédulo, mas impressionado.

— Isso mesmo. Eu me lembro dessa sua memória monstruosa. Você é a única pessoa que conheço capaz de citar um fato como esse assim do nada.

Justine ignorou o elogio.

— Eu só acho que, se você quer fazer Romeu, você devia fazer Romeu. Você não precisa distorcer a palavra de um astrólogo maluco para se dar permissão.

— Leo Thornbury não é um astrólogo maluco. Ele é um deus. — Subitamente cheio de energia, Nick se levantou da grama em um pulo; o aclive gramado se tornou seu palco. — Shakespeare era Touro. Terra, sensual, vigoroso. Mas Romeu... ele, veja, ele era Peixes.

— *O quê?* Você realmente acaba de alegar saber o signo de Romeu?

— Sim.

— E a data de nascimento dele é mencionada onde, exatamente, no texto da peça?

— É fácil deduzir. Ele é um sonhador, um maravilhoso sonhador. E ninguém é tão dado ao autossacrifício quanto um pisciano.

— Você passou tempo demais dentro daquela fantasia de peixe hoje.

— *Mas, suave! Que luz através daquela janela surge? Ali é o leste, e Julieta é o Sol...*

— Talvez você deva fazer Romeu — disse Justine, rindo. — Tomada de decisões também não é exatamente o melhor talento dele.

— Você pode zombar de mim, mas Leo diz que isso está certo. Leo diz que é isso que eu devo fazer. E Leo deve ter suas razões.

Sem aviso, Nick subiu nas bordas do canteiro próximo, colocando cuidadosamente seus pés de forma a não esmagar nenhum dos repolhos ali dentro. Com a *Star* enrolada fazendo as vezes da silhueta de uma tocha apagada, ele assumiu uma pose heroica contrastando com o céu ao fundo.

Justine balançou a cabeça, sorrindo.

— *Mas ele, que controla meu leme, meu curso, iça minhas velas* — declamou Nick.

Cúspide

MAIS PARA O FIM DE MARÇO, o Sol, em seu grande tabuleiro cósmico de Banco Imobiliário, avançou uma casa, de Peixes para Áries, concluindo assim uma passagem por todo o zodíaco e, sem pausa, começando outra. Logo após o relógio bater doze vezes na noite que separava os peixes dos carneiros, uma jovem saiu pela porta dos fundos de sua casa pré-fabricada de dois quartos, alugada, para o pequeno jardim no pátio.

Voltando o rosto para o céu noturno, ela permitiu que sua alma desse uma lenta volta de 180 graus dentro de seu corpo, de tal forma que se sentisse pendurada na superfície da Terra: um candelabro humano ancorado pelos pés a um teto de horríveis placas entrelaçadas de cimento, as quais não havia mais razão para considerar. Ela deixou seu olhar viajar entre as estrelas.

Na maior parte do tempo ela era Nicole Pitt — Aquário, manicure autônoma, mãe solteira de dois filhos, determinada a evitar (mais) homens indolentes e a desinteressada provedora do gato esquelético do vizinho viciado em drogas, que ela teve de aceitar que se chamava Babaca. Dentro da casa, os filhos de Nicole dormiam em um colchão de ar no chão, seus pequenos membros macios espalhados para fora das cobertas.

Sua mesa da cozinha — merda, sua *única* mesa — estava tomada por uma constelação de porcarias que espelhava diligentemente a desagregação e a desorganização de sua vida: o remédio para déficit de atenção de seu filho mais velho, vários frascos vazios de tons populares de esmalte de unha que há muito precisavam ser substituídos, almanaques astrológicos abertos, um velho laptop pesado com a tela rachada e a edição de março da *Alexandria Park Star*, aberta na coluna de horóscopos.

Mas lá fora, pendurada, com sua cabeça nas estrelas nesta pacífica hora roubada, ela não era de forma alguma Nicole Pitt, mas Davina Divine — astróloga particular gourmet, mãe de absolutamente ninguém, conhecedora de luxuosos lençóis de linho, ocupante de uma exuberante casa inspirada na arquitetura de Bali e namorada distante e volúvel de uma longa fila de admiradores charmosos e ocasionais. Distante, tranquila e extremamente bem cuidada, ela era uma guia de viagem confiável para os muitos caminhos que ligavam os pontos através do céu estrelado, um oráculo de Delfos, que sabia, tanto por instinto quanto por treinamento, como as turbulentas forças dos céus podiam puxar ou empurrar.

Até parece, pensou ela.

A verdade era que, desde o dia em que seu diploma de astrologia chegara pelo correio — e isso já fazia alguns anos —, tinha passado muito mais tempo sonhando em se tornar uma astróloga famosa do que se empenhando seriamente para formar uma clientela.

Em momentos silenciosos de vigília, será possível recalibrar o entendimento do que realmente o move. Era isso que Leo Thornbury tinha escrito para os aquarianos nas páginas da *Alexandria Park Star* deste mês. Ela havia previsto que, para os portadores da água do zodíaco, o próximo mês seria de reajustes: um tempo para contemplar as maquinações do seu próprio eu. E, em tudo que dizia respeito a Leo, Davina era uma fã desavergonhada.

Era hora, estava dizendo Leo a ela, de cair na real. Mas como? Bem, para começar ela podia se matricular no Diploma Avançado de Astrologia e tentar colocar anúncios e conseguir clientes. Ela poderia colocar alguns panfletos no quadro de avisos do supermercado do bairro. Ela poderia fazer alguns mapas astrais para amigos e familiares e então pedir que eles a indicassem. Tendo criado esse plano, a mente de Davina começou então a mergulhar na fantasia de como seria conhecer Leo Thornbury em pessoa. Mas aí seus pensamentos foram interrompidos por um berro estranho, alto o bastante para arrancar sua cabeça das estrelas e forçar sua alma a girar novamente para sua orientação terrena.

Para seu desapontamento, ela se viu parada em um miserável e minúsculo pátio, de cujo chão de cimento não brotava nada além de um varal giratório barato. E, para aumentar seu desapontamento, ela era — de novo — ninguém além de Nicole Pitt. O berro estava vindo de um naco estreito de vértebras e pelo avermelhado, que se enroscava em seus tornozelos. Com uma das mãos, cujas unhas estavam pintadas de um tom roxo-esverdeado iridescente de esmalte chamado "Sonhos de sereia", Nicole coçou a cabeça do gato entre suas orelhas maltratadas.

— Oi, Babaca — disse ela. — Acho que você está com fome.

✦

Enquanto Nicole Pitt servia uma porção da ração de gato barata que tinha passado recentemente a acrescentar à sua lista semanal de supermercado, Nick Jordan estava caminhando por uma rua pobre do centro da cidade com uma sacola de roupas que fedia — como tudo em seu mundo parecia feder — a peixe.

Nick sabia tudo sobre o poder do olfato, e sobre como certos cheiros podiam levar você de volta, de forma instantânea e segura, para certos momentos de sua vida. Havia uma marca específica de xampu que o levava de volta à excitante primeira vez em que havia tomado banho com uma garota na manhã seguinte. E havia também o inescapável elo entre o aroma de uma lamparina de querosene e os acampamentos de férias que ele adorava quando criança. Então ele sabia que, daqui em diante, o cheiro de peixe provavelmente o traria de volta para essa fase particular de sua vida: estes meses de mágoa, mas também de uma esperança delicada, na sequência do término de sua relação com Laura Mitchell.

Hoje havia sido o último dia do trabalho de Nick na peixaria do Mercado de Alexandria Park. Amanhã seria o seu primeiro dia em um novo emprego, garçom em um bistrô chique de Alexandria Park, e essa era a razão de seu compromisso noturno com sua roupa suja.

A vitrine alta e vazia da lavanderia brilhava forte na rua escura, e quando Nick entrou pela porta notou, com certo desapontamento, que o lugar estava vazio. Apesar de uma das secadoras estar sussurrando diligentemente, não havia outros clientes sentados nos bancos ou folheando alguma das velhas revistas: ninguém com quem ele pudesse iniciar uma conversa casual, que tornasse a lavanderia um lugar um pouco menos depressivo para se estar.

Nick virou o conteúdo de sua sacola sobre um banco e revistou todos os bolsos, da maneira como sua mãe sempre insistira para que ele fizesse. E foi bom, pois ali — escondido no bolso de trás de sua melhor calça preta — estava um guardanapo de papel, do tipo que poderia facilmente se desfazer em pedacinhos e se espalhar por toda a roupa.

Havia algo escrito nele.

*Oculta logo além da curva pode estar esperando
Uma nova estrada ou uma porta secreta.*

Era uma citação de Tolkien, e Nick a havia copiado com uma caneta vagabunda que tinha deixado borrões de tinta azul por toda a superfície macia do guardanapo. A frase tinha sido parte do horóscopo de janeiro de Leo Thornbury para Aquário: *Com Vênus na casa espiritual de Peixes, você se encontra contemplando o espinhoso tema da autoestima. Mas não se apresse, Aquário. Mercúrio retrógrado traz consigo o espectro do caos, desaconselhando viagens. Use essas primeiras semanas do ano para recuperar as horas de sono perdidas e para exercitar a intuição, lembrando que, como nos ensina Tolkien, "oculta logo além da curva pode estar esperando uma nova estrada ou uma porta secreta".*

Leo, óbvio, estava certo. Ele sempre acertava. *Tinha* sido um momento ruim para viajar, mas tudo fora combinado muito antes de janeiro. E então, no Ano-Novo, Nick fora com Laura para o extremo norte de Queensland, no papel de acompanhante, enquanto ela estava ocupada estrelando um comercial para algum perfume novo. Apesar de o hotel onde eles ficaram ser maravilhoso, e apesar de a piscina do hotel ser mantida em uma temperatura que fazia um contraponto perfeito ao ar úmido da região, e apesar de as *piñas coladas* no bar da piscina serem primorosas e gratuitas, a viagem — para Nick — tinha sido horrível.

— Talvez seja hora de encarar os fatos — dissera Laura, no quarto de hotel, em uma noite com aroma floral. Ele tinha certeza de que nunca esqueceria como ela estava bonita quando falou, em pé ao lado da cama com seu robe de seda creme aberto e sem nada por baixo.

— Se você não conseguiu até agora... Bem, o que eu quero dizer é, talvez seja hora de um plano B.

Laura não tinha dito isso de maneira indelicada. E não tinha dito nada que Nick mesmo já não tivesse considerado. Em fevereiro ele faria 27 anos, e Hollywood estava tão distante quanto sempre esteve. Mesmo as companhias locais de teatro profissional ainda ficavam em uma estratosfera inalcançável. Durante o último ano, seus únicos trabalhos pagos de alguma importância tinham sido como figurante de uma novela, um trabalho em uma feira de alimentação saudável na qual ele fez o papel de um pimentão em um imenso traje inflável e um papel em uma turnê rural de um show de marionetes sobre germes e a importância de lavar as mãos. Nick tinha operado o boneco chamado Tatu de Nariz e levara o público ao delírio nos auditórios de várias escolas com o timing perfeito de suas piadas sobre tirar sujeira do nariz.

— Especialmente se — acrescentara Laura, significativamente — nossa relação for ficar mais séria. O que espero que fique.

Mas, tinha pensado Nick em silêncio, deitado entre os lençóis da imensa cama do hotel, *oculta logo além da curva pode estar esperando uma nova estrada ou uma porta secreta.*

— Eu ainda não estou pronto para desistir — dissera ele. Para Laura, a adorável Laura, a flexível Laura de longas, longas, longas pernas. Laura Mitchell, Capricórnio, que aos 26 anos já tinha vários investimentos de renda fixa, uma carteira de ações e seguro contra renda cessante.

Ela fora enfática:

— Não quero perder você, Nick. Mas, se vamos ficar juntos, está na hora de você ser mais... Bem, você precisa perceber que não é mais um adolescente. Você não pode comer macarrão instantâneo e andar de bicicleta para sempre.

— E se eu gostar da bicicleta? E do macarrão instantâneo?

— Então nós temos um problema — respondera Laura, triste.

Terminar com Laura não tinha sido fácil. De forma alguma. Mas Nick tinha conseguido, e Laura, por sua vez, tinha sido equilibrada e digna. Durante todo o voo de volta, tudo o que Nick queria era consolá-la, para se consolar. Mas *oculta logo além da curva pode estar esperando uma nova estrada ou uma porta secreta*, ele repetia para si mesmo, e isso tinha sido suficiente para ajudá-lo a segurar as pontas.

Nick enfiou suas roupas na máquina de lavar, colocou algumas moedas na fenda adequada e calculou que estava se aproximando da marca de quatro meses da sua vida pós-Laura. Ele ainda estava em uma fase de transição, não tendo nem achado ainda um lugar fixo para morar. Por ora, estava cuidando da casa de um artista plástico que tinha ido a Cuba em busca de inspiração para sua próxima exposição. O apartamento do artista era moderno, apesar de desconfortável. Quase não tinha eletrodomésticos, a cama era um acolchoado que parecia forrado com concreto, e cada parede do lugar era densamente coberta pelos quadros do artista, boa parte dos quais exibia animais sendo decapitados. Algumas manhãs Nick mal conseguia comer seu cereal em meio a todas aquelas carótidas jorrando sangue.

Para Nick, cada dia dos últimos meses tinha sido uma travessia na corda bamba. De um lado estava a certeza de que Laura tinha razão — era hora de crescer, desistir, encontrar um emprego de verdade. Mas do outro lado havia aquela dolorosa possibilidade de o futuro com que ele sonhara ainda existir.

O diretor de *Romeu e Julieta* tinha ficado agradavelmente emocionado quando Nick ligara para aceitar o papel principal. Era difícil imaginar que uma produção do Teatro de Repertório de Alexandria Park seria vista por algum luminar do teatro que poderia, depois de assistir a Nick atuando, se sentir compelido a lhe dar a chance de que ele tão desesperadamente precisava. Mas Nick tinha aprendido a confiar em Leo Thornbury. Se ele seguisse os conselhos do astrólogo, as coisas iam se acertar.

Tinha sido o diretor que, agradecido pela decisão de Nick em fazer Romeu, contara a ele sobre a vaga de emprego no Cornucópia, um bistrô convenientemente próximo da sala de ensaio do Repertório de Alexandria Park, conhecido por pagar salários mais altos do que a média. Mas havia algo mais ali que tinha deixado Nick intrigado. O dono do bistrô era Dermot Hampshire, o colunista de gastronomia do *Alexandria Park Star*, onde Justine Carmichael trabalhava. Primeiro, ele cruzara com ela no mercado; agora isso. O que *significava*?, ponderou ele.

Nos doze anos desde que tinham se visto pela última vez, Justine quase não mudara. Seu corpo continuava esguio, seus olhos castanhos seguiam travessos. Sua inteligência continuava tão afiada como sempre, também, o que o fazia pensar — talvez pensar além da conta — antes de dizer qualquer palavra. E aquelas sobrancelhas: também não tinham mudado. Apesar de grossas e retas, elas eram capazes de todo tipo de manobra, e o faziam sempre imaginar se por dentro ela não estava rindo dele.

Durante toda aquela noite no Alexandria Park, Nick tinha esperado por uma brecha, por um convite para recordar aquela noite que eles tinham passado, aos catorze anos, em uma praia na Austrália do Sul. Tinham falado de muitas outras coisas: sobre o trabalho dela, sobre suas famílias, sobre astrologia e Shakespeare. Quando ele pediu seu telefone, ela deu com a maior boa vontade. Mas Nick ficou um pouco ressentido de Justine não ter pedido o dele em troca. E ela também não tinha dado nenhum sinal de querer falar sobre aquela noite distante.

Nick tinha pensado que talvez fossem capazes de rir juntos sobre como os dois tinham escapado dos pais e encontrado uma loja de bebidas na rua ao lado do parque de diversões. E sobre como Justine — que naquela época qualquer um podia ver que tinha menos de dezoito anos — tinha ficado andando, nervosa, do lado de fora, enquanto Nick, que era alto para sua idade e conseguia produzir uma voz grossa de maneira crível, havia entrado e conseguido comprar uma garrafa de vinho. Eles beberam quase toda a garrafa enquanto conversavam, gradualmente se soltando, até o ponto de Nick exibir todos os sotaques que conseguia imitar, e Justine recitar poesia.

Nick ficou vermelho lembrando o idiota imaturo que ele naquela época. Tão jovem e tão inexperiente. Quando se beijaram, ele provavelmente a tinha sufocado quase até a morte, sem saber o que estava fazendo. Não espanta que na manhã seguinte Justine tenha se escondido e se recusado a sair para se despedir. Uma vez em casa, tinha tentado várias vezes escrever para ela. Mas cada sentimento que conseguia colocar no papel parecia estúpido. E, mais, tinha ficado morrendo de medo de escrever errado alguma palavra.

Encontrar Justine o tinha deixado inquieto. Tinha tido o efeito de uni--lo, fazê-lo retornar a uma versão muito mais jovem dele mesmo — e, ainda que fosse bom se lembrar de toda aquela energia e confiança de seu eu mais jovem, também tinha sido desconfortável, como se ela o estivesse cobrando por ter fracassado em cumprir a promessa e o potencial daquele jovem. Ela o tinha lembrado de partes dele que estavam, o que... definhando?

Nick pegou seu celular, e não tinha certeza se estava aliviado ou desapontado de a tela não mostrar mais nenhuma chamada perdida de Laura. Nas últimas semanas, Laura tinha telefonado várias vezes e deixado mensagens dizendo que queria conversar. Para ver se havia algum espaço para acordo. Mas Nick ficava se lembrando de que, para Laura, acordo na verdade significava ele se convencer a mudar de ideia e concordar com ela.

Nick deslizou pela lista de contatos até chegar a "Justine Carmichael" e pressionou a tela para que as letras do nome brilhassem, grandes e claras. Aí ele parou. Era muito tarde; tarde demais para ligar. Mas ainda daria para enviar uma mensagem.

Muito bom ver você na outra noite... começou ele, e então apagou as palavras.

— Chato — resmungou.

Justine era uma pessoa que podia, sem o menor esforço, recitar poemas inteiros de cor, que se lembrava de citações de Steinbeck como se fossem letras de músicas. Se ia escrever para ela, precisava escrever algo pelo menos um pouco interessante.

Eu estava pensando agora pouco sobre... começou ele novamente. E apagou cada palavra. Suspirou.

O que estou fazendo?, perguntou a si mesmo, e ficou envergonhado em ter de admitir que estava sentado sozinho em uma lavanderia digitando uma mensagem, à meia-noite, para uma garota que não pedira seu telefone e que provavelmente tinha uma vida bastante agradável sem que ele estivesse nela. E então, com a trilha sonora do balançar ritmado da máquina de lavar, *swish, swish, swish*, Nick guardou o celular de volta no bolso.

ÁRIES

♈

O FIM DO VERÃO SE TORNOU OUTONO. Algumas coisas acabaram, e algumas coisas começaram. Mas na vida de Justine Carmichael, as coisas continuaram mais ou menos exatamente como antes. Pela manhã ela acordava e ia para o trabalho na revista *Star*, e à noite ela voltava para casa e ia dormir. Mas não importa quantas vezes olhasse para o celular desejando que ele tocasse, Nick Jordan não ligava.

A casa de Justine era um apartamento no décimo segundo e último andar de Evelyn Towers, um prédio em Alexandria Park com curvas clássicas em forma de bolo de casamento e decorações verde-menta, vitrais e um vestíbulo com piso de tacos de madeira. Que Justine pudesse pagar por um endereço tão disputado se devia quase que exclusivamente à sua avó paterna. Fleur Carmichael, sabendo que a fazenda da família em Edenvale iria para seu filho mais velho, tinha se empenhado em garantir que seus dois filhos mais novos também herdassem algo de valor após sua morte. No caso do pai de Justine, Drew, o "algo" tinha sido uma elegante propriedade na cidade, comprada como investimento.

Drew e Mandy deixavam Justine morar no apartamento por um aluguel irrisório, apesar de a desvantagem desse arranjo vir na forma de visitas constantes, frequentemente sem aviso, de membros da família que iam à cidade para ir ao teatro, ao futebol, ao tênis, a um restaurante decente ou ao dentista. Normalmente era irritante ter a casa subitamente infestada de parentes, mas nesta quarta-feira em particular Justine teria ficado até agradecida em ter companhia.

Ela fechou as cortinas das portas francesas que se abriam para uma varanda semicircular, tentando não notar a vista. Originalmente, as janelas e varandas dos três lados das Evelyn Towers davam para o parque próximo. Mas, nos anos 1970, um bloco de apartamentos de tijolos marrons tinha sido inserido entre as Evelyn Towers e seu prédio gêmeo. A vista de Justine foi então coberta pela horrível fachada do prédio ao lado, e sua varanda ficava a apenas alguns metros da grade enferrujada na pequena sacada de seu vizinho. Ela tinha uma ótima visão da sala de estar atrás daquela sacada e, pior ainda, da janela do banheiro também. O ocupante atual do apartamento era um homem de meia-idade com uma enorme tatuagem do AC/DC em uma nádega e que não acreditava em usar cortina no box do chuveiro.

Justine jogou a bolsa sobre a bancada da cozinha e pegou seu celular. Não havia chamadas perdidas, ninguém querendo sua atenção, e nenhuma mensagem que pudesse fornecer alguma alternativa para o nada que ela realmente tinha para fazer.

Fazia dois meses que sua melhor amiga, Tara, tinha abandonado um emprego de jornalista de atualidades em uma rádio da cidade para se tornar a única repórter em tempo integral de uma das mais distantes bases rurais da ABC, a rede de TV pública da Austrália.

Nestes meses, Justine tinha começado a perceber o quanto de sua vida social era movida pela energia ilimitada e extrovertida de Tara. Sem Tara para aparecer na redação da *Star* no fim do dia e arrastá-la para um pub, ou para chegar sem se anunciar nas Evelyn Towers a caminho de uma festa à qual Justine simplesmente *tinha que* ir com ela, Justine tinha a tendência de trabalhar até mais tarde e passar seu tempo livre com amigos que encontrava entre as capas dos livros e dentro de caixas de DVD.

Justine e Tara eram amigas desde seu primeiro ano na universidade. Uma das poucas coisas que tinham em comum era que ambas faziam jornalismo. Enquanto Justine realmente gostava de estudar, Tara investia a maior parte de sua energia como voluntária na estação de rádio universitária e em se assegurar de que nunca perderia algum evento que incluísse cerveja de graça. Mas isso não a impedia de ir bem em todas as matérias.

Naqueles anos na faculdade, Tara — criada nos subúrbios pobres da cidade — tinha sido a guia de Justine para a metrópole, enquanto Justine tinha sido a passagem para que Tara experimentasse um tipo de vida campestre que sempre fora seu sonho na infância. Alguns fins de semana elas ficavam na cidade, em outros dirigiam até Edenvale, onde Tara passava todo o tempo que podia na fazenda do tio de Justine, aprendendo a dirigir todas as máquinas e danificando de verdade suas botas Blundstone.

Ao contrário de Justine, que sempre se manteve firme em seu desejo antiquado de trabalhar na imprensa escrita, Tara desde sempre teve uma queda pela mídia digital. Nos últimos anos, tinha recebido ofertas tentadoras do setor de atualidades da TV da capital e de uma impressionante lista de escritórios estrangeiros, mas recusara todos em troca de uma posição de repórter multiplataforma no campo. Agora, sempre que Justine via a amiga na TV ou a ouvia no rádio, ela estava falando sobre *fracking* ou exportação de gado vivo, sobre a velocidade da internet regional ou a interminável seca.

Justine discou o número de Tara, e o celular tocou e tocou. Provavelmente, pensou Justine, ele tinha sido abandonado no banco empoeirado de uma caminhonete enquanto Tara entrevistava um fazendeiro. Ou podia estar largado sobre o balcão do pub local enquanto ela jogava sinuca.

Se você não consegue digitar uma mensagem, disse a voz gravada de Tara, *deixe um recado.*

O tom não era exasperado, apenas brusco. Era totalmente a Tara. Por todos esses anos que elas se conheciam, Justine nunca precisou ficar imaginando o que Tara estaria pensando.

Conformando-se com uma noite solitária, Justine lavou a louça do café da manhã, juntou uma trouxa de roupa suja e raspou o fundo do vidro de Vegemite a título de jantar. Em seguida, tomou um banho e foi para a cama cedo com a belíssima edição Arden de *Romeu e Julieta*, que nos últimos dias tinha passado a morar em sua mesinha de cabeceira. Ela abriu o livro na página marcada e começou a ler.

Julieta estava se lamentando.

O relógio badalara nove quando enviei a ama, leu Justine. *Em meia hora ela prometeu retornar. Talvez não o tenha encontrado. Não pode ser. Ah, ela é manca. Os arautos do amor deviam ser pensamentos, que se movem dez vezes mais rápido que os raios do sol.*

Devia mesmo ter sido uma droga, pensou Justine, ter que se fiar em uma criada para trazer de volta uma mensagem de seu amado. O que Julieta não teria dado por um smartphone!

Justine olhou para o celular, encostado em uma pilha de livros na mesinha. Grande porcaria. Qual era a vantagem de ter um aparelho que podia anunciar o amor mais rápido que um raio de sol, se ninguém se incomodava em fazer uso daquela tecnologia?

Cérebro: *Já se passaram dez dias.*

Justine tentou se concentrar novamente nas palavras impressas na página à sua frente, nas palavras de Shakespeare. *São tuas notícias boas ou ruins? Responda a isso. Diga qual delas, e eu descansarei: Deixe-me saber, são boas ou ruins?*

Cérebro: *Refresque a minha memória: por que voltamos para casa sem o número do telefone dele?*

Justine: *Porque, como você sabe, sou impulsiva. A esta altura, eu certamente já teria ligado para ele.*

Cérebro: *E?*

Justine: *E então nunca saberia o que sei agora. Que ele não tinha nenhuma intenção de me ligar.*

♈

— Querida — disse Jeremy Byrne na manhã seguinte.

Era muito cedo, e Justine estava vestida para a luta, com uma calça preta três-quartos e uma camisa estampada com lebres saltitantes. Ela mal tinha colocado os pés no saguão da *Star*, e a súbita materialização do editor na porta de sua sala a assustou — bem como o tom de tenor de sua voz, estranhamente baixo e algo conspiratório.

— Tem um segundo? — perguntou ele.

— Claro — respondeu, e, enquanto o seguia até sua cova de papéis em desordem, ela revisou sua consciência para lembrar se tinha algo com que se preocupar. Distrações? Conflitos? Delitos? Não. Nada. Então o que ele queria falar com ela?

— Querida — disse Jeremy, jogando seu peso em sua cadeira do outro lado da mesa, e então se inclinando para a frente e apoiando seu queixo nos dedos cruzados. — Foi um prazer e um privilégio ter você como nossa aia da escrita. E apesar de eu ter tido a esperança de poder dar notícias melhores para você hoje, parece que…

O coração de Justine foi atingido por uma descarga de adrenalina. O quê? Eram más notícias? Ela começou a falar, mas Jeremy continuou alegremente em frente.

— ... as mudanças que tenho em mente não são inteiramente, como eu diria, perfeitas? Se fosse do seu agrado, nós poderíamos... como eu disse, se fosse do seu agrado, passar a chamar você de nossa gerente de colaboradores, o que claro não é exatamente a posição que tínhamos em mente para você. Algum dia. Em longo prazo. Mas, ainda assim, podemos considerar isso um passo na direção certa e, de fato, vamos acreditar que a seu tempo, no curso dos acontecimentos, uma vaga estará...

A velocidade do discurso de Jeremy aumentava e diminuía, então algumas palavras, como "gerente de colaboradores", se perdiam dos ouvidos de Justine, enquanto outras, como "a seu tempo", chegavam tão devagar que pareciam indevidamente importantes.

— Desculpe — interrompeu Justine. — Eu não estou entendendo.

— Ah — disse Jeremy, e parou por um instante para encontrar uma nova abordagem. — Ah, bem. Natsue vai nos deixar. Ela vai para a Europa, viver com sua, ah, família. E eu estava pensando se talvez você gostaria de substituí-la como gerente de colaboradores. Claro, não é o caminho normal para um estágio, e você poderia, se quisesse, esquecer desse assunto e continuar esperando por uma vaga de verdade na redação. Acredite, nada me faria mais feliz que poder oferecer a você um cargo de assistente de redação hoje. Nosso objetivo, afinal, é ter você escrevendo para a revista *Star*, mas o papel de gerente de colaboradores lhe daria certas oportunidades de colocar sua marca na publicação. Selecionar as *Cartas para o editor*. Revisar meu editorial, hein? Cortar a coluna do Dermot até ficar do tamanho certo. E conversar pelo telefone com nosso muito indisciplinado gourmet depois. Hummm. Bem. Você pode aprender com a Natsue, veja só. É o, hummm, melhor jeito de continuar.

Justine tentou se manter calma enquanto dois sentimentos distintos começaram a florescer em seu peito.

— Natsue vai embora? — disse ela, com uma expressão triste.

Ele está me oferecendo uma chance de promoção, pensou ela, com um gritinho interno de alegria.

— De fato, de fato. Natsue tem sido nosso oásis de paz, e vamos sentir muitas saudades dela. E ela vai nos deixar muito em breve. Na próxima sexta-feira, na verdade. Natsue estava disposta a ficar mais, mas eu sugeri que, se o coração dela está mesmo na Suécia, ela também deve estar lá. Então, o que você me diz?

— Eu estou pronta... muito pronta... para um novo desafio — disse Justine.

— Excelente, excelente. Achei que você ia aceitar — disse Jeremy, radiante.

— Eu ainda serei a próxima na fila para a vaga na redação?

— Sem dúvida — disse Jeremy.

— Então, sim! — exclamou Justine. — Sim, por favor!

— Ótimo, ótimo, muito bom — Jeremy afundou novamente na cadeira, enquanto Justine tentava, sem conseguir inteiramente, manter sua dança de celebração do lado de dentro de seu corpo.

Jeremy continuou:

— Bem, parece então que vou passar o resto do meu dia procurando o seu substituto. E vamos ter esperança de que vou conseguir encontrar alguém quase tão maravilhoso quanto você tem sido. Pode ser um martírio, eu sei, todas as buscas e entregas. Eu já contei para você da época que eu era contínuo no *New York Times* e...

Mas Justine já não podia mais alegar que estava sequer ouvindo em parte. Na melhor das hipóteses, ela estava ouvindo um oitavo. Como era o que Nick tinha lido para ela da coluna do Leo? *Os últimos dias de março são auspiciosos para avanços profissionais.* Justine lembrou que Leo também tinha escrito que *mudanças no ambiente de trabalho devem continuar a ser um tema pelos próximos meses.* Talvez o tão aguardado cargo de assistente de redação não estivesse tão distante assim. Talvez ela logo estivesse escrevendo para a *Star.* Ela imaginou sua primeira matéria assinada, sua primeira matéria de capa, seu primeiro prêmio Walkley... opa, opa, opa. Espera aí, aconselhou a si mesma. Tinha acabado de ser promovida a gerente de colaboradores da *Alexandria Park Star.* Em sua nova função, ela seria profissional, capaz e lógica. Não era como se, pelo amor de Deus, ela fosse começar a acreditar nas *estrelas*.

♈

Na tarde de sexta da semana seguinte, Justine já tinha enchido três quartos de um bloco de notas com informações sobre seu novo trabalho. Ainda assim, Natsue continuava fornecendo pequenos detalhes essenciais.

— Não esqueça que Dermot espera receber cinco cópias de cada nova edição — disse Natsue. — Isso é porque ele gosta de ter sua coluna exposta em todos os seus negócios: no Cornucópia, no café da fábrica de queijo e na cozinha experimental.

O tempo todo em que falava, as mãos de Natsue estavam se movendo eficientemente sobre o teclado, transcrevendo um texto que estava pendurado no suporte de documentos ao lado da tela.

— Faltam dois — disse Justine, franzindo a testa.

— A quarta cópia — disse Natsue, sem interromper o ritmo *allegro* de sua digitação — é para os arquivos pessoais de Dermot, e a quinta deve ir... isso é importante, Justine, a menos que você queira receber vários telefonemas ansiosos, para a mãe de Dermot na casa de repouso Holy Rosary, em Leederwood.

Justine mal podia acreditar que este cubículo com vista para o céu seria seu escritório. Na segunda-feira. Ela adorava o arranjo compacto da sala, e o modo como Natsue tinha arrumado os objetos sobre a mesa. Eram as coisas de sempre — só um computador, uma bandeja de entrada, um suporte de documentos, um grampo para documentos, um aparelho fino de fax, um pote de lápis apontados, um vaso de samambaia —, mas Natsue tinha criado uma composição ao mesmo tempo agradável e relaxante.

— Você sabe o que causou o maior número de reclamações em toda a história da *Star*? — perguntou Natsue.

Justine não sabia.

— Foi um problema com as palavras cruzadas. As pistas de um problema foram trocadas com a de outro — disse Natsue. — Caos!

O segundo mais doloroso episódio na história da revista aconteceu quando as pistas para Horizontal e Vertical foram acidentalmente transpostas. E, disse Natsue, apesar de esses eventos estarem agora mais de uma década no passado, para Doc Millar, o criador de palavras cruzadas, a dor era ao mesmo tempo nova e duradoura.

— Então, sempre tenha a certeza de enviar por e-mail o layout final das palavras cruzadas, para a aprovação de Doc — disse Natsue. — E não se surpreenda se ele aparecer no escritório em pessoa para checar o problema, só para se sentir mais seguro. Ele gosta do café preto e forte, com três colheres de açúcar.

Justine continuou a tomar notas enquanto Natsue a guiava pelos pecadilhos do colunista de finanças da *Star* e pela paranoia da colunista de conselhos aos leitores.

— Só dois colaboradores — continuou Natsue — ainda não passaram pela revolução do e-mail.

Eles eram, ela seguiu, Lesley-Ann Stone, a colunista de jardinagem, e Leo Thornbury, o astrólogo. Lesley-Ann era uma militante antiflúor e cultivadora de narcisos raros, cuja contribuição mensal vinha parcimoniosamente composta a lápis grosso no verso de envelopes usados e no interior de pacotes de semente abertos, frequentemente trazendo pitadas de terra orgânica certificada.

— No caso de Lesley-Ann e de Leo, nossa tarefa é essencialmente a digitação — disse Natsue a Justine. — Nenhum deles incentiva mais contato, e os dois preferem não receber cópias grátis da revista. Lesley-Ann por achar que publicações são um desperdício de recursos naturais, e Leo porque não está interessado em assuntos terrenos. Ele não tem telefone, aparentemente. Mas tem, pelo menos, um aparelho de fax.

Natsue pegou um fax de sua bandeja de entrada e entregou a Justine, que imediatamente notou que se tratava da imagem de uma página com um texto claro e bem espaçado, que parecia ter sido originalmente digitado em uma antiga máquina de escrever.

— É assim que as estrelas de Leo chegam para nós? — perguntou Justine, incrédula. — Por fax?

Natsue assentiu.

— Em geral no meio da noite.

Justine devolveu o fax a Natsue, que o prendeu em seu suporte de documentos. Quando ela começou a transcrever a página, em uma velocidade assustadora, do saguão se ouviu o som do estouro da rolha de uma garrafa de champanhe, seguido de gritos generalizados de alegria. Jeremy apareceu na porta da sala de Natsue, derramando um fio de líquido borbulhante em uma taça.

— *Kobayashi-san* — disse ele, se curvando em uma reverência. — Você está sendo agora convocada à sala de chá, para beber. Neste instante!

Natsue olhou para o relógio em seu computador, que marcava 16h25.

— Mas Jeremy, as estrelas... — disse ela. — Só mais cinco minutos, por favor.

— De jeito nenhum — disse Jeremy, balançando a taça de champanhe como um convite.

— Eu faço a transcrição, Natsue — ofereceu Justine. — Não tem problema. Pode ir.

Justine sentiu a tensão em Natsue, presa entre duas demandas.

— Pode ir, mesmo — insistiu Justine. — Vai ser bom para mim, sabe, para ir me acostumando.

— Você tem certeza? — perguntou Natsue.

— Absoluta.

Com isso, Natsue se levantou de sua cadeira de trabalho por aquela que seria a última vez. Justine esperou um momento e depois se acomodou, alegremente, em seu novo posto atrás da mesa.

Áries, leu ela. De acordo com Leo, os arianos seriam afetados por Lilith no campo dos relacionamentos. Mas, o que diabos era Lilith? Aparentemente — graças ao progresso de Vênus a partir do dia 15, ou o que quer que *isso* quisesse dizer — taurinos iriam experimentar uma nova onda de possibilidades românticas. Justine anotou mentalmente para se lembrar de mencionar isso para Tara, que era uma orgulhosa taurina. Apesar de provavelmente isso não ser novidade para ela, já que Tara parecia viver em uma onda perpétua de possibilidades românticas.

Geminianos, disse Leo, estavam se livrando da influência de uma série de eclipses problemáticos e experimentariam uma sensação de ar fresco e libertação. Isso era, pensou Justine ironicamente, exatamente o tipo de bobagem genérica que sua mãe, a Gêmeos, teria arrepios de prazer ao ler. Ar fresco e libertação, leria Mandy Carmichael, e passaria um dia ou dois observando quão bem — quão livre! — ela se sentia quando respirava fundo.

E cá estava a previsão para Sagitário: *Assaltados por pensamentos inquietantes, os sagitarianos podem sentir uma urgência por mudanças, mas, com Vênus retrógrado pela maior parte do próximo mês, agora não é uma boa hora para mudar sua aparência. Suspenda até maio qualquer tentação de mudar a cor do cabelo ou renovar seu guarda-roupa. Os arqueiros intuitivos podem sentir o impacto da atividade estelar se desenrolando agora em sua décima segunda casa, de segredos e desejos.*

Nada mais sobre mudanças no ambiente de trabalho, infelizmente. Ou sobre antigas chamas surgindo novamente em sua vida. Ela suspirou e olhou mais abaixo na página, para a previsão para Aquário. *Este mês o verá colhendo os frutos das difíceis decisões que você tomou nos últimos tempos. Trilhe seu novo caminho com determinação, Aquário, lembrando-se sempre de que a tentação de retornar será amplificada por Vênus retrógrado, que pode trazer pensamentos melancólicos, nostálgicos. Para os portadores da água em busca de novos lares, ou planejando mudanças significativas no ambiente atual, os dias finais do mês trarão condições cósmicas favoráveis para uma boa escolha.*

O que Nick pensaria sobre isso?, ponderou ela. Talvez pareceria como uma mensagem subliminar de que ele deveria fazer Hamlet. Ou Henrique IV. Ela balançou a cabeça ao se lembrar da confiança ilógica de Nick nas estrelas. Ela também teve uma ideia. Uma ideia interessante.

Se alguém podia fazer com que Nick pegasse o celular e ligasse para ela, esse alguém era provavelmente Leo Thornbury.

♈

A quarta antes da Sexta-Feira Santa era o dia de fechamento na *Star* — o primeiro de Justine como gerente de colaboradores. A foto de capa da nova edição era um atraente close do rosto preocupado de Tariq Lafayette, o jovem diretor de cinema que havia recentemente sido premiado pelo último de sua contundente série de documentários sobre refugiados.

O editorial, que fazia referência ao trabalho de Lafayette e conclamava os líderes do país a exibir liderança moral, não tinha sido escrito por Jeremy, mas pelo correspondente da *Star* em Canberra, Daniel Griffin, e Justine tinha sofrido para editar o texto. Ela também tinha gasto horas com a página de culinária, tentando condensar a coluna de Dermot Hampshire sobre os prazeres da comida de outono, de forma a abrir espaço para a receita de costelas de cordeiro ao molho de beterraba. Era aparentemente um bom sinal ele ter desligado apenas uma vez na cara dela durante as prolongadas negociações.

Justine gastou as primeiras horas do dia revisando cada centímetro de todas as colunas pelas quais era responsável. Ela as queria brilhando e reluzentes antes que Jeremy enviasse os arquivos para a gráfica, ao fim do expediente. No fim da manhã, como Natsue havia previsto, recebeu a visita do criador de palavras cruzadas, Doc Millar. Ele se postou atrás de Justine e fixou seus olhos tristes e lacrimejantes na tela do computador, checando, rechecando e trichecando cada detalhe dos problemas, ao mesmo tempo em que engolia seu café através das grossas cerdas de seu bigode cinzento.

Doc tinha acabado de sair, tendo melancolicamente julgado as palavras cruzadas satisfatórias, quando o telefone da mesa tocou.

De novo não, pensou Justine, certa de que era mais uma ligação de Dermot Hampshire, para discutir suas revisões editoriais e reclamar delas. Ao levantar o fone do gancho, ela se preparou para retomar a batalha: uma batalha calma e profissional, disse a si mesma.

— Alô — disse ela, tentando soar segura desde o início.

— Justine?

Não era Dermot.

— Sim? — respondeu ela.

— Oi. É o Daniel. Daniel Griffin. De Canberra.

— Ah, sim — disse Justine, um pouco confusa. Enquanto isso, seu cérebro diligentemente recuperou a imagem do principal repórter de política da *Star* e a colocou no palco de sua mente. Era uma amálgama da agradável foto de Daniel no topo de sua coluna e das impressões que Justine havia formado nas duas últimas festas de Natal do escritório. Apesar de ter sido apresentada a ele, não sentia como se realmente o *conhecesse*. Tinha ficado com a sensação de que ele era aquele tipo de pessoa que fica olhando sobre o ombro do interlocutor, para o caso de haver alguém mais importante do outro lado da sala.

Por que ele estava ligando? Talvez para reclamar também. Talvez ela tivesse cortado seu texto de forma agressiva demais. Será que ele tinha se

ofendido pelo número de vezes que Justine havia substituído uma frase levemente pretensiosa por uma mais simples?

Ela se preparou para o baque.

— Olha, é rapidinho — disse Daniel, rompendo um silêncio já longo
demais. — Só queria agradecer. Pelo seu trabalho naquele meu editorial.
Foi muito completo. Sua atenção com os detalhes... você fez o texto ficar
realmente bom.

— Ah... — disse Justine, totalmente desarmada. — Obrigada.

— E, já que estamos nos falando, parabéns pela promoção. Eu trabalhei por alguns anos como office-boy da revista, e posso dizer que houve
momentos em que achei que ia me aposentar naquele cargo. Sei que ser
gerente de colaboradores não é exatamente como ser assistente de redação,
mas pelo menos é um passo na direção certa.

— Sim, claro. Um passo na direção certa — conseguiu responder Justine. Deus, ela parecia um papagaio.

— A gente se vê da próxima vez que eu for à cidade, está bem?

— Claro.

Justine colocou o fone no gancho e se reclinou na cadeira. Ela esfregou
seus olhos, que ardiam de tanto olhar para a tela, enquanto processava o que
tinha acabado de acontecer. Daniel Griffin tinha ligado para agradecer. Ele tinha
gostado de seu trabalho e se dado ao trabalho de ligar para agradecer.

Cérebro: *Talvez ele não seja tão autocentrado, afinal.*

Justine: *Você acha que não?*

Cérebro: *Eu não acho nada. Sem comida, não consigo achar nada.*

Justine pegou sua caneca de café, tirou seu almoço da bolsa e foi para
a copa. Ainda enlevada pelo elogio de Daniel, estava prestes a colocar o sanduíche de queijo na chapa quando Jeremy apareceu, arrumando os ombros
dentro da jaqueta do terno.

— Aí está você! Aí está você! Excelente — disse Jeremy, e gesticulou
em direção ao sanduíche. — Deus! Guarde *isso*! Nós fomos convocados.

— Convocados? — disse Justine.

— Para almoçar. No Cornucópia. Dermot quer conhecer você — explicou Jeremy. — Aparentemente você o impressionou pelo telefone. E então
ele está nos oferecendo o almoço. Por conta da casa.

♈

Apesar de ainda ser dia claro quando Justine e Jeremy chegaram ao bistrô na Dufrene Street, a penumbra no interior do restaurante cultivava uma atmosfera intimista noturna. Imensas luminárias redondas pendiam do teto de madeira escura, seus filamentos laranja turvos brilhando como balanços para fadas.

— Sr. Byrne? Srta. Carmichael? — perguntou uma garçonete, com um longo rabo de cavalo desestruturado, de ondulações pálidas, e piercings proeminentes nas cartilagens das duas orelhas. Ela os guiou através de um labirinto lotado de mesas e cadeiras, até uma mesa bem no fundo do salão.

A decoração do bistrô era toda rústica, madeira crua e beiradas rígidas, mas ao sentar Justine descobriu que o banco era forrado com pele de carneiro macia.

— Dermot disse para vocês não se preocuparem em pedir nada — disse a garçonete, enchendo os copos de Jeremy e Justine com água gelada de uma jarra. — Ele já cuidou de tudo.

Quando ela se foi, Jeremy perguntou:

— E então, como você está se virando? Com Dermot? Hummm?

— Eu acho que estamos chegando a um acordo — disse Justine. — Mas não vou dizer que tem sido um processo fácil.

— Ah. — Jeremy assentiu, concordando. — Temo informar que o talento não afasta a arrogância. Na verdade, na minha experiência, os dois parecem muitas vezes caminhar juntos.

Não havia dúvidas de que Dermot Hampshire era um chef talentoso, e para Justine e Jeremy ele apresentou uma amostra magnífica de suas habilidades, enviando da cozinha uma torrente ininterrupta de pratos e tigelas. Havia um caldo rico e picante, engrossado com farinha de cevada, pedaços de cordeiro empanados acompanhados de folhas cozidas e pequenas porções deliciosas de carnes, vegetais e espetos.

A garçonete continuava surgindo da escuridão trazendo comida, levando pratos vazios e enchendo as taças com água e vinho. Logo Justine começou a sentir os efeitos do excelente e encorpado Pinot da Casa da Cornucópia. Suas bochechas estavam vermelhas, e ela podia sentir suas barreiras internas sendo amaciadas e derrubadas. Percebendo que naquele estado poderia dizer ou fazer algo desaconselhável, decidiu beber apenas água pelo restante do almoço.

Justine estava levando sua taça de vinho aos lábios para um último gole — só *mais um*, disse ela a si mesma — quando o próprio Dermot Hampshire apareceu, trazendo um grande prato de queijos e uma garrafa de vinho do Porto. Os queijos eram levemente brilhantes e gordurosos, e o arranjo com pedaços de doce de figo e fatias de pera era lindo. Além de ser o proprietário do Cornucópia, Dermot tinha fundado a fábrica de queijos Un-ewes-ually Good em uma pequena comunidade rural não muito distante de Edenvale.

— Jezza — disse Dermot, saudando Jeremy. — Muito bom ver você, amigo.

Jezza, repetiu mentalmente Justine. *Jezza?*

— Ah, meu bom homem — disse Jeremy. — Excelente repasto. Verdadeiramente magnífico.

Dermot inclinou a cabeça em reverência, com falsa modéstia, e habilmente abriu espaço sobre a mesa para colocar o prato. Então ele soltou seu peso intimidador sobre o banco, obrigando Justine a se mover para o canto.

— O que você achou das bolas? — perguntou a ela.

Justine ficou perplexa.

— Como?

— As bolas — repetiu ele, pegando uma faca e batendo a lâmina em um prato que agora continha apenas migalhas.

As coisas que tinham vindo naquele prato eram deliciosas. Pequenos pedaços empanados de algum tipo de carne — um pouco borrachudos, talvez, mas não de um jeito ruim.

— Estavam deliciosas — disse Justine.

— Eram testículos de carneiro — anunciou Dermot, claramente muito contente consigo mesmo.

Primeiro Justine empalideceu. Depois o sangue subiu correndo de volta para seu rosto.

Dermot gargalhou.

— Por que então você não come mais alguns, já que gostou tanto? — Ele estalou os dedos com força. — Dolly! Ei, Doll! Mais bolas!

— Obrigada, Dermot, mas não precisa...

— Eu insisto. E, ouça uma coisa, não fique sendo educada aqui. Se alguém oferece mais, aceite. Sabe aquela coisa que as pessoas dizem? Menos é mais? Um monte de merda. No meu caderninho, a única coisa que é mais é *mais* mesmo. Veja minha coluna, por exemplo. Eu acho que merecia duas páginas. Mas o editor aqui... ele limita meu estilo, me dando uma página só. Diga a ele, Justine. Diga a ele que preciso de mais espaço. Espaço para me mexer.

Justine esperou que Jeremy interviesse, mas ele apenas observou com um olhar de interesse divertido.

Ouviu-se um estalar de louça sobre madeira quando uma porção de "bolas" apareceu perto de seu cotovelo, mas desta vez não foi a garçonete de cabelos ondulados quem serviu. Foi um jovem. Com cabelo escuro, olhos azuis e um sorriso levemente torto.

— Nick! — disse Justine. — Você agora está trabalhando aqui? O que aconteceu com o peixe?

— Eles me soltaram do anzol — respondeu ele, e Justine riu, talvez um pouco mais do que a piada merecia.

Dermot se recostou e descansou o braço no alto do encosto, sua mão logo atrás do pescoço de Justine. Ele já era um homem grande, mas seu gesto expansivo parecia calculado para fazê-lo parecer ainda maior.

— Vocês se conhecem, é? — perguntou ele.

— De fato nos conhecemos — disse Nick, recolhendo alguns copos vazios da mesa e os empilhando na bandeja apoiada em seu braço.

Dermot, tentando se inclinar ainda mais para trás, disse:

— E você já foi apresentado ao Jeremy aqui, também?

Nick abriu um sorriso profissional.

— Não, eu...

Dermot fez um gesto largo:

— Jeremy Byrne, editor da *Alexandria Park Star*, este é Nick, um dos meus mais novos recrutas.

— Muito prazer — disse Jeremy.

— Igualmente — respondeu Nick. — E, se você me permite, queria parabenizá-lo pelo bom senso de empregar Justine. Ela sempre esteve destinada a ser escritora. Mesmo antes do torneio de soletração, já havia sinais.

— Torneio de soletração? — quis saber Jeremy.

— Quer dizer que você não sabe? — provocou Nick, apesar de seu rosto continuar quase impassível. — Ela tem mantido sua verdadeira identidade em segredo?

Dermot ergueu as sobrancelhas na direção de Justine, e Nick continuou:

— Vocês estão na presença de alguém que um dia foi a campeã nacional de soletração, em um torneio transmitido em cadeia nacional pela TV.

— Jura? — perguntou Dermot, arrastando um pouco a língua.

— Não posso nem dizer que estou surpreso — disse Jeremy.

— Justine sempre foi uma daquelas garotas assustadoramente inteligentes, sabe? Todos os garotos da escola morriam de medo dela.

Eu era?, pensou Justine. *Eles morriam de medo?*

Ela observou que Nick estava mantendo uma pose levemente formal — se equilibrando, na presença de Dermot, entre a subserviência e a autoconfiança.

— Nick é ator — disse Justine, na esperança de mudar o assunto. Aí pensou se aquela observação não tinha sido indelicada, então acrescentou — Além de ser garçom, claro. Se não me engano, ele vai estrear como Romeu.

— Ao seu dispor — disse ele, dando um meio passo para trás e fazendo uma leve reverência.

Dermot interferiu:

— Bem, Justine aqui acaba de ser promovida. Essa garota de sorte agora tem a função de me manter na linha.

Nick manteve um sorriso cuidadosamente neutro enquanto recolhia os pratos vazios e o guardanapo amassado de Jeremy.

— Promovida — disse Nick balançando a cabeça, impressionado, mas, quando ele se aprumou e virou em direção à cozinha, Justine viu uma de suas sobrancelhas estremecerem, em um "eu não disse?" mudo. — Então, vejo você por aí?

Justine, sentindo os olhos de Dermot e Jeremy sobre ela, deu de ombros, da forma mais indiferente que conseguiu.

— Você tem meu número.

Cérebro: *Bom, isso foi tão acolhedor e encorajador quanto um cobertor de pedras de gelo.*

Justine: *Merda*.

Depois de alguns momentos, Dermot espetou umas bolas empanadas e sorriu para Justine.

— Será que eu senti certo, digamos… *frisson*… no ar?

Justine enrubesceu.

— Você tem bom gosto, Justine, vou reconhecer isso. Ele é um cara muito bonito. Mas, até aí, toda minha equipe de salão é muito bonita. Então você e o jovem Nick, vocês são… sabe? — Dermot fez um meneio com as sobrancelhas.

Justine olhou fixamente para Jeremy, mas ele estava concentrado em se servir de outra taça de vinho do Porto.

— Está ficando tarde. Provavelmente precisamos… — começou Justine.

— Ah, você queria ser, mas não é. *Ainda* — disse Dermot.

— Jeremy? — disse Justine, suplicando.

Dermot se inclinou para ela.

— Você devia ligar para ele.

— Não acho que…

— Tenha colhões, cordeirinha. Ligue para ele. *Ligue* para ele.

Justine respirou fundo, se aprumando, e sorriu de forma tão confiante quanto conseguiu.

— É um lugar lindo, aqui. Quase perfeito.

— Como assim, quase? — perguntou ele.

Ela pegou um cardápio, o colocou diante de Dermot e apontou o dedo para a descrição particularmente exuberante de um prato de massa.

— *Fetuccine* se escreve com dois "t"s, *fettuccine,* além dos dois "c"s. Eu achei que você gostaria de saber.

Dermot examinou mais de perto o cardápio, sem acreditar.

Justine continuou.

— E, para futura referência, Dermot, nós mulheres já temos colhões. Só não saímos por aí os balançando para todo mundo ver.

Jeremy deixou escapar uma gargalhada de prazer. Dermot escrutinou Justine por um instante, e depois gargalhou também — uma risada franca, exibindo todos os seus dentes muito brancos.

— Eu gosto de você, Justine. Gosto de você — disse ele.

Ótimo, pensou Justine, enquanto Dermot servia uma generosa dose de Porto em uma nova taça na frente dela. Apesar de sua decisão anterior, ela tomou um belo gole.

♈

Já passava bastante das quatro quando Justine e Jeremy voltaram ao escritório, os dois com o rosto avermelhado, ligeiramente embriagados. Após tomar um café forte, Justine voltou para sua sala. Tinha perdido várias horas com a hospitalidade de Dermot; faltavam agora menos de 45 minutos para o fechamento da edição. Mas onde este tempo poderia ser melhor empregado?

— Qual a pior coisa que poderia acontecer? — murmurou consigo mesma. E então clicou para abrir a página que continha as palavras cruzadas de Doc Millar.

Era difícil acreditar que essa página maçante e genérica — carente de qualquer cor, com os horóscopos dispostos acima das duas palavras cruzadas, a difícil e a fácil — pudesse causar tantos problemas com os leitores. Mas era como Natsue tinha avisado, essa entediante página em preto e branco tinha o poder de criar um tsunami de consequências.

Justine leu as pistas de Doc na ordem, depois de trás para diante. Não encontrou nenhum erro, mas leu novamente, só mais uma vez, para dar sorte. Satisfeita que tinha sido o mais escrupulosa possível, estava prestes a fechar a página pela última vez quando lhe ocorreu que precisava também checar os horóscopos. Leo Thornbury, de sua pequena foto no topo da coluna, encarava Justine com uma expressão mística, seus olhos sombrios sob as ondas prateadas de seu cabelo.

Cérebro: *Esse Nick...*

Justine: *Sim?*

Cérebro: *Acho que você gosta dele. Gosta muito.*

Isso provavelmente era verdade. Mas não era desculpa para mexer no texto de Leo.

Cérebro: *Mas quem iria descobrir?*

Justine ponderou. O fax original de Leo estava no grampo de documentos sobre a mesa, colocado ali por Justine, conforme as instruções de

Natsue. Mas agora já estava bem escondido, perdido em algum lugar sob a coluna de jardinagem de Lesley-Ann e uma seleção de *Cartas para o editor*. Além disso, Leo não lia a revista *Star*. E ninguém na *Star* tinha visto o fax de Leo para o mês de abril. Exceto Justine e Natsue. E Natsue agora estava na Suécia. Mesmo se alguém enviasse a ela uma cópia da edição de abril, ela se daria ao trabalho de ler os horóscopos? E, se os lesse, se lembraria do texto de Aquário? Palavra por palavra? Tendo apenas dado uma olhada rápida antes que Justine assumisse a transcrição?

Mas e se Leo pegasse a revista, só desta vez?

Cérebro: *Ele não vai fazer isso.*

Justine: *Como você sabe?*

Cérebro: *E, de qualquer forma, não é como se os horóscopos fossem... reais. São só bobagem. O que é uma frase aleatória comparada com outra? Que mal isso poderia causar?*

A textura do ar no escritório de Justine pareceu receber uma nova carga de possibilidades. Ela olhou para a página na tela do computador por tanto tempo que a imagem começou a ficar difusa e pixelada.

Cérebro: *Vamos lá...*

Justine: *Não. Vou fechar a página agora.*

Cérebro: *Mas amanhã os arquivos terão sido enviados e será tarde demais. Se você vai fazer isso, tem de ser agora.*

Sem qualquer intenção definida — e sem ter se comprometido com qualquer curso de ação —, Justine selecionou o texto para Aquário. Tinha 389 caracteres. Desde que suas mudanças não deixassem a entrada muito menor que esse número, ou o excedessem demais, não haveria impacto no layout da página.

Ela poderia escrever, *Aquário — Algo ou alguém do passado será importante para sua vida neste mês...*

Não, óbvio demais. Justine tinha testemunhado o modo como Nick lidava com seu horóscopo: lendo nas entrelinhas, procurando mensagens ocultas. Precisava que ele se lembrasse dela, mas não de forma tão direta. Podia mencionar o torneio de soletração? Não, específico demais. E, de qualquer forma, como ela ia traduzir algo assim em um horóscopo?

Então uma ideia surgiu na cabeça de Justine.

"Big Yellow Taxi", de Joni Mitchell, pensou ela, lembrando de seu aparelho de karaokê da Pequena Sereia. Nick com certeza se lembraria do antológico show na sala de estar.

Seus dedos voaram sobre o teclado. *No início da Era de Aquário, Joni Mitchell não nos suplicou em uma canção por maçãs imperfeitas e um Paraíso não cimentado? Neste mês você vai experimentar uma poderosa onda de nostalgia pelo que um dia existiu, que também representa uma intuição do que ainda pode vir a ser.*

Justine sorriu. Escrever bobagem era surpreendentemente divertido. Mas com 270 caracteres, o texto era muito curto. Ela pensou novamente na versão de Leo. Era provavelmente inteligente incluir ao menos alguma coisa do original. Então acrescentou: *Em outra seara, uma mudança de morada, ou no mínimo uma pequena reforma, pode estar nos mapas dos portadores da água.*

Isso levava a 393 caracteres. Perfeito. Justine leu o texto mais uma vez, deslizou o mouse e clicou… salvar.

— Querida — disse subitamente uma voz à porta, e Justine deu um pequeno pulo.

Era Jeremy, seu rosto ainda avermelhado pelos excessos do almoço. Esperando não parecer uma criança surpreendida com o braço enfiado no pote de biscoitos, Justine abriu um sorriso largo e fechou a página na tela do computador.

— Tudo bem? — perguntou Jeremy. — Posso ajudar em alguma coisa? Hummm?

— Ah, não. Tudo bem. Só quero que minha primeira edição seja, bem, perfeita — respondeu Justine.

— Muito bom, é bom ser cuidadoso — disse Jeremy, vestindo o paletó e arrumando o colarinho da camisa. — Mas eu não aconselharia a ter a perfeição como meta. Como dizem os italianos: aquele que só aceita um irmão perfeito precisa se contentar em ficar sem irmão algum. E, eu gostaria, se estiver bom para você, de, ah, enviar os arquivos agora.

— Ah, Jeremy, me desculpe. Eu estava checando as palavras cruzadas do Doc uma última vez.

— Sim, sim. Muito sábio da sua parte, de fato — disse Jeremy, assentindo. — Mas você já terminou?

— Ah, sim. Com certeza. Terminei tudo. Estamos sincronizados, na verdade.

— Excelente — replicou Jeremy, dando um passo atrás, para o corredor. — Então eu vou enviar nossa nova edição para o éter. Para somente ser vista novamente em glorioso tecnicolor, entre as capas.

Ela acabara mesmo de fazer aquilo?

Ah, sim, pode acreditar.

Justine ainda ouviu a voz cantada e encorpada de Jeremy, andando corredor abaixo, gritar:

— Pois esta é a magia da imprensa!

Cúspide

No FIM DAS CONTAS, foram as cebolas. Como cortar as malditas cebolas.

O método de Gary era cortar cada cebola longitudinalmente, colocar as metades resultantes sobre a tábua, o lado plano para baixo, cortar cada metade verticalmente, depois lateralmente, e *voilà* — pedacinhos de cebola de tamanho razoavelmente uniforme. Apesar de essa ser obviamente, objetivamente, a melhor maneira de picar cebolas, Nola insistia em cortar as cebolas em anéis gordos e desiguais, empilhando então os anéis e os picando aleatoriamente. O que resultava, claro, em pedaços de tamanhos variados.

— Apenas admita — dissera ele, na cozinha, cinco semanas atrás. — Meu jeito é melhor.

— Não tem nada errado com esse jeito — respondera ela, cada golpe de sua faca causando um pequeno tremor nos músculos flácidos de seu antebraço.

— Só que não é o *melhor* jeito.

— São apenas cebolas — dissera ela.

— Sim, mas o jeito como você faz é tão, tão… Rokeville.

Era só uma brincadeira, mas ela parou de picar.

— O que você disse?

— Eu disse, é tão Rokeville.

Os dois tinham nascido em Rokeville.

A faca ainda estava na mão dela, pequenos triângulos de cebola grudados na lâmina.

— Você está dizendo que eu corto cebolas como uma caipira?

— Ei...

— Seu *esnobe* de merda — xingara ela, e a ponta da faca havia se encravado na madeira da bancada da cozinha, a um milímetro do dedo dele.

— Deus! Você podia ter cortado meu dedo fora!

— Que se foda.

E então a briga tinha começado para valer. Agora Gary Direen — Aquário, gerente de médio escalão do serviço público e eliminado na primeira rodada do *MasterChef*, um homem de 52 anos que não tinha medo de usar camisas rosa-salmão, mas que há muito tempo lamentava a decisão juvenil de tatuar uma imensa imagem fotorrealista do AC/DC (ali por janeiro de 1980) na nádega esquerda — estava morando sozinho, quase sem móveis, em um canil de um quarto no décimo segundo andar do prédio de apartamentos mais feio de Alexandria Park. Enquanto Nola, sua companheira por quatro anos, estava morando mais longe do centro, no pequeno e bem montado duplex que eles tinham comprado, juntos, na planta.

Como a maioria das relações, a de Gary e Nola tinha sua própria caixa de Pandora de queixas inconfessadas e verdades educadamente suprimidas. A briga da cebola explodiu a tampa da caixa. Nola disse a Gary que metade da Austrália quase tinha vomitado assistindo ao seu segmento do *MasterChef*, com a triste história de como ele tinha crescido com a mãe solteira, que não sabia da existência de nenhuma culinária além dos *nuggets* de peixe empanado. Não era nenhuma tragédia, tinha dito ela. Ele tinha parecido um pirralho chorão. Então Gary disse a Nola que ele tinha retirado as etiquetas de tamanho da lingerie que dera de presente a ela no Dia dos Namorados, para que ela não precisasse encarar a realidade, de que seu traseiro era tamanho extragrande. O que levou Nola a contar a Gary que o único jeito de ela conseguir ter um orgasmo fazendo sexo com ele era pensando em Liam Hemsworth.

Então Gary, cheio de uma raiva efervescente e plenamente justificada, fez suas malas e foi para um hotel. Ele sustentou sua fúria pelo tempo necessário para ver alguns apartamentos pouco inspiradores para alugar, assinar o contrato do menos pior, comprar um colchão usado mais ou menos limpo, e pegar emprestado da tralha de acampar de sua irmã um prato de plástico, uma tigela, uma xícara, alguns talheres tortos e uma panela de alumínio.

Quando o corretor entregou a Gary as chaves de sua pequena casinha de cachorro mofada, sua raiva estava apenas começando a arrefecer. Ele acordou em sua primeira manhã com frio, sob um edredom fino de poliéster, e desconfortável com o colchão mole e usado.

— Cebolas — resmungou ele, balançando a cabeça.

Cinco semanas depois, em uma manhã fria e nublada de abril, Gary derramava leite sobre seu cereal e pensava em Nola, que naquele momento estaria tomando chá com torradas no ambiente de temperatura controlada do recanto de café da manhã, em sua casa. Ela estaria sonolenta e aquecida, usando aquele seu robe branco de algodão, que ela amarrava de maneira a destacar a forma suave de seus magníficos seios.

Não, disse ele. Ele não devia incentivar pensamentos reconfortantes sobre Nola. Ele estava bravo, lembrou a si mesmo. E tinha de permanecer bravo. Precisava continuar bravo até Nola ligar e implorar para ele voltar para casa.

Por alguma razão bizarra, o banheiro do apartamento era acarpetado; cheirava a nylon molhado e mofo. O chuveiro alternava jatos escaldantes e gelados. Mas Gary entrou no banho, sombrio, e se lembrou de que precisava comprar uma cortina para o box.

Lembrando-se de brigas antigas, Gary ainda conseguiu se manter levemente irado até a hora do almoço. Sozinho na copa do escritório, com um sanduíche de ovo com curry comprado em uma lanchonete, ele checou as mensagens no celular. Nada. Checou os e-mails. Nada. Pelo menos Nola não tinha desfeito a amizade com ele no Facebook, ou mudado seu status de relacionamento. E ela não tinha, como muitas mulheres na mesma situação fariam, começado a postar frases motivacionais ou fotos de baldes de sorvete ao lado das caixas de DVDs de temporadas de *Gilmore Girls*. Mas ela também não tinha postado nada que minimamente desse a entender que estava solitária ou triste.

Gary deu uma mordida no sanduíche e pegou um exemplar da *Alexandria Park Star* que alguém deixara sobre a mesa. Ele deu uma olhada na capa, com o close de um jovem de pele escura com uma assustadora cicatriz cruzando a testa, e passou os olhos por uma coluna de opinião censurando a arrogância do time de críquete da Austrália.

— Pelo menos eles vencem — resmungou Gary para ninguém.

Então, sem encontrar nada em particular que quisesse ler, abriu os horóscopos. Não é como se ele realmente acreditasse, mas pelo menos um horóscopo era, de certa forma, pessoal. E o que Gary Direen queria e precisava, naquele dia, era de uma mensagem que parecesse, ao menos em parte, endereçada a ele.

Aquário, leu ele. *No início da Era de Aquário, Joni Mitchell não nos suplicou em uma canção por maçãs imperfeitas e um Paraíso não cimentado? Neste mês você vai experimentar uma poderosa onda de nostalgia pelo que um dia existiu...*

Se, dentro de Gary Direen, houvesse uma ampulheta cheia de raiva, este teria sido o momento em que o último grão amarelo-ácido teria ricocheteado gargalo abaixo e aterrissado no monte de areia já passada. Tudo o que ele conseguia sentir agora era arrependimento, vergonha e um desejo urgente de que tudo voltasse a ser do jeito que sempre fora. Lá no fundo da memória, ele podia ouvir Joni Mitchell cantando o refrão de "Big Yellow Taxi": "Você não sabe o que tem até perder". E, de fato, parecia que Gary Direen não sabia o que tinha até jogar tudo fora.

Nola amava Joni Mitchell. Gary amava Nola. De verdade. Ele a amava.

— Que merda eu fiz? — sussurrou ele.

Dois segundos depois a copa estava deserta de pessoas, e meio sanduíche de ovo com curry jazia abandonado sobre a mesa.

✦

Margie McGee — Aquário, autora de haicais, observadora de pássaros e ambientalista, doadora regular de sangue (AB negativo) e assessora política veterana do Partido Verde — vinha experimentando um fenômeno curioso nos últimos meses. Era como se o conteúdo principal de seu cérebro tivesse se movido um pouquinho para a direita e, à esquerda, um novo painel estreito tivesse surgido. Não havia nada nesse novo painel além de colunas de números em constante movimento. Havia projeções, multiplicações, cálculos de juros compostos, simulações de piores e melhores cenários, tudo isso dependendo dos movimentos do mercado de ações, dos juros básicos e da inflação. Por mais que tentasse, Margie não conseguia encontrar um pequeno "X" para clicar e fechar o painel. Não havia como, ao que parecia, esquecer sua preocupação com essas fórmulas complexas que determinavam quando ela poderia se aposentar. Em cinco anos? Dez? Quinze?

Em uma sexta-feira chuvosa no fim de abril, Margie estava levando o senador Dave Gregson — um defensor da energia renovável, conhecido pelo modo de se vestir — de volta a seu escritório na cidade, após uma coletiva de imprensa sobre o aquecimento global. Tinha sido ideia de Dave realizar o evento em um parque eólico em um subúrbio distante; ele queria falar tendo como pano de fundo as imensas pás giratórias rodando freneticamente em suas hastes. E teria sido um golpe genial de ilustração gráfica, o visual reforçando as advertências quase bíblicas do senador sobre a possibilidade de futuros eventos climáticos catastróficos.

Mas no fim não houve qualquer visual, pois nenhuma das redes de TV aparecera, tendo decidido que a lenga-lenga previsível de um senador de um partido pequeno não era motivo suficiente para viajar para fora da cidade, e a única jornalista que compareceu — uma moça de um jornalzinho de semáforo local e gratuito — não levou um fotógrafo.

Margie tamborilou no volante com suas unhas roídas. Dave, enquanto isso, estava no banco de trás, usando uma pilha de relatórios não lidos do Comitê de Orçamento como apoio para um exemplar da *Alexandria Park Star*.

Pelo retrovisor, ela podia ver que Dave tinha se esforçado para ajeitar o cabelo, desgrenhado pelo vento, e tinha afrouxado a gravata — gravata que fora escolhida após um debate de 45 minutos entre eles. Rosa-choque, tinham concordado afinal, como um gesto de apoio às famílias afetadas pelo câncer de mama. Não que alguma dessas famílias fosse interpretar, ou sequer ver, a mensagem codificada em seda, pensou Margie, com uma pontada de frustração.

Mudando as estações de FM no rádio, ela se perguntava porque todas pareciam estar tocando a mesma música.

— Qual o seu signo, Marg? — perguntou Dave.

Ela precisou pensar por um instante antes de responder.

— Aquário.

Dave soltou uma risadinha.

— O que foi?

— Faz sentido.

— O que você quer dizer?

— Você sabe. Esse seu jeito meio Woodstock — disse Dave. — Quer ouvir seu horóscopo?

— Vamos lá — disse Margie.

Dave começou a ler:

— *No início da Era de Aquário, Joni Mitchell não nos suplicou em uma canção por maçãs imperfeitas e um Paraíso não cimentado?*

Assim que terminou de ler o horóscopo, começou a cantar, desafinado. Quando ele chegou ao último verso do refrão de "Big Yellow Taxi", Margie começou a cantar também. Juntos, eles foram até o fim da canção.

Seguiu-se um pequeno silêncio. Os olhos de Margie se moviam da estrada para a gravata rosa de Dave e dela para o painel de números à esquerda de sua mente. O painel estava enlouquecido: em suas colunas inquietas, os números apareciam, desapareciam, se invertiam, explodiam. Ela balançou levemente a cabeça, desejando que aquilo parasse, e tentou seu melhor para ignorar o painel.

— "Big Yellow Taxi". Isso sim é uma canção — disse Margie, tentando se distrair.

Enquanto Dave cantava um pouco mais, Margie se lembrou dos acordes de Joni sendo tocados em um violão, em um churrasco no quintal de alguém, nos seus dias de juventude, quando usava calça boca de sino. Ah, Joni, Joni.

Vendo de relance seu rosto cheio de rugas, a mente de Margie trouxe a imagem dela muito mais jovem, o rosto sujo de terra e os cabelos como os de um anjo bagunceiro. Os pulsos estavam algemados à pá frontal de uma retroescavadeira, as pernas na lama. Sim, aquela tinha sido ela. Quase tão linda e visionária quanto a própria Joni.

Mas então como, exatamente, a lutadora pelos direitos da floresta de coração puro Margie McGee tinha se tornado a mulher que lia relatórios do mercado financeiro para tomar decisões importantes sobre sua vida? Quando, exatamente, seu trabalho se tornara aconselhar ecologistas sobre qual gravata deveriam usar em suas coletivas de imprensa? E quando, aliás, os ecologistas tinham se tornado o tipo de pessoa que usa *gravata*? Estava na hora de pular fora. Hora de sair do escritório e se algemar novamente a uma retroescavadeira. Acampar em cima de uma árvore. E, se para isso fosse preciso viver à base de ração de cachorro, bem, ela comeria ração de cachorro até não aguentar mais e então acharia a fórmula de alguma pílula para acabar com tudo de uma vez. Ela olhou para sua mente bem a tempo de ver o painel à esquerda se minimizando e desaparecendo. Tinha tomado uma decisão.

— Dave?

— Sim, Marg?

— Eu me demito.

— Você o *quê*?

Ela sorriu para ele pelo espelho retrovisor.

— Eu me demito! Completa e irrevogavelmente.

Não no próximo ano. Não em cinco ou dez anos. Hoje. Agora.

Dave, no espelho, parecia muito assustado.

Enquanto cantava o refrão fofinho de "Big Yellow Taxi", Margie se sentiu jovem como não se sentia havia muitos anos.

✦

Nick Jordan, empoleirado em um banquinho na vitrine frontal do Rafaello's, tentou sem sucesso extrair mais um gole da xícara de cappuccino que já estava vazia há uns quinze minutos. Lá fora, na rua, os transeuntes da tarde de sábado se enterravam mais em seus casacos, ou lutavam contra guarda-chuvas que pareciam ter suas próprias ideias sobre o rumo a tomar.

Na frente de Nick havia vários jornais — todos abertos na seção *Aluga-se* — e também um exemplar da *Alexandria Park Star*. A revista estava amassada e usada, porque Nick a estava carregando consigo para cima e para baixo por uma semana, tentando entender. Mas ele não conseguia, não importava quantas vezes lesse e relesse as palavras de Leo.

Aquário. No início da Era de Aquário, Joni Mitchell não nos suplicou em uma canção por maças imperfeitas e um Paraíso não cimentado? Neste mês você vai experimentar uma poderosa onda de nostalgia pelo que um dia existiu, que também representa uma intuição do que ainda pode vir a ser. Em outra seara, uma mudança de morada, ou no mínimo uma pequena reforma, pode estar nos mapas dos portadores da água.

Pelo menos a última frase era clara. Em mais uma semana, o trabalho de cuidar da casa do artista ia terminar, e ele estaria na rua. Então, sim, uma mudança de morada estava nos astros. Mas e o resto do horóscopo? Não fazia sentido. Ele encarou os olhos profundos de Leo. *É sério?*, perguntou ele, em silêncio. *É sério que você quer que eu volte?*

Era bem verdade que os dias de Nick sem Laura tinham muitas vezes sido solitários e desanimadores. Mas ele tinha gostado de não ter que se preocupar em manter os padrões da *Vogue*. Ele tinha voltado a usar uma calça de moletom que nem lembrava que tinha, e comido uma quantidade escandalosa de alimentos que estavam listados na extremidade errada da tabela de índice glicêmico.

Nick encarou Leo. *Mas agora você quer que eu volte? Para Laura?*

Será que era maluco tomar uma decisão assim baseado nas estrelas? Justine com certeza diria que sim. *Justine*, pensou ele. Qual era esse lance com *ela*? Não a tinha visto nenhuma vez por mais de dez anos, e agora a tinha encontrado duas vezes em um mês. Não era possível, era?, que a *poderosa onda de nostalgia* de Leo se referisse a Justine, e não a Laura?

Não, não era, Nick sabia. Porque Leo também tinha escolhido sublinhar esse sentimento com as palavras de Joni *Mitchell*. Era mesmo como se Leo estivesse dizendo, depois de tudo pelo que ele tinha passado, para ligar para Laura Mitchell e tentar de novo.

Nick deixou a cabeça repousar sobre a bancada do café e bateu a testa na madeira três vezes. Com força. Após a terceira batida, deixou a testa apoiada na revista. Uma mulher sentada mais à frente olhou para ele com uma expressão de preocupação e alarme.

— Estou bem — disse ele. Sem levantar a cabeça, ofereceu a ela um sorriso torto. — Muito bem.

Para Leo, ele silenciosamente disse: *Sabe o quê, velho amigo? Eu adoro você, e não é como se não confiasse nas suas palavras, mas antes de ligar para Laura, acho que vou esperar para ver o que você tem a dizer mês que vem. Está bom assim?*

TOURO

♉

Pelos primeiros dias depois de a *Star* chegar às bancas, Justine tinha se aconselhado a manter as expectativas baixas. Afinal, Nick precisaria de tempo para descobrir que uma nova edição estava à venda. Então ele teria não apenas que ler a coluna de Leo, mas também que pesar os possíveis significados e interpretações daquelas palavras, lembrar a famosa apresentação de "Big Yellow Taxi", pensar um pouco e decidir por um curso de ação.

Mas depois de uma semana, a paciente esperança de Justine se desvaneceu. Apesar de os dias de trabalho serem cheios e ocupados, os fins de semana pareciam longos e vazios. No sábado, ela gastou algum tempo dormindo até tarde, depois um pouco mais assistindo aos primeiros episódios do clássico *Orgulho e preconceito* da BBC, de novo. Ela comeu macarrão com queijo instantâneo no almoço e guardou as sobras para o jantar, prometendo acrescentar algumas ervilhas na versão noturna.

Por que ele não tinha ligado? Será que a referência a "Big Yellow Taxi" tinha sido obscura demais? Ele não se lembrava daquele show em Curlew Court, há tanto tempo? Ou havia outra razão? Ele não tinha parecido, durante a noite que passaram juntos no parque, um homem que já estivesse em uma relação. Ele parecia livre, sem amarras. O Nick que ela lembrava tinha uma alma muito honesta, estável demais para se comportar daquela forma, se seu coração estivesse preso em outro lugar. Ah, meu Deus, ela soava como Lizzie Bennet. Talvez ela estivesse apenas se enganando, ao achar que sabia qualquer coisa sobre Nick Jordan.

E onde ela estava com a cabeça, falsificando os horóscopos. E se Leo descobrisse? E se ele escrevesse para Jeremy? O que aconteceria se ela fosse descoberta? E quão horrível seria ser demitida por assumir um risco e, como se provou, ter precisamente nenhum ganho em troca? Havia tantas questões, mas uma coisa era certa: sua carreira como astróloga, curta como tinha sido, estava encerrada.

No início da noite, mais ou menos na hora em que Lizzie Bennet estava recitando à lady Catherine de Bourgh seu famoso e eloquente discurso no jardim, a visão periférica de Justine captou algo fora do comum acontecendo no apartamento no prédio da frente. Ela pausou o DVD no rosto contorcido de lady Catherine, foi na ponta dos pés até a lateral das portas de vidro da sua varanda e afastou levemente a cortina. Pela janela do apartamento vizinho, Justine podia ver que o fã do AC/DC não estava sozinho desta vez. Havia uma mulher com ele: uma mulher de proporções generosas, vestindo jeans e uma camisa de flanela.

O fã do AC/DC e a mulher estavam embalando todas as coisas dele, percebeu Justine. E estavam rindo. Talvez houvesse música no fundo, pelo modo como ele oscilava enquanto passava fita adesiva nas caixas de papelão. A boca da mulher estava se movendo, seu batom rosa e brilhante. Talvez ela estivesse cantando junto enquanto dobrava as roupas que ia colocando em uma mala.

Com certeza havia música tocando, decidiu Justine, quando o fã do AC/DC dançou através da sala e tomou a mulher em seus braços. Ele rodopiou com ela pela sala cheia de caixas. E então eles estavam se beijando, e a camisa de flanela estava sendo desabotoada… Justine soltou a cortina e se deixou encostar na parede. Ela estava sendo superada no campo romântico até por um homem de meia-idade com uma pança e uma tatuagem horrível.

♉

Na segunda-feira de manhã, Justine, cuidadosamente vestida em uma combinação formal de saia pregueada, camisa abotoada até em cima e um pulôver xadrez, encarou sua imagem no espelho. Nick Jordan, disse a si mesma, é um amigo de infância e nada além disso. Ela deu um nó apertado no cadarço das botas e saiu para o trabalho, caminhando através do parque.

Chegando ao Soapbox Corner, Justine se deparou com um quadro-negro sobre um cavalete. Provavelmente tinha sido montado ali pelo homem de aparência estranha parado ao lado, com uma expressão séria, segurando um maço de cópias de panfletos sobre colisões com asteroides e o iminente fim do mundo.

Justine mudou levemente de curso e diminui o passo. Quando o homem se virou para o outro lado, ela viu que tinha uma chance. Quase sem mudar de ritmo, ela passou pelo quadro-negro e apagou o "I" extra e o acento extraviado em SÓ NOSSA VÓIZ NOS SALVARÁ. Seguindo seu caminho, ela limpou o giz dos dedos com a satisfação de um caubói soprando a ponta do cano de um revólver fumegante.

Chegando ao escritório, Justine encontrou Jeremy parado embaixo da estrela junto com um rapaz de ar decidido e cabelos bem penteados. As marcas das dobras da loja ainda estavam visíveis na frente de sua camisa social azul.

— Querida — disse Jeremy, sorrindo ao avistar Justine. — Por favor, conheça Henry Ashbolt. Henry, esta é Justine, sua... Ah, não diria predecessora imediata, soa muito mórbido. Digamos que é das lindas mãos de Justine que você recebe o bastão de assistente de copidesque.

— Olá — cumprimentou Henry, dando a Justine um firme aperto de mão.

— Oi, Henry — disse Justine. — Seja bem-vindo.

— Obrigado — agradeceu Henry, e olhou novamente para Jeremy, de uma forma que lembrou a ela um cachorro olhando para seu amado dono.

— Então — insistiu Justine —, onde você estudou?

Ele nomeou a mesma universidade dela, mas Justine teve a forte impressão de que esse fato não interessaria a Henry Ashbolt. Ele continuou:

— Eu me graduei com mérito em Ciência Política e Jornalismo. Primeiro da classe.

Justine mordeu a língua para evitar que ela deixasse escapar um *que impressionante*.

— Ah, Justine — disse Jeremy, talvez sentindo o súbito gelo no ar —, vá ao meu escritório, por favor? Dê uma olhada em minha mesa. Há uma caricatura, o Ruthless mandou agora. Do primeiro-ministro. Mas quero sua opinião, se não é um pouco, hummm, *demais*. Para a capa, sabe?

Ruthless Hawker era um cartunista freelancer e um alcoólatra profissional, e ocasionalmente concedia os frutos de sua inteligência ácida à *Alexandria Park Star*.

Jeremy continuou:

— Mas eu gostaria que Henry mantivesse essa informaçãozinha em segredo, certo, Henry?

Justine olhou para Henry, esperando um esclarecimento.

— O primeiro-ministro é padrinho da minha irmã — explicou ele. — Ele foi colega de escola do nosso pai.

— Bem... — começou Justine, agora perdendo um pouco o controle de seu tom de voz. — Você deve estar orgulhoso.

Henry deu de ombros, indiferente, mas Justine captou a leve torção de ironia no canto da boca de Jeremy.

— Muito bom conhecer você, Henry — disse Justine, e seguiu rumo à porta. Ela estava muito curiosa para ver como Henry Ashbolt lidaria com entregar a correspondência, consertar impressoras obstruídas, levar cachorros para tomar banho e ir e voltar do Rafaello's seis vezes ao dia. Por *anos*.

Sobre a mesa de Jeremy estava a impressão em papel A3 de uma caricatura diabolicamente brilhante do primeiro-ministro. Ele vestia um uniforme da Gestapo e se contemplava em um espelho mágico — na moldura estavam escritas as palavras PROTEÇÃO DE FRONTEIRAS. O reflexo no espelho o mostrava vestindo um terno bem cortado e uma gravata azul-brilhante, celebrando uma vitória eleitoral.

Quando Jeremy chegou ao escritório, Henry não estava mais com ele.

— Então, o que você acha, hein? — perguntou Jeremy, se aproximando da mesa. Ele coçou o queixo.

— As pessoas vão comentar — disse Justine. — As *Cartas para o editor* serão... abundantes.

— Mas é excessivo?

— Um editor conhecido meu certa vez me falou que a sorte favorece os ousados.

Jeremy assentiu.

— Ah, sim. O lado benéfico de dar conselhos é que às vezes as pessoas os dão de volta para você, exatamente quando você está precisando. Obrigado.

— Não tem de quê. — Justine se dirigiu para a porta.

— Ah, antes de ir — Jeremy abaixou o tom de voz —, me diga: o que você achou do Henry? Hein?

Justine pensou um pouco.

— Eu não sabia que existia um perfume Jovem Liberal.

Jeremy deu uma gargalhada.

— Acho que você está se saindo maravilhosamente bem como gerente de colaboradores. A publicação melhorou muito com a sua, ah, perspicácia. Nossa última edição saiu muito redonda, de verdade. Você é ótima nesse novo trabalho.

Apesar de abrir um sorriso de agradecimento, enquanto cruzava o corredor Justine ouviu sirenes de alarme ao longe. Henry Ashbolt era claramente um jovem muito ambicioso. Será que ela deveria refrescar suavemente a memória de Jeremy, de que a próxima vaga na redação era dela, independentemente de quão bem ela se saísse na antiga cadeira de Natsue?

Tinha acabado de se sentar naquela mesma cadeira quando ouviu o celular tocando nas profundezas de sua bolsa. Quando finalmente o encontrou, sentiu um arrepio de antecipação correr pelas costas das mãos; o número na tela não era conhecido. Poderia ser Nick?

Cérebro: *Ei! Não se esqueça de sorrir ao atender o celular. Dá para ouvir o sorriso na voz das pessoas, lembra?*

— Alô? — disse ela.

— Ei, Rata da Cidade! Sou eu.

Toda a expectativa de Justine morreu. Era sua melhor amiga, Tara. E então Justine não sabia o que era pior — a pontada de decepção por ser sua melhor amiga do outro lado da linha ou a onda de culpa por ter se desapontado por ser sua melhor amiga do outro lado da linha.

— Bem, oi, Rata do Campo. — Justine tentou soar animada. — De onde veio o novo número?

— Finalmente mudei de operadora. E você sabe há quanto tempo já queria fazer isso. Babacas. Por alguma razão obscura que levaria mais umas setecentas horas ouvindo musiquinha para descobrir, eles não conseguiam parar de cobrar pelo meu antigo plano *e* pelo novo. Então me livrei dos dois. Sim! Mas escuta, estou indo para um protesto contra o *fracking*. Não posso falar muito. Só liguei para dizer que vou estar aí neste fim de semana. A BCA me convidou para este evento de gala no sábado à noite...

— A BCA?

— Beef Cattle Australia, a Associação de Gado de Corte da Austrália — disse Tara. — E Deus abençoe a ABC! Eles me deram permissão para comprometer minha integridade jornalística aceitando o convite, desde que volte com uma ou duas histórias picantes e não peça para eles pagarem minha estadia.

— Como sempre, minha casa é sua casa — ofereceu Justine.

— Obrigada, amor. Então, o que você diz... Quer ser minha acompanhante no baile? Podemos acabar ao lado de uns lindos jovens magnatas da carne em seus chapéus imensos. E, mesmo que não aconteça, ainda temos seu novo emprego para celebrar. Entre outras coisas.

— Que outras... — começou Justine, então parou, entendendo. Entre aquele dia e sábado estava a auspiciosa data de 4 de maio, que não era apenas o Dia do Jedi, mas também... — Seu aniversário!

— Então, você vai comigo? — insistiu Tara.

— Ao baile ir eu vou — concordou Justine.

♉

Não foi difícil para Justine encontrar a ala específica do imenso e chamativo hotel onde o baile de gala da BCA estava acontecendo. Tudo que ela precisou fazer foi seguir os homens de chapéu e as matronas em vestidos de seda pregueados que se dirigiam para uma escada rolante que levava ao vestíbulo do primeiro andar. Ali, um pianista usando All Stars cravejados de diamantes tocava Carole King em um pequeno piano de cauda.

Justine estava usando uma das roupas de sua avó, um vestido preto dos anos 1960 envolto em renda com um zíper intransigente, que fazia maravilhas por sua postura. Ela esperou ali, tentando não cantar com a música de Carole, até que finalmente viu Tara — radiante e peituda, em um de seus clássicos vestidos de noite "vista e brilhe" — subindo pela escada rolante.

— Parabéns atrasado! — disse Justine. — A Força esteve com você?

— Sempre — respondeu Tara, abraçando a amiga. Não foi um apertão educado, mas um abraço sincero e forte que despertou uma pequena onda de emoção em Justine.

— Ei — disse Tara. — Você está bem?

— Claro. Sim. Bem. É só que... Meu Deus, eu sinto falta de ter você por perto.

Elas se abraçaram de novo.

— Chega dessa coisa melosa — resmungou Tara. — Vamos arranjar alguma coisa para beber.

Ela chamou um garçom que passava, pegou duas taças de champanhe da bandeja, deu uma a Justine e se virou novamente para o rapaz:

— E não vá embora ainda.

Tara engoliu seu champanhe numa velocidade impressionante, colocou a taça vazia de volta na bandeja e pegou mais duas. Justine tentou lembrar se tinha aspirina em casa.

— Não faça essa cara, menina — retrucou Tara. — Estamos celebrando.

Justine já estava se sentindo bem altinha quando os convidados foram chamados para o salão de baile propriamente dito, cuja atração principal era uma imensa escultura de gelo, em tamanho real, de um touro. Justine e Tara foram para a mesa que lhes foi indicada, que infelizmente não contava com nenhum homem jovem ou solteiro. Tara se apresentou ao cavalheiro de cabelos grisalhos ao seu lado, e logo os dois estavam entretidos em uma conversa sobre uma doença bovina de nome desagradável.

Justine leu o cardápio. As opções de entrada eram *tataki* de peixe ou uma quiche de queijos de cabras, dois plurais. Supostamente, pensou ela, o autor do cardápio não tinha conseguido decidir se o melhor termo era queijo de cabra (o queijo do leite de uma cabra), queijos de cabra (mais de um tipo de queijo do queijo de uma cabra), queijo de cabras (queijo do leite de mais de uma cabra) ou queijos de cabras (mais de um tipo de queijo do leite de muitas cabras). Para falar a verdade, Justine já tinha visto esse problema antes. Ela abriu sua bolsinha de festa, tirou uma lapiseira e circulou a expressão ofensiva. Em seguida, começou a redigir um bilhete na margem do cardápio.

Eu sempre considerei que a melhor solução, dizia o bilhete, *em vez de presumir vários plurais desconhecidos, é manter tudo no singular genérico, "queijo de cabra". Assim não é necessário supor o número de cabras nem o número de queijos envolvidos...*

— Querida, o que você está *fazendo*? — perguntou Tara. Evidentemente a conversa sobre a doença bovina maluca tinha acabado.

— Eu estou só consertando...

— Não acredito. Por favor, me diga que você não está corrigindo o cardápio.

— Estou só...

— Linda — disse Tara, sem baixar o tom de voz —, quanto tempo faz desde que alguém levou você para a cama?

O homem de cabelos grisalhos abriu um sorriso divertido e olhou para Justine, que enrubesceu profundamente.

— Estou falando sério — continuou Tara. — Você trepou com alguém recentemente? Qualquer um? Não me diga que você está na seca desde o *Tom*. Mas isso é terrível! A última pessoa com quem você fez sexo provavelmente falou sobre a teoria dos primatas voadores durante as preliminares.

— Ah, vamos com calma — replicou Justine. — Ele não era tão ruim.

— Oi, eu sou Tom Cracknell — imitou Tara —, e estou escrevendo uma tese de Ph.D sobre o córtex motor e o trato...

— Piramidal da raposa voadora — completou Justine.

Era verdade que Tom, na época de sua relação com Justine, tinha estado completamente apaixonado pelo tema do seu doutorado. Ele era o tipo de cara capaz de nomear toda a sequência de atores que fizeram o papel de Dr. Who e recitar várias centenas de casas decimais do *pi*. Tom tinha levado Justine para andar de caiaque em rios remotos, e a centros de escalada *indoor* para subir paredes verticais, e a vários outros lugares fora da zona de conforto dela. E tinha sido divertido. Mas quando Tom recebera uma oferta para fazer o pós-doutorado na Costa Leste dos Estados Unidos, nenhum coração tinha se partido.

— Então, quanto tempo faz? Oito *meses*? E daí... nada? Nada?

— Não — murmurou Justine.

— Não admira você estar corrigindo qualquer texto que passe na sua frente.

— Ei, me deixa. Eu estou realizando um... um valioso serviço comunitário.

— Nem um rastro? Um murmúrio? Alguma coisa no horizonte? Um ponto no radar? — Tara examinou a amiga com seu olhar de jornalista investigativa.

Justine balançou a cabeça.

— Ah — disse Tara. — Você está escondendo alguma coisa. Eu posso sentir.

— Bem, não é um ponto no radar — argumentou Justine. — Eu acho que não conta nem como um semiponto.

Tara tomou um grande gole de vinho.

— Eu aceito um hemi-demi-semi-ponto em vez de nada. Agora, me conte tudo.

Então Justine contou a Tara sobre Nick Jordan. Sobre o mercado, a fantasia de peixe, o almoço no Cornucópia e sobre Nick sempre ter sido um ator e estar prestes a interpretar Romeu. Ela até mencionou o momento fugaz de paixão adolescente em uma praia na Austrália do Sul. Mas, ao contar tudo isso, ela se viu — sem exatamente ter decidido isso — omitindo a parte sobre as estrelas.

— Está bem, então — disse Tara. — Qual é o seu plano agora?

— Plano? — perguntou Justine, inocente.

— Você deve ter um plano. E, por favor, me diga que é algo melhor que esperar para ver se ele liga.

— Isso é assim tão horrível?

— É patético.

— Mas eu não tenho o número do celular dele. Não poderia contatá-lo nem se quisesse.

— Bobagem — interrompeu Tara, seca. — Querida, às vezes você precisa pegar o touro pelo chifre. Olhe o Facebook, ligue para os pais dele, apareça naquele restaurante na hora do almoço… qualquer coisa, mas me prometa que você vai, de algum modo ou forma, entrar em contato com esse homem. Promete?

— Beeem — disse Justine. Não devia demorar muito agora, até que as previsões de Leo surgissem, prontas para serem transcritas para a nova edição. Talvez, apenas talvez, ela pudesse dar mais uma chance às estrelas?

— *Talvez* haja uma maneira.

♉

Por volta da meia-noite, tudo estava deserto e silencioso na redação da revista *Star*. Os computadores dormiam sob telas apagadas, seus corações verdes de espera batendo regularmente, enquanto no saguão a velha e temperamental fotocopiadora ressonava sob sua cobertura de vinil. Em meio ao caos da mesa de Anwen, um grupo de bonequinhos de *Guerra nas estrelas* estava decorado com serpentinas coloridas, que tinham sido lançadas em homenagem ao 4 de maio.

As folhas da samambaia, no vaso sobre a mesa de Justine, tremiam de forma praticamente imperceptível no ar quase imóvel, assim como o fino halo de um cardigã angorá pendurado no encosto da cadeira. Pela abertura acima da mesa, nada se via além da névoa escura e alaranjada do céu noturno da cidade. Mas é possível que, alguns minutos após as doze horas, o raio prateado da luz de uma estrela tenha cruzado o painel de vidro sobre a mesa? Teria um único filamento brilhante se lançado através do silêncio daquela sala e acordado o aparelho de fax para a vida?

A máquina zumbiu, se preparando para a ação, e então sua cabeça de impressão partiu, correndo da esquerda para a direita, da direita para a esquerda, através de uma página. A cada passagem deixava a marca de meias palavras.

Pixel por pixel, previsões e conselhos foram desvelados para cada um dos signos do zodíaco, na ordem. Ao chegar ao 11º, o aparelho de fax imprimiu o seguinte: *Aquário: "A contradição", ensinou Pascal, "não é um sinal de falsidade, nem a ausência de contradição um sinal de verdade." Em resumo, Aquário, não há nada a fazer neste mês exceto se equilibrar sob as influências opostas predominantes de Marte e Netuno. Enquanto Marte ordena ousadia e agressão, Netuno aconselha cautela e circunspecção. Seria sábio tentar obter alguma clareza antes de tomar qualquer grande decisão.*

Segundos depois, a transmissão estava completa, e uma única página saiu da máquina e flutuou até a bandeja de saída, onde Justine — na manhã de segunda-feira — a encontraria esperando por sua atenção.

Cúspide

Em uma cabine de avião mal iluminada, bem acima da zona equatorial, a testa da menininha estava quente sob a palma fria da mão de Zadie O'Hare.

— Mamãe? — perguntou a menininha, mas agora não havia tempo para corrigi-la.

Em vez disso, Zadie — Aquário, ex-estudante de Artes agora aeromoça da Qantas, colecionadora e perita usuária de sapatos de saltos vertiginosamente altos, irmã mais nova de cabelos muito negros da loira pós-graduanda em Farmácia Larissa O'Hare — se pôs rapidamente, mas quase em completo silêncio, em ação.

Com a mão direita ela executou um ato decidido de origami reverso em um saco de vômito, e o posicionou sob o queixo da menina, cuja mãe tinha declarado, menos de dois minutos antes, que a filha *não* estava prestes a vomitar. Daí, com a mão esquerda, Zadie juntou o cabelo desarrumado da criança em um rabo de cavalo grosseiro. O tempo foi precisamente cronometrado. O vômito que enchia o saco era espumoso e marrom, como Coca-Cola encorpada, e tinha bastante dele. Zadie podia sentir o calor da excreção em sua mão, através do papel.

A mãe da menina, acordada do otimismo ilusório que tinha se apossado dela através de várias garrafinhas de Cabernet Merlot, subitamente se juntou à ação, cheia de bolsinhas de zíper e lenços umedecidos, simpatia e remorso. Zadie se aprumou e limpou uma pequena gota de vômito de seu uniforme. Ela dobrou a boca do saco branco, reta como um envelope.

— Você é maravilhosa — elogiou a mãe, graciosa. — Como você sabia?

Zadie, composta e competente, deu à mulher uma piscadela totalmente profissional.

— Vamos dizer que não é a primeira vez — disse ela, e então saiu pelo corredor em seus sólidos sapatos azuis, como se estivesse percorrendo o saguão de mármore de um aeroporto brilhante, embora segurasse um saco de vômito encharcado entre os dedos com unhas bem cuidadas.

Tinha quase chegado à cortina que isolava a copa posterior quando percebeu que estava em apuros. Empurrou as portas de correr de um toalete e rapidamente travou a fechadura, intensificando a luz até um tom platinado vicioso. O vômito pulsou por sua garganta acima e esguichou para a privada: laranja pálido, como o filho bastardo do pecado de um curry de avião com uma cenoura marota.

A cenoura nessa imagem, reconheceu Zadie com um sorriso irônico, era esguio, um neozelandês chamado Stuart. Stuart de quê? Stuart quem? Zadie não sabia. Lá pelo início de abril — teria sido mesmo em primeiro de abril? — ela estava sentada ao lado dele em um banquinho alto, sob o ar-condicionado de um bar em Singapura. Tinha ido até ali com sua colega, Leni-Jane, que tinha sido tipicamente eficiente, subindo mais que depressa para a enorme suíte de um solitário empresário alemão. Zadie, deixada só ainda tão cedo naquela noite, sabia que estava levemente bêbada, perigosamente entediada e muito linda em um par matador de Fluevogs e um vestido azul-claro de alça. E aí não foi difícil para Stuart, gim após gim, história após história, insinuar gradativamente um joelho vestindo brim entre as coxas de Zadie.

Novamente, aquela não era a sua primeira vez, e Zadie reconheceu nos grandes olhos castanhos de Stuart, em seus cabelos queimados de sol e que já rareavam e em sua pele, que já apresentava algumas rugas, a ansiedade de um menino, bonito desde o berço, que recentemente descobrira que afinal ele não era Peter Pan.

Zadie acordou em seu quarto de hotel na manhã seguinte com seus cabelos negros, normalmente lisos, emaranhados em uma Medusa clássica, e sua língua ressecada, toda inchada e inútil dentro da boca. Demorou alguns segundos para suas glândulas salivares entrarem em ação, e também para seu cérebro registrar os fatos mais aparentes: onde ela estava, porque ela sentia uma ardência entre as pernas, quantas posições diferentes e incomuns eles tinham tentado e que ela era a única pessoa na cama, ou mesmo no quarto. Talvez ele estivesse no banheiro? Ela pulou da cama e deu uma olhada atrás da porta. Mas não. Stuart tinha ido embora.

Zadie abriu uma garrafa de água do frigobar e a bebeu quase que de um gole só. Ela estava aliviada, decidiu. Sim, aliviada. Olhando em volta, percebeu que, por todo o quarto de hotel bege-sobre-bege, o único sinal visível de seu encontro com Stuart — além dos lençóis amarrotados — era uma camisinha, largada como um casulo de lagarta no carpete felpudo. E, agora que estava olhando para ela, podia ver claramente que estava rasgada de um lado. Merda.

Zadie deu descarga, e a violenta força de sucção da privada do avião fez com que ela instintivamente levasse a mão à barriga. Em seus pesadelos, era assim que ia soar, na quinta-feira ao meio-dia, quando ela comparecesse para o *procedimento*. Foi assim que a mulher ao telefone chamou. Eles eram bons em eufemismos, lá na "clínica de controle da fertilidade".

No que era com certeza o espelho menos complacente do mundo, Zadie examinou seu reflexo. Seu cabelo estava bom, mas sua pele estava horrível, com pústulas cheias de determinação eclodindo através da base que tinha espalhado por sua testa e queixo. E não dava para esconder que o corpete do vestido estava sendo pressionado por seus seios inchados e sensíveis. Na semana anterior, tinha sido obrigada a cancelar um almoço com Larissa, porque se alguém ia notar as repentinas e alarmantes mudanças em sua fisiologia, esse alguém seria sua altamente observadora e academicamente brilhante irmã. Aquela que nunca se encontraria parada em um banheiro de avião, inconvenientemente grávida aos vinte e três anos de idade, tentando decidir qual daqueles dois males colossais era o menor.

Isso nunca aconteceria com Larissa, porque Larissa estaria tomando pílula. E porque, além da pílula, Larissa teria na bolsa um suprimento de camisinhas superfortes, antimicrobianas e reforçadas com aço. Por todas as suas vidas, Larissa tinha sido a cuidadosa e Zadie a curiosa. Mas isso, sua mãe, Patricia, gostava de dizer, era apenas o esperado. Larissa, afinal, era capricorniana, o que explicava sua inteligência calculista e segura, enquanto Zadie era aquariana, destinada às viagens e à aventura, à exploração e à experimentação.

Mas para onde essa busca aquariana aleatória a estava levando agora? Com seu emprego itinerante, ela não podia ter nem um maldito gato, quanto mais um bebê. Ela também não tinha nenhuma reserva de dinheiro: suas únicas posses eram um sedã Kia, trinta e seis amados pares de sapatos de salto e um iPad velho. Uma mãe solteira, desempregada e sem perspectivas, enterrada em um beco sem saída nos confins de Lugar Nenhum: isso é o que ela seria se escolhesse ter esse bebê. Mas a outra única opção era a clínica de controle de fertilidade na quinta-feira ao meio-dia. E aquilo, como destino, parecia pelo menos igualmente terminal.

Os pensamentos de Zadie foram interrompidos por batidas urgentes na porta do cubículo. Malditos passageiros. Será que não sabiam ler? *Ocupado*, ela queria gritar. *O-cu-pa-do*.

— Tudo bem, mana?— Era Leni-Jane. Que devia ter visto Zadie correr para o banheiro. Que notava tudo. Que, apesar de ser doce e engraçada e ótima companheira de balada, era potencialmente o ser humano menos discreto do planeta. Merda.

— Sim, querida. Já vou sair — disse Zadie.

Zadie fez um esforço para se recompor e limpar o banheiro. O saco de vômito da menininha ainda aguardava, encharcado, ao lado da pia. Com todo cuidado, Zadie o colocou no lixo, e depois lavou as mãos com muito sabão. Para disfarçar o cheiro de vômito, borrifou no rosto uma coisa chamada "névoa refrescante". Quando finalmente saiu do cubículo, estava envolta em uma nuvem particular de lavanda quimicamente sintetizada.

Leni-Jane estava esperando por ela na copa, encostada nos armários com as sobrancelhas erguidas. Baixinha e roliça, com olhos de águia e um sotaque britânico totalmente *fake*, ela examinou Zadie com atenção.

— Você tem certeza de que está bem? Você parece semimorta, parece sim. Venha cá e sente um pouco.

Zadie deixou Leni-Jane acomodá-la em um assento dobrável e cobri-la com um cobertor. Ela aceitou, agradecida, um copo plástico com soda e uma bala de menta. Estava cansada, muito cansada. Cansada de uma forma como nunca tinha estado em toda a sua vida. Era como se sua alma tivesse subitamente se transformado em chumbo, ou sua gravidade pessoal tivesse quadruplicado. Ela se imaginou caindo, como uma dessas bolas de academia, através do assento, através do piso do avião, direto para o chão. E criando uma cratera.

— Agora, o que está acontecendo então? — perguntou Leni-Jane, sua cabeça inclinada para o lado. Sem sapatos e com os braços cruzados, ela parecia especialmente baixinha e larga, como uma galinha-mãe em alerta máximo.

— Estou bem, obrigada, querida. Verdade. Foi só que, quando aquela garotinha vomitou, meu estômago revirou junto. — Zadie abriu um sorriso forçado. — Vou ficar boa.

— Bo-o-o-a — repetiu Leni-Jane, com um movimento desconfiado das sobrancelhas. — Hummm. Você então fica sentada aí meia hora, e então vemos se está se sentindo melhor.

Leni-Jane enfiou os pés pequenos e largos nos sapatos e prendeu o cabelo emaranhado em um rabo de cavalo. Antes de voltar à penumbra da cabine, deixou uma revista no colo de Zadie.

— Aqui. Isso vai ajudar a pensar em outras coisas — aconselhou ela, com um olhar penetrante que era um pouco cúmplice demais para o gosto de Zadie.

Zadie se lembraria com total clareza do que aconteceu a seguir. Ela se lembraria da sensação de peso do papel de alta qualidade no qual a revista era impressa, e do nariz vermelho-brilhante da caricatura do primeiro-ministro na capa. Zadie também se lembraria de vários outros detalhes aleatórios: a cor da terra vermelha em uma propaganda da Jeep, a estranha fonte retrô usada na manchete DIVÓRCIO É A NOVA MODA, da foto em preto e branco do astrólogo de rosto enrugado da revista.

Astrologia não era muito a praia de Zadie. Era mais coisa de sua mãe. Patricia O'Hare não encarava a astrologia de forma mística, mas sim de um jeito prático e direto. Seu signo era um fato, como a cor de seu cabelo, de seus olhos e de sua pele, e ela acreditava que sua "virginianidade" explicava tudo perfeitamente, desde o modo como ela dobrava lençóis de elástico (exatamente como Martha Stewart naquele vídeo do YouTube) até o bem equipado kit de primeiros-socorros que ela carregava na bolsa.

Aquário: Este mês é auspicioso para os aquarianos que estejam iniciando novas experiências criativas. Essa sensação de retidão e fluxo se estende por

todas as esferas de sua vida, levando a encontros e eventos aparentemente fortui-
tos. Mas, para Einstein, a coincidência era meramente uma forma de Deus se
manter anônimo. Quando o universo envia uma mensagem para você na língua
do acaso, é mais sábio abrir a porta do que fechá-la.

Ao ler essas palavras, Zadie sentiu sua cabeça começar a girar. *Mamãe?*,
tinha dito aquela garotinha, como se fosse uma pergunta. E então houve
aquela confusão com as entregas, que a fez receber uma caixa contendo
meia dúzia de roupinhas de bebê de algodão trançado no lugar dos sutiãs de
alça que tinha encomendado. Isso tinha acontecido no mesmo dia em que
recebera pelo correio um prospecto de sua antiga escola, com uma carta de
apresentação explicando o processo para colocar um bebê na lista de espera
deles. Mas eram só coincidências, certo? Não significavam nada. Ou significavam?

Zadie fechou os olhos para se acalmar, e foi como se ela tivesse de
alguma forma voltado seu olhar para dentro, para examinar todo um novo
mundo. Ela parecia ser oca, como um imenso geodo, suas paredes de cristal
cintilante bem distantes. Mas esse seu interior era vasto, realmente vasto,
como se ela pudesse de fato conter todo o universo dentro das paredes brilhantes de sua caverna privativa.

O universo envia uma mensagem para você... As palavras flutuavam pelo
cosmos interno de Zadie como se estivessem escritas no céu com poeira de
estrelas. Brilhantes, caleidoscópicas, elas se formavam e reformavam, dimi-
nuíam e depois aumentavam. *O universo envia uma mensagem para você.* E foi
assim que Zadie sentiu, nas profundezas de seu estômago. Não foi imaginação
— ela realmente sentiu: uma explosão de potencial, uma detonação incendiá-
ria de existência, um Big Bang pessoal. E foi naquele momento, e não em outro — pensaria ela mais tarde —, que a vida de seu bebê realmente começou.

◆

Charlotte Juniper — Leão, pós-graduada em Direito e Ciência Política, antiga ditadora da União dos Estudantes (na maior parte do tempo, voluntária),
orgulhosa proprietária de uma cabeleira ruiva que alcançava sua cintura,
ex-ginasta infantil, que ocasionalmente frequentava casas noturnas sem usar

nada por baixo do vestido — estava nua, certa noite, em uma cozinha que não era sua. Ela abriu o armário no qual teria guardado copos se esse fosse o seu apartamento *vintage*, decorado como no estilo dos anos 1950. Mas achou apenas um processador de alimentos desmontado. Ela tentou outro armário, mas estava cheio de pacotes de chá e café. Então outro. Bebidas.

— Ugh — fez ela, estremecendo.

Charlotte tinha sido acordada por volta da uma e meia da madrugada por uma pressão nas têmporas — o arauto de uma ressaca — e pela ansiedade em relação ao futuro. Sua pele recendia a um forte aroma de anis, e seu suor que secava exalava o cheiro de sexo de celebração. Hoje Charlotte tinha recebido e aceitado a oferta de um emprego. Um emprego de verdade, um emprego adulto. Um emprego raro, maravilhoso e que era *dela*.

Todo mundo que ela conhecia que tinha chegado ao mercado de trabalho com um diploma em Direito ou Ciência Política havia rapidamente descoberto que, se queriam ganhar dinheiro, tinham que ser os vilões. Os empregos com ideais vinham com cortes significativos no salário. Mesmo assim, uma vaga tinha se apresentado graças à aposentadoria precoce de Margie McGee. De forma completamente inesperada, a dedicada Margie tinha se demitido de seu emprego no Partido Verde para voltar à linha de frente do ativismo ambiental. Ela estava agora planejando um ato épico de proteção de árvores na Tasmânia, tinha ouvido Charlotte. Algo assim. Graças à surpreendente mudança de vida de Margie, Charlotte agora tinha um daqueles raros empregos no qual ela seria regiamente paga para ser a mocinha. Ela teria dinheiro o bastante para comprar algumas roupas de adulta, e talvez até para beber vinho direto do gargalo.

Charlotte Juniper, assessora do Partido Verde. Especificamente, do senador Dave Gregson. Dave Gregson, o ativista e músico de grandes costeletas que havia se tornado líder político. Dave Gregson, ex-músico e atual companheiro da cantora de música country Blessed Jones, que neste momento estava na Nova Zelândia, na turnê de seu novo álbum. Dave Gregson, no andar de cima, adormecido em seu quarto, descansando do porre e do sexo. Dave Gregson, que — sem o conhecimento de Charlotte — havia esquecido seu celular no silencioso no bolso do casaco, onde o aparelho estivera por várias horas colecionando mensagens de texto e de voz de Blessed Jones, que tinha ficado gripada, cancelado os últimos shows da turnê e estava voltando para casa em um voo noturno. O mesmo Dave Gregson que obviamente não guardava copos em qualquer parte sensata da cozinha.

Charlotte abriu a porta da geladeira, enchendo o aposento com uma fluorescência gelada. Uma onda de ar frio e seco evaporou instantaneamente os finos fios de suor escondidos nas curvas de suas clavículas e sob seus seios pesados e entrecortados de veias azuis. Ela tomou um gole de suco de laranja direto da garrafa. E foi então que ouviu o som inconfundível de uma chave girando em uma fechadura.

A porta do apartamento se abriu, revelando o pequeno vulto de Blessed Jones. Ela parecia exatamente como se estivesse na capa de um disco, com um vestido apertado na cintura e uma saia longa, elegantes botas de cano baixo, um chapéu mole empoleirado no ninho selvagem de seus cabelos encaracolados, um estojo de violão em uma das mãos, tudo isso coroado por lanças de luz âmbar às suas costas. Charlotte escondeu seu púbis atrás da garrafa de suco de laranja. Os bicos de seus seios se endureceram com o susto.

O vulto de Blessed Jones emitiu um pequeno ruído, uma inalação aguda.

— Você é Blessed Jones — disse Charlotte, perdida. — Eu adoro suas músicas.

✦

Tijolos e tábuas — Preço? Entrega?
Prendedores de quadro (adesivos)
Varal (pequeno)
Tampa de pia (55 mm)
Lâmpadas redondas (plugue reto)
Cortina de banheiro

Nick Jordan, dirigindo sua bicicleta para a loja de ferragens, tentava imaginar o que uma pessoa razoável pensaria de sua lista, se a encontrasse trazida pelo vento em uma rua ou amassada sob seus pés em um ônibus. Pensaria que era um poema experimental? Ou, se a aceitasse literalmente, será que poderia reconstruir as circunstâncias particulares do autor da lista?

Seria o estranho capaz de deduzir que a lista tinha sido elaborada por alguém que acabara de se mudar para um apartamento alugado, que — como todos os outros apartamentos alugados de sua vida — não tinha um único gancho para quadros nas paredes? Seria ele capaz de imaginar o forte cheiro de tinta branca ainda fresca? Mas também o subtom de mofo? Seria ele capaz de imaginar a sala, com seu carpete verde lúgubre, ainda meio úmido da limpeza a vapor, e os pôsteres emoldurados empilhados ao lado da parede, até a altura dos joelhos? Conseguiria imaginar as pilhas de livros, CDS e revistas sem lugar para ir? E também o saldo bancário do autor da lista — cujo tamanho o obrigava a se virar com tijolos e tábuas, de novo, no lugar de prateleiras de verdade?

"Varanda", dizia o anúncio do apartamento. Mas não era uma varanda de verdade. Era uma plataforma de concreto com uma grade de metal enferrujada, grande o suficiente para conter uma jardineira cheia de tomates ou o varal que Nick iria comprar em seguida, mas não os dois. Era difícil saber por que o arquiteto tinha se preocupado com varandas, se é que "arquiteto" era a palavra certa para a pessoa que tinha projetado aquele lixo vertical onde Nick agora morava. O prédio tinha sido construído tão próximo do edifício art déco ao lado que Nick seria capaz de facilmente cuspir sementes de cereja através da janela na frente da sua.

O anúncio dizia que a cozinha era em "estilo náutico", o que Nick agora sabia que era um código para "ridiculamente pequena". O fogão era velho e sujo, com placas de aquecimento sólidas que provavelmente levavam um século para esquentar; o quarto era minúsculo, e era melhor, decidiu Nick, nem sequer pensar no banheiro, que tinha sido decorado durante o incrivelmente breve período da história da humanidade no qual carpetes no chão daqueles cômodos tinham parecido uma boa ideia.

Nick atravessou um cruzamento, desviando de uma comitiva de *dachshunds* em seu passeio diário, presos a uma guia múltipla. Do outro lado da rua, ele parou a bicicleta por tempo suficiente para colocar seus fones de ouvido e digitar um número no celular. Agora que o horário de verão tinha acabado, seus pais estavam novamente apenas duas horas mais cedo, e enquanto pedalava pelas ruas silenciosas da manhã de domingo era um momento tão bom quanto qualquer outro para começar a conversa que precisava ter com sua mãe.

O telefone tocou quatro vezes. Ele imaginou Jo Jordan pegando seu celular da bancada da cozinha do outro lado do país, abrindo sua cara capa de couro. Ele podia sentir o cheiro do ar salgado e imaginava a vista da janela da cozinha de seus pais, o litoral barulhento e o azul do mar da Costa Oeste.

— Querido! — exclamou ela.

— Ei, mãe. Desculpe o barulho do vento.

— Onde você está?

— Na bicicleta.

— Eu preferiria que você não falasse ao telefone enquanto pedala.

— Mããe.

— Está bom, está bom. Que tal o novo apartamento?

— Negro de sujeira. Nojento. Nodoso. Muitas outras coisas começando com N. E por falar nisso... — Nick respirou fundo, preparando-se para mergulhar. — Namorada.

— Ah, você conheceu alguém. Que emocionante!

— Na verdade, não sei se você vai gostar.

Ele sentiu um gelo instantâneo, como se alguém houvesse bombeado nitrogênio líquido na linha, mesmo assim continuou:

— Laura e eu vamos tentar de novo.

No silêncio que se seguiu, ele podia ver perfeitamente a expressão no rosto de sua mãe. Ele até imaginou poder escutar ela morder o lábio inferior.

— Quer dizer — continuou ele —, não vamos morar juntos de novo, não imediatamente. Vamos voltar para o começo. Bem do comecinho. Você sabe, sair juntos. Um passo de cada vez.

A mãe continuou em silêncio.

— Ela concordou em diminuir a pressão. E eu concordei em pensar seriamente sobre os rumos da minha carreira. É um acordo. Quer dizer, talvez seja hora de eu começar a... quero dizer, você sabe, papai sempre disse... até *você disse* algumas vezes... eu nunca pensei que ser ator fosse fácil, mas talvez não soubesse que ia ser tão difícil. Não sei se posso continuar sem dinheiro para sempre. Mãe?

Ele podia ouvi-la respirando. Pensando.

— Mãe?

— Você precisa traçar seu próprio caminho, Nicko. Namorada, carreira. Tudo isso. Tudo precisa ser escolha sua. Não minha.

— Ela é...

— Eu sei querido, eu sei. Três anos são um longo tempo, e você investiu bastante. Eu entendo que você queira segurar isso. Mas, depois que uma relação não dá certo uma vez... quero dizer, conforme você fica mais velho, a vida vai apresentando desafios mais complicados, Nick. Você precisa ter certeza de que escolheu a pessoa certa. E, todas as vezes que nos falamos nos últimos meses, você parecia convencido de que estava mesmo tudo terminado. O que aconteceu?

Então foi a vez de Nick ficar em silêncio.

Uma *sensação de retidão e fluxo*, tinha escrito Leo, e *encontros e eventos aparentemente fortuitos*. Era essa a maneira com que Deus permanecia anônimo, colocando o rosto de Laura por toda parte, de forma que ela estivesse onde quer que Nick olhasse? Parecia que cada vez que ele dobrava uma esquina, lá estava ela, na cara dele, magnificada em proporções gigantescas em outdoors e vitrines de lojas.

Ela estava atualmente na vitrine da Country Road, bem maior que a vida: quadris fortes, uma maquiagem enevoada e envolta por seda dourada flutuante. Seus longos cabelos lisos e negros brilhavam e sua expressão era... o quê? Ele supunha que a Country Road queria que ela parecesse lânguida e intocável, como se sua marca de roupa fosse um passaporte para um lugar livre de todas as preocupações que poderiam amassar sua consciência, seu rosto ou suas roupas. Ela não era apenas o cabide de roupas da Country Road, era também os olhos dos Óculos Ophelia. Havia uma imagem dela usando óculos magenta, seus cabelos levemente ondulados e flutuando sobre os ombros sob o efeito de uma brisa milimetricamente orquestrada, pregada nas laterais de metade dos ônibus da cidade.

Na própria *Alexandria Park Star*, uma página depois dos horóscopos de Leo, havia um anúncio de página inteira dos vinhos espumantes Chance, e nele, posando contra um fundo rústico de barris, usando jeans que subiam por seu quadril esguio até uma cintura inacreditavelmente fina, estava Laura Mitchell. Sua blusa cor-de-rosa estava recatadamente abotoada, mas era bem justa. Seus lábios pálidos e perfeitos estavam curvados em uma expressão convidativa, e ela segurava, entre unhas impecavelmente pintadas, a haste de uma taça de champanhe. O líquido dourado e translúcido dentro do vidro brilhava com todas as promessas de uma aliança de casamento, uma estratégica estrela de luz explodindo da superfície. *Corra o risco*, dizia o anúncio, em uma fonte cursiva imensa.

Quando o universo envia uma mensagem para você na linguagem da sorte, é mais sábio abrir a porta do que fechá-la.

Nick podia ouvir a mãe esperando sua resposta.

— Eu só acho que é o… certo. Sabe?

— Nicko?

— Sim, mãe?

— Você tem essa tendência de enxergar apenas o melhor das pessoas. E isso é lindo, mas… tome cuidado com esse seu coração.

— Ei! — Nick se lembrou de outra coisa que precisava contar para a mãe. — Você nunca vai adivinhar quem eu encontrei. Duas vezes. Justine Carmichael.

— Justine? Meu Deus! Sério? Como ela está? O que ela está fazendo?

— Ela trabalha em uma revista.

— Claro que trabalha. — A mãe soltou um suspiro feliz. — Teria que ser algo ligado a palavras.

Nick se viu contando à mãe tudo sobre o jantar que ele e Justine tinham dividido no parque, e daí como ele a tinha encontrado no Cornucópia, e como ela não estava nem um pouco diferente, e percebeu que estava tagarelando. Talvez contando coisas demais, como se estivesse há algum tempo contendo o desejo de falar com alguém. Sobre Justine.

— Vocês dois eram tão bons amigos — disse a mãe de Nick. — Sabe, Mandy e eu, nós costumávamos ter esse pequeno sonho que você e Justine… Bem, isso faz muito tempo. Sinto saudades de Mandy.

Houve uma pausa.

— Algumas vezes fico pensando como teriam sido nossas vidas se nós nunca tivéssemos saído de Edenvale — disse Jo, melancólica.

Nick chegou à loja de ferragens.

— Preciso desligar, mãe.

— Amo você, querido. Se você encontrar Justine novamente, não esqueça de dizer que eu mandei um beijo.

GÊMEOS

Ⅱ

Em uma tarde de sexta-feira no fim de maio, Jeremy Byrne reuniu toda a equipe da *Alexandria Park Star*, sem aviso prévio, na sala de chá. Ele se postou na cabeceira da mesa com uma expressão séria.

— O que aconteceu? — perguntou Justine, sentando ao lado de Anwen.

— Não parece ser bom — disse Anwen.

— Será que alguém... fez algo errado? — perguntou Justine, mas Anwen só deu de ombros.

Justine olhou em volta, para os seus colegas. Barbel estava em pé perto da porta, claramente incomodada com essa interrupção não programada de sua tarde. Henry, o novo contínuo, estava empoleirado à direita de Jeremy, seu olhar atento. Justine secretamente o chamava de Hulk, pois, apesar de ele ser pequeno e empertigado, ela temia que, se a ambição do rapaz saísse de controle, ele ficaria da cor azul-escura do Partido Liberal e as costuras de sua camisa social refinada explodiriam.

Jeremy pigarreou. Roma e Radoslaw, ele anunciou, tinham pegado o Camry naquela manhã, para uma reportagem do outro lado da cidade, onde eles tinham se envolvido em um acidente.

— Que merda! — disse Martin Oliver, cerrando os pulsos como se fosse socar alguém.

Justine observou atentamente a expressão de Jeremy, tentando não pensar no pior. Pelo menos não antes que fosse absolutamente necessário.

— Mas eles estão bem? — perguntou Barbel.

Ao mesmo tempo, Anwen deixou escapar:

—Ah, meu Deus.

Eles estavam no hospital, informou Jeremy, e apesar de a colisão ter ocorrido na via expressa, e a uma velocidade considerável, os ferimentos de ambos haviam sido — por sorte — leves.

— Acabei de chegar do hospital, onde pude ver os dois — assegurou Jeremy à equipe, e continuou dizendo que Roma passaria por uma operação naquela tarde por causa de um tornozelo e um pulso seriamente quebrados. Radoslaw, por sua vez, havia sido tratado do tranco no pescoço e do choque, e quase certamente teria alta pela manhã.

— Mas o galo na testa dele é espetacular — acrescentou Jeremy. — Ele está bem parecido com uma beluga.

A motorista aprendiz de um velho Holden Gemini também tinha sofrido apenas ferimentos leves, disse Jeremy, mas era possível que ela tivesse sujado as calças, pois Radoslaw estivera embriagado de adrenalina quando saiu do Camry para comunicar a ela sua opinião sincera sobre as habilidades automobilísticas da moça. Vários olhares de compreensão foram trocados, mas, apesar de Justine supor que todos estavam pensando o mesmo que ela, ninguém disse nada.

— Claro — continuou Jeremy —, essas notícias são perturbadoras para todos nós. Mas somos, ao fim e ao cabo, profissionais. E nosso pequeno show tem de continuar. Então, já chamei Kim Westlake para manter as coisas funcionando no departamento de fotografia. Quanto às pautas de Roma, todos nós teremos de ajudar.

Jeremy anunciou que ele mesmo ia assumir a cobertura em andamento de um caso judicial envolvendo a procuradora-geral do Estado e o comediante que supostamente a teria difamado. Os outros dois redatores rapidamente se apresentaram: Martin Oliver pegou o perfil de uma premiada romancista chilena, e Jenna Rae se ofereceu para terminar o artigo a respeito do impacto de um corte de verbas no Corpo Nacional de Balé.

— Isso nos deixa com, ah, uma última pauta — disse Jeremy. — Um pequeno perfil de uma talentosa jovem atriz. Verdi, Verdi... Highsmith. Por sorte, Radoslaw já tinha feito as fotos para a entrevista. A srta. Highsmith tem só quinze anos, mas recebi informações confiáveis de que ela é alguém em quem devemos prestar atenção. Ela está no elenco do *Romeu e Julieta* do Teatro de Alexandria Park.

Justine pensou: *Romeu e Julieta?* Tinha que ser a peça do Nick. Só podia ser.

Martin emitiu um som gutural de zombaria.

— Sim, eu sei, eu sei — disse Jeremy. — Mas, apesar de eles estarem constantemente testando nossa paciência com suas intermináveis comédias pretensiosas, a boa gente desse teatro são os trovadores da nossa vizinhança, então devemos amá-los. E, se a srta. Highsmith realmente for uma promessa, naturalmente a *Alexandria Park Star* quer ser parte de sua jornada desde o início. Quem pode fazer o perfil?

Cérebro: *Ele pode estar lá. Durante a entrevista.*

Justine: *Quem?*

Cérebro: *Não se faça de desentendida. Só levante a mão.*

— Eu faço — disse Justine.

— Excelente ideia. Obrigado, Justine — agradeceu Jeremy. — E dessa forma estamos... resolvidos. Bom trabalho, pessoal.

— Hummm, Jeremy? Quando é a entrevista? — perguntou Justine.

O editor olhou suas anotações.

— Às três da tarde. No Gaiety.

— Hoje?

Jeremy examinou novamente as anotações.

— Isso. Hoje.

Já eram duas e meia.

II

Justine chegou ao Gaiety com uma nova caneta esferográfica em um dos bolsos do casaco, um novo bloco de notas no outro e dois minutos adiantada. Ela não conseguiria dizer quando estivera no Gaiety pela última vez, um pequeno e antiquado teatro que era o orgulho e a alegria da Associação dos Amigos de Alexandria Park. Mas, assim que pisou no vestíbulo, suas narinas se encheram de um aroma característico de mofo, que a transportou imediatamente para os seus oito anos, vestindo seu melhor casaco e botas apertadas. Ela se lembrou das apresentações natalinas do *Quebra-Nozes*, das montagens de *Peter Pan* do Teatro Juvenil de Alexandria Park e das intermináveis sessões de *O leque de lady Windermere*.

Na entrada estava um jovem muito bem cuidado, vestindo uma elegante camisa floral e sapatos exageradamente pontudos. Ele se apresentou como o gerente do teatro, mas Justine sabia que isso era jargão para "o único empregado permanente do lugar".

— Eu sou Justine Carmichael, repórter da revista *Star*. — Apesar de não ter ensaiado aquelas palavras, gostou de como soavam.

— Os ensaios estão indo até mais tarde hoje, mas deixe-me levá-la até a plateia. Devem terminar logo. Verdi encontrará você lá quando acabarem. — O gerente guiou Justine rapidamente por uma escadaria coberta por um tapete vermelho. — Como você sabe, os ensaios ainda vão demorar para vir para o teatro. Hoje é só para fazer algumas imagens e vídeos promocionais.

No vestíbulo do andar superior havia um pequeno bar enfeitado, e um par de portas duplas que levava à penumbra da plateia. O gerente colocou um dedo sobre os lábios, pedindo silêncio, e então conduziu Justine para dentro.

Quando seus olhos se ajustaram, ela notou que, se as poltronas de veludo do teatro tiveram o estofamento trocado desde a sua infância, o tecido novo possuía exatamente o mesmo tom de vermelho. As paredes também não tinham mudado — ainda estavam pintadas com o mesmo verde-azulado sombrio — e as figuras gregas nos murais em volta do proscênio não haviam se movido nem um milímetro. Acima das cadeiras, nuvens de pó rodopiavam nos túneis de luz lançados pelos holofotes do teto contra o palco sem cenário. Dois câmeras estavam posicionados atrás de tripés próximos a cada extremo do palco, e um terceiro andava descalço por ele.

No centro da cena, no meio de um cone de luz, estava uma jovem vestida de preto, um script em suas mãos. Seu cabelo era castanho e abundante, com um elegante corte curto. Quando seu rosto vasto e perfeito recebeu todo o impacto da luz, Justine ficou atordoada por um instante.

— *Quem é você, que vem escondido pela noite roubar meus segredos?* — disse a menina, e sua voz quente e levemente rouca preencheu o teatro sem esforço.

Uau, pensou Justine, reconhecendo imediatamente aquelas palavras como parte da cena da sacada. Outro ator entrou no círculo de luz, também vestido de preto e com o script nas mãos.

— *Pelo nome não saberia dizer-te quem sou* — disse ele. — *Meu nome, querida santa, eu o odeio, pois é para ti o nome do inimigo.*

Era Nick. E seu rosto também, sob aquelas luzes, estava reduzido aos seus elementos essenciais. Os olhos pareciam maiores do que nunca, a boca mais sensual. As maçãs do rosto estavam levemente murchas, como convinha a um jovem torturado pelo amor.

— Deixo você aqui — disse o diretor. — Divirta-se.

— Obrigada — sussurrou Justine.

No palco, a garota, que devia ser Verdi Highsmith, continuou:

— *Meus ouvidos não sorveram sequer cem palavras caídas de sua boca...*

E então o encanto se quebrou. Verdi riu, e de repente era apenas uma garota de quinze anos qualquer. Julieta tinha ido embora.

— *Saídas de sua língua.* Não *caídas de sua boca* — ela se corrigiu. — Caídas de sua boca, caídas de sua boca, caídas de sua boca. — Ela riu de novo, e fez uma careta maluca para um dos câmeras.

— Continue — sugeriu Nick.

Verdi fechou os olhos, respirou pelo nariz, e... Julieta estava de volta.

— *Não és tu Romeu, e um Montéquio?*

— *Nenhum deles, linda donzela* — disse Nick, carinhosamente —, *se algum deles a desagrada.*

Justine sentou-se silenciosamente em uma das poltronas de veludo no fundo da plateia, onde esperava manter-se oculta.

Os atores estavam lendo dos scripts, ainda se acostumando com as expressões de Shakespeare, e não havia qualquer sinal de figurino ou cenário à vista. Mas mesmo assim algo estava sendo criado — um encantamento estava sendo invocado a partir de palavras, gestos e intenções.

Enquanto recitavam suas falas, Nick e Verdi se moviam. Não era a cena da forma como o diretor a organizaria. Os atores estavam apenas circulando um de frente para o outro vagarosamente, deixando seus corpos ditarem os movimentos. Era como se, pensou Justine, o palco fosse um redemoinho, as partículas no ar ganhassem carga a cada nova linha. Ver Nick no palco, recordou Justine, sempre tinha sido como ver uma foca lançar-se na água: um animal desajeitado que de repente fazia sentido. O palco era o elemento natural de Nick Jordan.

— *Com as leves asas do amor voei sobre aquele muro* — disse Nick. — *Pois barreiras de pedra não podem conter o amor...*

Justine, ali no macio e aveludado ambiente da plateia, percebeu que mal conseguia lembrar como era estar naqueles primeiros momentos de se apaixonar e ter o amor correspondido. Na verdade, naquele exato momento parecia quase inconcebível que aquilo aconteceria novamente com ela. Porque um amor assim não era algo que você pudesse fazer acontecer. Era uma fagulha mágica, e você só podia ter a esperança de, de alguma forma, em algum lugar, em algum momento, estar lá quando o fósforo fosse riscado.

— *Boa noite, boa noite! É tão doce a dor da despedida, direi boa-noite até que o sol reviva* — disse Verdi, e, quando a cena terminou, Justine permaneceu sentada em silêncio, sem querer que o mundo da peça desaparecesse.

Ela viu o diretor se aproximar da beirada do palco e sussurrar algumas palavras para Verdi, que pulou para o chão. Os câmeras desligaram seus equipamentos, e logo Nick estava sozinho no palco. Justine poderia ter se levantado e acenado, mas ficou apenas observando enquanto ele estudava a página aberta em suas mãos, as expressões em seu rosto se sucedendo conforme a leitura avançava. Após algum tempo, ele fechou o script e caminhou para a escuridão das coxias.

Atrás de Justine, as portas da plateia se abriram com estardalhaço, deixando entrar um facho de luz poeirenta.

— Hummm... oi — cumprimentou Verdi, ofegante da corrida escada acima. Ela acenou para Justine de forma estranha, seu cotovelo colado ao corpo, e era mais o gesto de uma adolescente nervosa do que da jovem atriz confiante e serena a que ela acabara de assistir.

— Eu sou Justine. — Ela estendeu a mão. — Da revista *Star*.

Desajeitada e desconfortável, Verdi pegou a mão estendida e a apertou.

— Na verdade, nunca fui entrevistada antes.

Justine, sem querer deixar transparecer que aquela também era sua primeira entrevista de verdade, disse:

— Eu vi alguns minutos do seu ensaio. Vocês dois estão tão bem juntos. Vai ser um espetáculo lindo.

— Ah, sim, Nick é maravilhoso — elogiou Verdi.

O coração de Justine ainda estava cheio de Shakespeare, de outra forma talvez ela não tivesse dito nada. Mas, do jeito que se sentia, não conseguiu deixar de reclamar algo para si.

— Eu conheço Nick, na verdade. Fomos da mesma escola.

Verdi pareceu intrigada. Ela se inclinou, os olhos crescendo.

— Verdade? Como ele era?

— Sempre o artista — disse Justine, carinhosamente. — Pergunte a ele sobre seu Sapo do Salão do Sapo.* Todo mundo em Edenvale ainda se lembra.

— Vocês estudaram juntos até o fim do ensino médio, e tal?

Justine imaginou detectar sinais de Verdi construindo algum tipo de narrativa, criando uma história particular a partir desses pedaços de informação.

— Não. A família de Nick se mudou da cidade antes do fim do fundamental.

Com isso, a curiosidade vivaz de Verdi se transformou, sem esforço, em tristeza. O rosto da garota, viu Justine, era como uma Lousa Mágica. Tinha a capacidade de eliminar uma expressão e substituí-la por outra.

— Ah... — disse ela, como se estivesse realmente de coração partido em solidariedade a Justine. — Você sentiu falta dele?

Justine ficou sem ar. Eram lágrimas se insinuando logo abaixo de suas pálpebras inferiores? *Pare, pare, pare*, disse a si mesma. Era isso que atores faziam. Faziam você rir, faziam você chorar, usavam o rosto, a voz, as mãos e os movimentos para fazer você sentir coisas. Era o trabalho deles.

Agora o rosto de Verdi estava fazendo algo novo. Ela subitamente parecia um tanto alegre, como um inventor maluco ou um chef possuído.

— Então... — Ela literalmente juntou os dedos na frente do rosto e bateu os indicadores. — Vocês ainda mantêm contato?

— Nos vemos por aí de vez em quando — disse Justine, evasiva, se perguntado se não estava distorcendo um pouco os fatos.

— Você conhece a namorada dele?

As palavras atingiram Justine com força. Na verdade, foi apenas uma palavra. *Namorada*. Ela sentiu seu coração naufragar.

---

* O Sapo do Salão do Sapo é um personagem do livro *O vento nos salgueiros*, um clássico da literatura infantil de língua inglesa. (N.T.)

— Ela é modelo — explicou Verdi, interpretando o silêncio de Justine, com precisão, como uma negativa. — Você deve tê-la visto, ela está em todos os anúncios dos vinhos Chance. E dos óculos Ophelia. Você já viu algum deles?

Justine não sabia se tinha visto, mas mesmo assim sentiu seu coração afundando mais alguns metros na imensidão azul.

— Eu já a conheço há algum tempo, porque quando eu tinha, deixe eu ver, uns doze anos, fui a Laura jovem no anúncio da Escola St. Guinevere para *Moças*. — Verdi ergueu uma sobrancelha. — Eu era, você sabe, o rascunho, e ela o produto final. Mas o impressionante sobre Laura é que ela de fato se parece com um produto final. Mal precisam retocar suas fotos, ou qualquer outra coisa.

E Justine sabia que, se seu coração afundasse mais, ele queimaria, pois chegaria ao núcleo derretido da Terra.

— Mas é um pouco estranho, acho. Quer dizer, você poderia vender Nick e Laura como um casal perfeito... eles se parecem tanto. Sabe, cabelos escuros, olhos azuis. É como aquela coisa dos desenhos animados, tem um rato ou guaxinim macho ou qualquer coisa, e então tem a fêmea, e você sabe que ela é a menina por causa dos cílios e da fita na cabeça. Isso é Nick e Laura. Você não acha estranho como algumas pessoas procuram parceiros que se parecem exatamente como elas? — tagarelou Verdi, quase sem tomar fôlego.

— Mas você acha que eles são felizes? — indagou Justine, se sentindo culpada em perguntar. Verdi só tinha quinze anos; não era muito justo extrair informação dela.

— Bem, teve umas idas e vindas — admitiu Verdi.

— Por quê?

— Você conhece a história de Narciso, não conhece?

— Claro.

— Bem, na minha opinião — Verdi fingia uma maturidade além de sua idade —, pode ser que Nick seja o lago.

II

Na semana seguinte Justine trabalhou em seu perfil de Verdi Highsmith até quase decorar o texto. Quando entregou o artigo, ela também já tinha descoberto os cinco lugares entre as Evelyn Towers e o escritório da *Star* onde ela podia estudar o rosto da namorada de Nick Jordan, a modelo, Laura Mitchell.

Era tão tentador imaginar, pensou Justine numa manhã bem cedo, quando parou na frente de um imenso pôster na vitrine de uma ótica, que as bênçãos devem ser distribuídas de forma equilibrada e, já que Laura tinha sido tão favorecida, com um cabelo espesso e um rosto simétrico, ela portanto deveria ser proporcionalmente menos dotada em alguma outra área. Na inteligência, talvez. Ou charme, ou talento, ou gentileza. Mas Justine sabia — e teria defendido ferozmente essa ideia — que esse tipo de pensamento era injusto.

Cérebro: *Verdi disse que ela era um pouco fútil.*

Justine: *Não, Cérebro. Verdi não disse isso. Não exatamente.*

Cérebro: *Certo, certo, ela insinuou. Mesma coisa.*

Justine: *Isso é um raciocínio torto, Cérebro. Não é de jeito nenhum a mesma coisa.*

Cérebro: *Mas, então, o que você vai fazer agora? Hein? Vai simplesmente desistir, é isso? Você não acha que Leo teria algo a dizer sobre superfícies e profundeza, sobre amor falso e amor verdadeiro?*

Justine: *Com base em quê? A opinião de uma adolescente fofoqueira? Acho melhor esquecermos esse assunto.*

Então Justine deu as costas para o pôster da linda mulher na vitrine da ótica e seguiu seu caminho. Enquanto andava, ligou para sua mãe, que estaria — imaginou Justine — arrumando as últimas coisas antes de sair para o trabalho.

— Mandy Carmichael.

— Feliz aniversário, Mamãe Ursa.

— Ah, minha menina linda. Como você está, querida? Você não vai acreditar no que seu pai me deu de presente de aniversário. Ele foi lá e organizou tudo sozinho, nós vamos para esse retiro gastronômico nas Montanhas Azuis. Tudo muito exclusivo. O foco é em *tartes*, pelo visto. Seu pai acha que isso é muito engraçado. Ele vai nos levar para lá no Skycatcher, e vamos passar uma noite em um antigo hotel art déco, e então voamos de volta no dia seguinte. Quer dizer, é bem insensato aprender a cozinhar lindas *tartes*, elas sendo as bombas de calorias que são, e eu passei metade da minha vida... — Conversar com sua mãe ao celular podia ser uma atividade bastante passiva, lembrou Justine, enquanto caminhava e ouvia. Tudo que ela precisava dizer eram os ocasionais *hm-mm* e *ah-hã*. — ... preciso ir, tesouro. Não posso me atrasar. Tenho uma porcaria de reunião sobre gerenciamento e avaliação de performance o dia todo hoje. Amo você, querida. Beijo, beijo.

II

— Tem um segundo, querida? — disse Jeremy, ao encontrar Justine perto da copiadora logo após o almoço. — Em meu escritório?

Faltavam quatro dias para o fechamento.

— Claro — disse Justine, e lá estava ela novamente: aquela pequena pontada de culpa. Enquanto seguia Jeremy pelo corredor, Justine pensava, nervosa, nos originais dos horóscopos de Leo sobre a sua mesa.

Passando pela porta aberta da redação, Justine viu de relance o lugar onde Roma costumava sentar. A tela de seu computador estava apagada, e as flores no vaso ao lado do teclado tinham murchado.

O escritório de Jeremy estava talvez um pouco mais caótico do que o normal; parecia que tinha andado consultando seus livros; havia espaços vazios nas prateleiras, e várias pilhas instáveis em vários pontos ao redor da sala. O editor sentou-se atrás da mesa, e foi com alguma ansiedade que Justine tomou seu lugar à frente dele. Mas, quando olhou para ele, viu, para seu alívio, que ele estava sorrindo. Talvez fossem boas notícias, afinal. Será que, com o acidente, Roma estava pensando em se aposentar?

— Como você sabe, nós estávamos pensando em colocar uma imagem de protesto na capa da próxima edição — disse o editor. — E, como você também sabe, eu realmente gosto de uma boa foto de protesto. Expressões furiosas! Gritos! Punhos erguidos! Sim, eu gosto de ver o povo se erguer e fazer com que sua voz seja ouvida.

Justine tinha visto a imagem, uma foto tirada à beira-mar de uma manifestação contra a exportação de animais vivos, pessoas iradas carregando placas manchadas de tinta vermelha, que respingava como sangue. Ela também tinha visto o design de Glynn para a capa: a imagem cercada por uma borda do mesmo tom de vermelho, e apenas umas poucas chamadas, todas em uma fonte comprimida no pé da página, onde interferiam menos com a potência da cena central.

— Mas, com a confusão com a caricatura do Ruthless no mês passado, eu decidi, depois de refletir sobre o assunto, usar algo um pouco mais leve, um pouco mais alegre, menos polêmico.

Jeremy mostrou um rascunho de sua nova proposta para a capa. Se antes Justine tinha visto vermelho, sua primeira impressão agora era de um verde mais frio. A capa da revista estava dividida horizontalmente em dois painéis, cada um deles preenchido com uma foto de Verdi Highsmith contra um fundo liso verde-menta. Como nas máscaras de teatro clássicas, ela era tanto tragédia quanto comédia: sua boca na imagem superior estava virada para baixo, em tormento, e na imagem inferior estava voltada para cima, alegre. As chamadas da capa agora estavam em uma mistura de fontes e cores pastéis, extravagantes e brincalhonas. Era linda.

As mãos de Justine cobriram seu rosto.

— Então, como você vê...

— Ah, meu Deus! — exclamou Justine. — A matéria de capa? Eu ganhei a matéria de capa?

— Seu artigo está maravilhoso. Descritivo, mas conciso. Perceptivo, espirituoso, cativante. Eu adorei, e acho que nossos leitores também vão adorar. E eu não esqueci que você teve ainda o desafio adicional de receber a tarefa na última hora.

— Obrigada — disse Justine.

— Eu também notei que você gastou bastante tempo no texto sobre a Highsmith, e que isso pode ser o motivo de, ah, com, humm, quatro dias até...

Justine o interrompeu.

— Eu sei o que você vai dizer. Eu sinto muito, Jeremy, estou um pouco atrasada com as colaborações, mas eu...

— Não, não. Não precisa se desculpar. Eu ia só sugerir que poderia ser melhor se, pelos próximos dias, nós passássemos algumas de suas tarefas mais — como diria — mecânicas para, ah, Henry. Talvez pudéssemos dar a ele a transcrição da coluna de Lesley-Ann — notei que ela ainda não está na pasta. E acho que ainda tem algumas resenhas de livros para chegar? Elas só precisam de uma revisão, claro, mas acho que Henry consegue fazer isso. E talvez ele possa fazer os horóscopos também? Hein? O que você acha?

— Tudo... bem — disse Justine. — Quer dizer, exceto pelos horóscopos... eles estão...

Sua mente acelerou. Apesar de ter dito a si mesma — de ter chegado perto de prometer a si mesma — que deixaria a coluna de Leo em paz, ela agora estava em pânico. Mesmo que não tivesse exatamente a intenção de mexer no texto de Leo, também não queria que Henry tocasse nele. Os horóscopos eram, ela estava começando a sentir, de alguma forma, seus.

— O que eu quero dizer é que os horóscopos estão na minha tela neste momento, quase terminados — mentiu Justine.

— Excelente — disse Jeremy. — Excelente. O resto, delegamos. As estrelas eu deixarei em suas tão competentes mãos.

Meia hora depois, o último fax de Leo estava pregado no grampo de documentos no escritório de Justine, e os horóscopos do mês tinham sido enviados para layout. E se, no processo de transcrição, a entrada para Aquário tivesse sido ligeiramente transformada, Justine considerou, o risco era mínimo. E se a relação entre Nick Jordan e sua linda namorada fosse totalmente blindada e segura, então o horóscopo não faria qualquer sentido para ele. Que mal, então, poderiam causar algumas pequenas alterações?

Cúspide

TANSY BRINKLOW — Aquário, oncologista, ex-esposa do urologista Jonathan Brinklow e mãe das adolescentes Saskia, Genevieve e Ava, admiradora de Diana Rigg (na sua fase *Os vingadores*), eleitora envergonhada do Partido Liberal — almoçava todos os meses com suas velhas amigas Jane Asten e Hillary Ellsworth. Como normalmente acontecia, o restaurante escolhido para o encontro de junho era consideravelmente distante do consultório de Tansy, pois nem Jane nem Hillary precisavam se preocupar em como encaixar o almoço em um dia de trabalho.

Por todo o almoço, até aquele momento, Tansy tinha conseguido manter sua mão esquerda sob a mesa. A sopa não foi obstáculo para isso, nem a *bruschetta*. Mas então Jane sugeriu pedirem um prato de queijos em vez de uma sobremesa, e concordar com aquilo havia sido um erro impensado da parte de Tansy, ela agora tinha percebido, pois não há maneira sutil de colocar um pedaço de brie sobre uma torrada com uma só mão. Sentada com a mão esquerda sob a coxa, Tansy estava plenamente consciente da forma do novo anel em seu dedo. Ela não sabia se Hillary e Jane iam gostar dele ou odiá-lo. Tinha sido produzido por um joalheiro artístico, e era bem diferente: uma imensa turmalina marrom esfumaçada, chata e retangular, montada sobre uma base de ouro rosa e branco. Tansy não tinha certeza se era a coisa mais bonita que ela já tinha visto, ou se simplesmente não combinava com ela. Tinha dito a Simon que era a coisa mais bonita que ela já tinha visto. Pois, afinal, sua educação era impecável.

Se alguém fosse descrever a dra. Tansy Brinklow com apenas uma palavra, seria *educada*. Se uma segunda palavra fosse permitida, ela seria *extremamente*. Seus pais, mais ingleses que os ingleses, consideravam a cortesia uma virtude fundamental. As outras eram asseio, modéstia e boa pronúncia (aulas particulares de dicção haviam sido providenciadas para proteger a pequena Tansy das vogais preguiçosas de suas colegas de escola). E, apesar de o baile de debutante de Tansy estar agora em um passado distante, havia aspectos das luvas brancas de cetim (com botões de pérola até o cotovelo) que nunca haviam sido despidos.

O sorriso cortês e desarmado de Tansy e seu assentir de cabeça polido e compreensivo eram tão essenciais à sua postura que tinham sido — há uns seis anos — sua primeira reação instintiva às notícias surpreendentes de que ela estava prestes a se divorciar. Jonathan tinha avisado quando já estavam sentados dentro do avião, com os cintos de segurança afivelados, rumo a Fiji para duas semanas de férias em família, e as garotas já estavam plugadas ao sistema de entretenimento da aeronave.

— Querida... — disse ele, pegando a mão de Tansy. — Eu achei que talvez fosse bom contar agora, assim você tem algum tempo para se acostumar com a ideia. Quando voltarmos, vou sair de casa. Estou me separando de você.

Ele já tinha pensado em tudo, contou, e a lembrou que, quando eles haviam comprado a casa nova, alguns anos antes, a escritura tinha sido lavrada apenas no nome dela. Era obviamente mais fácil e mais sensato que ela ficasse com casa, enquanto ele ficava com o apartamento na cidade e a casa de veraneio na costa — mas ela e as meninas poderiam continuar a usar a casa de praia sempre que quisessem, bastava ela avisar com duas semanas de antecedência. Quanto ao patrimônio financeiro — que era substancial —, ele tinha pensado que uma divisão 60/40 em favor de Tansy era razoável, pelos anos em que ela abrira mão de uma renda para criar as meninas. Ela queria fazer alguma pergunta?

Perguntas? Elas se contorciam como peixinhos em um redemoinho. Por quanto tempo ele vinha planejando isso? Colocar a casa no nome dela — não tinha sido por motivos fiscais? Ou, lá atrás, ele já sabia que ia embora? Havia outra mulher? Meu Deus, havia outro *homem*? Era *por isso* que eles não transavam há quatro meses? Que *merda* é essa? Ele a estava *abandonando*? *Por quê*? Mas Tansy não conseguia se fixar em qualquer dessas questões por tempo suficiente para fazê-las sair por sua boca e, de qualquer forma, estavam na classe executiva e havia uma aeromoça parada ali perto, no corredor, com um sorriso brilhante, carregando uma bandeja de taças cheias de mimosa.

— Uma bebida? — perguntou ela.

Tansy se forçou a abrir um sorriso.

— Obrigada.

Durante todas as férias em Fiji, Tansy se sentiu como se tivesse sofrido uma concussão. Passou longos dias atônita sobre a areia branca, observando as filhas brincando em um mar raso de cinema. À noite ela bebia piña colada e fumava cigarros de cravo, duas coisas das quais nunca tinha gostado e pelas quais não voltou a se interessar depois. E então ela arrumou as malas de todo mundo com sua eficiência habitual e eles voltaram para casa, seu marido foi embora e o marido de Hillary, clínico geral, receitou algumas pílulas para ajudar a aparar as arestas daquilo tudo. Mas as pílulas não apararam só as arestas, tiraram sua essência. Naqueles anos após o divórcio, Tansy tinha vivido — ela depois percebeu — em uma sala de espelhos, um lugar estranho, onde a terceira dimensão sempre se revelava ilusória. Foi só nos últimos seis meses, depois de conhecer Simon Pierce, que tinha voltado a sentir algo se movendo em profundidades que ela esquecera que possuía.

Simon era enfermeiro. Parteiro, para ser exata. Em seu uniforme, camisa e calça azul, com um recém-nascido nos braços, ele era uma inebriante mistura de masculinidade e sensibilidade. Quinze anos mais novo do que ela, Simon não tinha uma casa própria, morava em um pequeno e elegante apartamento alugado próximo de sua livraria favorita e da melhor sala de cinema alternativo da cidade, o Orion. Ele não tinha carro, se locomovia em uma Vespa que, tinha confessado, ainda estava pagando. Tansy ainda ria, chocada, quando se lembrava de que a única propriedade de algum valor de Simon era uma cafeteira italiana top de linha.

Hillary e Jane haviam encontrado Simon algumas vezes e tinham sempre sido muito cordiais com ele. Tansy fora bastante sincera, tinha contado tudo sobre ele às amigas: como se conheceram na fila do almoço, na lanchonete do hospital, e como ele havia sugerido que almoçassem em outro lugar em vez de se submeterem ao arroz empapado e ao frango empanado com curry de lá. Mas ela não tinha contado nem a Hillary nem a Jane que foi nesse encontro improvisado que Simon havia, sem ser incentivado de forma alguma, corretamente identificado a semelhança notável entre Tansy e Diana Rigg em *Os vingadores*. E, apesar de ter dado a entender às duas amigas que o sexo era abundante, não entrara em detalhes. A virilidade do marido de Jane tinha sido uma coisinha frágil e de curta duração, e as atenções do marido de Hillary tinham se concentrado, pelas últimas duas décadas, em sua secretária. Ia parecer que ela estava se gabando se contasse que um dos primeiros presentes de Simon fora um par de luvas de couro pretas justas que ela, mais de uma vez, havia usado na cama.

Tansy respirou fundo e colocou a mão esquerda sobre a toalha branca de linho, ao lado do prato de queijo. O perfil baixo e arredondado da gema brilhou à luz do sol da tarde que entrava pela janela do restaurante, com vista para o mar. Hillary ficou paralisada, um pedaço de queijo grudado em seu batom já borrado pelo almoço. As sobrancelhas de Jane se ergueram até se esconderem sob sua franja ruiva e grossa.

— Simon me pediu em casamento — anunciou Tansy. Ela sabia que estava vermelha e que devia estar cheia de manchas no decote.

— *Casamento?* — perguntou Hillary.

Jane olhou para o anel, se inclinando um pouco para trás.

— Meu Deus, o que é? Quartzo?

— Turmalina — corrigiu Tansy.

— Quase a mesma coisa. — Hillary tirou os óculos e se inclinou para ver melhor. — Bem trabalhado. Provavelmente não foi barato.

— Bem, isso é um alívio. — Tansy sorriu.

Hillary e Jane então trocaram um rápido olhar, e Tansy sentiu o cheiro característico de premeditação.

Jane falou primeiro:

— Você percebe, Tansy, que, mesmo que o anel tenha sido caro, é um pequeno investimento. Considerando qual deve ser o valor do salário dele.

Por um breve momento, Tansy considerou aquilo um elogio. Então seus olhos se cerraram.

— O que você está tentando dizer?

— Vamos colocar desse jeito — respondeu Hillary. — Se fosse um médico rico, um especialista, e ele fosse o alvo de uma enfermeirazinha linda e pobre, quinze anos mais jovem, o que você pensaria? Que ela estava fascinada pela cativante personalidade do doutor?

— Não — disse Tansy, rindo. — Mas Simon não é...

Jane levantou a mão e enumerou nos dedos.

— Sem carro, sem casa, quase trinta e cinco anos e sem nada em seu nome, e aqui está esta médica mais velha, solteira, cheia do dinheiro...

Ela parou de falar. A boca de Tansy abria e fechava, como a de um peixe de aquário.

— O que eu não entendo é o que ele andou fazendo da vida — disse Hillary. — Quer dizer, *por que* ele não tem dinheiro? Ele trabalha, não é? Por que ele não tem um carro?

Jane olhou firme para Tansy.

— Outro dia — começou ela, e fez uma pausa —, você disse que estava pensando em trocar o Volvo, ia fazer um *test-drive* com alguma coisa. Foi ele quem sugeriu?

— Sim. Acho que foi, mas...

— Que tipo de carro? — perguntou Jane. A expressão em seu rosto fazia parecer que tudo dependia dessa resposta.

— Um Alfa Romeu Spider — sussurrou Tansy.

Hillary deu uma risadinha.

—Ah, Tansy. Um Alfa Romeu? Nem parece você.

— Ele disse que eu merecia. Que trabalho duro. E devia ter o que quisesse.

— Mas quem realmente quer o carro? Você? Ou ele? — Jane serviu o que restava do vinho branco na taça de Tansy e gesticulou para o garçom trazer uma segunda garrafa. Houve um breve silêncio pesado.

— Eu não consigo entender o que ele tem feito com o dinheiro que ganhou — ruminou Hillary.

— Ele viajou — ofereceu Tansy.

— Ou ele pode ter jogado. — Os olhos de Hillary se arregalaram. — Ou... pensão. De onde você disse que ele era?

Tansy disse a elas. Jane franziu os lábios.

— Acho que você precisa admitir, Tansy. Ele é simplesmente DDN — disse ela.

Tansy não reconheceu a sigla, olhando confusa de uma de suas amigas para outra.

— Diferente De Nós — explicou Hillary.

— Ou, dizendo de outra forma... — Jane fez uma pausa para criar um efeito dramático —, um garimpeiro, procurando ouro.

Para uma garota nascida e criada em uma cidade de mineiros, essa era uma palavra muito forte, e a reação de Tansy foi fisiológica. O rubor que ela experimentou pareceu ter o epicentro em seu plexo solar; foi uma inundação de vergonha tão dolorosa que fez sua garganta arder e as bochechas queimarem, o nariz latejar e as costas das mãos formigarem.

— Ah, lembrei agora. — Hillary tirou de sua imensa bolsa de couro um exemplar da revista *Star*. Ela a colocou sobre a mesa como se fosse um elemento crucial da evidência em um caso judicial.

— Quem é *ela*? — perguntou Jane, batendo com sua unha de gel perfeita na capa. — Nós a conhecemos?

— É a neta daquela mulher que tinha uma loja de roupas atrás do Mercado de Alexandria Park. Filha do mais novo, aquele que se casou com uma... não sei, o que ela era? Grega? Macedônia? De qualquer forma, acho ridículo. Ela tem só quinze anos, e estão deixando que interprete Julieta, no Gaiety. Nem quero pensar como isso atrapalha os estudos de uma criança.

— Ela é linda — disse Tansy.

— Claro que é — replicou Jane. — Ela tem quinze anos. Todas as garotas são lindas aos quinze anos. Exceto as que não são.

— De qualquer forma, o ponto é — continuou Hillary, alto —, eu li isso ontem. E pensei em você quando vi. Combina perfeitamente. E, meu Deus, adoro Leo Thornbury. Ele sempre acerta em cheio. Espere até ouvir. Onde estamos? Aquário, Aquário. Aqui. Ouça. *Neste mês, portador da água, você chega a uma encruzilhada amorosa. Mas que direção deve tomar? As estrelas insistem para que você tenha cuidado com o amor insincero. "Quem dera fosse possível", meditou Katherine Mansfield, "diferenciar o amor verdadeiro do falso da mesma forma que diferenciamos os cogumelos bons dos venenosos." Você*

faria bem em ouvir com atenção os sussurros de seu coração secreto e buscar o
conselho daqueles em quem mais confia.

Jane ergueu as sobrancelhas, como se estivesse na presença de uma sabedoria profunda. Balançando a cabeça melancolicamente, ela deu seu veredicto sobre Simon Pierce:

— Venenoso.

Tansy sentiu como se tivesse levado um soco no estômago. *Daqueles em quem mais confia.* Hillary e Jane tinham sido suas madrinhas de casamento e eram as madrinhas de suas filhas. Nunca mentiriam para ela.

— Será que eu fui cega a esse ponto? — A voz de Tansy era baixa e tensa.

— Bem, uma pergunta — declarou Jane com frieza. — Ele alguma vez pediu dinheiro para você?

— Eu paguei a dívida dele com o cartão de crédito — admitiu Tansy.

— Ele pediu ou você ofereceu? — perguntou Hillary.

Tansy não conseguia se lembrar direito. Não exatamente. Ele tinha mencionado como não era sensato ficar pagando aqueles juros enormes se tivesse outra opção. Mas ela com certeza tinha provocado aquele comentário dele, sem dúvida. *Não se preocupe com dinheiro*, tinha dito ela, *tenho tanto que nem sei como gastar*. Meu Deus, como *aquilo* foi acontecer?

— Quem sugeriu é irrelevante, Hill. Só o fato de ele ter dito a ela que tinha a dívida do cartão é suficiente para mim.

— Não acho que ele poderia... fingir — disse Tansy. — Ele não é desse jeito.

Ela se lembrou de como, na primeira vez que tinha educadamente fingido um orgasmo com Simon, ele tinha parado, olhado para ela com um sorriso insolente e dito: "Um de verdade não seria melhor?".

— Eu tenho certeza de que ele gosta de mim — insistiu Tansy. — Tenho certeza.

— Esse é o problema com você, coração — disse Hillary. — Você confia demais. Com Jonathan você também não desconfiou, não é?

Como aquilo tinha acontecido? Ela não sabia. Mas sabia que tinha simplesmente ido ao banco, brilhando e pós-orgástica, de braço dado com Simon. *Engambelada*. Tinha sido engambelada. E tinha feito uma transferência bancária de milhares de dólares. Meu Deus, ela era uma completa idiota. Pensou naquelas mulheres na televisão, seus rostos sombrios e suas vozes alteradas, que confessavam, aos prantos, terem sido estúpidas o suficiente para entregar todas as suas economias a golpistas românticos que tinham conhecido pela internet.

Tansy tirou aquele anel horrível do dedo como se ele a estivesse queimando e o colocou sobre um guardanapo de linho. As três mulheres olharam para a peça, um pequeno e catastrófico acidente automobilístico observado de uma distância segura.

— Meu Deus — concluiu Tansy. — Preciso terminar tudo, não é?

— Coitadinha — disse Hillary.

— Só não se esqueça de cobrar tudo que ele deve a você — recomendou Jane. — Tudo.

E Tansy Brinklow sorriu educadamente.

◆

Len Magellan — Aquário, rabugento, morador da casa de repouso Holy Rosary, ateu fundamentalista, portador do mal de Parkinson, pai de três e avô de sete, amante de cebolas picantes em conserva — estava morrendo. A morte estava dentro dele, infiltrando-se por seus poros e descolorindo sua pele para tons sem vida de roxo-amarronzado e verde. Ele podia sentir o cheiro da morte em sua própria respiração, enquanto apoiava o quadril na pia no banheiro de sua suíte e tentava escovar apenas os dentes, e não o nariz e o queixo. Ele não acreditava em vida após a morte, ou que seria julgado por seus erros (ele nunca usaria a palavra *pecados*). Não acreditava que reencontraria sua falecida esposa, ou que ele e Della iam se sentar em cadeiras de balanço colocadas lado a lado na beirada de uma nuvem e observar, com benevolência, as peripécias terrenas de seus filhos e netos. Ele acreditava que sua consciência ia simplesmente desaparecer, e seu corpo ia apodrecer em um caixão.

Toda terça, uma voluntária vinha fazer companhia a Len. Ela vinha não porque ele tinha pedido, mas porque as freiras que vagavam pelos corredores tinham notado como as visitas de sua família eram pouco frequentes. A voluntária era uma mulher de meia-idade, com o cabelo ralo e um crachá com seu nome, GRACE.

Len achava repelente a facilidade com que se podia ver a pele rosada e escamosa da cabeça de Grace através de seus cachos cinzentos. O fato de ele poder ver quanto a mulher tinha tentando esconder seu escalpo — penteando o cabelo para trás e usando fixador — era pessoal demais para uma terça-feira às onze da manhã. A coisa do cabelo era quase mais repelente para ele do que, a piedade bondosa nos olhos azul-acinzentados da mulher. Mas ele calculou que como ele tinha pena dela por sua calvície, seus sapatos marrons de amarrar, sua postura assexuada e seu rosto comum, a pena dela e a dele efetivamente se cancelavam mutuamente.

Len tinha o hábito de usar a televisão para ignorar Grace. Para mostrar a ela o quão pouco ele a queria ali, pegava o controle remoto e forçava seu polegar tremelicante a selecionar o canal de compras. Americanos estúpidos tentando vender a ele a cura para espinhas e aparelhos para exercitar o abdômen, ele mostrava a Grace, eram preferíveis à conversinha religiosa dela. Apesar de, para ser justo, não saber se tinha uma conversinha religiosa, pois nunca tinha sequer conversado com ela. Ela vinha toda semana, se sentava e ficava ali por meia hora, enquanto ele assistia à televisão. E ela sorria, como se acreditasse que sua mera presença de alguma forma fizesse bem a ele.

Naquela terça-feira em particular, entretanto, a estratégia de Len foi derrotada pelo controle remoto. Não funcionou. E era culpa de sua filha, Mariangela, das pilhas vagabundas que ela lhe trouxera. Len revirou a primeira gaveta da cômoda procurando pilhas extras, mas não encontrou nenhuma.

— Deus do céu — resmungou, esperando ofender Grace.

Pilhas, como uísque e cebolas picantes em conserva, eram coisas para as quais ele dependia de seus parentes. Era como estar em uma maldita prisão na Indonésia, mas sem um mercado negro. Não importava que ele tivesse dinheiro — nunca tinha conseguido encontrar uma freira disposta a comprar uma garrafa para ele.

— Talvez eu possa ler o jornal para você. Ou uma revista. A sra. Mills, ali na frente, gosta — sugeriu Grace.

— Foda-se a sra. Mills — resmungou Len. — Desculpe.

— Não foi nada.

Então Grace pegou um exemplar do jornal de sua bolsa e começou a ler com sua dicção perfeita.

— Por que você não vai ler histórias da Bíblia para algum dos analfabetos ou coisa assim? — sugeriu Len, mas Grace apenas continuou lendo. Ela parecia estar escolhendo com cuidado o que lia para ele. Nenhum crime, nenhum acidente de trânsito, nenhuma morte naquele jornal dela. Só reencontros de pôneis em miniatura roubados com suas antigas donas e celebridades raspando os cabelos em ações de caridade. Através de um olho semicerrado, ele observou Grace dobrar o jornal e colocá-lo de volta na bolsa. Mas não estava terminado ainda. Ela também tinha um exemplar da revista *Star*.

— Qual é o seu signo, Len?

Len fingiu um ronco.

— Len!

Havia uma sugestão de um entusiasmo inesperado em sua voz que o fez arregalar os olhos.

— Perguntei sob qual signo você nasceu.

— Nunca liguei para essa bobageira mística.

— Bem, quando é seu aniversário?

— Não lembro.

— Ridículo.

Ele grunhiu.

— Eu posso descobrir, Len.

Ele levantou as sobrancelhas, desafiando-a a tentar. Ela calmamente pegou a tabela de medicação do suporte na parede ao lado da cama. *Cristo do Céu*. Ele não tinha pensado naquilo. Grace abriu a pasta e riu.

— O que foi?

— Len é diminutivo de *Valentine*? Nascido em, deixa eu adivinhar... fevereiro de 1914? Ah, sim.

Grace soltou mais uns risinhos, e Len martelou o controle remoto, esperando contra toda a razão que ele ligasse a televisão e enchesse o quarto de testemunhos da eficácia de uma pílula para emagrecer ou um remédio para disfunção erétil. Foda-se. E fodam-se seus filhos mimados e a educação em escolas particulares que, apesar de ter custado o preço de três rins, não conseguira ensinar a eles que era uma falsa economia gastar dinheiro em umas merdas de umas pilhas vagabundas.

Grace, enquanto isso, pigarreou.

— *Aquário* — começou ela.

Mais tarde naquele dia, algumas horas depois de Grace ter ido ler para a sra. Mills e para quem mais estivesse em sua lista, as palavras do horóscopo ainda estavam martelando na cabeça de Len. Cogumelos bons e venenosos. Amor falso. Nenhum de seus malditos filhos o amava nem metade do que eles amavam a perspectiva de dividir os espólios sobre a tampa de seu caixão de jacarandá. Uma pretensão do tamanho do maldito Taj Mahal. Esse era o problema deles. O dele também.

O caso era que — e Len podia ver isso claramente agora — ele tinha sido muito igualitário e muito aberto. Seu testamento atual estabelecia que após sua morte, seus ativos (bem diversificados entre ações, títulos, participações e propriedades) seriam liquidados, e a soma final seria dividida igualmente entre seus três filhos. E eles, sabendo disso, não tinham qualquer incentivo para disputar seu afeto. Se ele tivesse escondido melhor suas cartas, poderia ter sido capaz de organizar alguma espécie de campeonato de bajulação. Tarde demais para isso agora. Mas não tarde demais para ensinar àqueles cogumelos venenosos indulgentes e mal-agradecidos uma lição. Mas ele devia mesmo fazer isso? O que a coluna de mistificação tinha dito? *Daqueles em quem você mais confia.*

Len alcançou seu celular e — com grande esforço — digitou o número de seu advogado.

◆

Nick Jordan estava sentado no chão da sala de ensaio, um script aberto em seu colo e um sushi pela metade na mão, quando Verdi voltou do intervalo de almoço em meio a um alvoroço de animação.

— Olhe! — Ela sentou ao lado de Nick e colocou algo na frente do nariz dele. Nick demorou um momento para perceber que o que ela estava mostrando era a capa da última edição da *Alexandria Park Star*. — Sou eu, sou eu! As duas são eu.

— Ei! — disse Nick — Você está linda.

— Não estou?

Ela estava. A capa da *Star* estava coberta por seu rosto, espelhado em duas fotos. Nas páginas internas, Nick viu uma terceira versão, mais neutra, de Verdi, de corpo inteiro dessa vez. Ela usava uma camiseta verde sobre uma calça justa também verde e estava sentada de trás para a frente em uma cadeira de madeira, os pés descalços, seu queixo descansando nos braços cruzados. Seu olhar era direto, um pouco convidativo, inteiramente destemido. A manchete dizia: UM ROSTO PARA ACOMPANHAR. E sob a frase estava a assinatura: JUSTINE CARMICHAEL.

Só de ler os dois primeiros parágrafos, Nick pôde ver que Justine tinha retratado sua coestrela perfeitamente, dando ao leitor um sutil vislumbre da arrogância inocente da jovem atriz, mas sem deixar dúvidas sobre seu talento promissor.

Estar perto de Verdi era bem confuso para Nick. Uma hora ela era madura de uma forma quase sobrenatural, no minuto seguinte toda a autoconfiança evaporava e ela parecia uma criança de oito anos que comeu açúcar demais. Era exatamente como Hamilton, o diretor da peça, tinha descrito: como se alguém tivesse enfiado Minnie e Helena de Troia no corpo de uma colegial de quinze anos.

— Ela é mesmo uma ótima escritora — elogiou Verdi.

— Sempre foi. — Nick percebeu uma pequena e inexplicável sensação de orgulho. Quando ele estava ainda no meio do artigo, Verdi arrancou a revista de suas mãos.

— Ei, não posso acabar de ler? — perguntou ele.

Verdi suspirou.

— Bem, então você pode, sabe, ler bem rápido? Eu quero mostrar para os outros.

— Está bem. Está bem — disse ele. — Leio o artigo depois. Mas, antes de você levar isso embora, posso pelo menos ler meu horóscopo?

— Seu *horóscopo*?

— Meu horóscopo.

— *Você* quer ler seu horóscopo? — Verdi abraçou a revista junto ao peito.

— Quero.

Verdi mascou seu chiclete com estardalhaço e ponderou a situação.

— Se você conseguir adivinhar meu signo de primeira, eu deixo.

Nick pensou, mas não por muito tempo. Ela era inconstante, versátil e cheia de energia — nem ligava de vir para o ensaio direto de uma aula de hip-hop e logo que terminava saía correndo para o treino de natação. E, depois da entrevista para a *Star*, ela adorou contar a todo elenco a fofoca, que a jornalista era uma velha amiga de Nick. Ele lembrava o modo como tinha pronunciado a palavra *amiga* com subtexto e também como aquilo o tinha incomodado e agradado, em partes iguais.

— Gêmeos — disse ele, quase com certeza de ter acertado. — A mensageira.

— Uau!

Nick, com um ar presunçoso, estendeu a mão em direção à revista.

— Eu leio para você — decidiu Verdi, sentando-se no palco ao lado dele. — Qual o signo?

— O quê, você não consegue adivinhar? — desafiou Nick. — Eu deduzi o seu.

Verdi pensou. Houve mais barulho alto de mastigação.

— Uma parte de mim quer dizer Áries. Mas você é muito esquisito para ser de Áries. Sem ofensa. E parte de mim quer dizer Peixes. Mas você não é esquisito o suficiente para isso. O que provavelmente faz de você... um aquariano?

Nick piscou, sem acreditar.

— Estou certa, não é?

— Esquisito demais para Áries, não esquisito o suficiente para Peixes. Foi assim que você deduziu?

— Sim, e, bem, você sabe, você é um pouco sem noção quanto a emoções. Também faz parte.

— Como?

— Você sabe — disse Verdi. — Você às vezes é um pouco desatento.

— Desatento? Desatento, como? Desatento, quando?

— Como com Laura.

— O que tem a Laura?

Verdi fez uma cara de *é disso que eu estou falando*.

— Ela não *lembra* você de alguém?

— O que você está tentando dizer?

— Meu Deus, você é incorrigível — reclamou Verdi

Nick se eriçou. Mas, por outro lado, Verdi era só uma criança. O que ela sabia?

— Achei que você ia ler meu horóscopo. — Ele tentou reprimir sua irritação.

— Ah, sim, eu ia.

Verdi criou um personagem ali na hora — uma astróloga tola e sonhadora, com a voz levemente anasalada — e começou a ler.

Nick ouviu com atenção e sentiu alguns arrepios no antebraço à menção de uma *encruzilhada amorosa*. Leo o estava exortando a ter cuidado com o falso amor e a se assegurar que sabia quais eram seus cogumelos bons e quais eram os venenosos.

— Então — disse Verdi, fechando a revista sobre o colo e olhando para Nick com um brilho no olhar —, o que você sabe sobre fungos?

CÂNCER

♋

No FIM DE JUNHO, quando o distante sol do Norte flutuava sobre o Trópico de Câncer, o Hemisfério Sul se arrepiava sob o dia mais curto do ano. O vinho esquentava lentamente sobre os fogões, cheirando a canela, anis, noz--moscada e cravo; malabaristas com tochas se aqueciam, velas eram acesas, e os humanos em sintonia com os ritmos do ano buscavam chamas cintilantes para aquecê-los através da mais longa das noites.

O sol já tinha se posto há muito tempo sobre o telhado das Evelyn Towers, e Justine — usando chinelos e um casaco velho — estava dobrando uma leva de roupas que tinha espalhado sobre a mesa de jantar. De algum lugar sob o monte de tecido amassado seu celular começou a tocar. Tocou várias vezes antes que ela o encontrasse, em meio às meias e calcinhas, calças de pijama e aos sutiãs. Mal conseguiu atender antes de a ligação cair.

— Alô?

— Vire-se — disse alguém. Uma voz masculina.

Justine franziu a testa.

— Austin? É você?

Era o tipo de coisa que seu irmão faria.

— Confie em mim — disse a voz ao celular. Mas não era seu irmão. Justine tinha quase certeza. — E se vire.

Justine não gostou de obedecer à voz. Mas o fez, mesmo assim.

Ela se virou. Mas tudo o que viu foi sua sala de estar — o sofá creme, o cobertor dobrado, as almofadas arrumadas daquela forma de sempre, os livros na mesinha de centro, a televisão desligada.

— Excelente. Muito bem. Agora vá até sua varanda.

— Sério? — disse Justine. — Quem *é*?

— Você poderia apenas ir até sua varanda?

Cérebro: *Justine, você já viu algum filme de terror?*

Justine: *Sim, eu sei. Mas quem você acha que é? Não está curioso?*

Cérebro: *Sabe aquela garota estúpida de vestido transparente, que se move inexoravelmente em direção às cortinas flutuantes? Neste momento, aquela garota é você.*

Justine: *Você pode calar a boca?*

Cérebro: *Só estou tentando cuidar de você, minha amiga...*

— Desculpe, mas *quem é?*

— Olhe.

Além do vidro da porta, além da balaustrada de concreto da varanda, através do vão estreito, em pé na sacada do apartamento em frente ao seu, estava Nick Jordan.

Justine abriu as postas e saiu para o frio da noite mais longa do ano, e, quando ela riu, o som facilmente atravessou o espaço entre os edifícios.

Sem pensar, ela perguntou:

— *Quem é você, que vem escondido pela noite roubar meus segredos?*

Nick, entendendo imediatamente a citação, continuou:

— *Pelo nome não saberia dizer-te quem sou. Meu nome, querida santa, eu o odeio, pois é para ti o nome do inimigo. Estivesse ele aqui escrito, eu o rasgaria.*

Ele usava uma calça de ginástica larga, um casaco desleixado e botas de couro, e Justine podia imaginá-lo em um sofá, em um domingo de inverno. Ela podia se imaginar encostando a cabeça em seu peito, em um sofá, em um domingo de inverno.

— *Meus ouvidos não sorveram sequer cem palavras saídas de sua língua e já reconheço a voz. Não és tu Romeu, e um Montéquio?*

— *Nenhum deles, linda donzela, se algum deles a desagrada.*

Justine colocou as mãos nos quadris e, parando de recitar, quis saber:

— Como chegaste até aqui, diz-me, e por que viestes?

— Bem, eu moro aqui — informou Nick.

— *Você é* meu vizinho da frente?

— Parece que sim.

Justine sabia que alguém tinha alugado o apartamento; nas últimas semanas, olhando ocasionalmente pela janela, tinha visto sinais de vida.

Uns poucos itens de mobília tinham se empilhado na sala de estar, e um varal tinha surgido na sacada. O melhor, tinha notado Justine, era que esse novo inquilino havia investido imediatamente na compra de uma cortina para o box do banheiro. Mas até agora ela não tinha visto ninguém em casa.

— Primeiro eu pensei, uau, aquela garota parece Justine — comentou Nick. — Daí pensei, merda, aquela garota *é* a Justine.

— Sabe, essas coincidências... elas estão ficando um pouquinho esquisitas — disse Justine, apesar de achar que estava correndo um certo risco, ecoando a palavra de Leo, *coincidência*. Ela tomou nota mentalmente para não falar em *cogumelos bons ou venenosos* e para não demonstrar qualquer intimidade com *As obras completas de Katherine Mansfield*.

— O quanto de *Romeu e Julieta* você sabe, aliás? — perguntou Nick.

— Um trecho ali, outro aqui.

— Você está sendo modesta, é isso?

— Talvez — admitiu Justine.

— Você alguma vez esquece alguma coisa?

— Nada que seja importante.

Houve um pequeno silêncio. A lua estava em algum lugar atrás da camada de nuvens que encobria a cidade, não em uma forma definida no céu, mas como uma luz difusa.

— Ei, belo artigo sobre a Verdi — elogiou Nick.

— Você leu?

— Claro. Ela disse que você estava no teatro quando fizemos as filmagens promocionais.

— É, eu estava por lá. — Justine fechou o casaco.

— Mas você não foi nem me dar um oi — reclamou Nick.

— Bem, eu... você estava ocupado.

— Mas não tão ocupado, sabe — disse ele. — Para você.

Cérebro: *Ei, isso não foi, talvez, meio que um flerte?*

Justine: *Não pode ser. Ele tem namorada.*

Cérebro: *Você é quem sabe, eu não tenho tanta certeza.*

Sem saber como responder, Justine mudou de assunto:

— E aí, gostando da nova vista?

Os dois olharam para o lado, pelo túnel formado pelos dois prédios, na direção do Alexandria Park. No espaço estreito ao longe, havia um poste de luz e um pequeno trecho da cerca de ferro do parque. Mais além se viam algumas árvores com luzinhas penduradas em seus galhos nus.

— Este apartamento já é caro o suficiente — disse Nick. — Nem quero pensar no quando custaria morar do lado da frente.

— Mas *tem* vistas, e nem é caro, se você souber onde procurar.

— E você *sabe*?

— Posso mostrar algum dia, se você quiser.

Eles ouviram um som repentino e familiar, e Justine olhou para o celular em sua mão. Mas não era o dela que tocava, era o de Nick.

— Preciso atender — ele se desculpou.

— Claro.

— Talvez… será que você podia passar minhas falas comigo alguma hora? — pediu Nick, enquanto seu celular continuava tocando. — Você sabe, de sacada para sacada?

— Eu adoraria. Quando você quiser. Sabe onde me encontrar.

— Nos vemos, vizinha.

— Boa noite, boa noite.

Mas Nick não comentou como era doce a dor da despedida. Ele apenas voltou para sua sala, deixando Justine parada sob uma lua urbana e triste.

Demorou até as sete da manhã do dia seguinte para Justine compreender que teria alguns problemas com Nick Jordan morando ao lado. Mas, parada na penumbra de sua sala, com as mãos na cintura, ela entendeu que, dali para a frente, suas cortinas apresentariam alguma dificuldade.

As cortinas em questão, verde-pálidas e damasco, eram uma relíquia da época em que Fleur Carmichael morava no apartamento das Evelyn Towers, e, apesar de Justine saber que podia apenas abri-las — do jeito normal e despreocupado como sempre fazia mais ou menos a esta hora todas as manhãs nos dias de semana —, ela sentiu que não era mais tão simples assim. E se Nick pensasse que ela o estava observando, ou o convidando para uma conversa? Talvez ela devesse esperar, até, digamos, sete e meia?

As noites seriam igualmente problemáticas. Fechar ou não fechar as cortinas? E aí havia os fins de semana. Se ela fechasse as cortinas em um momento incomum, Nick poderia pensar que ela estava fazendo algo estranho atrás delas. Mas se ela não fechasse, ele poderia pensar que ela queria que ele visse o que quer que ela estivesse fazendo — fosse aquilo estranho ou não. Justine ficou pensando se não havia, registrado em algum livro de referência, um padrão para abertura e fechamento de cortinas: algum tipo de protocolo, cuja aderência asseguraria que seu comportamento com as cortinas não seria visto de forma alguma como estranho ou impróprio.

Ela ainda estava contemplando o problema das cortinas, no meio da manhã, no trabalho, quando Jeremy veio à porta de sua sala, parecendo incomodado com alguma coisa.

— Problema — anunciou ele.

— Que problema? — perguntou Justine, rapidamente fechando a página do navegador com o teste chamado *Você é compulsivo com suas cortinas?*

— Você não está ouvindo?

Quando sintonizou seus ouvidos ao mundo fora de sua sala, Justine percebeu que de fato podia ouvir algo. Era a voz de Roma subindo e descendo, subindo mais que descendo. Apesar de só conseguir entender claramente uma ou outra palavra — "machista", por exemplo, e "ignorante", "privilégio" e "fracote" —, era óbvio que alguém estava sendo apresentado ao lado feroz da formidável srta. Sharples.

— Com quem ela está gritando? — perguntou Justine.

— Com o jovem Henry — admitiu Jeremy. — Ela o odeia.

— E isso não é algo que você tenha antecipado?

— Eu pensei que ela ia considerá-lo como uma formiga, ou uma mosca, ou alguma outra coisa muito pequena, indigna de sua atenção ou preocupação. Mas eu agora estou um pouco preocupado que ela possa golpeá-lo com suas muletas.

— O que ele disse a ela? — perguntou Justine, lutando para não achar tudo aquilo muito divertido.

— Pode ter sido algo sobre a auditoria nos pagamentos excessivos do serviço social.

— Oops.

— Mas o *problema* — disse Jeremy, suspirando profundamente — é que ele deveria ser o motorista dela hoje. Levá-la ao Tidepool, para uma entrevista durante um almoço.

O tornozelo quebrado de Roma a impedia de dirigir. E, quando Jeremy tinha comprado o novo Corolla, para substituir o Camry acidentado, ele também tinha decidido que Radoslaw jamais dirigiria um carro da *Star* novamente.

— Ela não poderia pegar um táxi? — quis saber Justine.

— *Poderia*. Mas, como ela ainda está de muletas, eu preferiria que houvesse alguém com ela, para, sabe, ajudar.

— Você está pedindo para mim? — Justine entendeu tudo de repente.

— Eu sei, querida, é um trabalho para o contínuo. E eu não pediria se não achasse que é um problema sério. Não sei se estou mais preocupado com Henry acabar ferido ou com Roma explodir.

— Tidepool, você disse? — Justine fez uma careta.

— O lugar mudou de dono — adulou Jeremy. — E a sopa deles é excelente. Também seria uma oportunidade para você ver Roma em ação. Observar e aprender, hein? Podemos chamar isso de desenvolvimento profissional. O que você me diz?

— Quem ela vai entrevistar?

— Alison Tarf.

— A diretora?

— Ela mesma — confirmou Jeremy.

— Sobre o quê?

— Sua nova companhia de teatro.

Justine pensou um instante, depois levantou-se e pegou o cachecol e o casaco.

— Fechado.

O Tidepool ficava em um bairro semi-industrial perto do porto, no último andar de um prédio baixo, atarracado e circular, com arcos romanizados no térreo e um revestimento rosa-escuro. A vista das janelas arredondadas era de postes de amarração, galpões, contêineres e barcos, tudo contra um fundo de mar de inverno. Havia clientes regulares para o almoço, mas não era um lugar muito agitado.

Alison Tarf era uma mulher alta, mais ou menos da mesma idade de Roma, com uma pele danificada pelo sol e cabelos brancos compridos, que ainda guardavam a lembrança da cabeleira desgrenhada que havia sido parte integral de sua imagem quando ela apareceu na cena teatral nos anos 1960. Justine conhecia Alison principalmente — bem, quase todo mundo conhecia Alison principalmente — por seu papel como Eliza, a presidiária mal-humorada do clássico fracasso cinematográfico australiano *Aos pedaços*. Mas fazia muitos anos desde que Alison tinha atuado pela última vez, no palco ou na tela, e ela não pensava em aceitar qualquer papel em um futuro próximo. Dirigir era sua maior paixão, disse ela, e o esforço de criar uma nova companhia de teatro estava consumindo toda a sua energia.

— *As faces de Shakespeare*? — perguntou Roma, sem muita cordialidade na voz. Seu pulso engessado, apoiado sobre a mesa ao lado do bloco de notas, parecia estranhamente separado do corpo. — Por que esse nome?

Alison Tarf mordiscou levemente um pedaço de pãozinho.

— Porque queremos olhar para as peças de Shakespeare a partir de ângulos novos e inesperados — disse ela, com igual frieza.

Roma rabiscou alguma coisa em seu bloco.

— Mas por que mais Shakespeare? — continuou ela. — Ele morreu faz mais de quatrocentos anos. Por que não encenar a obra de algum novo dramaturgo australiano?

As perguntas eram deliberadamente provocativas, mas Justine, espremida entre as duas mulheres, não sabia se elas traduziam algum sentimento de repúdio a Shakespeare genuíno da parte de Roma ou se ela estava apenas tentando causar uma reação na entrevistada.

— A produção teatral não é um jogo de soma zero — disse Alison. — Só porque uma peça é levada aos palcos, não significa que tomou o lugar de alguma outra. *As faces de Shakespeare* quer criar seu próprio público, não roubar a audiência de outra companhia.

— Então, vejo que você planeja estrear em dezembro próximo. Com qual peça? Um dos dramas históricos? Uma comédia?

— Nossa primeira produção será *Romeu e Julieta* — informou Alison.

Roma Sharples ergueu as sobrancelhas.

— Pelo o que eu sei, a *Repertório* já vai encenar essa mesma peça este ano.

— Nossa montagem será, obviamente, muito diferente — disse Alison.

Talvez Justine tenha feito aquilo como resultado da tensão em torno da mesa. Ou talvez ela tenha só perdido temporariamente o senso. Seja como for, Justine ficou tão surpresa quanto Roma ou Alison quando ouviu sua própria voz dizer:

— Romeu era de Peixes, aparentemente.

Roma girou na cadeira e encarou Justine, incrédula.

— Que enorme bobagem — disse Roma, e Justine se sentiu tremendo de humilhação.

— Desculpe — murmurou ela. Seu rosto estava em chamas. Ela não apenas tinha interrompido a entrevista de Roma, mas tinha feito o comentário mais esquisito e menos profissional que alguém poderia inventar.

— Romeu — declarou Roma, imperativa — é de Câncer. Evidentemente.

A expressão séria de Alison Tarf se transformou em algo parecido com deleite.

— Sabe — disse ela —, eu sempre achei isso também! E, eu sei que é uma ideia controversa, mas na verdade acho que Julieta também é de Câncer.

— Controversa? — repetiu Roma, verdadeiramente surpresa. — Eu imaginava que era óbvio. Emocionais e temperamentais, os dois.

— Sem nem mencionar grudentos — acrescentou Alison.

Justine estava estupefata. Aquilo estava mesmo acontecendo?

Estava.

— Mas leais — continuou Roma. — Nós cancerianos somos absolutamente leais.

Alison sorriu e apontou o gesso de Roma.

— Você está usando sua casca. Eu, infelizmente, esqueci a minha em casa.

Os olhos de Roma brilharam.

— De que dia você é?

— Três de julho — respondeu Alison.

— Mas eu também! — exclamou Roma.

As duas mulheres gargalharam, levantaram seus copos e brindaram sobre a mesa. E então seguiram, lembrando um 3 de julho, muito tempo atrás, quando a neve — que variava entre rara e inexistente naquela parte do mundo — tinha coberto as ruas da cidade.

— Foi no meu décimo segundo aniversário — lembrou Roma. — Minha mãe me deixou faltar à escola.

— Foi meu décimo — completou Alison. — Eu fiz um rato de neve no jardim. Não tinha o suficiente para um boneco inteiro. Sabia que nós compartilhamos o aniversário com o Julian Assange?

— Um dos cancerianos mais típicos que já vi — disse Roma.

— Já Tom Cruise não é tanto — continuou Alison.

— Mas temos Kafka. Faz mais nosso estilo, você não acha? — perguntou Roma.

Alison assentiu.

— Esquivo, misterioso, criativo.

E assim foi, por um bom tempo, com Justine se sentindo como uma espectadora de uma partida de tênis, até que as afinidades tribais de Alison e Roma tivessem sido exploradas e confirmadas, e um pequeno silêncio satisfeito baixasse sobre a mesa.

Por fim, Justine se aventurou a falar:

— Sabe, Roma, estou um pouco surpresa. Você nunca me pareceu alguém que ligasse para astrologia.

Roma sorriu e trocou um olhar de entendimento com Alison, como se as duas não tivessem estado, dez minutos antes, em uma discussão tensa sobre o valor contemporâneo do drama renascentista.

— Você vai descobrir que quase todo mundo tem um vício secreto — declarou Roma.

— Como ler romances melosos? — sugeriu Alison.

— Roubar doces em festas infantis? — acrescentou Roma.

— Ouvir os Carpenters? — disse Alison, e Justine teve a leve suspeita de que essa escolha em particular não tinha sido completamente aleatória.

— O meu vício é apenas um inocente interesse pelas estrelas — disse Roma, e Justine não teria ficado mais surpresa se sua notoriamente feroz colega tivesse revelado que seu passatempo de fim de semana era dança folclórica.

— Mas astrologia é tão... — começou Justine.

— Pouco científica? — sugeriu Roma.

— Ilógica? — acrescentou Alison.

— Bem, sim.

— Talvez tenha a ver com um desejo — disse Alison, sonhadora — de penetrar em um espaço diferente. Um lugar com outras regras.

— Para mim é uma forma de reconhecer que há forças agindo sobre nós — prosseguiu Roma —, todos os dias, todas as horas, que podem tornar nossas escolhas auspiciosas, ou condenar nossos planos ao fracasso. Que nós decidimos, agimos e reagimos de dentro de uma grande teia de poderes concorrentes.

— Mas... — fez Justine.

— A astrologia fornece a ilusão reconfortante de que esses poderes podem ser conhecidos — disse Alison. — E ao mesmo tempo nos lembra que eles estão muito além de nós, que são muito maiores do que a gente.

— É um mistério — acrescentou Roma.

— Com uma pequena sugestão de magia — concluiu Alison.

Voltando para a redação da revista *Star* naquela tarde, Justine teve a sensação de estar pilotando uma cápsula de devaneios pelas ruas da cidade. O interior do carro estava quente e silencioso, e Roma, no banco do passageiro, parecia perdida em pensamentos.

No bloco de notas fechado em seu colo havia um registro de tudo o que havia sido dito durante sua segunda e muito mais bem-sucedida tentativa de entrevistar Alison Tarf.

"O que eu estou buscando é uma convergência selvagem de estilos e tradições teatrais", dissera Alison apaixonadamente, quando começou a discorrer livremente sobre o assunto. "Eu quero que qualquer um e todos os que puderem acrescentar algo a esse esforço se envolvam, desde cantores de ópera até estrelas de musicais. Há um ator japonês de teatro Nô que estou cortejando. Ele não fala uma palavra de inglês! Quero atores de TV, ídolos do rock, gente de teatro de marionetes, *rappers...*"

Talvez até atores de verdade, tinha pensado Justine, e, antes que o almoço terminasse, ela manobrou para conseguir falar a sós com a diretora por um momento.

Agora, ela sorriu quando imaginou a cara de Nick quando ela lhe entregasse o cartão de visitas de Alison Tarf e dissesse: "Ela está esperando sua ligação".

Nos dias seguintes, Justine — tendo fracassado em sua busca por um protocolo externo obrigatório de operação de cortinas — desenvolveu seu próprio conjunto de diretrizes para cobertura de janelas. Elas pregavam que, durante os dias de semana, as cortinas deveriam ser abertas às 7h15, e fechadas na hora em que Justine chegasse em casa à noite. Nos fins de semana, as cortinas eram abertas na hora em que ela acordasse e fechadas às 17h25. Esse, Justine percebeu, possivelmente seria o seu protocolo de inverno. Quando chegasse o horário de verão, precisaria fazer ajustes.

Mas ficou evidente para Justine que Nick não tinha um padrão preciso correspondente; ele parecia quase nunca fechar as cortinas, fosse dia ou noite. Na maioria das noites, quando Justine — sem querer, claro — olhava através das portas de sua varanda para o apartamento dele, o lugar se encontrava totalmente às escuras. De vez em quando ela via algum cômodo iluminado, mas sem nenhum sinal de que houvesse alguém lá dentro.

Uma tarde, ao olhar acidentalmente para o apartamento da frente, Justine viu uma mulher esguia de cabelos escuros, que mostrava a dois entregadores onde colocar um novo sofá de dois lugares de aparência muito confortável — uma mulher que Justine reconheceu imediatamente. Ela deu um passo para o lado, de modo a se ocultar atrás do pano verde-damasco, e puxou o tecido para poder espiar pelo espaço entre o lado da cortina e a moldura da janela.

Verdi tinha razão. Mesmo usando nada mais excitante que calças jeans azul-escuras e uma camiseta básica, mesmo com o cabelo preso em um rabo de cavalo malfeito e com o rosto aparentemente sem nenhuma maquiagem — Laura Mitchell era incrivelmente bonita.

Se sentindo culpada, mas sem poder se libertar da compulsão, Justine observou os entregadores irem embora e Laura se ajoelhando no chão para cortar o plástico que envolvia um tapete firmemente enrolado. Com um empurrão, o tapete se abriu — cor de trigo e macio — e se encontrou com a base do novo sofá. Não havia sinal de Nick no apartamento.

Quando Laura desapareceu da janela, Justine sabia que era o momento perfeito para fechar as cortinas e parar de espionar. Em vez disso, ela esperou tempo o suficiente para ver Laura voltando com várias almofadas de cores elegantemente neutras, que ela colocou sobre o sofá, testando várias disposições. Quando ficou satisfeita com as almofadas, Laura alisou o tapete com seus pés descalços. Então ela soltou o rabo de cavalo, deixando seus cabelos escuros caírem em volta de seus ombros. Justine então observou enquanto Laura se sentava no sofá, dispondo o corpo com a mesma precisão com que tinha arrumado as almofadas.

Justine sabia que devia parar de olhar, mas, antes que pudesse se mover, Laura se levantou e caminhou até a janela, como se a presença de Justine tivesse de alguma forma se feito notar. Laura olhou pela janela, através do vão entre os prédios. Justine congelou.

Justine: *Merda! Ela pode me ver?*

Cérebro: *Bem, se você ficar com os olhos fechados, vai ser difícil descobrir, não é?*

Será que Nick mencionara para Laura que conhecia sua vizinha? Será que Nick tinha mencionado Justine para Laura alguma vez? E, se tinha, será que a existência de Justine incomodava Laura de alguma forma? Justine duvidava. Por alguns segundos ela ficou parada, prendendo a respiração. Aí viu, aliviada, Laura fechar as cortinas, saindo de vista.

Logo, supôs Justine, Nick chegaria em casa para ter essa surpresa: novo sofá, novo tapete, novas almofadas, namorada extraordinária. Justine supôs também — sentindo uma pequena pontada de inveja quando pensou nisso — que o novo tapete macio afastaria a necessidade de Nick e Laura se deslocarem até o quarto. E ela sabia, com o coração pesado, que todos os horóscopos, cogumelos bons ou venenosos e Katherine Mansfields do mundo fracassariam frente *àquilo*.

♋

Outra semana se passou, e por todo aquele tempo o cartão de visita de Alison Tarf aguardou, apoiado em um pote de café sobre a bancada da cozinha de Justine. Então veio a noite de tempestade, na qual Justine chegou ao décimo segundo andar das Evelyn Towers após ter caminhado através do parque sem um guarda-chuva. Seu cabelo grudava na testa em vários rabos de ratos ensopados, e seus pés faziam barulho dentro dos sapatos de salto baixo encharcados. Aquela era, pensou Justine enquanto procurava as chaves, uma daquelas noites em que desejava muito estar chegando não a um apartamento frio e vazio, mas a uma casa quente, com um jantar pronto e sinais de vida.

Foi, portanto, um pouco mágico quando ela abriu a porta do apartamento e encontrou as luzes acesas e o ar cheirando a assado. O aroma era inconfundível: o famoso pernil de carneiro marroquino de sua mãe. Além disso, havia um imenso buquê de rosas brancas em um vaso sobre a mesa de jantar, e som de risadas vindo da cozinha.

— Mãe?

— Ah, ela chegou — ouviu Justine. E depois: — Oi, querida!

Mandy Carmichael, pequena e radiante, apareceu na porta da cozinha usando meias e uma nuvem de perfume recém-aplicado. Um pano de prato estava preso à cintura de sua saia social brilhante, e ela segurava uma taça de espumante.

— Meu Deus, você está ensopada — disse ela.

Com uma das mãos, ela tirou o casaco molhado dos ombros de Justine e arrumou o cabelo da filha. Satisfeita de ter melhorado a situação, Mandy beijou-a no rosto.

— Merda, marquei você de batom. — Ela então esfregou vigorosamente a pele de Justine com um bem treinado polegar materno. — Agora, venha ver quem está aqui. Não acredito que você não me contou, sua chata. Morando bem aqui na frente!

E ali, na cozinha de Justine, encostado na bancada, também com uma taça de espumante nas mãos, estava Nick Jordan.

— Oi! — disse Nick. Ele estava usando seu casaco folgado.

Mandy, enquanto procurava uma terceira taça, servia e entregava a Justine, comentou:

— Você pode imaginar isso? Eu fui à varanda regar aquela pobre samambaia que você está matando ali fora, e quem eu vejo, bem na sacada da frente, senão Nicholas Mark Jordan? Eu segurei esse menino no colo no dia em que ele nasceu. Olhe o tamanho dele agora.

— Oi, vizinho — cumprimentou Justine.

— Eu sinto muito, crianças — continuou Mandy, enfiando os pés em um par de sapatos lustrosos de salto alto. — Vou encontrar umas amigas para jantar e se não sair correndo vou me atrasar. Querida, fiz pernil de carneiro para você. Mas deixe cozinhar mais uma meia hora. — Ela espetou o lóbulo de uma das orelhas com o gancho de um brinco muito negro. — Tem cuscuz também. Por que você não pergunta se o Nick não quer ficar e comer com você? Tem o suficiente para um batalhão. Eu preciso vigiar essa menina, sabe, Nick? Justine quase nunca come direito. Ela pode passar um dia inteiro sem lembrar de comer qualquer coisa. — Ela removeu o avental de pano de prato da roupa e ajeitou o cabelo. — Comigo isso nunca acontece, infelizmente. — Ela deu uma palmada em sua pança para destacar seu ponto. — Desculpe, Nick, querido, mas preciso ir. Da próxima vez que viermos à cidade — Mandy parou um instante para passar mais uma camada de batom e esfregar os lábios um no outro —, vamos jantar, está bem?

Nick abriu a boca para responder, mas Mandy nem deixou que ele começasse a falar:

— Drew ia adorar ver você. E eu quero saber de todas as novidades. Mande um beijo para a sua mãe, tá?

Nick tentou encaixar uma resposta, mas acabou parecendo um peixe de aquário. Justine sorriu; era necessário um timing perfeito para conseguir espaço dentro de um dos monólogos de Mandy Carmichael, e Nick estava fora de forma.

— Sabe, eu nem sei quantas vezes pensei que preciso ligar para Jo, e aí eu vejo que é impossível naquele momento, então acho que vou ligar mais tarde, mas claro que mais tarde continua impossível. Diga a ela que eu sinto muito por ser uma péssima amiga, ok?

Nick se contentou em balançar a cabeça.

— É tão bom ver você, Nick. Você está muito bem — continuou Mandy. — Bem mesmo. Eu nem acredito. Bem na frente. E ela nem me contou. Fico pensando no que mais ela está escondendo, não é? Certo. Preciso ir.

Ela beijou Justine, deixando outra marca de batom, e se esticou para beijar Nick no rosto.

— Volto tarde, então acho que só nos vemos de manhã, garota. Faço o café da manhã, certo? Eu digo, Nick, essa menina não se alimenta. Mas, sério, preciso correr. Tchau!

A cozinha, depois de Mandy ir embora, pareceu a Justine como um pedaço de deserto logo após a passagem de um pequeno tornado. Ela podia imaginar as folhas e os ramos rodopiando de volta para o chão, no ar subitamente parado, deixando um silêncio vazio e incômodo.

— Ela não mudou nada — disse Nick.

— Verdade — respondeu Justine.

E quando aquela linha de conversa não foi a lugar algum, Nick disse:

— E o trabalho, como vai? Alguma nova grande história em andamento?

— Não neste mês — respondeu Justine. E então o silêncio voltou a imperar na cozinha.

— Dia molhado — tentou Nick.

— Mas acho que agora a chuva passou.

— Pelo menos aqui é quente. O meu apartamento parece uma geladeira.

— Você realmente seria muito bem-vindo. Para ficar e jantar — arriscou Justine.

—Adoraria — disse Nick. — De verdade. Mas meu ensaio começa em meia hora. É um dos inconvenientes do teatro semiprofissional, todos esses ensaios à noite e nos fins de semana.

Ah, pensou Justine, *claro*. É por isso que ele quase nunca está em casa.

— Por falar no teatro... — Justine pegou o cartão de Alison Tarf. — Tenho uma coisa para você.

Nick pegou o papel e arregalou os olhos ao ler.

—Alison Tarf? *A* Alison Tarf?

— Sim — concordou Justine. — Eu a conheci semana passada, uma coisa de trabalho.

— E...?

— Ela está criando uma nova companhia. Chamada *As faces de Shakespeare*. Nos próximos meses ela vai selecionar o elenco principal. Espero que você não se incomode, mas contei a ela. Sobre o seu Romeu. E ela disse: "Espero a ligação dele".

Justine tinha repassado esse momento mentalmente várias vezes, mas, agora que estava aqui, ela se sentia um pouco exposta e embaraçada, como se tivesse ultrapassado alguma espécie de limite invisível.

Nick não disse nada. Apenas olhava para o cartão em suas mãos.

— Quer dizer, se você não... — começou Justine. — Se não é a sua... eu achei que poderia...

— Olha, foi realmente uma boa coisa. Uma coisa fantástica. E Alison Tarf... uau. Eu adoraria trabalhar com Alison Tarf, mas...

— Mas?

Nick respirou fundo.

— Eu prometi, sabe. Eu prometi para minha namorada. Prometi a ela que, depois de *Romeu e Julieta*, eu ia procurar um trabalho fixo.

— Ah — disse Justine.

— Laura é Capricórnio. Com ascendente em Leão. Então você pode imaginar do que ela gosta. Que tipo de roupas, vinhos, joias.

Tapetes, pensou Justine. *E sofás*.

— Sinto muito, Justine — disse Nick. — Eu fico realmente agradecido por você ter se dado a esse trabalho. Com Alison Tarf, digo. Seria uma sorte grande, uma audição com ela.

Justine balançou a cabeça e se virou de costas para ele, caso seu desapontamento estivesse transparecendo. Ela vestiu uma luva de proteção e abriu a tampa da imensa panela Le Creuset de Mandy. Lá dentro, um molho espesso fervia, exalando um aroma de dar água na boca.

— Eu entendo. — Justine cutucou inutilmente o pernil de carneiro com uma colher de pau. — Você prometeu.

— Por falar em promessas, você prometeu me mostrar sua vista misteriosa. Posso ver?

— Como… agora?

— Eu ainda tenho, hum, quinze minutos?

Justine recolocou a tampa da panela e pensou por um instante.

— Pode ser que esteja ventando demais.

— Por favor? — ele insistiu, e seu sorriso era um Nick Jordan clássico. Poderia ter vindo diretamente do segundo ano do fundamental: o tipo de sorriso que ele dava quando ela ainda era proprietário de uma lancheira do Caco, o Sapo, e tudo o que ele tinha levado para o lanche era um monte de palitos de cenoura.

Parecia muito implausível que Fleur Carmichael não soubesse da laje no telhado, mas, em todos os verões da sua infância que Justine tinha visitado as Evelyn Towers, sua avó jamais a levara ali.

A porta que levava ao telhado não era muito visível. Estava oculta em um nicho no saguão do elevador do décimo segundo andar, pintada com o mesmo tom de creme das paredes, e tinha apenas um pequeno orifício para a chave — sem maçaneta. Justine supunha que Fleur tinha presumido que aquele era um tipo de porta atrás da qual não havia nada mais interessante que baldes, vassouras, esfregões e escadas quebradas.

Quando Justine se mudou para o apartamento, seu pai lhe dera um imenso molho de chaves. Havia a chave que abria a porta do prédio no tér-reo, a que abria seu próprio apartamento e uma para a porta da varanda. Mas o propósito do restante era um mistério. Daí, em um domingo modorrento, Justine tinha descoberto que uma das chaves abria aquela porta no saguão, e que atrás dela havia uma escadaria íngreme de metal.

O ar nas escadas nessa noite estava frio e parado, mas quando Justine abriu a porta para o topo foi atingida por um golpe de vento congelante. Nem as mangas compridas de sua camisa nem o fino colete de malha que ela ves-tia ofereciam muito isolamento térmico.

— Puta que pariu! — exclamou Nick, seguindo Justine até o telhado. — É maravilhoso.

Na verdade, o telhado não era mais atraente que um quadrado de con-creto, escorregadio e brilhante por causa da chuva recente, mobiliado com um varal giratório, duas jardineiras vazias e um holofote com a lâmpada queimada. Mas a vista era muito mais impressionante, incluindo a cidade, o rio e mesmo as luzes cintilantes de colinas longínquas.

— Eu normalmente vejo os fogos de Ano-Novo daqui — disse Justine. — E também é um ótimo lugar para assistir ao festival de cinema do Alexandria Park, em silêncio.

Fazia tempo que ela queria dar uma arrumada naquele lugar, contou a ele; arranjar alguns móveis de área externa, plantar algumas ervas e flores nas jardineiras. Mas até agora não tinha conseguido sequer substituir a lâmpada do holofote.

Parada na beirada do telhado, Justine tremeu. Quase sem pensar, Nick tirou seu abrigo pela cabeça e o passou para ela. Sob o abrigo ele usava apenas uma camiseta, e Justine viu os pelos em seu braço imediatamente se arrepiarem com o choque térmico.

— Não, não precisa — protestou ela. — Estou bem, sério.

— Não seja boba. Você está com frio — disse Nick.

O abrigo era de lã cinzenta macia, ainda quente do corpo de Nick, e cheirava levemente a sândalo.

— Quem mais vem aqui em cima? — perguntou Nick, andando pela extensão do telhado.

— Nunca vi mais ninguém. De vez em quando, um pássaro.

— Você podia fazer tanta coisa aqui.

Ela observou enquanto ele experimentava o suporte do varal e dava uns puxões experimentais nos arames folgados. Ele agachou perto do holofote, investigando seu funcionamento, e Justine — sentindo que estava a uma distância segura para dizer algo que possivelmente soaria desconfortável e estranho — respirou fundo.

— Nick, sabe essa promessa que você fez? Para sua namorada? Olha, eu vi você com Verdi outro dia. Eu também costumava ver você no palco quando éramos crianças. Lá atrás, sabe… você tem… tem mais… mais luz própria que outras pessoas. É seu dom.

Ele foi até ela, os restos da lâmpada do holofote nas mãos.

— Luz própria — repetiu ele, com uma risadinha. — Que tal eu dar uma lâmpada nova para você? Um presente meu para a laje.

— Obrigada — agradeceu Justine, embora ela ainda não estivesse disposta a mudar de assunto. — Mas você ouviu alguma coisa do que eu disse?

Quando Justine olhou para ele, seu rosto tinha uma expressão de tanta vulnerabilidade que ela se sentiu embaraçada.

— Jus, como você sabe… — começou ele, e daí começou de novo. — Quer dizer, como você *sabe* que vai dar certo seguir sua vocação? Como você, com a escrita. Você é uma escritora brilhante, mas teve que esperar. Você ainda está esperando. Como você consegue continuar tendo confiança?

Se fosse qualquer outra pessoa a perguntar, Justine talvez tivesse sido capaz de dar uma resposta sábia ou reconfortante. Mas como era Nick, ela descobriu que seu cérebro tinha sido reduzido a uma confusão de sinapses sem direção. Ela deu de ombros, perdida.

Nick suspirou.

— Mês passado, Leo disse…

A simples menção ao nome de Leo fez com que o coração de Justine se acelerasse um pouco.

— Eu sei, eu sei. Você não acredita nisso — disse ele. — Mas só me escute. Ele previu que eu chegaria a uma encruzilhada. E ele disse também: "Não seria ótimo se fosse tão fácil diferenciar o amor verdadeiro do amor falso como é diferenciar os cogumelos comestíveis dos venenosos"?

Apesar de poder ouvir sua pulsação acelerada em seus ouvidos, Justine se aconselhou a permanecer parada e em silêncio, a dar espaço para Nick falar mais. Enquanto esperava, seus ouvidos se encheram dos sons combinados do tráfego noturno da cidade e do barulho do vento atravessando os galhos das grandes e velhas árvores do parque no outro lado da rua.

— Bem, eu morro de medo de cogumelos — confessou ele afinal. — Eu jamais comeria um que achasse no meio de um campo. Ou em uma floresta. Sabe o que estou dizendo? Porque eu sou exatamente o tipo de idiota que comeria um cogumelo venenoso por engano e acabaria em um hospital sendo submetido a uma lavagem estomacal. O que eu quero saber é, será que alguém realmente ama você, se tudo que a pessoa quer fazer é transformar você em alguma coisa que você não é?

Tinha funcionado, percebeu Justine. Seu horóscopo tinha funcionado perfeitamente.

Aninhada dentro do agasalho de lã imenso de Nick, ela mal conseguia acreditar que seu texto tinha realmente, de fato, apropriadamente, funcionado para levantar algumas dúvidas que já estavam lá, escondidas dentro dele. Justine respirou o doce-mas-não-tão-doce aroma de sândalo do casaco e silenciosamente agradeceu a Katherine Mansfield e a todos os cogumelos do mundo, tanto os comestíveis quanto os venenosos.

— Laura é fantástica — continuou Nick. — Ela é uma batalhadora. Só elegância, organização e rigor. Sempre. Acredite no que eu digo, ela nunca tira folga de ser boa em todas as porras que existam para ela ser boa.

— Mas tem uma coisa na qual você também é bom — disse Justine. — E, falando como uma velha amiga, estou dizendo a você que realmente, de verdade, mesmo, acho que você deve ligar para Alison Tarf.

— Mas...

— Ligar para ela não compromete você com nada — argumentou Justine. — Você não estaria quebrando nenhuma promessa.

— Isso soa um pouco como uma tecnicalidade — disse Nick, parecendo em dúvida.

Justine deu de ombros.

— É só um telefonema.

— Só um telefonema — ecoou Nick, e Justine viu o canto da boca dele tremer, até que finalmente ele desistiu e sorriu de verdade.

Na manhã em que Justine chegou ao escritório e descobriu que a nova leva de horóscopos de Leo tinha chegado, ela se sentou por um momento e olhou para a página que jazia, virada para baixo e inescrutável, na bandeja de saída do aparelho de fax. Ela não tinha ideia de como devia proceder. Mas talvez, pensou ela, seu próprio horóscopo oferecesse alguma pista.

Sagitário, leu ela, *Com Vênus em Câncer, e Mercúrio em Virgem, o próximo mês oferece condições perfeitas para o florescimento do sucesso profissional que já vinha brotando ao longo do ano. Ao mesmo tempo, você estará em um pico de seu encanto pessoal, apesar de ainda não ser possível dizer se a atenção que você vai atrair é do tipo que você gostaria de encorajar.*

— Ah! — disse Justine em voz alta. — Encanto pessoal... que monte de merda. — Comparada com Laura Mitchell, ela era tão atraente quanto uma pavoa.

Pulando Capricórnio, ela parou em Aquário. *Com Marte em Leão, dizia o texto, você pode querer evitar qualquer confronto de maior intensidade, mas essa mesma energia astral trará um ajuste no foco dos eventos de sua vida romântica. Mais tarde neste mês, Vênus em oposição a Saturno estimulará você a examinar com muito cuidado seus ativos: principalmente tempo e dinheiro. Não seria ruim, nessa conjuntura, fazer um balanço detalhado de sua situação financeira.*

Justine franziu a testa ao prender o fax no suporte de documentos. Ela transcreveu cada signo, de Áries até Capricórnio, mas parou ao chegar a Aquário.

Que fazer, que fazer? Talvez ela e Katherine Mansfield já tivessem causado impacto suficiente. Talvez mais que suficiente. Talvez fosse hora de parar de interferir e simplesmente deixar o destino se desdobrar.

Com Marte em Leão, digitou ela, fielmente.

Cérebro: *Covarde.*

Justine: *O que você disse?*

Cérebro: *Você ouviu.*

Justine: *Ele já está em uma relação. E eu não acho que seja particularmente honesto ficar me intrometendo. Há uma coisa chamada sororidade, sabe?*

Cérebro: *Ce-e-erto. E essa sororidade faria Lizzie Bennet deixar Darcy para a velha e covarde Anne de Bourgh? Faria Maria entregar o Capitão para a Baronesa Von Schräder? Faria Julieta mandar Romeu voltar para Rosalina?*

Justine: *Eu nem conheço Laura. Não quero fazer dela uma inimiga.*

Cérebro: *Mas você não precisa ser inimiga de Laura para ser amiga da carreira de Nick. Apenas restrinja seus comentários — ao campo profissional.*

Era um bom argumento. *E se...?*, pensou Justine. E se, da mesma forma que tinha criado um protocolo para a abertura e fechamento de suas cortinas, ela pudesse criar suas próprias regras? Uma ética de retificação dos horóscopos? Um conjunto de regras que permitisse conselhos em relação a questões de carreira, mas proibisse qualquer menção a assuntos do coração?

— Isso poderia funcionar — murmurou para si mesma. Então apertou a tecla de delete, e as palavras de Leo se perderam no éter.

Justine pensou por um instante, cavou em suas memórias e então começou a digitar.

"Tudo o que precisamos decidir", escreveu Tolkien, *"é o que faremos com o tempo que nos é dado."*

♋

Apesar do protocolo da cortina requerer que, nos fins de semana, Justine abrisse as cortinas na hora em que acordasse, ela normalmente fazia várias coisas antes disso. Neste sábado em particular ela:

tomou um banho;

vestiu uma calça jeans justa, uma camisa estampada justa (uma Fleur Carmichael original dos anos 1960) e um casaquinho laranja curto;

amarrou as botas vermelhas;

aplicou base e gloss;

trocou a camisa estampada e o casaco por um camisa azul-cobalto de mangas largas;

desamarrou as botas vermelhas;

fechou o zíper da sua bota marrom forrada de pele;

secou o cabelo com o secador;

afofou as almofadas do sofá;

dobrou o cobertor da sala;

reaplicou o gloss;

colocou um CD de Joni Mitchell no rádio;

apertou play.

Não era como se ela estivesse esperando que, no minuto em que ela abrisse as cortinas, Nick Jordan estivesse esperando sentado em sua sacada com binóculos de ópera e um saco de balas nas mãos. Ela também não achava que ele desse especial atenção ao posicionamento do cobertor da sala, ou que ficaria especialmente fascinado pela cor de suas botas. Era só... bem, só um pouco de arrumação de vitrine.

Quando ela finalmente abriu as cortinas, viu — pendurado com pregadores no varal da sacada de Nick — uma folha de papel A4 com uma mensagem. No alto da página estava uma letra J e no meio da página havia o desenho de uma lâmpada. Sob o desenho, as palavras "me grite".

Justine saiu para o frio, pensando no que, exatamente, ela devia gritar. *Olá? Nick? Alôôôô?* Mas, antes que ela pudesse decidir, Nick saiu pela porta vestindo uma calça de pijama amarrotada e uma camiseta que parecia ser bem macia. Seus cabelos escuros estavam desgrenhados, e fazer a barba claramente não tinha sido uma parte de sua vida por vários dias.

— Bom dia, vizinha — disse ele.

— Bom dia.

— Para você... — nas mãos de Nick havia uma pequena caixa — uma caixa de lâmpada. Para o telhado. O soquete é esse, com certeza, e foi a mais brilhante que encontrei...

Justine estava impressionada. Ele tinha dito que ia dar a ela uma lâmpada nova — e tinha feito exatamente isso.

— Ei, isso é muito gentil da sua parte — disse ela. — Eu nem sei quando ia conseguir comprar essa lâmpada. E eu tenho algo para você também.

Ela voltou para dentro para pegar um exemplar da mais nova edição da *Star*.

— Saiu ontem. — Ela segurou a revista diante de Nick para que ele visse a capa: uma foto em preto e branco do rosto da mais famosa magnata do carvão do país, seus traços brutais incongruentes com o delicado colar de diamantes em volta do pescoço.

Então ali estava Nick com a lâmpada. E ali estava Justine com a revista. E ali, entre os dois, entre os prédios, estava o vão.

— Acho que não devia jogar isso para você — disse Nick.

— Provavelmente não é uma boa ideia — concordou Justine.

De repente Nick segurou a caixa sobre seu cabelo desgrenhado.

— Momento da ideia brilhante! Precisamos de uma cestinha entre os nossos apartamentos, como naquele livro que a gente leu na escola quando éramos pequenos.

— Meu Deus. Não pensava nesse livro há anos.

— Quantas vezes nós lemos?

— Bem, eu sei que, durante o nosso ano, o jardim da infância teve que comprar um novo exemplar pelo menos uma vez.

Era uma ideia tão simples, mas completamente irresistível: uma pequena cesta de piquenique, cheia de comida, pendurada em um cabo e enviada mar acima para o homem que cuidava de um farol.

— Salada de frutos do mar — citou Nick, com um sotaque levemente pirata.

— Biscoitos de mar congelado! — devolveu Justine.

— Surpresa de pêssego!

— Será que a gente consegue fazer uma igual? — perguntou Justine, sem querer ser levada muito a sério.

Nick arqueou as sobrancelhas, se divertindo com a ideia, e Justine se preparou para a zombaria. Mas, em vez disso, ele declarou:

— Eu tenho corda.

— Eu tenho uma cesta. Mamãe guarda bolas de algodão nela — completou Justine.

E, por meio do lançamento moderadamente preciso da cesta, uma troca semicoordenada do rolo de corda e alguns nós elegantes, Nick e Justine improvisaram um caminho de corda que permitia transferir a cesta para qualquer um dos lados do vão.

E foi assim que uma lâmpada fez a primeira viagem registrada, via cesta de piquenique, para o décimo segundo andar das Evelyn Towers, partindo do 12º andar de seu vizinho feio, e um exemplar da revista *Star* fez a viagem inaugural na direção oposta. E dentro daquela revista, ladeando a margem de uma página par, próxima à contracapa, estavam os horóscopos. Escritos por Leo Thornbury. A maior parte deles, pelo menos.

Cúspide

✦

DOROTHY GISBORNE — Aquário, anglófila, moradora de longa data da Devonshire Street, viúva há cinco anos, orgulhosa proprietária do que era possivelmente a maior e mais completa coleção de louça comemorativa do casamento de Charles e Diana em toda a cristandade e incansável passadeira a ferro de lençóis, toalhas de mesa e calcinhas — digitou um endereço no campo de busca do Google Maps. Na sua tela, uma mancha azul apareceu sobre um *grid* cinza-claro que foi preenchido, aos poucos, com a vila de Fritwell em Oxfordshire. Apesar dos avisos de seu site de relacionamento, ela e Rupert Wetherell-Scott tinham trocado informações reais muito rápido, mas na idade deles... Bem, havia pouco tempo a perder.

Consciente de sua respiração acelerada, Dorothy clicou em *street view*. E lá estava a casa dele de verdade, exatamente como parecia em um dia nublado no passado não tão distante, quando o carro do Google tinha passado por ali fotografando a rua. A casa era modesta: uma daquelas clássicas casas geminadas inglesas de dois andares, tão comum que quase ninguém no mundo além de Dorothy Gisborne — nascida na poeira australiana, mas criada entre as primaveras orvalhadas, as sebes verdes e os ouriços petulantes das ilustrações de Beatrix Potter — seria capaz de achá-la mesmo remotamente charmosa. Mas encantada ela estava, tanto pela frieza despretensiosa da luz de inverno quanto pela leve sugestão, no fundo da foto, de campos verdes, jacintos dormentes e coelhos falantes.

Eram duas da tarde no bangalô de tijolos salmão de Dorothy, mas não custou quase nada à sua mente já exercitada para calcular que eram cinco da manhã no distante verão da Inglaterra. Rupert ainda estaria dormindo, seu corpo uma única massa disforme sob as cobertas da cama de casal que sua mulher não estava mais ali para dividir.

A mão de Dorothy, no mouse, tremeu.

— Idiota — disse ela à mão —, fique quieta.

Dorothy espiou a casa em seu monitor. Ela notou o jardim frontal bem cuidado, e a abertura para correspondência na porta da frente, e o canteiro de margaridas em uma urna larga de pedra ao lado dos degraus estreitos. Se ela de fato fosse, se realmente ela dissesse sim, então essa seria a casa para qual ela voltaria todos os dias, e aquele seria o capacho onde ela limparia os pés. E aquelas seriam as margaridas que ela colheria para colocar em um vaso sobre a pia do banheiro.

Ela olhou para o canto superior do monitor. Catorze horas e trinta e cinco minutos. Cinco horas e trinta e cinco minutos da madrugada. Ainda faltavam duas horas e cinquenta e cinco minutos até o alerta do Skype vir chamá-la através do éter, soando como um par de bolas de meditação em um túnel de água. E ali estaria ele, Rupert, o ângulo do laptop fazendo com que parecesse ter mais papada do que ela achava que ele realmente tinha, e destacando as gravatas que usava, enfiadas no colarinho como guardanapos coloridos.

— Bom dia, Dorothy — diria ele.

— Boa noite, Rupert — responderia ela.

Era uma piadinha deles, não exatamente engraçada, mas era uma maneira doce e reconfortante de começar sua conversa diária.

Agora eram duas e doze da tarde. Cinco e doze da manhã. Dorothy suspirou e lentamente girou a imagem do mapa trezentos e sessenta graus. Aquilo no final da rua era uma pequena ponte? Sim, ela achou que sim. Então eles cruzariam aquela ponte, ela e Rupert, quando caminhassem pela rua até a velha igreja de pedra da vila, no domingo pela manhã, ou quando fossem ao pub para uma cerveja na sexta à tarde. O border collie dele iria segui-lo, agachado como uma raposa, e ela, Dorothy, usaria sapatos baixos, um vestido de lã e um lenço no cabelo, exatamente como a Rainha se vestia em Balmoral.

— Não seja tola — resmungou ela, percebendo, tarde demais, que estava adquirindo um leve sotaque britânico. Com o rosto vermelho, ela fechou o navegador com um clique decidido e recostou na cadeira.

Além de sua janela frontal, ela ouviu o ruído da bicicleta motorizada do carteiro. Quando saiu, seu olhar foi atraído pelos buracos horríveis nos canteiros de seu jardim, onde todas as dálias e azáleas tinham morrido de sede. Isso nunca aconteceria em Fritwell, pensou Dorothy, enquanto pegava a nova edição da *Alexandria Park Star* da caixa de correio.

De volta ao interior da casa, Dorothy dispôs sobre uma bandeja de chá a *Star*, um pequeno bule de Charles e Diana e um único biscoito. De um aparador grande e cheio de objetos, ela pegou a xícara de porcelana dourada na borda, com camafeus de Charles e Diana dentro de aros dourados que, por sua vez, eram emoldurados por rosas Tudor e flores-de-lis. E ela poderia, também, ter igualmente selecionado a xícara que mostrava Charles e Diana aninhados dentro de um vibrante coração vermelho sob um leão dourado. Ou qualquer outra xícara daquela vasta coleção.

A coleção de louça comemorativa do casamento de Charles e Diana de Dorothy cobria prateleiras e enchia as gavetas de duas imensas cômodas em sua sala de estar. Além de todas aquelas peças esperadas, como xícaras, pratos, vasos e jarras, a coleção também incorporava tripés de louça, dedais, caixinhas de bugigangas, apoios de vela, cinzeiros e sinos. A Wedgwood tinha lançado toda uma linha de vasos de várias cores, e Dorothy tinha obtido todos os itens do casamento de Charles e Diana em azul e lilás, tendo escolhido se abster do ocre. Houve anos em que o principal passatempo de Dorothy tinha sido escrever para colecionadores de louça na Inglaterra e nos Estados Unidos. Mas então aparecera o eBay e, após a morte de Reg, Dorothy tinha reformado o galpão no quintal e instalado prateleiras para receber uma nova leva de antes desconhecidos tesouros produzidos em homenagem às grandes núpcias de 29 de julho de 1981.

Dorothy se sentou perto da mesa redonda ao lado da janela que dava para o quintal. Ela se serviu de chá e mordiscou seu biscoito. Na capa da *Star* estava aquela assustadora herdeira da indústria do carvão. Era verdade, pensou Dorothy, dava para ver nos olhos daquela mulher o que o amor ao dinheiro fazia com a alma de uma pessoa. Ela folheou a *Star* e, por um momento, descansou a mão sobre a contracapa, como se pudesse absorver algum sentido pelo papel.

— Bem, Leo — sussurrou ela. — O que eu devo fazer?

Ela respirou fundo e abriu a revista na página dos horóscopos.

Aquário: "Tudo o que precisamos decidir", escreveu Tolkien, "é o que faremos com o tempo que nos é dado". Nem vocês, aquarianos — os derradeiros espíritos livres do zodíaco, nascidos do elemento indomável, o ar, estão imunes aos prazeres sedutores das coisas terrenas e do sucesso tangível. Mas se pergunte, hoje, como você realmente deseja gastar as horas colocadas sob os seus cuidados.

No silêncio da respiração suspensa de Dorothy, o movimento de um pequeno relógio foi ficando mais e mais alto. Era um relógio de cerâmica de Charles e Diana, fabricado pela Denby. Duas horas e trinta e cinco minutos da tarde. Cinco horas e trinta e cinco minutos da madrugada. Duas horas e vinte e cinco minutos de espera ainda. Tique-taque, tique-taque. Ontem, Rupert tinha usado uma gravata laranja decorada com hexágonos azuis. Ele tinha contado a ela sobre como tinha levado Flossie ao veterinário para limpar os dentes e como ele tinha vencido Nigel nos dardos pela primeira vez em cinco anos, e dito que ele pretendia mandar reformar as cadeiras do *lounge*. E aí, inesperadamente, ele tinha dito:

— Venha, apenas venha para cá. Venha ficar comigo e ser meu amor.

Dorothy, estupefata, tinha colocado toda sorte de objeções.

Tique-taque, tique-taque. Tique, tique, tique. Os segundos de sua vida estavam contados. E como ela ia usá-los? No eBay? Em dispositivos gigantes de cozinhar ovos comemorativos de Charles e Diana? Com *coisas*? Dorothy olhou de uma cômoda instável e lotada para outra. De cada prateleira, Charles olhava para ela por cima de seu imenso nariz. Diana, recatada e adorável, sorria sob sua franja loira. E onde estava Diana agora? Morta como qualquer um. E, um dia desses, Dorothy também estaria.

— Ah, Leo — murmurou ela.

Ela estava certa. Tolkien estava certo. E Dorothy já sabia o que tinha que fazer. Ela tinha que se livrar de cada prato, xícara, vaso, tripé e suporte de vela. De cada dedal. E das cômodas também. E de toda a sua mobília. De suas joias, roupas, bolsas. Ela ia vender a casa.

"Bom dia, Dorothy" diria Rupert em duas horas e vinte minutos.

"Boa noite, Rupert", diria Dorothy.

E então, não mais tentando evitar que aquele adorável sotaque inglês se insinuasse em sua voz, ela diria: "Bem, Rupert, tomei uma decisão…".

✦

Blessed Jones — Câncer, célebre cantora e compositora, devota clandestina de Dolly Parton jovem e apaixonada pelo som de um banjo, dona de um coração duas vezes remendado e agora três vezes partido — estava sentada na penumbra, no canto do balcão de madeira do Strumpet & Pickle, e amaldiçoava silenciosamente Margie McGee.

Ao contrário da maioria das outras colegas mulheres do senador Dave Gregson, Margie tinha sido sua segurança. Não só por ser mais velha, mas também por ter malditos princípios. Ah, por que Margie foi se demitir? Se ela não tivesse saído, então aquela ninfeta ruiva nunca teria sido contratada pelo senador Dave Gregson. E também não teria, supostamente, acabado na cama que deveria ser compartilhada apenas por Dave Gregson e Blessed Jones.

Blessed estava subconscientemente convencida de que seus óculos escuros, de alguma forma, impediam todos os outros clientes do pub de perceber que aquela era, de fato, Blessed Jones, sentada ali, com dois copos vazios de cerveja à sua frente e um terceiro cheio de cidra. Sob os punhos de sua blusa havia vários lenços de papel amassados — usados à esquerda, limpos à direita. A seus pés estava um estojo arredondado de violão.

Pelos cantos de seus óculos escuros, Blessed observou que a clientela de segunda-feira à noite não era aquele povo lindo e jovem, cheio de piercings no nariz, mãos dadas e beijos de língua, que enchia o bar de terça a sábado. As mesinhas, que em uma sexta-feira estariam cheias de *hipsters* às gargalhadas, nesta noite eram apenas apoios para as cervejas de executivos solitários, largados nas cadeiras minúsculas como gigantes abandonados. Segunda à noite no Strumpet & Pickle, notou Blessed, era para as pessoas que tinham saído do trabalho, mas que não tinham outro lugar para onde ir. E, claro, para o teórico da conspiração residente do pub, que nesta noite tinha encurralado algum pobre coitado perto da lareira. Em outros tempos, mais saudáveis, ele tinha supostamente escrito um livro polêmico sobre o fim do mundo iminente, mas agora estava reduzido a discursos incoerentes sobre colisões de asteroides e cinza vulcânica.

Blessed tirou um lenço de papel de sua manga direita e assoou o nariz. Então tomou um gole de cidra. Ela sentiu a bebida gelar sua testa e as maçãs de seu rosto, mas a cidra não era forte o suficiente para apagar as imagens que se repetiam na tela de sua memória. A grande e pesada porta do apartamento se abrindo. A garota, nua sob a luz da geladeira. Talvez esse pudesse ser o título de uma canção. *Nua sob a luz da geladeira, agora tudo desceu a ladeira, perdidos entre o fogo e a frigideira, nosso amor virou lembrança na poeira.*

Blessed já tinha perdoado Dave muitas vezes antes. Ela o tinha perdoado pela acadêmica arrogante, que só usava peças pretas assimétricas, assim como o seu cabelo, e com uma faixa de batom amarelo sobre a boca. Ela o tinha perdoado pela voluntária com perfume de patchuli, que havia passado algum tempo o assessorando à sua equipe no Timor Leste. Ela o tinha perdoado pela menina de dezoito anos, coberta de tatuagens, que havia sido babá do filho de oito anos de Dave, o único fruto de um casamento anterior destruído pelas infidelidades do senador.

Após cada episódio, Blessed perguntava a ele: *O que você queria? O que você estava procurando? Por que eu não sou suficiente?* Mas ele nunca respondia. Conversar com Dave após um caso desses era como tentar cavar através do fundo de uma piscina, pancada após pancada sobre azulejos de cerâmica, com a lâmina de uma pá. E desta vez ela nem sequer tinha disposição para tentar. Não tinha nada ali embaixo.

— Você é um homem — disse ela para o homem sentado sozinho, dois banquinhos distante dela no balcão, que estava recolocando cuidadosamente um cartão de plástico na carteira. Ele era da área médica, vestia uma camisa azul com um logotipo. Atraente, decidiu Blessed. Os cabelos escuros descuidados caíam sobre uma sobrancelha e a armação dos óculos. Óculos elegantes. Lábios carnudos, dentes grandes. Passava ao mesmo tempo as sensações opostas de segurança e perigo. Um lobo bem-educado, Blessed pensou.

Ele fez uma cara surpresa e apontou para si mesmo. *Eu?*

— Sim, você — confirmou ela, e enfiou o lenço de papel usado na manga junto com os outros. Talvez algum sexo inconsequente fosse bom em uma noite solitária de segunda-feira.

— Simon — apresentou-se ele.

— Bronwyn — disse ela, e, apesar de levantar uma sobrancelha, ele não comentou nada.

— Você é um homem — repetiu ela, levando seu banquinho para perto dele. — Explique os homens para mim.

No balcão à frente dele havia um laptop dourado fino. Ela se apoiou em um cotovelo, espiando a tela descaradamente. Ele estava no site de um banco. Blessed, cerrando os olhos para ler melhor, distinguiu duas palavras antes de o homem fechar o laptop. *Tansy. Brinklow.* Blessed se lembrava do ritmo daquele nome. *Tansy Brinklow, Tansy Brinklow. Bansy Trinklow.* Ela também tinha tomado duas taças de vinho antes da cidra.

Simon Pierce — Escorpião, parteiro e amante da tecnologia, chocólatra incurável, viciado em cinema alternativo, piloto de uma Vespa e dono de um coração tão recentemente partido quanto o de Blessed — sabia perfeitamente quem ela era, essa mulher pequenina sentada ao seu lado, seu nariz um pouco vermelho e sua fala só sutilmente arrastada. Além disso, ele sabia que o violão sob os pequenos pés dela era nada menos que o Gypsy Black: um violão roliço e brilhante, com protetores gêmeos em cada lado da boca e uma imensa pérola rosa trabalhada incrustada no braço. Blessed aparecia com o violão Gypsy Black na capa de cada um de seus álbuns, e Simon tinha todos.

Ele serviu um copo de água para Blessed, da jarra sobre o balcão. E também achou um comprimido de complexo de vitaminas em sua bolsa, pendurada no encosto do banquinho.

Ah, pensou Blessed, ao mesmo tempo desapontada e aliviada. *Sem sexo inconsequente aqui, então. Tansy Brinklow, Tansy Brinklow, Tansy Brinklow.*

Merda, pensou Blessed, quando encontrou dentro de sua cabeça a referência àquele nome. Tansy Brinklow tinha sido a oncologista de seu pai.

Com os olhos subitamente arregalados, ela colocou a mão sobre o braço de Simon.

— Você está morrendo? — perguntou.

— O quê?

— Morrendo — disse ela.

— Não! O quê? Quer dizer... — Simon estava aturdido, porém não mais que qualquer outra pessoa.

—Ah, bem, isso é bom — disse Blessed. — Um alívio, acho. Você não está com câncer, então?

— Câncer? Não.

— Garganta, pulmões, intestino? Como chama aquela coisa que os homens têm? Não é prostrada. Próstata. Ah, meu Deus, você não quer falar sobre suas bolas. Quer dizer, eu sou de Câncer — balbuciou Blessed. — Caseira. Sensível. Fácil de magoar. E você?

—Acho que sou de Escorpião.

— Ah! — exclamou Blessed. — Isso não é jargão para "ei, garota, sou ótimo na cama"?

Simon se afastou um pouco, seu sorriso mais tenso. Blessed tomou um gole de sua cidra. O silêncio envenenava o ar em volta deles como um peido.

— Merda, me desculpe... — disse Blessed, e acrescentou: — Simon.

— Está perdoada — disse ele, e acrescentou: — Blessed.

Blessed estremeceu.

— O que fez você pensar que eu estava morrendo?

— Tansy Brinklow — disse Blessed, gesticulando para o laptop fechado. — Você estava fazendo um pagamento para Tansy Brinklow. Você está em remissão ou coisa assim?

Simon deu uma risada triste.

— Não.

— Mas então pelo que você estava pagando?

Ele pensou por um momento.

— Integridade, acho.

Blessed apoiou um cotovelo sobre o balcão e encarou Simon com um olhar agudo.

— Continue — incitou ela.

Duas horas se passaram, então, durante as quais Simon contou a Blessed sobre como tinha sido noivo de Tansy Brinklow, e como eles pareciam felizes juntos, e como foi como um prédio desabando sobre sua cabeça quando ela terminou tudo porque ele tinha sugerido que ela comprasse um Alfa Romeu, ou talvez tenha sido só porque ela ficou com medo, mas no fim a vergonha pelas amigas pensarem que tinha sido enganada era dolorosa demais, nem todo o amor e o sexo fantástico com luvas de couro tinham sido suficientes, e ela o chamara de aproveitador e garimpeiro, e tinha mandado a conta de um dinheiro que tinha emprestado a ele, mas também de mais algumas coisas: jantares em restaurantes e um fim de semana em um resort presunçoso na praia.

Naquelas duas horas, Blessed também foi ao banheiro duas vezes e terminou sua terceira taça de cidra e Simon se recusou a comprar uma quarta para ela, pedindo em vez disso dois chocolates quentes. E, enquanto tirava vagarosamente a espuma do topo da caneca com uma colher, Blessed contou a Simon sobre Dave e suas ideias sobre recursos renováveis, que apesar de supostamente serem aquelas coisas dos Verdes, ela agora suspeitava que era só outro jeito de dizer que sempre haveria alguma nova garota por perto, e como a última tinha cabelos de fogo e uns seios pálidos grandes o suficiente para fazer afundar uma pequena nação do Pacífico, e como Blessed tinha voltado mais cedo para casa e encontrado a moça nua na frente da geladeira.

Aí Simon contou a Blessed como estava devolvendo o dinheiro de Tansy, cada centavo, em prestações, e como ainda ia demorar um ano ou mais, e como ele ainda era obrigado a cruzar com ela pelos corredores do hospital, e como ele estava até se acostumando com a coleira da vergonha, e tudo isso porque o dinheiro — para ele — era só alguma coisa que você usava quando tinha, e vivia sem quando não tinha, mas o dinheiro — para ela — significava segurança, estabilidade, sucesso, família, poder, proteção, enfim, tudo.

— Eu achei que passaríamos o resto de nossas vidas explorando os mistérios profundos um do outro — disse Simon. — Mas ela não tinha nenhum. Só mistérios rasos. Erro meu.

Blessed se empertigou em seu banquinho, sua expressão de repente urgente.

— Repete isso?

— O quê?

— Só repete o que você acabou de dizer.

— Erro meu.

— Não, não — disse Blessed, agitando suas mãozinhas. — Antes disso.

— Que ela só tinha mistérios rasos?

A postura de Blessed relaxou.

— Mistérios rasos — repetiu ela, baixinho. — Mis-té-é-rios rasos — disse ela novamente, deixando as palavras se juntarem em uma melodia. Ela levou o braço para baixo do banquinho e abriu as travas do estojo, tirando dali e apoiando no colo um lindo violão negro. O Gypsy Black era muito bonito, e Simon observou Blessed começar a dedilhar uma melancólica sequência de terças menores. Ela fechou os olhos e repetiu os acordes, começando a murmurar baixinho.

— Eu fiz trinta e cinco anos na semana passada — disse Blessed, sem abrir os olhos. — Trinta e cinco!

E Simon estava prestes a dizer *feliz aniversário pela semana passada.* Mas ela não estava mais ali. Ele tinha sido parteiro por tempo suficiente para conhecer aquele olhar — o olhar de uma mulher se desligando do mundo exterior e voltando-se para dentro, para o trabalho de parto.

A canção surgiu sozinha daqueles dedos deslizando sobre as cordas metálicas, e logo ela estava cantando, sua voz como uma lixa fina ou um passarinho assustado.

> *Procurei sua alma, só achei a mentira,*
> *Seu amor de tão pouco, nem enchia a piscina*
> *Você é mais um roteiro, de outro filme ruim*
> *E enganada em seus olhos, me encantei mesmo assim*
> *Procurei tanto tempo seu tesouro escondido*
> *Mas era ouro de tolo, só pedaços de vidro*
> *E em você encalhei, encontrei meu ocaso*
> *E me desesperei, com seu mistério raso*

Ela cantou os versos uma vez até o fim, então deixou o violão Gypsy Black mais solto, cantou um verso só dedilhando, em uma harmonia que pareceu a Simon uma pérola rosa transformada em som.

Blessed cantou novamente, a voz mais alta e mais confiante desta vez, e afinal deixou a canção terminar em um acorde mais longo. Quando abriu os olhos, tinha a atenção de todos no Strumpet & Pickle, até do maluco do asteroide perto da lareira.

LEÃO

♌

— *Suas vestes de vestal são doentias e verdes, e apenas os tolos as usam* — recitou Nick, e enquanto dizia suas falas ele andava pelo curto espaço da sacada: quatro passos em uma direção, quatro passos de volta. — *Abandone-os. É meu amor; ah, é minha senhora! Ah, quem dera ela soubesse que o é.*

— Não — disse Justine, do outro lado do vão.

Era uma manhã de sábado no fim de julho, e Justine tinha trazido uma cadeira da mesa de jantar para a varanda e agora estava sentada de pernas cruzadas — a edição Arden de *Romeu e Julieta* aberta sobre um joelho e três quartos de um saquinho de bolinhas de chocolate recheadas equilibrados no outro. Ela usava uma blusa grossa de malha e um gorro, pois, apesar de ser quase meio-dia, finas películas de gelo ainda eram visíveis na murada de concreto e na grade da varanda.

— Como assim, não?

— Você inverteu as frases. Devia ser: "É minha *senhora*; ah, é meu *amor*".

— Merda, merda, merda — disse Nick, andando por sua sacada. Sobre um par de jeans escuros que faziam suas pernas parecerem um pouco finas demais, ele usava o casaco que Justine agora chamava de "abrigo de sândalo".

— De novo — instruiu Justine, e colocou outra bolinha de chocolate na boca.

— Certo. É minha senhora; ah, é meu amor. É minha senhora; ah, é meu amor. Me dá um desses?

— Não — disse Justine. — O chocolate precisa ser conquistado, meu amigo. Você tem de recitar o monólogo inteiro. Sem um único erro. Duas vezes.

— Isso é muito cruel.

— É preciso sofrer pela arte. Certo. Do começo. Entra Julieta, acima.

— *Mas, suave! Que luz através daquela janela surge? Ali é o Leste, e Julieta é o sol. Nasça, adorável sol, e mate a lua invejosa, que já está doente e pálida de tristeza, pois tu és mais linda que ela.*

— Naaaah — interrompeu Justine.

— O quê?

— Pois tu, *sua serva, és muito* mais linda que ela.

— Pois tu, *sua serva, és* mais linda que ela.

— Não. Sinta o ritmo do verso. Pois tu, sua serva, és *muito* mais linda que ela.

— Meu Deus, você é tão pedante — disse Nick, mas não a sério. — Você tem a lua em Virgem? Ou seu ascendente é Virgem?

— Como eu vou saber?

— Bem, que horas você nasceu?

— Às duas da manhã — disse Justine. — O que isso tem a ver com qualquer coisa?

— Espera aí — disse Nick. Ele digitou e deslizou o dedo pelo celular. — Duas da manhã, 24 de novembro, no ano em que você nasceu, quer dizer que você é... Ará! Eu sabia! Seu ascendente é Virgem.

— Onde você está olhando? — quis saber Justine, rindo.

— É um site que deixa você calcular o ascendente, baseado em onde e quando exatamente você nasceu.

— Isso é maluquice.

— É? Mesmo? Então ouça: *Pessoas com ascendente em Virgem são extremamente sensíveis a irregularidades em seu ambiente próximo e imediatamente percebem quando algo está fora de tom ou fora de lugar. Elas vão gastar uma boa quantidade de energia restaurando a correção de seu entorno.* Em outras palavras, são exatamente o tipo de pessoa que carrega uma caneta especial na bolsa com a intenção expressa de livrar o mundo dos "advocados".

— Bem, nós pedantes temos nossa utilidade — disse Justine. — Você mesmo disse que Verdi já sabe as falas todas, sem erro. Você quer ser superado por uma garota de quinze anos?

Nick suspirou.

— Você tem razão. Ela vai ficar insuportável.

— Bem, então.

— Eu não acho que consigo continuar sem um chocolate. Por favor? Só um.

— Ah, está bem. — Justine se levantou e colocou uma bolinha de chocolate na cesta do faroleiro, e Nick puxou a corda para trazê-la até seu lado.

Desde sua montagem, a cesta tinha permitido uma grande quantidade de demonstrações de boa vizinhança. Apesar de ainda não ter transportado a proverbial xícara de açúcar, tinha carregado o DVD de *Romeu + Julieta*, de Baz Luhrmann (de Justine para Nick), um CD de Blessed Jones (de Nick para Justine), uma band-aid (de Justine para Nick) e uma porção de pipoca de micro-ondas (de Nick para Justine).

Agora, Nick pegou a bolinha de chocolate da cesta.

— Pois sim, agradeço, linda e generosa senhora.

— Certo, mas só esse até terminarmos — disse Justine. — Entra Julieta, acima.

— *Mas, suave! Que luz através daquela janela surge? Ali é o Leste, e Julieta é o sol...*

Demorou mais meia hora até que ele conseguisse atravessar o monólogo sem erros, e Justine precisou diminuir violentamente seu consumo de bolinhas de chocolate, ou mal haveria chocolate para a recompensa de Nick.

— Três? — disse Nick, olhando para o saquinho que tirara da cesta. — Três? *Três?* É tudo o que eu ganho? Depois de todo esse esforço?

— Haveria mais se você tivesse decorado suas falas.

Nick colocou todas as bolinhas de uma vez na boca e, enquanto mastigava, disse:

— Obrigado, aliás.

— Por?

— Passar o texto comigo.

Justine sorriu e fechou o livro no seu colo.

— E aí, você ligou?

— Para Alison Tarf?

Justine assentiu.

— Liguei — disse Nick. — Bem, falei com a assistente dela.

— E?

— As audições estão sendo feitas em grupo. Um monte de improvisação, pelo visto. Alison quer ver como as pessoas trabalham juntas, como interagem entre si, esse tipo de coisa — disse Nick.

— E quando vai ser?

— Não antes de setembro. O que é depois de *Romeu e Julieta* terminar, então o timing é...

— Perfeito? — sugeriu Justine. — Você precisa preparar alguma coisa? Posso ajudar a ensaiar?

Mas daí o entusiasmo de Nick pareceu desvanecer.

— Não sei — disse ele, secamente. — Eu... bem, não devia.

— Não devia participar da *audição*? — perguntou Justine. — Por quê?

— Você sabe. Eu prometi. Laura e eu... Nós passamos por um período bem ruim, e nos separamos por um tempo, mas desde que voltamos ela tem sido ótima. Bem mais relaxada. A promessa que fiz... é importante para ela, e eu quero fazer a coisa certa. Mas, daí, estou dividido. Porque é de Alison Tarf que estamos falando. Acho que preciso meditar sobre o assunto.

Será que ele não tinha lido o horóscopo?, pensou Justine. "Leo" já não tinha indicado aos aquarianos sobre o que deveriam meditar? Justine tentou pensar em uma maneira de introduzir delicadamente uma ou mais das palavras-chave de Leo na conversa. *Coisas terrenas... as horas colocadas sob os seus cuidados...*

Mas, em vez disso, ela disse:

— Uma audição é só uma audição, não é? Quer dizer, se escolherem você, nada o impede de recusar o convite. Você não acha que devia pelo menos... tentar?

— Não sei, Jus. Talvez seja mais fácil nem ir.

— Mais fácil?

Nick deixou os ombros caírem e suspirou.

— Talvez seja mais fácil se afastar de tudo sem nunca descobrir com certeza que você só não é bom o bastante. Daí você sempre pode imaginar o que poderia ter sido, sempre vai ter o consolo de saber que foi você quem se afastou.

— Você não acredita mesmo nisso, acredita?

Nick deu uma risada irônica.

— Eu achava que não. Mas, bem, daí eu li o que Leo tinha a dizer...

Continue, pensou Justine:

— Sim — incentivou.

— Bem, Leo disse que eu deveria estar pensando sobre como quero gastar meu tempo. Minha vida. E, sabe, talvez eu não esteja usando meu tempo da melhor maneira possível. Talvez esteja desperdiçando tempo atrás de uma carreira como ator. Se eu não for bom o bastante, afinal, para onde todos estes meses, estes anos... para onde eles terão ido?

Ah, pensou Justine. *Então não era apenas um problema da promessa a Laura. Era também um problema de coragem e confiança, aqueles velhos trapaceiros.*

— Mas e se você descobrir que, na verdade, é bom o bastante? — disse Justine. — É uma possibilidade também, não?

— Merda! — disse Nick, olhando para o relógio. — O ensaio começa em meia hora. Melhor eu ir.

— A pergunta foi assim tão assustadora que você precisa fugir correndo?

Nick a encarou, e manteve o olhar fixo no dela por um momento.

— Talvez seja. Mas prometo que vou pensar a respeito. Agora, de verdade, preciso ir.

— Então corra daqui — disse Justine.

— Obrigado, Ama — disse Nick.

E, apesar de aquele não ser o papel que Justine gostaria de encenar, ela achou que era melhor do que não ser parte do elenco.

♌

Todo ano, Jeremy Byrne entediava sua equipe com um evento que ele chamava de "O Estado da Nação". Não fosse pelo café forte que o editor fazia especialmente para o evento, e os doces do Rafaello's que ele comprava aos montes, haveria pouca compensação pela hora e meia que Justine sacrificava anualmente para ouvir Jeremy relatar detalhadamente os números da circulação e das vendas, os sucessos dos anos anteriores e seus objetivos para os doze meses seguintes.

Neste ano, o Estado da Nação seria em uma terça-feira no início de agosto. Durante a manhã, Justine trabalhou na coluna de jardinagem de Lesley-Ann.

O assunto era a majestade das peônias, mas a cópia manuscrita tinha chegado em um envelope que também continha uma generosa porção de terra, e Justine tinha gasto uns bons quinze minutos limpando seu teclado.

Quando terminou — tanto de editar a coluna quanto de limpar o teclado —, Justine se deparou, talvez pela primeira vez desde que se tornara gerente de colaboradores, com uma caixa de entrada vazia. Finanças, comida, cartas, resenhas e jardinagem estavam prontas; Doc ainda não tinha enviado as palavras cruzadas, então não havia nada a fazer nessa área.

Ela arrumou sua mesa e leu seus e-mails atrasados, respondendo, apagando, arquivando. Encarou a máquina de fax como se tivesse o poder de obrigá-la a se colocar em ação. Mas descobriu que não tinha esse poder.

Justine pensou.

Pegou uma folha avulsa de papel da pilha de papel usado.

Selecionou uma caneta.

Aquário, escreveu. Mas quais eram as palavras mágicas? Qual era a misteriosa combinação que faria Nick Jordan acreditar que seu destino era participar da audição para a nova companhia de teatro de Alison Tarf?

Justine: *Cérebro? Alguma ideia?*

Cérebro: *Bem, acho que a chave é o timing?*

Justine: *Oh! A revista sai exatamente na noite de estreia, não é? Então vamos pegar Nick em uma onda de entusiasmo por sua apresentação...*

Cérebro: *... e validar sua escolha profissional...*

Justine: *... fazendo o horóscopo parecer uma crítica! Uma boa crítica.*

Cérebro: *Agora estamos pensando.*

A página de Justine começou a se encher de palavras e frases: *aplauso, aclamação, curvar-se, bis*. Tinha acabado de escrever a expressão *com brio* quando percebeu que havia alguém em pé na porta de sua sala.

Ele estava ali pelos trinta, trinta e cinco, e as mangas de sua camisa estavam arregaçadas até os cotovelos, revelando braços que eram ou naturalmente morenos ou insensatamente bronzeados. Sua gravata de um dourado sujo estava frouxa no colarinho, e ele tinha cabelos loiro-escuros um pouco compridos. Depois de um segundo, ela se lembrou.

Era Daniel Griffin. Ele não era tão alto quanto ela se lembrava, Justine via agora, mas havia um ar de solidez em seus ombros e na forma como seu peito tomava todo o espaço existente dentro da camisa. Rato de academia, diagnosticou Justine.

— Justine?

— Daniel? — perguntou ela, parecendo em dúvida, apesar de não estar.

— Isso.

Daniel deu alguns passos para dentro da sala, o que fez Justine instintivamente pegar a página na qual estava escrevendo e colocá-la sobre a mesa, virada para baixo. *Merda*, pensou ela; isso provavelmente a fez parecer muito suspeita.

— Você veio para o Estado da Nação?

Ele inclinou levemente a cabeça.

— De fato.

— Uau. Isso sim é dedicação à causa.

— Esse sou eu, devotado. — Ele pôs uma das mãos sobre o coração. — Ei, aquele artigo que você escreveu sobre a jovem atriz? Ficou bom. Muito bom, na verdade. Você devia escrever mais. Jeremy está desperdiçando você com esse trabalho.

Havia um tom de brincadeira na postura dele. Ele a estava provocando? Justine não conseguia decidir.

— Bem, você sabe como é por aqui. É difícil conseguir uma vaga se ninguém nunca se aposenta — explicou ela. — Ou morre.

Daniel ergueu as sobrancelhas.

— Vou tomar muito cuidado.

— Sensato — disse Justine, impassível.

— Nos vemos no grande evento, então. — E ele saiu da sala. Andando de costas.

♌

Chegando à copa — onde os pratos de doces já tinham sido servidos, em meio à costumeira bagunça de jornais, revistas, fotocópias de boletins de sindicatos e a caixa de chocolates da campanha de arrecadação de fundos do filho de alguém, já há muito vazia —, Justine notou que Jeremy parecia tenso, vendo-o beber uma enorme quantidade de café.

Daniel Griffin, enquanto isso, estava encostado no balcão de uma forma que Justine inicialmente achou um pouco relaxada demais. Mas, após observá-lo por algum tempo, percebeu que ele estava completamente alerta, prestando atenção a tudo.

— Ele é bem bom de se olhar, não é? — disse Anwen, batendo seu ombro contra o de Justine. Mas, antes que ela fosse forçada a responder, Jeremy pigarreou.

— Obrigado. Obrigado, ah, a todos. Obrigado, por, é, comparecerem hoje. E obrigado especialmente a você, Daniel, por ter viajado para, ah, estar conosco aqui hoje.

Na exaustiva apresentação que se seguiu, Jeremy encontrou seis maneiras diferentes de dizer à equipe que, apesar da circulação ter diminuído um pouco desde o ano anterior, a receita dos anúncios estava se mantendo confortavelmente estável. O resto da manhã passou lentamente, os minutos se arrastando, e quase todos estavam meio dormindo quando o editor disse:

— E chegamos então ao último ponto da pauta deste, ah, relatório sobre o Estado da União.

Jeremy então fez uma pausa, e Justine sabia — pelo leve tremor que ela detectou no canto da boca de seu chefe e pela quase imperceptível camada de lágrimas em seus olhos azuis — que o que viria a seguir ia ser tudo menos um comunicado normal.

Justine deu uma olhada para Daniel, que estava olhando com muita atenção para nada em particular, e mantendo sua postura relaxada de uma forma um pouco precisa demais. E ela entendeu que ele sabia o que viria a seguir — ele estava, na verdade, totalmente preparado para esse momento. Tinha viajado até aqui para participar de algo muito específico. Uma abdicação. E uma sucessão. A primeira de toda a história da revista *Star*.

Roma também tinha deduzido o que estava acontecendo. Chocada, colocou seu pulso engessado sobre o peito, e esse foi o gesto que derrubou a fileira de dominós, enviando uma onda de compreensão através da sala, apenas um instante antes de Jeremy de fato falar.

—Alguns já sustentaram a opinião de que a única maneira de eu deixar a *Star* seria em um caixão. Mas eu decidi que, apesar de tudo o que a *Star* significou para mim, e de tudo o que ela me deu, vou escrever um fim diferente para, ah, mim. Eu decidi que... ah, quer dizer, eu vou... hoje estou... hummm, não deixando. Nem ficando também, por sinal. Vamos dizer que eu me nomeei editor emérito, um papel que me proponho a desempenhar a maior parte do tempo a distância. Sob este novo arranjo, espero ter muito mais tempo para ler, apesar de saber que meu amado marido espera que eu tenha muito mais tempo para, ah, cuidar do jardim. De qualquer forma, eu quase não estarei aqui para as, digamos, batalhas do dia a dia.

— Sim, sim, eu consigo ver a expressão no rosto de vocês, e, apesar de eu estar, claro, agradecido pelos sentimentos que vejo refletidos aí, este é, quero acrescentar, um dia de, aaaahh, celebração. Pois hoje nós recebemos de volta, desde Canberra, Daniel Griffin, que serviu magnificamente como nosso principal correspondente político, e agora vai assumir o comando aqui da *Star*. Como editor. Imediatamente.

Jeremy começou a aplaudir. E o som, por um instante — até que toda a equipe, chocada, acordasse e se juntasse a ele —, foi muito alto, excessivo. Daniel não se moveu, apenas aceitou os aplausos eventuais com um aceno de cabeça, como se nada no mundo fosse mais natural do que ele suceder Jeremy Byrne.

Logo que foi possível fazê-lo, e aparentemente por um desejo de fugir da onda de suas próprias emoções, Jeremy continuou.

— Nossa querida Jenna Rae aceitou assumir o lugar de Daniel, e eu estou certo de que todos me acompanham em desejar a ela todo o sucesso do mundo na capital do país.

Houve mais aplausos, durante os quais Jenna tentou manter o rosto paralisado em uma máscara impassível de profissionalismo, mas todos podiam ver a alegria em seus olhos.

— E tenho certeza de que todos compreendem o que *isso* significa — disse Jeremy, e Justine ficou desconcertada quando percebeu todos na sala olhando em sua direção. Ela sentiu uma onda de rubor subindo pelos dois lados de seu pescoço.

— Significa que temos uma vaga na redação, aqui no quartel-general. E, como parte do que está se transformando em uma grande reforma ministerial, nossa querida Justine, que foi tão paciente entregando a correspondência e buscando os cafés de vocês, vai agora se tornar a assistente de redação, algo que, eu acrescento, ela já tinha começado a ser extraoficialmente e de forma bastante espetacular, com nada menos que a matéria de capa do mês passado. Eu sei, Justine, que este dia demorou a chegar. Mas aqui estamos. E agora esperamos grandes coisas de você.

Durante a nova rodada de aplausos, Justine começou a compreender as consequências do anúncio de Jeremy. A carreira que tinha imaginado, planejado, estudado, ralado para conseguir, estava prestes a começar de verdade. Ela ia mudar para a mesa de Jenna na sala da redação, junto com Roma e Martin. Sua assinatura apareceria na revista, não por acaso, mas naturalmente. Ela estava seguindo seu caminho.

Neste ponto Jeremy se lançou em uma digressão sobre a proposta de verificação de descendência de imigrantes, e Justine usou essa distração para digitar uma rápida mensagem de texto. *Jeremy renunciou. Daniel Griffin será o novo editor. Eu serei assistente de redação!* Ela enviou a mensagem para sua mãe e para Tara. E aí, em um impulso, para Nick Jordan. Três respostas chegaram no mesmo momento. Sua mãe escreveu: *maravilhoso querida garota esperta hora de ir as compras vou comprar roupas novas para voce.* Isso fez Justine sorrir, mas também a fez anotar mentalmente a necessidade de mostrar à sua mãe, de novo, como fazer maiúsculas em mensagens de texto e onde estavam os acentos. Tara respondeu: MARAPORRAVILHOSO! A resposta de Nick, a última a chegar, dizia: *Eu vou fazer uma humilde torta para comemorar e, enquanto comemos, vou ouvir você admitir que Leo Thornbury de fato sabe tudo.*

Justine voltou a prestar atenção nos eventos do salão de chá bem a tempo de ouvir Jeremy dizer:

— O que nos traz a… Ah, Henry.

Henry estava tão ruborizado que sua cabeça inteira parecia que ia se transformar em uma bola de sangue. Justine arqueou as sobrancelhas. Jeremy não faria isso, com certeza. Ele não iria simplesmente promover Henry, depois de apenas alguns meses como contínuo? Que tipo de estágio era aquele? Nada! Não seria justo, Justine tinha envelhecido dois anos separando correspondência e indo buscar café. Não era possível que Henry iria se safar depois de apenas uns poucos meses.

— Depois de um período relativamente curto como contínuo — prosseguiu Jeremy —, nosso querido Henry vai assumir a posição de gerente de colaboradores, e, apesar de isso representar uma, ah, curva de aprendizagem bem íngreme, tenho certeza de que todos nós vamos ajudá-lo a se sair bem.

Merda, pensou Justine, imaginando Henry sentado em sua pequena e adorável sala, editando as resenhas de livros que tinha encomendado. Pior, ele teria a tarefa de selecionar as *Cartas para o editor*. Henry! Com sua visão conservadora do universo. E... será que ele seria mesmo capaz de conferir as enigmáticas pistas das palavras cruzadas de Doc? Justine sabia que teria que deixar bem clara para ele a importância daquela responsabilidade.

Outra pequena onda de felicidade a envolveu. Ela ia para a redação! Ia ser uma escritora, uma escritora de verdade. Da forma mais implausível e pela segunda vez, pensou Justine, Leo Thornbury tinha previsto com precisão seu sucesso profissional. E logo após este pensamento, veio a compreensão de que agora seria tarefa de Henry transcrever os textos de Leo Thornbury, ela não teria mais o controle dos horóscopos.

Os sentimentos de Justine se acotovelavam e se confundiam, e ela desejou estar sozinha, ou pelo menos ser invisível, para poder examiná-los com alguma privacidade. Mas ela não era invisível. Estava na copa, à vista de todos, e, quando levantou os olhos do seu emaranhado de pensamentos, percebeu que os olhos castanhos de Daniel Griffin estavam fixos nela: firmes, inteligentes, questionadores.

♌

Ao sair do trabalho naquela noite, Justine chegou ao fim do caminho ladeado de alfazemas e parou. Depois de se certificar que não havia ninguém atrás dela para testemunhar o que estava prestes a fazer, parou exatamente sob a estrela em mosaico pendurada sobre o portão, brilhante e amarela e cintilando loucamente contra o fundo escuro e nublado do céu. Por um momento, Justine se permitiu sentir o pulsar quente de seus raios de inspiração caindo — afinal — sobre seu rosto. Daí, sorrindo de sua própria tolice, ela cruzou o portão e saiu para a Rennie Street.

Quando estava a meio caminho de casa, o celular de Justine emitiu um som, avisando da chegada de uma mensagem de texto. De Nick.

Então, a que horas devo esperar você para a humilde torta?

Justine, levemente desconcertada, respondeu: *Ah, pensei que a torta fosse puramente metafórica.*

Bem, respondeu Nick, *sua metáfora está neste momento assando no forno. Vamos dizer... às sete e meia?*

Estarei lá, escreveu Justine, e, ao continuar em seu caminho para casa, ficou imaginando se seria realmente possível que as estrelas tivessem se organizado em algum tipo de alinhamento curiosamente maravilhoso.

♌

Justine nunca tinha entrado no prédio de tijolos marrons ao lado das Evelyn Towers. Mas, se ela tivesse alguma vez tentado imaginar como seria o interior do edifício, teria acertado. As paredes e o chão no saguão do térreo estavam sujas, e a escadas eram tomadas pelo inconfundível fedor de lixo caseiro.

O cheiro do apartamento de Nick foi um alívio, pois, apesar de ser possível sentir uma nota sutil e quase imperceptível de mofo, ela era quase que completamente silenciada pelos aromas de torta quente e desodorante recém-aplicado.

— Parabéns! — disse Nick, em pé na porta vestindo uma calça jeans clara e uma camisa listrada, seus braços abertos. Quando ele abraçou Justine, aquilo a fez se sentir meio baixinha, mas também leve.

— Eu vim sem nada — disse ela. — Sem vinho, sem chocolate, sem...

— Ah, esquece — disse ele, bem-humorado. — Entre. O vinho é por aqui.

No corredor estreito, Justine passou por vários ganchos de pendurar chapéu, tomados por uma coleção eclética e insana: ela viu um chapéu de cavaleiro tibetano, um capacete de policial inglês, um boné de Daniel Boone, com uma genuína cauda de guaxinim, e um barrete de chef.

Na sala, arrumada em um estante rudimentar de tijolos e tábuas, estava a coleção de ukulelês de Nick — um instrumento marrom, e os outros em tons havaianos de pôr do sol, águas mornas e goiaba. Alinhados no chão, encostados nas paredes, havia pôsteres de peças de Brecht e Chekhov, de *A tempestade* e *Do jeito que você gosta*, *Henrique IV* e *A décima segunda noite.* Havia também pôsteres de *O verão da décima sétima boneca* e *Longe*, de produções de teatro físico, teatro de marionetes, shows de cabaré e pantomimas.

A humilde torta, à la Nick Jordan, era composta por um recheio cremoso de frango e alho-porró dentro um envoltório perfeito de massa folhada. Como Nick não possuía uma assadeira de verdade, tinha usado uma descartável comprada no supermercado, mas a torta ficou linda, e ele a serviu acompanhada de filetes macios de aspargos.

Como Nick também não tinha nada parecido com uma sala de jantar, comeram com os pratos no colo, sentados lado a lado no sofá, que Justine não podia deixar de chamar, apenas para si, de o sofá de Laura. Ele tinha escolhido um vinho branco seco para celebrar, que beberam em canecas de café decoradas com girassóis, já que taças de vinho ainda estavam na lista de coisas a comprar de Nick.

— A você, Lois Lane! — Nick levantou sua caneca.

Logo, dois pratos sujos e vazios estavam sobre a mesinha de centro, e Nick estava abrindo uma segunda garrafa, de um vinho bem mais barato do que o primeiro, como notou Justine. Aconchegada e confortavelmente embriagada do vinho, tinha tirado os sapatos e dobrado as pernas, colocando os pés sob o corpo.

— Obrigada por isso, Nick. Pelo jantar… por comemorar comigo.

— Um prazer — disse ele. — Mas eu não esqueci. Lembre-se de que você ainda precisa admitir que Leo Thornbury sabe tudo.

— Isso seria uma declaração bem grandiosa.

— Bem, não vou apressar você. Quando estiver preparada. — O tom de Nick era professoral e jocoso. — Mas preciso ouvir seu reconhecimento.

Justine riu.

— Certo, está bem. Suponho que pode ser agora mesmo. — Ela tomou um gole de vinho, pensou um instante, pigarreou e fez uma cara séria. — Leo Thornbury parece ser um ótimo astrólogo.

— Bah! — disse Nick. — Patético. Tente de novo.

— Está bem, está bem. Você tem razão. Ah… As colunas de Leo Thornbury vêm, por alguma razão, prevendo com muita precisão as circunstâncias da minha vida profissional neste ano.

— Essas são palavras traiçoeiras. O que é esse negócio de "por alguma razão"? As palavras que você está procurando são "Leo Thornbury sabe tudo".

— Leo Thornbury... — começou Justine novamente, e caiu na gargalhada.

Cérebro: *Se ele soubesse, não é?*

Justine: *Você precisava lembrar disso agora, quando estou me divertindo tanto?*

— Leo Thornbury — retomou Nick.

— Tem uma perspicácia fora do comum — completou Justine.

Cérebro: *Muito esperta...*

Mas antes que Nick pudesse continuar argumentando, Justine foi surpreendida — e viu que Nick também — pelo som de uma chave abrindo a fechadura da porta da frente. Alguns segundos depois, Laura Mitchell apareceu na entrada da sala de estar, vestindo um esplêndido casaco verde-escuro que descia quase até as tiras de seus sapatos de saltos imensamente altos. Seu cabelo estava fixado em um complicado penteado que Justine tinha quase certeza que só podia ser produzido por um profissional. Foi como se Laura tivesse saído diretamente de um tapete vermelho para um silêncio profundamente desconfortável.

— Ei — disse Nick, ficando imediatamente em pé. Ele beijou Laura no rosto. — Eu sabia que você vinha?

Laura olhou de Nick para Justine e de volta para Nick.

— Aquela coisa da propaganda era em Westbury, ali do outro lado do parque. — Laura gesticulou com sua pequena bolsa de mão, como que para indicar a direção de onde tinha vindo. — Aí pensei em dar uma passada a caminho de casa. Só para dizer... oi.

A pausa que se seguiu àquela sentença pareceu se estender para sempre, e, a cada nanossegundo que passava, Justine se sentia mais desconfortável.

— Essa é Justine — disse Nick, apressadamente.

Uma expressão de perplexidade cruzou rapidamente o rosto de Laura, mas então Justine viu como ela reorganizou seus músculos de forma rápida e competente.

— Prazer em conhecê-la, Justine — declarou Laura, e havia algo de formal nas boas maneiras treinadas daquela mulher que Justine achou ao mesmo tempo invejável e irritante.

— Minha vizinha da frente — explicou Nick.

— Ah! — As peças do quebra-cabeça visivelmente se encaixavam na mente de Laura. — Você foi da mesma escola que Nick. Você é a ensaiadora de Shakespeare, não é mesmo?

— Sim, sou eu — respondeu Justine, e por alguma razão seus pensamentos se voltaram para a cesta do faroleiro. Laura sabia dela? Se incomodava?

Laura tirou o casaco e o pendurou em um gancho entre os chapéus.

— Quer um pouco de vinho? — ofereceu Nick.

— Só água, obrigada — respondeu Laura.

Quando Nick foi à cozinha, Laura se sentou ao lado de Justine e perguntou:

— E então, como ele está indo com as falas?

— Maravilhosamente bem — disse Justine. — Bem mesmo. Só falta trabalhar um pouco melhor o solilóquio final. Quer dizer, se há uma parte da peça que você definitivamente não quer estragar é a cena da tumba. Imagina, você está lá na cripta, Julieta em seus braços, e você esquece tudo e precisa pedir um ponto? Destrói qualquer clima.

Cérebro: *Você está balbuciando.*

Justine: *Eu sei. E você está vendo a cara dela? Ela está tentando evitar, mas olha para mim como se eu fosse uma completa idiota.*

Laura, Justine agora podia ver, era uma daquelas mulheres. Com toda a sua pose e distância, elas faziam Justine ficar nervosa, e o efeito disso em seu comportamento era positivamente pavloviano. Por mais que tentasse, quando estava conversando com mulheres como Laura, Justine era incapaz de conter sua tendência a cair em exibições ridiculamente animadas de tagarelice.

Justine: *O que eu faço?*

Cérebro: *Calce seus sapatos, linda.*

Assim, quando Nick voltou à sala, Justine tinha enfiado os pés de volta em seus tamancos, adorados, mas decididamente sem qualquer glamour, e abotoado o casaco de algodão grosso que — quando ela saiu de seu apartamento — tinha parecido indicar um ar chique, porém despojado, mas que agora parecia apenas infantil.

— Preciso ir — disse ela.

— Não precisa sair correndo por minha causa — retrucou Laura, e Justine podia ver que ela estava sendo sincera.

— Não, preciso mesmo ir. O dia no trabalho foi muito longo.

Na porta, Nick a abraçou novamente, mas agora não havia o menor traço daquela animação efervescente que ela sentira antes.

— Desculpe — sussurrou Nick. — Isso não era para acontecer.

E Justine sabia que ia passar a noite meio acordada, pensando em *o que* era para acontecer.

♌

No seu primeiro dia oficial na redação, Justine estava na porta da *Star* às sete e meia da manhã, com uma sacola da papelaria contendo uma extravagante coleção de canetas pretas, um pacote de blocos de notas elegantes, um conjunto de organizadores de mesa, blocos autoadesivos coloridos, borrachas em formato de animais, clipes de pinguim e marcadores fluorescentes.

Ninguém mais havia chegado. Justine digitou o código da fechadura eletrônica e entrou na penumbra silenciosa do prédio vazio. Na porta da sala da redação, ela parou por um momento, observando a mesa que tinha pertencido a Jenna Rae. Os cartões-postais e as notas que tinham estado coladas nos painéis de feltro em volta do computador haviam desaparecido; o recipiente de canetas estava vazio, bem como a pequena prateleira ao lado da mesa. Justine apertou o botão do mouse para acordar o monitor, e viu que o computador também estava deliciosamente limpo, todos os arquivos pessoais de Jenna já tinham sido removidos e uma imagem genérica de fundo de tela reinstalada.

Mudar de mesa, pensou ela, era como uma versão pequena e descomplicada de mudar de casa, e vinha com a mesma mistura de empolgação, novidade, antecipação e a pequena pontada de adeus. Mas ela estava feliz, agora, por ter acordado tão ridiculamente cedo; estava agradecida por ter esse tempinho para organizar sua nova mesa sem pressa, preparar uma xícara de chá, devanear um pouco... e também para ir até seu antigo escritório para checar o aparelho de fax. E lá, na sala que não era mais dela, uma única página branca esperava na bandeja do fax. Logo aquilo tudo seria de

Henry. Mas o fax estava ali, naquele exato momento. E Justine estava ali, naquele exato momento.

— Timing, Leo — sussurrou Justine, pegando a folha. — Ótimo timing.

Aquário, leu ela. *Neste mês Marte está flexionando os músculos na zona de influência de sua oitava casa. Poderosa, a oitava casa comanda os grandes mistérios da vida — sexo e morte —, mas também os renascimentos e as experiências transformadoras. O eclipse no dia 21 de agosto trará tanto revelações como condições auspiciosas para abandonar as coisas que não servem mais para você.*

— Humm… muito útil, sr. Thornbury — murmurou Justine.

Cérebro: *Não sei. Sexo e morte parecem muito relevantes para alguém que está interpretando Romeu.*

Justine: *Sim, sim. Mas não queremos que ele fique pensando em abandonos e desistências, não é?*

Ela olhou as horas; ainda era muito cedo, então sentou-se atrás da mesa. Se Henry chegasse enquanto ela transcrevia os horóscopos, ela poderia dizer a ele, com sinceridade, que estava apenas ajudando. Afinal, foi isso que Jeremy pediu: que todos dessem uma ajudinha a Henry.

Justine prendeu o fax de Leo no suporte de documentos, digitou sua senha e abriu um novo arquivo. Com os dedos voando sobre o teclado, ela transcreveu as previsões para Áries, Touro, Gêmeos, Câncer, Leão, Virgem, Libra, Escorpião, Sagitário, Capricórnio e…

Aquário, digitou ela. *Vocês estão em uma canção, portadores da água. Com Júpiter projetando sua grandeza sobre o setor de sua carreira, você está finalmente começando a ver os resultados dos muitos anos de trabalho duro. Aproveite o reconhecimento e o aplauso que você fez por merecer. Faça uma reverência e agradeça, Aquário!*

Justine tinha acabado de digitar o ponto de exclamação quando Daniel Griffin surgiu na porta da sala, fazendo-a pular de susto.

— Desculpe — disse ele — Não quis assustar você.

— Não, não, tudo bem. Eu não achei que tinha mais alguém…

— Achei que você agora estava na outra sala.

— E estou na outra sala. Quer dizer, estava — balbuciou Justine. — Vim só pegar as últimas coisas e, já que estava aqui, pensei que podia, hum…

Daniel olhava diretamente para ela, firme, com um olhar levemente entretido. Isso só fazia Justine ficar mais nervosa. Ele veio até o lado da mesa, meio que sentou na borda, e olhou para a tela do computador.

— Os horóscopos, certo?

— Sim.

Justine sentiu seu pulso disparar. Se Daniel olhasse com atenção, perceberia as discrepâncias entre as palavras na tela e as palavras no fax que ela estava supostamente transcrevendo. Mas não tinha como, nesse momento, rolar a tela para sumir com o texto para Aquário ou tirar o fax do suporte de documentos. Não sem parecer extremamente suspeito. Mas talvez se ela ficasse calma, supercalma, ele não notasse.

— É surpreendente, de verdade, quantas pessoas acreditam em horóscopos — tentou ela. — Você acredita? Em horóscopos?

— Difícil não acreditar — disse ele.

— Sério? Por quê?

— Bem, quando dão a você o melhor papel do zodíaco, é difícil recusar.

— Melhor papel?

— Sou de Leão — informou ele. — O leão. O sol. O rei.

— Entendo. — Justine tentou evitar que suas sobrancelhas subissem até a zona do *você só pode estar brincando*.

— E você?

Estava funcionando: Daniel estava olhando para ela, e não para a tela.

— Bem, eu não sou de Leão — disse Justine, talvez com um ligeiro excesso de ênfase.

— Gêmeos? — tentou ele.

— Você está tentando dizer que tenho duas caras?

— Libra?

— Você agora está procurando uma opção diplomática que não me ofenda, é isso?

— Respondendo com perguntas? Alguém poderia pensar que você é uma jornalista — disse Daniel. — Mas entendi. Vou ter que deduzir sozinho, certo?

Justine não estava certa se essa era exatamente o tipo de conversa que queria ter com Daniel Griffin no primeiro dia de sua nova relação profissional.

— Algo assim — disse ela.

— Bem, então por que você não termina aqui, daí vem falar comigo sobre um trabalho? — perguntou ele. — Tenho uma tarefa linda para você. Se eu não fosse o editor, ia querer para mim.

— É mesmo?

— Você já ouviu falar de Huck Mowbray?

— O jogador de futebol?

— Muito bom.

— Ele tem aquele bigode horrível.

Daniel assentiu.

— E aquele short minúsculo. No momento, ele joga no Lions, mas antes de mudar para Queensland, jogou por alguns times aqui do sul.

— E?

— Bem, ele está vindo nos visitar. Para lançar um livro de poesia. Seu próprio livro de poesia.

— Huck Mowbray é poeta? Você está falando sério?

— Justine, Justine. Não devemos estereotipar as pessoas. Só porque ele parece um troglodita, não quer dizer que não seja sensível.

Com todo o cuidado, enquanto Daniel falava, Justine — casualmente, muito casualmente — retirou o fax do suporte de documentos e o dobrou — aparentando estar distraída — ao meio.

— Não precisa se preocupar com prazos. A edição deste mês está praticamente fechada, e queremos guardar Huck Mowbray para setembro, para coincidir com o final do campeonato. Então você tem bastante tempo. Você quer fazer?

— Dolly Parton dorme de costas? — Justine enrubesceu, cruzando os braços na frente dos peitos ao perceber que tinha feito uma piada sobre seios para seu novo chefe.

Daniel sorriu.

— Eu tinha um colega do corpo de imprensa em Canberra que costumava dizer: "Será que Gough Whitlam* acha que chegou a hora?".

* Gough Whitlam foi primeiro-ministro da Austrália de 1972 a 1975. O lema de sua campanha era "Chegou a hora" (*It's time*). (N.T.)

— Muito australiano — declarou Justine, arrependida.

— Ah, tem mais de onde veio essa. *Os peidos de um coala cheiram a balas de goma? Um tasmaniano tem duas cabeças?* — Justine teria gostado de acrescentar algo, mas como a única frase retórica que vinha a sua cabeça era "Será que cavalos de carrossel tem paus de madeira?", ela preferiu ficar calada.

— Certo. — Daniel se levantou. — Quando estiver livre, venha à minha sala e eu passo os detalhes para você.

Quando ele se foi, Justine se reclinou na cadeira e deixou o alívio a envolver. Tinha passado muito, muito perto. Ela pegou o fax de Leo. Normalmente ela o espetaria no grampo de documentos. Mas naquele dia fez algo diferente. Ela pegou uma pilha de documentos e enterrou o fax bem no fundo de toda aquela papelada.

Ela enviou os horóscopos para a diagramação e se levantou da mesa que era, a partir daquele dia, de Henry. Antes de sair, Justine deu um tapinha amistoso no aparelho de fax.

— Obrigado, Leo, velho amigo. Foi divertido — sussurrou ela. — Mas agora acabou.

♌

Na sexta-feira da estreia de *Romeu e Julieta*, Justine estrategicamente tomou posse do banheiro do escritório às quatro da tarde. Atrás da porta trancada, tirou seus sapatos vermelhos baixos e os trocou por um par de botas de salto plataforma, maravilhosas de se olhar e horrivelmente desconfortáveis de se usar. Sobre a tela em branco de seu vestidinho preto, colocou um casaco longo com um plissado na bainha e babados no colarinho.

Quando faltavam quinze minutos para as cinco horas, uma voz açucarada foi ouvida do lado de fora da porta:

— Você vai demorar, querida?

— Já estou saindo, Barb — disse Justine, e pegou sua bolsa de maquiagem.

O rosto maquiado, restava o cabelo. Ela não conseguia usar fixador. Aquilo a fazia espirrar. Então se contentou em amassar suas ondas castanho-claras com as mãos e prendê-las com um grampo brilhante na têmpora. Ela se olhou no espelho.

Justine: *Então, como estou?*

Cérebro: *Muito bonita, mesmo.*

Os quarteirões entre o escritório e o Mercado de Alexandria Park foi difícil de vencer usando as botas maravilhosas, e isso confirmou a ideia de Justine, de que seria mais sensato pegar um táxi pelo resto do caminho até o teatro. Mas havia algo a ser feito no mercado antes. E, essa noite, não tinha nada a ver com "advocados".

A barraca de flores do mercado se chamava Hello Petal, e a mulher atrás do balcão, vestindo um avental *vintage*, parecia ter tido um longo dia. Sua base estava manchada sob as pálpebras, e o cabelo parecia sem nenhuma vida. Ainda assim, ela conseguiu abrir um sorriso para Justine.

— O que posso fazer por você?

— Preciso de dois buquês, por favor — disse Justine. — Eles devem combinar, mas um deles deve ser mais jovem e feminino. O outro, um pouco mais velho e masculino.

A florista pareceu intrigada. Pensou por um momento, depois começou a se mover pela barraca, pegando uma flor aqui, outra ali, no que parecia uma espécie de valsa.

— E, se não for incômodo, você poderia amarrar isso aqui junto com o segundo buquê? — Justine entregou à florista um exemplar da nova edição da *Star*, que tinha acabado de sair da gráfica.

— Isso está ficando cada vez mais curioso — comentou a florista.

♌

Chegando a seu assento no meio da segunda fileira da plateia, Justine observou que o público era composto por muitas mulheres de cabelos grisalhos, com brincos imensos e xales de lã de cores vibrantes. Em geral, essas mulheres estavam acompanhadas por senhores de cabelos igualmente grisalhos, vestindo o que Justine imaginou serem seus segundos melhores ternos. Os assentos mais baratos no fundo estavam tomados por gente mais jovem, muitos dos quais — em seus casacos de malha e óculos de armação grossa — pareceram a Justine universitários dos cursos de Teatro e Língua Inglesa.

Duas cadeiras vazias na primeira fileira da plateia chamavam sua atenção, como o buraco entre os dentes de um garoto de seis anos. Mas então Laura Mitchell passou, sorrindo e se desculpando, pelos espectadores já sentados, em direção àqueles assentos, seguida por uma mulher com brincos de pérola e um xale de lã cor de ameixa. Era quase com certeza a mãe de Laura, pensou Justine, pois as duas mulheres tinham a mesma estrutura de mandíbula aristocrática, as mesmas maçãs do rosto impecáveis, os mesmos cabelos grossos que pareciam simultaneamente brilhantes e aerados, como algo saído de um anúncio da Kérastase. Ao se sentar, Laura viu Justine e acenou levemente, ao que Justine respondeu.

O Gaiety não era um teatro conhecido por interpretações antológicas. Apesar disso, assim que as cortinas se abriram, Justine pôde ver que aquele não seria um *Romeu e Julieta* padrão. Cada um dos personagens usava o mesmo figurino básico — uma camiseta preta simples de mangas longas e calça preta até a altura da canela —, embora a identidade de alguns personagens fosse rapidamente indicada por bandanas brancas ou cinzentas. Mas, apesar do figurino ser mínimo, a maquiagem era pesada. O rosto de cada ator tinha sido artisticamente pintado para acentuar a boca e os olhos.

O cenário era despojado: um chão negro cercado por um ciclorama côncavo que mudava de acordo com as cenas, de dia nublado para noite estrelada. Durante as cenas noturnas, as constelações projetadas nessa tela giravam, em uma lenta e inexorável lembrança da roda do tempo em movimento.

Como normalmente acontece em produções semiprofissionais, havia aqui uma quantidade de questões que ameaçavam quebrar a suspensão da descrença da plateia. Por um lado, o jovem rapaz que fazia Teobaldo tinha resolvido fazer desse primo Capuleto uma caricatura do mal. Assim, ele passava a maior parte de seu tempo no palco balançando os longos cabelos muito negros e demonstrando suas habilidades de espadachim, que Justine imaginou terem sido rapidamente obtidas em um curso de Esgrima em Dez Lições Simples. Lady Montéquio recitava suas falas com a pompa excessiva do pior tipo de Shakespeare amador, e, enquanto lorde Capuleto estava bem desde que ficasse parado enquanto falava, ele tendia a perder a noção do enredo sempre que tentava falar e andar ao mesmo tempo.

Mas Justine podia ver que o diretor tinha administrado os recursos disponíveis de forma brilhante. Ele tinha seduzido uma atriz experiente e maternal a aceitar o papel da aia de Julieta, e ela tinha caminhado sobre a corda bamba entre a tragédia e a comédia com perfeição. O papel de frei Lorenço foi interpretado por um ator que guardava uma impressionante semelhança — no rosto e na voz — com o ator inglês Simon Callow.

E então havia os amantes em si. Não mais Nick e Verdi, mas Romeu e Julieta, nenhum traço de malícia em seus flertes. Desde o início, eles apresentaram sua atração como suave, doce e profunda, e a poesia de suas falas tocava magistralmente o segundo violino para a emoção. Talvez a coisa mais extraordinária sobre a performance dos quatro atores mais importantes foi que, juntos, eles quase fizeram Justine acreditar que um final feliz era possível.

Na tumba, o diretor brincou com a plateia, fazendo com que Julieta acordasse um instante depois de Romeu tomar seu veneno, dando a eles tempo apenas suficiente para um beijo apaixonado e profundo, antes que o veneno fizesse efeito. Lágrimas rolavam dos cantos dos olhos de Justine. Ela mal conseguia engolir, sua garganta dolorida pelo esforço em conter o choro.

— E assim, com um beijo, morro — disse Romeu, e então Justine chorou, inconsolável. O suficiente para fazer a mãe de Laura virar para trás em seu assento. Como uma idiota, Justine tinha se esquecido de colocar lenços de papel na bolsa, então teve que usar as costas da mão.

Graças aos céus, pensou Justine, o diretor tinha escalado a si mesmo no papel do príncipe, então foi alguém com tempo de cena perfeito quem declamou os versos finais da peça: *"Pois nunca houve uma história de tal infortúnio quanto esta de Julieta e seu Romeu"*.

A audiência aplaudiu estrondosamente. E Justine pensou, Shakespeare era uma porra de um gênio. Um casalzinho, tão brega quanto um casalzinho pode ser, ainda assim era o suficiente para fazer transbordar o coração. Quando os atores se curvaram para a plateia, Justine aplaudiu até suas mãos doerem.

Quando as luzes se acenderam, um lenço recentemente desdobrado apareceu misteriosamente sobre o ombro direito de Justine.

— Então, agora estou achando — disse alguém — que você é de Câncer.

Justine se virou para ver, sentado atrás dela, uma pessoa que era definitivamente Daniel Griffin, apesar de aos seus olhos marejados ele parecer um tanto submerso.

— Meu Deus. Obrigada — disse Justine, pegando o lenço e limpando os olhos e o nariz, de uma forma que depois, refletindo, foi possivelmente rápida demais. — O que você está fazendo aqui?

— Você acha que o Alexandria Park Rep não manda ingressos de cortesia para o editor da *Star*?

Justine notou, ao mesmo tempo, que Daniel usara a palavra *ingressos* no plural e que a mulher sentada ao lado dele era Meera Johannson-Wong, a âncora do programa de atualidades mais erudito da TV nacional. Ela era famosa tanto por suas perguntas mordazes quanto por seu guarda-roupa seriamente *avant-garde*, e nesta noite ela vestia o que parecia ser um avental montado a partir de um terno masculino. Justine não conseguia desviar os olhos de Meera, que estava virada na cadeira, conversando com uma mulher na fileira atrás dela, dando a Justine uma visão dos inúmeros babados que ondulavam pelas costas daquele maravilhoso avental.

— Aquela é Meera Johannson-Wong — sussurrou Justine para Daniel, apavorada.

— Bem, obrigado por me contar — disse Daniel, um tanto presunçosamente. — Somos velhos amigos. Fico feliz por não ter confundido ela com outra pessoa por todos esses anos.

Cérebro: *Você captou aquilo, certo?*

Justine: *Captei o quê?*

Cérebro: *Amigos. Ele disse "amigos". Está enfatizando para você que eles são apenas amigos.*

Justine: *Por quê?*

Cérebro: *Sinceramente, Justine.*

Justine considerou a ideia. Não era algo tão horrível assim. Daniel era... bem, ele era legal. Ele nunca tinha feito nada senão encorajar o trabalho dela; ele acabou não se mostrando nem um pouco autocentrado, como ela inicialmente pensara. E era muito bonito. Mas ele era, também, agora, seu chefe.

— Então, você veio conferir a performance da srta. Highsmith? — Daniel inclinou-se para a frente, seus cotovelos apoiados nos joelhos. — Ver se ela fazia jus ao que você escreveu sobre ela?

— Bem, sim. Tinha isso. Mas, também, o Romeu é um velho amigo.

Cérebro: *Não ache que eu não notei.*

Justine: *Ah, vá dormir.*

Daniel examinou o programa.

— Nick Jordan? Ele foi bem. Muito bem mesmo. Os dois atores principais estavam excelentes. Então... eu acertei?

— Acertou o quê?

— Você é de Câncer?

Justine franziu a testa de brincadeira.

— Agora, por que você diria uma coisa dessas?

— Bem, você é claramente muito emotiva. Empática, sensível. Chora facilmente.

— Facilmente? Isso é um pouco injusto. Nós acabamos de assistir a uma das mais trágicas histórias de amor de todos os tempos.

— E você é um pouco imprevisível, talvez um tanto dura do lado de fora, mas suave por dentro...?

— Todas essas coisas podem até ser verdade — disse Justine. — Mas eu não sou canceriana.

Daniel balançou a cabeça, desnorteado.

— Você apresenta um desafio incomum, srta. Carmichael.

Nos bastidores, enquanto isso, na penteadeira de Verdi Highsmith, um buquê de rosas cor-de-rosa mais claras, jacintos de um tom cor-de-rosa médio e gérberas de um tom de rosa muito quente fora colocado à frente de seu espelho emoldurado de lâmpadas redondas, com um bilhete que dizia: *Para srta. Highsmith, com admiração, de Justine Carmichael.*

Do outro lado do corredor, no camarim de Nick Jordan, havia um maço ainda maior de flores: rosas brancas, jacintos azul-escuros e miosótis. O bilhete dizia, *Para um Romeu perfeito, de sua pedante favorita.* E dentro do exemplar da *Alexandria Park Star*, espreitando maliciosamente acima do envoltório do buquê, Leo Thornbury esperava para passar uma mensagem.

Cúspide

Guy Foley — Aquário, filósofo com leves tendências a teórico da conspiração, músico ambulante perito em sopro de latinhas e colheres, ladrão ocasional de lojas, mas autojustificável, dono de uma barraca com forro de pele de carneiro, frequentador assíduo de uma rede de gramados, sofás e esconderijos — namorava as prateleiras da tabacaria com a curiosidade sem pressa de um homem se protegendo da chuva. Ele assobiou através da cortina espessa do seu bigode e, deliberadamente, não espiou pela vitrine que separava o aconchego da loja da neve na rua gelada. Pois do outro lado do vidro, oscilando precariamente coberto com o saco de lixo de Guy, com *dreadlocks* molhados balançando a cada lufada do vento amargo, estava Brown Houdini-Malarky, seu único olho escuro cheio de súplicas.

Brown — cão terrier de rua, nascido sob a constelação de Cão Maior, portador de uma bandana azul puída, praticante habilidoso da arte persuasiva do vodu canino, ladrão rápido como um raio de almoços em bancos de praça e mestre na demonstração de uma bexiga incansável — não era um cão bonito. A cabeça felpuda e as orelhas longas e peludas eram desproporcionais ao corpo magro e às pernas curtas. O rabo era longo demais e sem pelos, exceto por um tufo imundo na ponta. A mandíbula inferior protuberante, até mesmo quando a boca de Brown estava fechada, e os dentes manchados claramente visíveis de longe lembravam uma linha de pontos malfeitos. Considerando tudo, e em grande parte por causa da pálpebra costurada no lado esquerdo, Brown parecia um cadáver de cachorro, recentemente exumado do cemitério.

Brown estremeceu. Guy estava na loja há algumas horas, e tinha chovido o tempo todo. Agora Brown estava encharcado ao ponto de a água escorrer pelos canais da pele nua entre os tufos emaranhados de seu pelo. Embora permanecesse pronto para soltar uma saraivada de latidos possessivos na direção de qualquer um que até mesmo olhasse para o pacote coberto de plástico aos seus pés, Brown sentiu naquele momento que estava muito, muito próximo de considerar desfeito qualquer trato que tivessem.

Era verdade que fora Guy quem lhe dera um excelente café com bacon e crostas de torrada pela manhã, e igualmente verdade que Brown devia agora várias semanas de noites confortáveis ao forro de pele de carneiro da barraca de Guy. Mas Brown sentia que pagava mais do que devia. Quem, afinal, era responsável pela recente prosperidade nos espetáculos de rua de Guy? Entregue a si próprio, Guy teria tido sorte em se manter com Jack Daniel's e cigarros Champion Ruby. Mesmo quando Guy pegava um lugar privilegiado na estação de trem, só conseguia os trocados soltos de bons samaritanos que sentiam pena dele e de homens que carregavam carteiras e não queriam o peso das moedas em seus bolsos. Mas com Brown ao seu lado — empinando nas pernas de trás, uivando em tom de tenor estridente — Guy recebia algum apreço genuíno. Notas! Dez dólares aqui, cinco dólares ali; até mesmo estudantes universitários separavam alguns trocados.

Guy e Brown se conheceram em um trem, reconhecendo-se instantaneamente como parte da Irmandade dos Sem Passagem. Brown gostava de trens pela possibilidade de sanduíches jogados fora, e pela carona ocasional. Ele não estava acima de alguns chamegos e coceirinhas atrás da orelha de tempos em tempos, desde que terminasse com ele trotando pelas portas abertas do trem e seguindo por seu adorável caminho. Mas Guy, além de esfregar as orelhas de Brown, inspecionou a bandana azul esfarrapada, lendo as palavras escritas ali com marcador permanente.

— Brown Houdini-Malarky — leu Guy, e riu. — Bom, esse é um nome e dois terços! — Deu seu assobio, e as pequenas notas despertaram Brown para a música. — Ótima afinação, irmão Brown! — disse Guy, e continuou, o cão acompanhando com uivos. Após três estações e meio cachorro-quente, os dois formaram uma aliança. Uma que agora estava, após poucas semanas nesse caminho, começando a azedar.

Brown sacudiu-se inutilmente. Ele olhava pela janela para Guy e amplificava o poder do seu vodu. *Você deixará a loja agora. Você deixará a loja agora. Você deixará a loja agora.* Mas Guy só se virou de costas, casualmente tirando um refil do fluído de isqueiro Zippo do bolso molhado da sua jaqueta com capuz, e Brown enviou um palavrão canino vil para o vidro, que parecia bloquear suas ondas de pensamento.

Mais uma noite, disse a si mesmo. Então abandonaria Guy.

Brown não sentiria falta do homem, mas sentiria falta da boa e confortável barraca com pele de carneiro. Guy permitiu que Brown dormisse num canto dela, e mesmo esse pequeno luxo foi o bastante para fazer Brown sonhar em ter a sua própria casa: uma com humanos devotados e uma cesta com almofada, um pote de biscoitos com refil automático e um pacote de petiscos caninos que os humanos trariam em resposta à mais elementar conjuração.

O que ele estava pensando? Diabos! Os petiscos o amoleciam. Mais uma noite. Era tudo. Então ele viraria o seu rabo e desapareceria sem aviso em um beco escuro, sozinho outra vez. Independente. Livre. Pois ele era Brown Houdini-Malarky — e não o cão de guarda de um vagabundo.

Dentro da loja, Guy inspecionava uma fileira de cachimbos decorativos, tolerando pacientemente o olhar hostil do atendente e evitando os chamados mentais de Brown. Enquanto conseguisse evitar contato visual pela janela com o cão enlameado, conseguiria manter a consciência livre do pensamento de que deveria sair da loja e comprar um hambúrguer. O atendente mantinha seu rádio ligado na horrorosa rádio comunitária, e, quando a voz do locutor irrompeu no fim da música, foi como um jato de queijo derretido direto no ouvido.

— E-e-e-e-eu sou Rrrrrick Rrrrrrevenue — entoou, seu "eu" com pronúncia arrastada — e e-e-e-es-sa-a-a foi Juice Newton, com, bem, não preciso dizer, preciso? Mas preciso mesmo contar a você que são duas e meia. A hora da baleia, como minha tia costumava dizer. — Guy perguntou-se o locutor conseguiria se conter a dar uma explicação.

Não, pensou Guy.

— Duas e meia? Eia, eia, eia? A hora da baleia! — disse, seguido de uma risada boba. — E agora, é a hora das estre-e-e-e-elas, como escrito por aquela sssssuuuper essssstrela da esfera celestial, o próprio L-l-eo Thornbury da *Star*.

Guy mal ouviu algo sobre Gêmeos e a chance de encontros amorosos por acaso, um fragmento de virginianos encontrando condições oportunas para o comércio e a renovação.

— E para todos os belos aquarianos por aí, Leo diz: *Você está na onda, portador das águas. Com Júpiter lançando sua generosidade na sua área de trabalho, você finalmente verá resultados por todos os anos de trabalho duro aos quais se dedicou. Aproveite o reconhecimento e os aplausos que receberá no seu caminho. Aproveite, Aquário!* E, por último, para todos os piscianos. *Peixes...* — mas os ouvidos aquarianos de Guy se desligaram.

Bem, se esse não era um sinal, pensou Guy, ele não sabia o que era. Pensou em tudo que perdera, ao longo de sua vida, nas mesas de vinte e um do cassino Júpiter em Gold Coast. Mas ele perdera mesmo dinheiro? Ou tinha, como o astrólogo sugeriu, meramente *investido*? *Resultados*, disse o astrólogo.

Júpiter, ah, Júpiter! O grande deus do céu o chamava ao Norte, e prometia um raio direto no bolso da sua calça. *Na onda... Aproveite, Aquário!*

Guy espiou o clima horrível além da janela e tentou imaginar o calor do sol da Gold Coast na pele nua, a sensação dos dedos tocando a areia em vez de dormentes dentro de uma bota. Que hora melhor para ir para o Norte do que no meio de um horrível inverno no Sul? Bem, talvez no *início* de um inverno sulista horrível, mas aquele navio já zarpara. De qualquer forma, gostou da ideia. Gostou muito. O negócio dos espetáculos de rua estava vigoroso nos últimos tempos e havia moedas suficientes em seu bolso para comprar uma lâmina de barbear, até mesmo sentar na cadeira de uma barbearia que cobrasse dez dólares pela barba e o cabelo — cuidar um pouco de si antes de ele e seu polegar pegarem a estrada — e ele ainda teria dinheiro suficiente em seu bolso para cantar seu pequeno dueto com Júpiter.

Mas se ele fosse se mandar, considerou Guy, o que seria de Brown?

Guy se virou para encontrar o olhar de Brown e, no instante em que seus dois olhos encontraram o único olho do cão, viu-se pensando: *Eu vou sair da loja agora. Eu vou comprar um grande hambúrguer, eu vou tirar a carne e dar para Brown.* Os sinos acima da porta tocaram quando ele passou por baixo deles, perseguido por um grunhido revoltado do atendente.

— Bom menino — disse Guy, enquanto Brown saltava do pacote, e, caninamente conectado a afeições e elogios, balançava o rabo sem querer. Guy ergueu o pacote e olhou para Brown. Guy se afeiçoara muito ao seu pequeno companheiro, mas dificilmente poderia levá-lo consigo na estrada. Quem daria carona a um sujeito com um vira-lata caolho e sujo?

Mas, decidiu Guy, ficaria incomodado se deixasse o amiguinho indefeso na cidade. Então, enquanto partia para a lanchonete da estação, um plano se formava em sua cabeça.

Meia hora depois, aquecido e quase seco, a barriga cheia de carne, Brown dormia no chão de um trem em direção ao Oeste, o queixo dentuço repousando nas patas dianteiras. Quando acordou, foi com a horrível sensação de algo apertado ao redor do pescoço. Era o cinto de Guy, colocado como coleira e guia. Não apenas isso, Brown conseguia cheirar *aquele lugar.*

Não!, ele pensou. *Não!* Mas a sensação era inconfundível. Brown rosnou, amaldiçoando Guy como um traidor lambe-botas, o equivalente humano de uma pilha de fezes de gato, mas o homem o arrastou facilmente pelas portas abertas do trem até a plataforma, onde os cheiros de sofrimento e cães concentrados se intensificavam em suas narinas. E então houve sons, flutuando através das camadas de tela em formato de diamante e sobre os pátios de terra para exercícios. Brown ouviu uma matilha de terriers Staffordshire xingando-se de desgraçados através das grades. Algum border collie estava em um episódio psicótico, gritando "Ovelha! Ovelha! Ovelha!", e um grupo de filhotes de chihuahua chorava pela mãe. Brown rosnou no tornozelo de Guy.

— Calma, amigo, calma — disse Guy tranquilamente para Brown, mesmo enquanto arrastava o cão através da ponte da estação para um caminho estreito até o escritório do Abrigo de Cães.

Brown continuou a latir, inutilmente, entre engasgadas. Esse humano idiota não sabia quantos cães vinham até este lugar apenas para ser sacrificados?

Guy abriu a porta do escritório e uma mulher saiu de trás do balcão, larga como um navio de guerra em sua túnica cáqui. Ela ergueu uma sobrancelha e se inclinou apenas um pouco — embora Brown tenha visto que ela mantinha deliberadamente o rosto balofo fora do alcance até mesmo de seu ataque mais desesperado. Ela sorriu, fria como uma esmola, e disse.

— Veja só. Você de novo. Bem-vindo outra vez.

✦

Estavam almoçando no Medici e atraíam a curiosidade alheia. Sempre atraíam. E, mesmo que ignorassem cuidadosamente os olhares que recebiam, não se podia negar que as duas jovens haviam sido ao menos parcialmente conscientes ao escolher uma mesa posicionada logo em frente à grande janela do restaurante. Enquadrou-as lindamente.

Charlotte Juniper, assessora de mídia do senador do Partido Verde Dave Gregson, usava um vestido verde-oliva, com botas de salto e cano alto. O cabelo ruivo escorria pelos ombros, e mesmo com uma leve echarpe amarrada no pescoço ainda havia muita pele com sardas exposta entre a echarpe e o profundo decote do vestido.

À sua frente estava sua amiga Laura Mitchell — Capricórnio, graduada em Direito e modelo cada vez mais bem-sucedida, mantenedora disciplinada de um IMC vinte, conhecedora de queijos importados e oferecedora de presentes de aniversário generosos e espetacularmente adequados. Era difícil evitar a palavra "piche" quando se tratava do cabelo escuro e reluzente de Laura. Naquele dia, ela o usava liso e solto. E, ainda que seu vestido preto não fosse tão justo, de alguma maneira conseguia insinuar os seios pequenos e firmes e os quadris estreitos e torneados que estavam sob o tecido. Os sapatos pretos não tinham salto e eram de cano baixo, e suas pernas longas eram bronzeadas e estavam nuas, mesmo que estivessem em agosto. O pobre garçom não sabia para onde olhar.

— Que queijos vocês querem na travessa? — perguntou ele.

— Definitivamente o Fromager D'Affinois — disse Laura.

— E o Leicester — acrescentou Charlotte.

Às vezes, Laura e Charlotte fantasiavam sobre abrirem sua própria butique de queijos. Isso aconteceria, concordaram, uma vez que Laura tivesse se aposentado — como milionária — da carreira de modelo, e depois que Charlotte tivesse salvado o mundo. A amizade de Charlotte e Laura era incomum, já que transcendia a política, os gostos e até mesmo os padrões normais de compatibilidade. As duas mulheres tinham apenas um punhado de coisas em comum: gostavam de ser bonitas, sentiam prazer em vestir roupas lindas, gostavam de queijo e ambas tinham dois ex-padrastos e estavam a caminho do terceiro.

No caso de Charlotte, uma infinidade de padrastos refletia a imersão total da mãe em uma ética hippie não possessiva. No caso de Laura, originava-se da filosofia declarada abertamente pela mãe de que o primeiro marido era para genes, o segundo para dinheiro e o terceiro para ainda mais dinheiro. O quarto marido da mãe de Laura, o terceiro padrasto, foi — a mãe de Laura admitiu — um excedente aos requisitos, mas era boa companhia, com boas conexões e tinha um iate adorável.

Charlotte e Laura se conheceram quando estavam no segundo ano de faculdade, época em que Charlotte foi eleita presidente do conselho estudantil e Laura foi escolhida para representar a universidade — de capa e beca — no anúncio de uma campanha nacional. Mas a amizade não foi cimentada até uma noite, no quarto ano dos seus estudos, quando um baile da universidade coincidiu com um período de estágio para cada uma delas.

Charlotte pediu, e conseguiu, seu estágio no Departamento de Política da Bush Heritage.* Laura, por outro lado, estava animada ao conseguir uma vaga na Divisão Legal da BHP.** Para o baile, Charlotte vestiu um *cheongsam*, vestido típico chinês, de seda branca, justo e com uma fenda na coxa. Laura usava um vestido preto sem alças com uma saia brocada volumosa. Formavam um par atraente, juntas no saguão de um dos hotéis mais chiques da cidade.

— Eu nunca consigo lembrar — um infeliz colega bêbado disse a elas — quem de vocês conseguiu a Bush Heritage, e quem conseguiu a BHP.

— Não é óbvio? — Charlotte gesticulou primeiro para o vestido, e então para Laura — Vê? Mocinhos e... bandidos.

---

* Organização sem fins lucrativos sediada em Melbourne e que se dedica à proteção de reservas naturais. (N.T.)

** Mineradora e petrolífera multinacional também sediada em Melbourne. (N.T.)

— Sim, mas preto não mancha — disse Laura, antes de derramar uma taça cheia de Cabernet Sauvignon em Charlotte.

Charlotte ficou lá por um momento, pingando e em choque, antes que Laura se enchesse de remorso. Ela levou Charlotte ao banheiro do hotel e a secou o melhor que conseguiu, então pagou um táxi para levar as duas de volta ao seu flat, onde ela emprestou outro vestido (preto) para Charlotte. Algumas semanas depois, ela comprou um novo e caríssimo *cheongsam* para colega, em um verde-escuro que Laura pensou que combinaria mais com o cabelo ruivo do que o branco. Viraram amigas desde então.

— Então — perguntou Laura, cortando um pedaço do d'Affinois. — Como está o belo senador?

Charlotte bebericou seu Pinot e deu um sorriso satisfeito.

— Estou me mudando para o apartamento dele.

— Ótima notícia, Lottie. E quanto ao resto da equipe? Eles sabem?

— Acho que você poderia chamar de segredo aberto — disse Charlotte.

— E quanto à tendência dele de pular a cerca? Como você o manterá na linha?

— Eu tenho minhas maneiras. — Charlotte picou um triângulo de Leicester. — E quanto a você? Como vai o Nick?

Laura fez uma pausa dramática.

— Nós vamos nos casar.

Quando Charlotte gritou de satisfação, meio restaurante se virou para olhar para ela.

— Não na vida real — acrescentou Laura —, e não até o próximo ano, de qualquer maneira.

— Como assim?

— Então, sabe a campanha de vinhos Chance?

Laura fazia anúncios para a Chance já há alguns anos, e a campanha estava se transformando em algo como uma narrativa de como a garota Chance estava crescendo, galgando os degraus para cada nova fase de sua vida.

— Bem — continuou Laura —, parece que nesta primavera a garota Chance conhecerá um homem. Caminhará entre as videiras com ele, esse tipo de coisa. E na próxima primavera, tã dãããããã! Sinos de casamento! Um ano depois disso, o casal estará passeando entre as videiras com um bebê. E então vem a criança bonita de cabelos escuros andando... Ah, você entendeu. E não vai acreditar em quanto querem nos pagar por um contrato de cinco anos.

— Uau. Mas eu pensei que o Nick odiava modelar — retrucou Charlotte.

— Ele diz que odeia, mas nunca tentou de verdade. Quer dizer, eu sempre digo a ele que modelar é a mesma coisa que atuar. A única diferença é que te pagam de verdade para isso. E nem precisa decorar todas aquelas falas. Eu acho que ele vai pular de cabeça quando descobrir quanto estão oferecendo. As pessoas na Chance, as pessoas na agência amam o visual dele. O pessoal da agência de publicidade concorda que seríamos perfeitos juntos. E Nick... Acho que está começando a perceber que nunca vai trazer comida para a mesa.

— Como foi *Romeu e Julieta*?

— Ah, você sabe... — Laura fez um gesto vago — shakespeariano.

— Você é uma selvagem.

— Eu não sou selvagem. Sou apenas honesta.

— Então, contou para o Nick? Sobre o negócio do Chance? — investigou Charlotte.

— Não... muito.

Charlote levantou uma sobrancelha.

— Não *muito*? E quanto a Chance? E a agência? Você não disse que Nick está definitivamente dentro da campanha. Disse?

— Olha, ele vai concordar — afirmou Laura — Eu sei que vai. É mais dinheiro do que já conseguiu em toda a carreira dele. Vai colocar as coisas nos trilhos. Ele vai ver. Eu só preciso falar disso no momento certo.

— Você está pensando em tirar proveito antes do sexo? — sugeriu Charlotte. — Ou receber gratidão depois?

— Ah, pare de pensar como uma advogada. Não é assim. Ele vai aceitar. Sei que vai.

— Então, quando é esse "momento certo"?

— Não sei exatamente. Algum tempo após o fim de *Romeu e Julieta*.

— Por quê?

— Nick sempre fica um pouco triste depois de cada produção. Sente-se um pouco desesperançoso e cheio de dúvidas. Na noite de estreia, está sempre voando alto. Próxima parada, Hollywood! Mas, uma ou duas semanas após a noite de encerramento, sempre coloca os pés no chão e se pergunta se vai conseguir outro trabalho. E então eu estarei lá, com a oferta perfeita para animá-lo.

— Bem, vamos fazer um brinde a isso — sugeriu Charlotte, e as duas mulheres esvaziaram as taças de vinho. Quase imediatamente, o garçom se materializou ao lado delas.

— Outra garrafa, senhoritas? Talvez eu possa recomendar o Merlot Chance para vocês?

Laura soltou uma gargalhada.

— Chance? Ah, Deus, eu não beberia essa droga nem se me pagassem!

✦

No outro lado da cidade de onde Charlotte e Laura terminavam seu almoço, Davina Divine sentou-se na cozinha e tamborilou as unhas — pintadas de um tom chamado "Floresta da Meia-Noite"— no revestimento laminado do balcão. Já eram duas da tarde, o que significava que estava quase na hora de pegar os meninos na escola. Restavam apenas quarenta e cinco minutos preciosos do seu dia dedicado à astrologia; amanhã estaria de volta ao negócio de unhas em gel, e todos que a encontrassem pensariam nela não como a incrível presciente Davina Divine, mas como a alegrinha Nicole Pitt.

Davina suspirou. Bem, pensou, ao menos sabia que estava a caminho do seu destino. Conseguira seu Diploma Avançado de Astrologia com méritos e, mais ainda, havia assegurado alguns clientes fiéis. É verdade que eram apenas dois, até então, e igualmente verdade que ela passou tanto tempo em cima do mapa astral de cada um que o preço final acabou sendo apenas uma pequena fração do que deveria cobrar por hora. Todos tinham que começar em algum lugar, não tinham? Nem mesmo Leo Thornbury *nascera* astrólogo.

Mas o que, em nome dos céus, perguntou-se Davina com o mapa astral aberto sobre a mesa, estava acontecendo com Leo Thornbury e Aquário? Ela sabia que era apenas uma iniciante, e que Leo devia ser capaz de calcular forças e ângulos que sua visão em desenvolvimento apenas começava a compreender, mas nos últimos meses tinha sido incapaz de encontrar até mesmo o menor sinal das previsões de Leo para Aquário nos mapas. Em junho, a leitura de Leo foi toda sobre cautela no amor, enquanto Davina tinha visto aquarianos navegando muito felizes em águas românticas. Em julho, Leo fez do antimaterialismo o seu tema, mas as estrelas que Davina viu incitavam um acúmulo cauteloso nos assuntos financeiros. E agora, em agosto, Leo dava aos aquarianos permissão para se banharem na luz da glória conquistada com esforço, quando sua leitura dos astros era de que os portadores da água na verdade deveriam se proteger sob um edredom de inverno enquanto lutavam com as escolhas difíceis que sempre apareciam quando Marte chegava trovejando na casa oito. Que diabos estava acontecendo? O que, uma Davina bastante intrigada se perguntava, ela não estava vendo?

VIRGEM

♍

Os primeiros dias de treinamento de Justine se passaram com velocidade alarmante. Ela sentia como se vivesse dentro da reprodução de uma sequência de fotografias com lapso de tempo graças à maneira com que levantava da cama pela manhã e voltava à noite, cansada demais para ler além de algumas páginas antes de apagar a luz.

No escritório, ela se acomodou na sua nova mesa, pendurando sua própria seleção de cartões postais e aforismos nas placas cobertas de feltro ao redor do computador. Após seus primeiros dias na sala dos redatores, Justine entendeu que teria de aprender a ignorar os palavrões de Martin e seus comentários quase incessantes sobre seu processo de criação, mas ouvir furtivamente as entrevistas telefônicas cuidadosamente estruturadas de Roma, com seus interrogatórios elegantes e sagazes.

Em uma manhã de sexta-feira, Justine chegou à redação da revista *Star* para encontrar Daniel Griffin no portão abaixo do "perigo amarelo", entretido em uma conversa séria com uma jovem. Ela usava uma saia azul-bebê, um cardigã bege e sapatos baixos, sorria muito e balançava a cabeça o tempo todo. Ela também parecia tentar — ao baixar um dos ombros e dobrar o joelho oposto — não parecer mais alta que o editor.

— Justine, gostaria que conhecesse Cecilia Triffett.

— Oi, Cecilia — disse Justine.

O aperto de mão de Cecilia era fraco e ossudo. O cabelo, observou Justine, era suave e castanho-claro, parecendo escorregadio ao toque. O rosto era fino e seus quadris, estreitos, mas os olhos — atrás de óculos sem aro — eram de um azul muito bonito, e os cílios longos e negros.

— Cecilia é a nossa nova contínua — explicou Daniel, e o olhar em seu

rosto sugeriu a Justine que ele estava um pouco encantado pela srta. Triffett.
— Ela começará para valer na segunda-feira, mas quis vir aqui hoje para...
se aclimatar. Justine é jornalista aqui, mas ficou algum tempo na sua função.
Eu estava contando à Cecilia a história dessa nossa magnífica estrela aqui
e sobre como Jeremy me trouxe no meu primeiro dia como contínuo e me
colocou embaixo dela e me contou tudo sobre os...

— Raios inspiradores — terminou Justine, imitando a descida deles.

— Ele fez isso com você também? — perguntou Daniel.

Justine assentiu.

— Você precisa amar o "perigo amarelo". É muito... singular.

— Bem, não — disse Cecilia, sem pausa.

— Desculpe? — disse Justine.

— Você sabe. Ou algo é singular, ou não é — explicou Cecilia. — Não
pode ser *muito* singular.

Justine sabia. Na verdade, era o tipo de coisa que a própria Justine
apontaria sobre comentadores que balbuciavam através dos autofalantes do
seu rádio na cozinha. Era exatamente o tipo de coisa que ela cortaria, enquanto franzia a testa de desgosto, da coluna de um colaborador. Mas nesse
momento não estava escrevendo ou falando no rádio. Estava apenas, *diabos*,
conversando. Conversando casualmente o bastante para dizer "muito singular", e essa garota, com dentes da frente tão grandes que não cabiam na boca
quando a fechava, procurava defeitos no que dizia.

— *Touché* — disse Daniel, parecendo um pouco encantado demais
para o gosto de Justine.

— Cecilia — chamou Justine —, por acaso, você é de Virgem?

— Como você sabia? — Cecilia parecia tanto satisfeita quanto surpresa.

Justine sorriu de maneira que esperava ser enigmática.

— Bem-vinda à revista *Star*, Cecilia. Posso ver que você se encaixará
muito bem.

♍

— Eu imaginava se, talvez, não seria necessário uma para reconhecer
outra — disse Daniel a Justine.

Era o meio da tarde, na copa, e Justine estava caçando na geladeira uma embalagem de leite que não estivesse vencido quando Daniel apareceu para preparar café fresco.

— Desculpe-me?

— Talvez precise de uma para reconhecer a outra. Devo dizer que você se entregou essa manhã lá fora com a Cecilia. Por que você é de Virgem, não é?

— Bem... — disse Justine, enquanto prolongava o momento ao acrescentar leite ao seu chá. Mexendo e mexendo. — Tenho ascendente em Virgem. Aparentemente. Então você chegou perto. Mas só chegou perto, não acertou meu signo.

— *Ascendente* em Virgem. Merda. Eu realmente achei que tinha acertado dessa vez.

— Bem, sinta-se encorajado. Há apenas doze signos solares. Você vai acabar descobrindo.

Daniel pôs três colheres de açúcar em seu café, deu de ombros em resposta às sobrancelhas arqueadas de Justine e tomou um gole para provar.

— Como foi a sua entrevista com Huck Mowbray? — perguntou ele. — O cara realmente é grande como parece na TV?

Justine conheceu o colossal jogador de futebol americano na livraria onde sua coleção de poesias foi lançada, principalmente para os jornalistas, ainda que Justine tivesse reconhecido na plateia um punhado de jogadores de folga da AFL, a Liga de Futebol Australiana. Todos eles pareciam quase irreais, muito maiores do que qualquer pessoa ali, de braços cruzados ou mãos nos bolsos, incertos do que deveriam fazer com si mesmos.

— Na verdade, parecia até maior — disse Justine.

— E a poesia?

— A maior parte em verso livre. Alguns sonetos. Um *villanelle**, chamado "O coliseu" — respondeu Justine. — Apenas alguns dos poemas são sobre futebol, mas esse é um deles.

— Eles são bons?

Justine sentiu suas sobrancelhas se erguerem em território incômodo.

* Forma poética típica do século XIX que consiste em cinco tercetos e um quarteto. (N.T.)

— Eu gostei bastante de "Hermes em avanço total", mas "Lutador da grama" carrega demais nas tintas em sua tentativa de heroísmo.

— E quando ele não está escrevendo sobre futebol?

— Aí é sobre amor, na maioria das vezes. Ou possíveis conquistas. Acho que podemos dizer com segurança que "O efeito do veludo" é erótico. E "Vitória ao alvorecer".

Daniel fez uma expressão de preocupação.

— "Vitória ao alvorecer"?

— Temo que sim — disse Justine. — Mas veja isso. Aparentemente, em vez de xingar e praguejar quando está em campo, ele cita poesias.

— As dele?

— Não geralmente, pelo menos é o que o próprio Mowbray diz. Ele prefere Yeats, Eliot, Cummings, Hughes — disse Justine.

— Os grandes, hein?

— Ele insiste que não é sexista — afirmou Justine. — Ele me disse que Plath e Sexton eram particularmente potentes ao redor das pausas.

Daniel riu.

— Isso é uma citação direta?

— É.

— Por favor, diga-me que citará isso na sua história.

— Como é que o seu amigo costumava dizer... *Será que Gough Whitlam acha que chegou a hora?*

Daniel assentiu com aprovação.

— Qual é o tamanho da sua matéria? Se for boa, e parece que é, podemos publicar com destaque.

— Mesmo assim, está longa demais no momento. É que eu consegui tanta coisa boa. O treinador fez algumas declarações fantásticas. E a ex-mulher? Vamos dizer que ela não se conteve, e que o erotismo do veludo provavelmente não tinha a ver com ela. Dei uma passada no curso de poesia, também. Onde o jovem Huck escreveu suas primeiras estrofes. O professor é uma figura. Ele...

Daniel estalou os dedos.

— Capricórnio! Não é Virgem, é Capricórnio!

Justine riu.

— Por quê?

— Ética de trabalho. Você sempre chega cedo ao trabalho, ou sai tarde, ou ambos. Eu percebo essas coisas, sabe. E muitas pessoas não teriam entrevistado Mowbray para um perfil como esse. Mas você realmente foi longe. Soa como uma capricorniana para mim.

— Uma teoria interessante — disse Justine.

— Estou certo, não estou?

Justine pegou sua xícara de chá e foi em direção à porta.

— Ai de mim, sr. Griffin, você terá que pensar outra vez. Mas a boa notícia é que agora você já está na metade do zodíaco. Sobraram apenas seis signos!

♍

O dia seguinte era um sábado, e, mesmo antes de o sol nascer, os bons cidadãos do Alexandria Park arrastavam para a calçada suas geladeiras estragadas e aparelhos antigos de televisão, sofás manchados e aspiradores de pó quebrados. Enquanto Justine Carmichael cochilava pela manhã em seu quarto, no décimo segundo andar das Evelyn Towers, as verdejantes entradas das casas de seus vizinhos estavam sendo bloqueadas com pilhas e mais pilhas de tapetes mal enrolados, esfiapados e mal instalados, caixas de revistas *Reader's Digest*, videocassetes, camas de cães, conjuntos esmaltados de *fondue*, aquecedores quebrados, balanças de banheiros desgraçadas, cabideiros tortos e estofados tão velhos que poderiam ser comprados como pufes.

Por toda parte também podiam ser vistos utensílios e aparelhos com pouco uso, como máquinas para fazer rosquinhas e massageadores para os pés, fiandeiras de algodão doce e moldes de *cupcake*. Famílias comuns jogavam fora suas versões de Twister, Hungry Hungry Hippos e Trivial Pursuit, enquanto pais ambiciosos tinham a oportunidade de admitir a chatice que eram jogos como MathMindz, Pizza Fraction Fun e Roll'n'Spell. Aquele era o dia da coleta de lixo ao lado da Câmara Municipal, e, uma vez ao ano, era a chance de desovar porcarias domésticas sem ter que alugar um trailer por um preço escandalosamente alto, pagar a alguém para que buscasse as tralhas ou limpar o cocô de pombos em um carro emprestado.

Justine tinha um plano para esta manhã de sábado em particular. Era acordar por volta das oito, mas ficar na cama até as dez lendo um romance ou folheando o novo catálogo do Howards Storage World. Depois disso, tomaria um banho e se vestiria com algo primaveril e alegre, então iria ao Rafaello's, onde pediria um croissant e um café, leria os jornais do fim de semana e checaria se Raf tinha — como recomendara Justine — trocado o "frango meio assado" do cardápio do almoço por um "meio frango assado". Seu plano não incluía, porém, que seu celular começasse a tocar, de maneira alta e insistente, às seis e meia da manhã, de um lugar nas profundezas da bolsa que Justine jogara sem cuidado no chão do quarto na noite anterior.

Então, quando isso aconteceu, Justine apertou os olhos, esperou que o celular parasse de tocar e se agarrou à ideia de que ainda não estava, na verdade, acordada. Mas, quando os toques finalmente cessaram, o celular ficou em silêncio por breves cinco segundos antes de começar a tocar outra vez.

— Não enche — murmurou Justine.

Cérebro: *Talvez seja uma emergência. Talvez o avião do seu pai tenha caído e ele esteja ligando com a bateria quase no fim, para dizer seu último adeus. Talvez sua mãe esteja caída, esfaqueada e sangrando, por ter sido atacada nas ruas de Edenvale durante sua caminhada matinal. Justine! Talvez seja esta a ligação. A que você lamentará não atender pelo resto dos seus dias.*

Justine: *Desgraçado.*

Cérebro: *Não há de quê.*

Previsivelmente, de acordo com uma subseção da Lei de Murphy, o celular que tocava estava no último bolso que Justine procurou. Com dedos meio dormentes, ela deslizou a tela.

Exausta, Justine disse:

— Alô?

— Você precisa levantar e se vestir imediatamente.

— O quê? — disse Justine.

— Não há tempo para enrolar. Não há tempo para atrasos!

A voz era ridiculamente alegre.

— Nick?

— Hoje é o dia — disse, animado. — Eu também me esqueci. Foi apenas por sorte que eu estava acordado tão tarde para ver começar. Vamos,

Jus. Você precisa se apressar.

— Por quê?

— Dia da coleta na Câmara Municipal no Alexandria Park. É a maior venda de garagem gratuita do planeta!

— Estou dormindo.

— Então acorde. Sério. Você deveria ver as coisas, e ei, Deus ajuda quem cedo madruga.

— Considere: o segundo rato pega o queijo.

— Não seja mal-humorada. Aquilo é o verdadeiro nirvana dos caçadores de tesouros! Eu a encontrarei na frente da sua casa em dez minutos.

Quinze minutos depois, vestida com uma elegante roupa tirada do chão, um lenço amarrado no cabelo desgrenhado e os olhos ainda grudentos, Justine emergiu na Evelyn Street para encontrar Nick esperando por ela. Ele usava uma camisa de flanela, bermuda cargo e um par de botas de cano curto surradas. Ao seu lado, havia um carrinho de supermercado bastante novo, o assento infantil e o protetor de cabo verdes de plástico ainda brilhantes, e todas as quatro rodas pareciam funcionais.

— Afanou do Woolworths?

— Apenas um empréstimo — disse Nick.

— Olha, você é mesmo um profissional — observou Justine.

— Eu também preparei uma garrafa de café para nós. Espero que não tome com açúcar.

— Não tomo.

— Excelente. E rascunhei um mapa.

Uma pequena mochila estava pendurada nos ombros de Nick, e do bolso de trás do short ele tirou uma cópia marcada de uma brochura que Justine reconheceu como o *Guia para pedestres do Alexandria Park Heritage*.

Ele agarrou o carrinho como se tivesse encontrado sua missão na vida.

— Pronta?

♍

Às duas da tarde, o terraço na laje das Evelyn Towers havia sido transformado. Espalhado em um padrão de espinha de peixe sobre uma seção do

piso de concreto estava um quarto de *pallet* de azulejos de cerâmica verde-
-musgo que sobraram da reforma de um banheiro em Lanux Court. Acima
dos azulejos, e bastante inclinadas, estavam duas espreguiçadeiras de vime
da Austinmer Street, apenas um pouco desgastadas e arranhadas por gatos.

Justine e Nick não foram muito ortodoxos quanto à sua empreitada de
caça aos tesouros, já que fizeram algumas compras modestas no centro de
jardinagem local. Uma mistura de terra fresca para vasos agora preenchia as
floreiras do jardim do telhado. Na terra havia sementes minúsculas — giras-
sol, manjericão, salsa, amor-perfeito — que começavam a pensar em esticar
suas pequenas radículas.

Posicionado entre as floreiras estava a aquisição gratuita mais impressionante de Justine e Nick: uma chaminé dos confins da Evelyn Street que
tinha sido jogada fora inteirinha, com seu tripé de ferro forjado. Evidentemente, a borda da chaminé estava lascada, e haviam algumas rachaduras zi-
guezagueando por um dos lados, mas a pequena lareira parecia sólida. Seria
perfeita para as noites de inverno.

Entre as espreguiçadeiras havia duas pequenas mesas provisórias (Nick
perguntou a Justine, "O que é uma mesa provisória, afinal? Uma mesa que *é
só mais ou menos uma mesa?*"), cobertas por placas de linóleo estrelado e estampadas com manchas de xícaras de café. Agora, em cima de uma das mesas
estava um jogo de damas de estanho da Batalha de Waterloo em perfeitas condições que Justine e Nick encontraram na rica vizinhança de Kellerman Cir-
cle, embora não sem incidentes. Foi Nick quem encontrou a caixa de madeira
contendo as forças francesas de Napoleão, enquanto Justine localizou o tabuleiro abaixo de uma pilha de revistas *Healthy Eating*. Outra dupla de caçadores
de tesouros, entretanto, conseguiu pegar a caixa contendo o exército inglês.
Houve um debate, e embora Justine e Nick tenham conseguido argumentar
com sucesso que a posse de dois terços do jogo era igual a nove dez avos do
direito de tê-lo completo, foram forçados a entregar um candelabro chique de
latão como contrapartida.

Nick, brincando com as peças inglesas conseguidas com dificuldade,
triunfou sobre os franceses de Justine, no que ele descreveu como o jogo de
damas "inaugural" do terraço. Na verdade, o jogo foi um banho de sangue, e
— sem o conhecimento de Nick — já fora categorizado na mente de Justine

como o "primeiro e único" jogo de damas. Após três movimentos, enquanto observava a determinação feroz na mandíbula do seu oponente, Justine se perguntou por que não havia lembrado que jogar um jogo de tabuleiro era uma forma de estimular a área mais primitiva do cérebro de Nick. Um dia, pensou, poderia até admitir para ele que fora ela quem sugeriu ao seu irmão e irmã mais novos que seria uma boa ideia colocar todo o dinheiro do Banco Imobiliário deles no incinerador ilegal de fundo de quintal de Mark Jordan.

— Esse almoço foi incrível — disse Nick, pegando o último biscoito Tim Tam de chocolate amargo, deixando a bandeja de plástico do biscoito vazia entre as sacolas de papel engorduradas que antes guardavam bolinhos de batata, de peixe e *dim sims*.

— Foi mesmo uma refeição *gourmet* — disse Justine. Reclinando-se em uma espreguiçadeira, ela podia sentir em seus braços e ombros os efeitos do dia de carregamentos e levantamentos. Ela também estava com a pele um pouco bronzeada e prazerosamente sonolenta e decididamente precisava de um banho.

— Se Laura pudesse ver isso, ela me faria correr uma maratona como castigo — disse Nick, sua boca meio cheia com o Tim Tam.

— Onde está Laura hoje? — perguntou Justine, feliz em finalmente ter a oportunidade de fazer essa pergunta, que estivera o dia todo em sua cabeça.

— Texas, na verdade.

— Texas?

— Arrã.

— Por quê? — perguntou Justine.

— Ela faz essa coisa do perfume, e estão criando uma nova campanha.

— Qual é o perfume?

— Nenúfar. E, no Texas, há esse grande jardim aquático, cheio de... nenúfares.

Justine soltou uma pequena gargalhada e acabou engasgando com o gole da cerveja de gengibre efervescente que acabara de tomar. Quando sua melhor amiga Tara queria indicar que uma pessoa era bonita por fora, mas não tinha muita coisa dentro, referia-se a ela como "uma pessoa nenúfar".

Nick entregou um guardanapo para uma Justine, que tossia, com a logo da colher engordurada que veio com o almoço que compraram, e disse:

— O quê? O que é tão engraçado?

Justine: *Deveríamos contar a ele?*

Cérebro: *Você é o membro de carteirinha da irmandade. Não eu.*

Justine: *Huummm. Acho que vamos deixar entre nós.*

— Não é nada — disse Justine, embora ainda sorrisse.

Nick bebeu o resto de sua cerveja.

— Bem, por mais que eu quisesse ficar e massacrar você e o seu Demônio da Córsega uma segunda vez, preciso me apressar.

— Por quê?

— As cortinas se abrirão em não muitas horas. E dormi pouco. Romeu precisará de sua energia se quiser impressionar sua Julieta esta noite.

— Hoje não é o encerramento da peça?

— É.

Nick se levantou da poltrona.

— Ah — disse. — Eu queria lhe dizer...

— Sim?

— Alison Tarf me ligou.

Justine se sentou com pressa.

— Alison Tarf? Ela ligou?

— Ela veio ao Gaiety. Assistiu à peça — disse Nick, fazendo uma expressão modesta. — E ela desenterrou minha ficha de inscrição e me ligou para dizer que estava muito ansiosa pela minha audição.

— Nick, isso é incrível. Então você *tem* uma audição agora. Quero dizer, se a própria Alison Tarf pediu, seria rude você não aparecer.

— Quer saber? Eu estou achando que você está certa.

Justine, sentindo uma energia repentina digna de Lleyton Hewitt* correr pelo seu corpo cansado, achou que poderia pular da poltrona, pôr as mãos em forma de bico de pato e gritar "Ora, vamos!".

Cérebro: *Continue sentada, idiota.*

— Você *acha?* — perguntou Justine.

— Sim, estou inclinado a concordar com você, sim. Mas eu vou me segurar e ver o que Leo tem a dizer. Afinal, como você está ciente, Leo Thornbury sabe de tudo.

* Ex-tenista profissional australiano. (N.E.)

♍

Naquela noite, mais ou menos na hora em que o Romeu de Nick Jordan acabava com a vida de um Teobaldo de cabelos esvoaçantes e espada, Justine Carmichael caminhava suavemente com seus tênis de sola fina emborrachada pela Rennie Street em direção à redação da *Star*. Fragmentos de luz urbana captados pela superfície irregular da "perigo amarelo" refletiam em ângulos loucos enquanto Justine virava na coluna do portão. Com pensamentos invisíveis, subiu pelos degraus da frente e abriu a porta. Por todo o prédio, não se ouvia som algum exceto pelo barulho da geladeira na cozinha. Agora que o pequeno escritório branco pertencia a Henry, não era mais um refúgio minimalista organizado. Pilhas de revistas e papéis soltos estavam espalhadas pelo chão e sobre a mesa, e havia post-its cobertos por rabiscos — laranja, rosa-choque, amarelo, azul — grudados desordenadamente ao redor da moldura do monitor. Ao lado do computador havia uma foto em um porta-retratos de um Henry muito jovem, de pé — boquiaberto — ao lado de Shane Warne. Abaixo da mesa havia um par fedorento de tênis de corrida e uma pilha de roupas brilhantes de academia.

Nessa altura do mês, Justine sabia bem, Henry certamente teria transcrito os astros de Leo. Para ter certeza disso, ela remexeu a bandeja de entrada. Sem encontrar um fax de Leo Thornbury ali, continuou procurando na enorme pilha de documentos. Uma por uma, tirou as páginas folheadas da pilha e as colocou viradas para baixo sobre a mesa. Até que encontrou o que procurava.

— Ah, aqui está você, Leo — murmurou e passou os olhos pela página.

Aquário: Este mês vê Vênus em trânsito de Leão a Virgem, colocando em foco temas como sexo, intimidade e confiança. Aquarianos podem esperar discutir esses assuntos com seus parceiros, mas também devem antever falhas de comunicação em muitos relacionamentos importantes. Quando o Sol entrar no seu signo companheiro de ar, Libra, você escapará do pântano de complicações e emergirá em uma estação de liberdade e expansão.

Ela se sentou na cadeira de escritório de Henry, leu o trecho outra vez e pensou. As palavras de Leo empurrariam Nick em direção à audição de Alison Tarf? Ou para longe?

Cérebro: *O que Leo tem a dizer não é ruim. "Liberdade e expansão" podem ser palavras decisivas.*

Justine: *Você acha?*

Cérebro: *Honestamente? Não. Mas, mesmo se não for, como exatamente você vai fazer isso?*

Justine se aproximou do computador de Henry e mexeu o mouse para despertar o monitor. Uma tela de login apareceu, pedindo o nome de usuário e senha. Justine suspirou profundamente e digitou o nome de usuário de Henry, *hashbolt*. Seguia a mesma fórmula do seu próprio nome de usuário, e de todos os outros funcionários da *Star*.

Cérebro: *Seu pulso está acelerado.*

Justine: *Obrigada por me avisar.*

Cérebro: *Acho que você está sentindo culpa e nervosismo.*

Justine: *Shhhh... Aposto que ainda está aqui, em algum lugar.*

O post-it que Justine olhava era laranja. Uma nota dizia, *Aniversário de Eloise*. Outro dizia, *Não olhe para trás, você não está seguindo aquele caminho.*

— Arrá! Peguei você! — disse Justine alegre, encontrando finalmente o quadrado laranja no qual Anwen escrevera a senha de Henry, junto com a instrução *leia e destrua*. Após Justine digitar o código, uma bola colorida da morte girou na tela pelo que pareceu uma eternidade. E então o desktop de Henry apareceu em tecnicolor.

— Issooo! — sibilou Justine. Sentindo-se muito satisfeita consigo mesma, ela abriu uma pasta chamada "edição atual" e rolou até o documento nomeado "horóscopo".

Cérebro: *Ei, o que os seus astros dizem?*

Sagitário: *"Permita que sua alma permaneça nobre e serena frente a um milhão de universos", incitava o poeta Walt Whitman, e ele poderia facilmente estar falando para vocês, arqueiros, enquanto embarcam em um período de grande incerteza. A energia de Marte é forte no seu mapa astral nas próximas semanas, criando um período em que os riscos que vocês escolhem correr podem gerar resultados espetaculares. Ou, na sua animação, podem voar perto demais do Sol e enfrentar consequências abrasadoras.*

Cérebro: *E você não acha que, talvez...?*

Justine: *O quê? Não, eu não acho nada. É o horóscopo. Contenha-se.*

Cérebro: *Se você tem tanta certeza...*

Justine: *Eu tenho. De volta a Aquário. O que faremos aqui?*

Cérebro: *Bem, você quer Nick pensando em Shakespeare, acreditando que Shakespeare é o seu destino...*

Justine: *Continue.*

Cérebro: *Então se Leo fosse citar o próprio Bardo...*

Justine: *Isso, na verdade, é muito esperto.*

Abrindo uma janela do navegador, Justine fez uma busca por citações shakespearianas sobre coragem e olhou os resultados. *Uma vez mais rumo ao abismo, queridos amigos...*

— Não — disse Justine em silêncio para si mesma. Nada de *Henrique* V; aquele Henrique era muito belicoso. *Leve sua coragem até o limite...*

— Credo. Não, obrigada, Lady Macbeth.

Morrem os covardes muitas vezes antes de sua morte...

Não. Essa também não. Sombria demais. Mas, então, lá estava. De *Cimbelino*, uma comédia de Shakespeare.

— *Ousadia, seja minha amiga! Audácia, seja minha arma!* — sussurrou Justine para si mesma. — É isso!

Cúspide

◆

Numa alvorada cor-de-rosa, em um subúrbio cinzento do centro da cidade, em uma estreita casa térrea de pedra, em um pijama floral de flanela, Fern Emerson pairava entre o sono e a vigília. Hoje seria seu primeiro dia de folga em nove meses.

No início do ano, Fern — Libra, florista, habitual portadora de uma única gérbera atrás de uma das orelhas, reinventora estilosa de vestidos antigos, fumante secreta de cigarros mentolados e bebedora de aguardente com gim, amante dos filmes de Brat Pack e diva ocasional de karaokê — dera o passo arriscado de fechar sua van de flores e reabrir a Hello Petal como uma preocupação estática no Mercado do Alexandria Park, com todos os custos novos e alarmantes que essa jogada implicava.

Sete dias por semana, Fern levantava em uma hora ridícula para assegurar que teria as melhores flores do seu distribuidor. Então, ao longo de cada longo dia, enchia os vasos e recebia os pedidos sozinha, cortava os talos e enrolava no papel de seda, montava os arranjos, amarrava os laços, sorria com alegria para os clientes, entregava lenços para os que choravam, entusiasmava-se com noivas e dava sugestões criativas para madrinhas endinheiradas. Não havia pausas para o almoço. As noites eram tomadas por contas, impostos, cotações, e-mails, propaganda e toda uma miscelânea de assuntos bastante irritante. Fern tinha sorte se conseguisse encontrar alguns minutos para cobrir suas mãos feridas e irritadas com loção e para calçar luvas brancas antes de cair na cama.

Todo o trabalho pesado estava valendo a pena, era preciso dizer. A Hello Petal havia crescido de forma constante, ao ponto de Fernie ter se sentido pronta para contratar uma assistente. Ela encontrou Birdie, uma jovem de olhos grandes, que — com seu cabelo fininho e avental listrado vermelho e branco desbotado — parecia saída de uma rua fuliginosa de Dickens. Agora, decidiu Fern, Birdie estava pronta para lidar sozinha com um dia de negócios. O que significava que Fern podia ter um longo, deliciosamente empolgante, magnífico dia atrasado de folga, todo para si. Ela se sentou no babado da roupa de cama branca, agarrou os óculos grossos que estavam sobre a mesa de cabeceira e piscou para o quarto focando o entorno. O que faria? Ah, havia muitas coisas que desejava. Queria examinar sua pilha de vestidos e tecidos antigos, e coser uma saia, ou talvez até duas. E queria passar o dia inteiro na banheira, relendo *I Capture the Castle*,* enchendo-a com mais água quente quantas vezes quisesse. E ela queria embarcar no seu Fusquinha clássico e dirigir até a praia para caminhar pela areia recolhendo conchas, para então terminar o dia com um gim tônica relaxante em algum pub pequeno e agradável da esplanada. Mas, mais do que tudo, decidiu, queria passear pelos brechós de caridade da cidade toda e voltar para casa com novos tesouros para remodelar. Vestidos! Cardigãs! Tecidos! Quem saberia mais o quê?

Fern arrancou uma página da sua agenda anual, não preenchida desde o fim de janeiro, lambeu a ponta gasta do lápis que estava ao lado e rascunhou ela própria um mapa da cidade. Caso conseguisse se planejar, poderia visitar umas três lojas antes do almoço, e mais duas depois. E isso ainda deixaria tempo para ir para casa, admirar suas compras, colocar *A garota de rosa shocking* de fundo enquanto extraía saias dos seus corpetes, ou babados de decotes. Seria um dia bom. Não, seria um dia ótimo.

A primeira parada de Fern foi em um brechó especialmente antiquado da rede Vinnies, em uma vizinhança muito badalada, a rua principal com lojas enfileiradas que vendiam móveis minimalistas suecos, sabonetes feitos à mão, tamancos de madeira ou frutas pouco conhecidas. Fern parou para admirar a coordenação irônica de cores da vitrine, onde uma estátua ligada e iluminada da Virgem Maria estava cercada por manequins vestidos com

* Romance de 1948 da escritora inglesa Dodie Smith. (N.T.)

saias, camisas, cardigãs, coletes e sapatos que cobriam o espectro da pervinca ao azul-prussiano. O fundo era uma tela cromo amarela com pequenas imagens devocionais da Madona, mas Fern não falhou em observar que uma das fotos era da própria Madonna, na fase *Like a Virgin* de sua carreira.

Lá dentro, Fern flanou por entre os vestidos longos e curtos. No espelho, segurou junto ao corpo um vestido de chifon cor de cogumelo, com um laço no colarinho e uma saia de pregas delicadas. Mas, embora o tecido do vestido estivesse em boa condição, o espelho revelou uma cor que não fazia muito por ela. E, enquanto estava com ele, o espelho também revelou a Fern a proliferação de fios grisalhos em seus cachos escuros, E, para finalizar, ele lhe mostrou um homem procurando alguma coisa nas cestas de discos de vinil logo atrás dela. Ela sorriu pelo jeito com que os ombros dele pulsavam fracamente com o que quer que estivesse tocando nos fones supra-auriculares. Ele tinha um belo cabelo — marrom cor de noz e curto. Tinha mãos bonitas, também: grandes e bronzeadas. Havia uma característica "amante da natureza" que fez Fern imaginar como sua camisa xadrez surrada cheiraria a fumaça de eucalipto e terra fresca.

Pare, pare, pare, pare com isso, Fern, disse a si enquanto devolvia o vestido cor de cogumelo à arara.

Atrás do balcão, uma garota de cabelo cor-de-rosa alfinetava pares de luvas. ASTRID, dizia seu crachá.

— Oi! — Fern sorriu. — Eu estava pensando… você tem algum tecido no momento?

Astrid piscou os olhos com linhas grossas de rímel e sorriu de volta.

— Hum, na verdade, *nós temos*. Chegou um lote incrível outro dia. Propriedade de falecidos, sim? Devia haver um armário cheio. Coisas dos anos cinquenta. Sessenta. Setenta. Tão legal. Está tudo nos fundos, se você puder suportar a bagunça.

— Não tenho medo — garantiu Fern.

Mas, uma vez que contemplou a bagunça, Fern ficou meio assustada. Era um paraíso dos acumuladores, uma armadilha cataclísmica de coisas descartadas. Um lado do depósito tinha pilhas e mais pilhas, do chão ao teto, de sacos de lixos cheios de doações, enquanto no lado oposto havia uma já esperada avalanche de roupas, livros e quinquilharias. A parede dos fundos não estava melhor: uma pilha oscilante de caixas de papelão em uma inclinação perigosa. Uma breve clareira fora deixada para permitir o acesso a uma pia pequena, mas havia uma prateleira improvisada em cima, cheia até o teto. Havia uma chaleira elétrica equilibrada precariamente na beirada da pia, que estava repleta de canecas de segunda mão. Astrid sorriu com o evidente choque de Fern.

— Em algum lugar atrás *daquilo* — ela indicou a barricada de caixas — é a porta dos fundos.

— Fica longe — disse Fern.

Astrid puxou algumas pilhas de tecidos dobrados e prensados do monte, e Fern teve de lutar contra o impulso nervoso de cobrir a cabeça. Mas o encantamento logo ultrapassou o temor, pois nos montes estavam metros de veludo cotelê dos anos 1960 com estampas geométricas minúsculas, comprimentos generosos de lindos tecidos florais, algodão estampado, pedaços de linho cor de prímula e xadrezinho bordado.

— Ei! — gritou Astrid, de repente — Ei! Não! Ei!

Fern rapidamente se deu conta do problema. A porta da frente da loja estava bloqueada por uma fortaleza que ia até a altura de seu peito de grandes caixas de papelão. Astrid correu para a porta de vidro. Assim que ela o abriu, um entregador de macacão azul adicionou outra caixa à pilha.

— Que diabos você acha que está fazendo? — berrou Astrid.

— Acúmulo do depósito central, amor — explicou o homem, então voltou para a van. Fern mentalmente replanejou seus planos para o seu glorioso dia de folga. Servir como uma barricada na primeira loja da lista definitivamente não estava neles.

— Você não pode deixá-las *aqui* — gritou Astrid mais uma vez. — Essa é a droga de uma loja. As pessoas têm que conseguir entrar e sair!

O entregador lançou um olhar implacável para Astrid antes de colocar outra caixa na pilha.

— Porta a porta, amor — disse por uma brecha na pilha. — Peguei esse lote em uma porta, e agora está na sua. É o que sou pago para fazer.

— Mas está bloqueando a droga da entrada. O que espera que eu faça?

— Diga para alguém que se importa, querida.

Astrid correu até o balcão para pegar o telefone, enquanto Fern permaneceu petrificada pela crescente pilha de caixas. Após um momento, ficou ciente que o bonito caçador de vinis havia aparecido ao seu lado com os fones agora no pescoço. Havia oito ou dez álbuns embaixo do braço dele. Pixies, observou Fern. E Sugarcubes. *Legal*. Juntos, ele e ela observaram quando a última caixa foi para o topo da pilha, bloqueando a porta de entrada de cima abaixo. Astrid gesticulava desenfreada enquanto explicava forçosamente a situação para o colega do depósito central do outro lado do telefone. Enquanto isso, o entregador bateu as portas traseiras da van e foi embora.

— Nada bom — observou o caçador de vinis.

— Não — concordou Fern.

— Deveríamos tentar a porta de trás? — perguntou ele, apontando um dedo para os fundos da loja. Fern deu um sorriso triste.

— Tem muita "muiticidade" lá.

— Acho que não há nada a fazer além de cavar, então.

Ele colocou sua pilha de discos de lado, desalojou um trio de bonecos Repolhinho de uma poltrona e arrastou-a para a porta, para servir de escada.

— Caramba, tenha cuidado! — disse Fern, enquanto ele subia no assento de molas desnivelado da poltrona.

Ele tentou manobrar a caixa no topo da pilha, mas estava firmemente apoiada no topo do batente externo da porta.

— Suponho que terei de empurrar a que está embaixo — disse ele. — Então trabalhar a partir daí. Se tivermos sorte, não são muito pesadas. Pode me dar uma ajuda, por via das dúvidas?

Fern subiu ao lado dele, cada um se equilibrando com um pé no assento e outro no braço da poltrona. Fern tropeçou e, quando o sujeito a ajudou a manter-se equilibrada, ela ficou atordoada com a força vigorosa dele. Embora tivesse imaginado que ele cheiraria a terra, agora estava tão perto que podia dizer pelo aroma levemente clorado que estivera recentemente em uma piscina. Era um cheiro agradável, todo limpo e cheio de energia.

— Tudo bem? — perguntou o desconhecido.

Ah, meu Deus, ele era muito atencioso, também.

— É. Tudo bem.

Pare, pare, pare, pare, pare com isso, Fern, ordenou a si mesma. *Você tem trinta e oito anos, e ele tem quantos? Vinte e cinco? Trinta no máximo. Sua carreira no amor foi catástrofe após catástrofe, e agora está ficando grisalha. E, além disso, ele é quase certamente casado. Ou pelo menos comprometido. Com uma professora de História da Arte, provavelmente. Ou a dona de um bar de cidra descolado no centro da cidade.*

Juntos, Fern e o homem trabalhavam, equilibrando e reequilibrando a si mesmos e o peso da segunda caixa, até que finalmente ela se soltou. Era tão pesada que Fern quase deixou o seu lado cair. A caixa que estivera acima caiu na pilha e se inclinou para o lado. Pareceu pairar por um momento antes de cair na calçada.

— Alguém vai sofrer por isso! — ameaçava Astrid ao telefone. — O que você quer que eu faça? Quero que você mande alguém para ajudar. Não, não em uma hora. *Agora.* Eu tenho dois clientes aqui, de pé em uma poltrona bamba, levantando uma... Jesus, eles vão derrubar tudo. Eu preciso desligar.

Astrid correu para ajudar e, após algumas tentativas e erros, os três conseguiram colocar a caixa no chão. Fern, segurando a respiração, observou as etiquetas bem-feitas visíveis, escritas com marcador preto grosso tanto no alto da caixa quanto em um dos lados.

— CR 12. — Ela leu. — O que você acha que há nela?

— Cabos robustos que sobraram da construção de algum prédio? — sugeriu o homem.

— Chumbo da Renascença? — tentou Fern.

— Coisas rodoviárias?

— *O quê?* — perguntou ela.

— Concreto reforçado?

E esse jogo com as iniciais poderia ter continuado divertido por algum tempo, mas Astrid exibiu um estilete e partiu a fita da embalagem com a expressão de um cirurgião motivado.

Dentro da caixa, embrulhado em plástico bolha e cuidadosamente aninhado em camadas, havia um número inestimável de itens de porcelana comemorativos do casamento do príncipe de Gales e lady Diana Spencer em 1981. Pratos, tigelas, molheiras, caixas de joias, relógios e xícaras, xícaras e mais xícaras.

— Bizarro — comentou o homem.

— CR é a sigla de casamento real — decodificou Astrid, desembrulhando uma xícara estampada com uma fotografia de Charles e Diana de mãos dadas.

— Essa caixa está etiquetada como *12* — apontou Fernie, enquanto uma ideia quase plausível lhe ocorreu.

Umas vinte caixas ainda bloqueavam a entrada — todas com etiquetas e de tamanho idênticos ao volume na frente deles. Não poderiam todas, certamente, estar cheias com mais do mesmo?

— Santa porcaria de núpcias, Batman — falou o homem.

— Precisaremos de uma xícara de chá — falou Astrid.

E foi assim que Fern passou seu primeiro dia de folga em nove meses chafurdando em um mar de plástico bolha e porcelana comemorativa, bebendo chá sem gosto e comendo biscoitos de framboesa. Passava um pouco das quatro da tarde quando Fern voltou para casa com sua surpreendente carga barata de tecidos antigos. Abrindo a porta, teve o impulso estranho de dizer *Oi!* para o vestíbulo de paredes brancas, mesmo sabendo que não havia ninguém ali para responder.

Ainda assim, foi um prazer para Fern colocar o tecido com estampa primaveril na máquina de lavar e na secadora, esticá-lo sobre a mesa e passá-lo, prender as peças do seu molde preferido de saia plissada e ouvir o barulho das tesouras — *tic, tic, tic* — enquanto trabalhava. Mas a verdade cruel era que não estava tão feliz quanto esperava estar na tarde de seu primeiro dia de folga em nove meses. E, ainda que ela tenha ocasionalmente erguido os olhos de seu trabalho para ver Molly Ringwald mordendo seus delicados lábios cor-de-rosa, ou Andrew McCarthy parecendo ferido e desnorteado, e ainda que cantasse junto "If You Leave", sua tarde não foi doce e simples como ela gostaria. A mera presença do homem bonito na Vinnies, com seus fones de ouvido, discos e bom humor agradável, lembrou-a da trabalhadora esforçada Fern Emerson, que, embaixo de toda a sua ocupação, era sozinha. E agora seu coração doía. Era melhor ter ficado em casa lendo na banheira.

✦

Grace Allenby — Peixes, uma vez nadadora na modalidade costas nos Jogos da Commonwealth e instrutora de natação aposentada, sobrevivente de um câncer de mama e competidora de regata — chegava à casa de repouso Holy Rosary por volta das dez da manhã de cada terça-feira.

Nessa terça-feira em particular, começou suas rondas, como sempre, visitando o sr. Pollard na Ala Bluegum. Ele era um fazendeiro idoso que passava a maior parte dos seus dias com um cão kelpie de pelúcia em tamanho natural ao seu lado em sua poltrona reclinável. Depois, Grace visitaria a sra. Hampshire na Ala Acacia, onde ela se sentaria por meia hora para ouvir mais sobre o sucesso espetacular do talentoso filho dela, Dermot, o chef.

Em seguida, iria em direção à Ala Myrtle para fazer uma visita o sr. Magellan, que sabia que estaria sentado em sua espreguiçadeira macia, brandindo um controle remoto e xingando a televisão.

Ele a ignoraria, é claro, mas ela leria para ele de qualquer maneira. Para Len, Grace sempre escolhia recortes de notícias alegres, leves e indignas de nota que o irritariam, provocando a hostilidade levemente abusiva que Grace sabia ser um dos poucos prazeres que sobraram na vida de Len. Outro era o seu pequeno segredo: o que ele contou à Grace, mas não a seus filhos. *Danem-se*, disse ele. Ele os cortaria do testamento! Todos os três. E deixaria cada centavo maldito do seu dinheiro para o Abrigo de Cães.

— Cães! — havia dito Len, explodindo em risos. — Eu nem sequer gosto de cães!

Enquanto tomou o seu caminho pelo corredor da Myrtle Ward, Grace espiou pelas portas entreabertas das suítes confortáveis, bem equipadas, mas, no fim das contas, estéreis. Ela estava a algumas portas do quarto do sr. Magellan quando notou que a dele estava atipicamente escancarada. Então ela se deu conta do odor letal de desinfetante. O coração de Grace bateu mais rápido e ela se apressou, admirada por ainda fazer isso toda vez, mesmo após tantos anos.

O quarto dele estava como ela esperava encontrá-lo: o carpete úmido pela limpeza a vapor, a porcelana do banheiro brilhando como dentes recentemente branqueados, a espreguiçadeira no centro do quarto com pilhas organizadas de pijamas listrados, camisas de cambraia e velhas calças de veludo. Uma necessaire estava em cima de uma das pilhas.

Grace se sentou na cama listrada e fechou os olhos em uma prece silenciosa.

Após um tempo, apanhou o exemplar da revista *Star* que planejava ler para Len. O pavoroso jogador de futebol com short justo estava na capa, notou brevemente antes de folhear para a página do horóscopo. Em silêncio, mas mexendo os lábios, leu o trecho sobre o signo de Aquário.

"Ousadia, seja minha amiga! Audácia, seja minha arma!" Preste atenção nas palavras do Bardo e viaje pela montanha-russa do mês até a completude e a realização. Esta não é a hora para timidez. Em vez disso, o momento é indicado para você elevar seus esforços ao próximo nível, avançar para um plano mais alto. Arrisque-se, Aquário!

Grace deu um sorriso irônico e triste, fechando a revista.

— Vejo você por aí, Len — sussurrou. — Seu velho desgraçado.

Então, soltou um suspiro profundo e saiu para visitar a sra. Mills.

✦

Mariangela Foster (nascida Magellan) — Touro, dona de casa, mãe de três filhos, obcecada pela limpeza da casa, aficionada pelo eBay e jogadora estranhamente habilidosa de Tetris — sabia o que esperar quando seu telefone tocou às 6h37 naquela manhã de terça-feira. E também o seu marido, Tony. Ele, já em seu terno e camisa estampada com mangas francesas, estava na frente da máquina de café, com sua caneca vazia posicionada. O telefone tocou duas vezes, três, enquanto ele observava a esposa compor sua expressão antes de erguer o fone do gancho. O rosto de Mariangela era oval e sua pele cor de oliva com atributos de dimensão operística, e ele podia ver que ela atenderia com um olhar de dignidade e resignação.

— Alô? — A voz combinava perfeitamente com sua expressão. Uma pausa. E então: — Ah, bom dia, irmã Clarice... — Escutou por algum tempo, então produziu um soluço perfeitamente abafado. — Quando? — Pausa. — Foi... tranquilo?

Mariangela ouvia, e a lágrima que escorria do canto do olho era tão verdadeira quanto uma pérola falsa. Tony observava o rastro da lágrima pela lateral do nariz e escorrendo pelo rosto, onde ela a limpou com uma das mãos treinadas de ex-esteticista.

— Obrigada, irmã. Obrigada por me informar. Vou telefonar para os meus irmãos e iremos até aí mais tarde, ainda esta manhã, para tomar todas as providências. Tenho certeza de que meu pai gostaria de agradecê-la por todo o cuidado... não, não, ele gostaria muito... sim, é claro. Obrigada outra vez. Adeus.

Mariangela recolocou o fone e se virou para Tony, as mãos apertadas junto à parte de cima do seu roupão de cetim.

— E então? — Tony apoiou a caneca de café ainda vazia na bancada. Ele ainda não podia se arriscar deixando transparecer o sorriso que brotava nos músculos da sua face.

Seguiu-se um momento, imóvel, no qual a cozinha parecia vazia de tudo, até mesmo de ar. E, então, finalmente Mariangela respirou, e suas feições desmoronaram em um devaneio aliviado.

Tony correu para abraçar a esposa, as lágrimas de crocodilo já sendo trocadas por lágrimas reais enquanto a realidade evidenciava que todos os seus problemas estavam agora acabados, suas dívidas pagas, o futuro seguro. Não haveria mais cartas de cobrança pelas mensalidades atrasadas da escola de Luke nem necessidade de refinanciar o crédito ou tentar convencer os cobradores de que haviam ligado para o número errado, para os Fosters errados, com a informação errada. Sem dúvida levariam alguns meses para lidar com as questões legais, mas, depois que tudo estivesse acabado, receberiam o dinheiro.

— Uhuuuuuuuuuu! — gritou Tony, convidando Mariangela para um passo de dança.

— Uhuuuuuuuuuu!! — grunhiu Mariangela, enquanto Tony a fazia rodopiar pelo piso xadrez de linóleo. Foi então que o filho mais velho, Luke, apareceu no arco da cozinha, as calças do pijama caídas em um lado do quadril e o denso cabelo escuro levantado pelo sono. Tony e Mariangela congelaram.

— O que está acontecendo? — perguntou Luke, os olhos ainda semiabertos.

Pegos completamente e totalmente em *in flagrante delicto*, seus pais não tinham ideia de como contariam a ele que seu avô acabara de falecer.

LIBRA

Ω

VINTE E TRÊS DE SETEMBRO marcava não apenas o equinócio da primavera, um breve momento em que a Terra pairava com seu eixo perfeitamente perpendicular ao Sol; era também o dia em que o Sol mudava — teoricamente, não de fato — para o signo de Libra, a balança. E, neste ano em particular, 23 de setembro era a data marcada para a quinquagésima quinta festa de aniversário de Drew Carmichael.

A noite caía enquanto Justine guiava seu pequeno e quadrado Fiat 126 pela rodovia Oeste em direção a Edenvale, cantando junto os hits dos anos 1980 que estalavam pelo rádio ruim do carro, inclinando-se a cada momento para o saco de Cheetos que estava aberto no banco do passageiro, junto com várias cópias da edição de Huck Mowbray da revista *Star*.

Apenas uma vez, Justine cometera o erro de ir para casa com uma única cópia de uma nova edição da revista enfiada na bagagem. O pai — que estivera por quase duas décadas envolvido em uma batalha feroz, mas jamais correspondida, com o autor de palavras cruzadas da *Star*, Doc Millar — poderia passar aquela que considerava a melhor parte do seu fim de semana com esse passatempo. Ocasionalmente ele rosnava alto quando desvendava um jogo de palavras em particular, ou exclamava algo como "Seu desgraçado doente!", ou "Há! Pensou que ia me pegar com essa, não pensou, espertinho?".

Quando Justine chegou a Curlew Court, agradeceu pelo carro ser tão pequeno, porque a rua sem saída já estava abarrotava de Range Rovers, Land Rovers e caminhonetes de cabine dupla. As luzes e os sons da festa vazavam dos lados da casa dos Carmichael e por cima do telhado baixo. Com um sorriso, Justine identificou a batida profunda de "Obscured by Clouds" do Pink Floyd.

Da rua, a casa número 7 era um simples e modesto bangalô de tijolos. Nos fundos, entretanto, ficava evidente o quanto Mandy e Drew eram comprometidos com uma boa festa. A parte de trás se abria como uma casa de bonecas, portas de vidro faziam com que a sala de estar e a cozinha se estendessem para o deque de madeira, onde metade da população de Edenvale estava agora reunida. Justine se embrenhou na multidão, beijando rostos e cumprimentando tios e tias, tanto honorários quanto verdadeiros, até que chegou ao final do deque. Logo além da borda, na grama, Drew Carmichael presidia a churrasqueira espetacularmente exagerada projetada por ele, que a construíra sozinho no galpão da fazenda do seu irmão mais velho, Kerry. Os restos excessivamente esculpidos de um cordeiro infeliz giravam sobre uma camada de brasas minguantes.

— Feliz aniversário, paizão.

— Essa não é…? Não pode ser! Não... Justine Carmichael, jornalista da *Alexandria Park Star*?

Justine não estava surpresa por encontrar seu pai um pouco bêbado e, para ser justa, sabia que ele estava tão inebriado pelo simples fato de dar uma festa quanto por beber a cerveja forte do tio Kerry.

Nos degraus que levavam do deque aos fundos do quintal havia uma banheira com pés cheia de gelo moído, e os gargalos das cervejas saltavam para fora como se fossem um grupo de mensagens engarrafadas flutuando no Ártico.

— Mandy, onde está você? — chamou Drew. — A filha pródiga está em casa! Hora de matar o carneiro! — Ele abraçou Justine. — Ah, merda! Nós já matamos! E comemos uma boa parte, também. Mas, olha só, ainda sobrou bastante. Está no balcão da cozinha, se estiver com fome.

Mandy apareceu em meio à multidão com uma bandeja de taças de vinho.

— Ei, garota linda! Como foi a viagem? Você está com fome, amor? Tinto ou branco? — Ela oscilava em um par de botas de salto que quase a levavam à altura modesta de Justine. Ela se inclinou para um beijo e Justine sentiu o cheiro da mistura de vinho Semillon, perfume Miracle e o bronzeador artificial que Mandy tinha certamente passado e que agora exibia em seu decote de fim de inverno.

Justine aceitou uma taça de vinho tinto e Mandy sussurrou:

— Graças a Deus você chegou antes que seu pai desmaiasse. Ele começou a beber às duas, quando Kerry chegou com o carneiro. Eu acho que ele esqueceu que está fazendo cinquenta e cinco anos e não a porra dos trinta. — Então, afastando-se, ela continuou: — Seu irmão está em algum lugar por aqui. Aussie? Austin? Austin James Carmichael, onde você está? E ele trouxe a namorada. Já não era sem tempo. Eu gosto desta. De verdade. Acho que deveríamos fazer alguma coisa para que ela ficasse. Você vai ter de me dizer o achou dela.

Justine nunca se acostumara por completo com a ideia de encarar seu irmãozinho como um homem crescido. Ele era pelo menos trinta centímetros maior do que ela e tinha os ombros tão largos quanto os do tio Kerry. Mesmo assim, para Justine, uma parte dele teria, para sempre, cinco anos, os joelhos manchados de grama e seria um pouquinho gago.

De mãos dadas com Austin, havia uma garota. Uma garota bonita. Ela vestia um cardigã vermelho rendado e o cabelo escuro e cacheado estava preso em um coque, com algumas mechas caindo ao redor de seu rosto franco.

— Esta é Rose — apresentou Austin, deixando bem óbvio que estava bastante satisfeito consigo mesmo. — Rose, esta é minha irmã.

— Você deve ser a famosa Justine — atestou Rose, radiante.

Justine estendeu a mão, mas Rose dispensou o gesto e se inclinou para um abraço.

Sobre o ombro de Rose, Justine tentou fazer contato visual com Austin para avaliar se ele considerava esse tipo de entusiasmo normal ou esquisito. Mas se o rosto do irmão deixava transparecer alguma coisa era que, desta vez, ele estava irremediavelmente apaixonado. Ainda abraçada com Rose, Justine sentiu uma onda de felicidade, de final feliz, mais intensa do que ela esperava para disfarçar.

— Então — disse Justine, tentando se controlar —, como você está sobrevivendo a um ataque em massa dos Carmichael?

— Ah, sem problema — respondeu Rose.

— Ela é separadora de lã — informou Austin sem tirar os olhos da namorada —, sabe como se comportar no meio de um bando de fazendeiros bêbados, não sabe?

Rose deu de ombros ao elogio, mas, antes que mais pudesse ser dito, Mandy apareceu entre eles.

— Venham e arrumem as pavlovas, sim, garotas?

Ela liderou o caminho até a cozinha, onde as luzes eram ainda mais intensas, depois do deque iluminado pelo braseiro, e Justine piscou quando Mandy trouxe os dois círculos gloriosos de merengue.

— Aqui vocês têm: mirtilos, framboesas, morangos. E ali um pouco de kiwi para vocês cortarem. E... e... e algumas bananas. Uma lata de maracujá...Mostre à Rose onde está o abridor de latas, Jussy. Cortem cada fruta, começando pela borda. E pronto.

— Lembre-me do motivo pelo qual Aussie não teve de fazer a pavlova? — perguntou Justine, não totalmente de brincadeira.

— Ouviu só, Rose? — perguntou Mandy, em seguida disse em tom de voz chorosa, como uma criança: — É a vez de Aussie esvaziar a lava-louça; Aussie nunca tem de dobrar suas meias; não é justo.

— Isso *não* é justo — disse Justine, agora mais séria.

— Pavlova é um negócio secreto de mulheres, minha querida. Desista das sobremesas e das saladas e — Mandy bateu de leve no bumbum de Justine com um pano de prato — você passará cada churrasco virando linguiças e cheirando como o chão de um matadouro.

E, com esse pequeno conselho, Mandy se retirou, com uma tábua de queijos na mão. Ela voltou para o deque, deixando Rose e Justine sozinhas na cozinha.

— Eu não acho que já tenha visto meu irmão tão apaixonado — disse Justine.

O rosto de Rose corou.

— Eu o amo também. Soube logo que o amaria. Entende? Sabe quando você apenas... *sabe*?

Mas Justine, distribuindo mirtilos de um jeito desajeitado, pensava que era muito bom saber. O que acontecia quando a pessoa que você conhecia parecia não saber sobre você?

Justine não queria invejar ninguém. Não Aussie e Rose, por todas as faíscas de alegria que estavam em torno deles, nem sua mãe e seu pai, pelo modo como se acomodaram um no outro com o passar dos anos; nem Kerry e Ray, que estavam dançando juntos no deque, do mesmo modo previsível e confiante com que discutiam se iria chover ou não. Mas, hoje à noite, seria difícil não sentir inveja.

Ω

— Alguma coisa, alguma coisa, alguma coisa — disse Drew. — Futuro? Saturno?

Era o começo da tarde e, embora o refrigerador dos Carmichael estivesse abarrotado com fatias de queijos estranhos, garrafas de vinho branco pela metade e uma vasilha enorme de pedaços de carneiro assado, o lugar quase não mostrava outros sinais de ter sido recentemente palco de uma grande festa. Os fundos da propriedade estavam, mais uma vez, separados do resto da casa por uma parede de vidro; os móveis, tanto da parte de dentro quanto da de fora, nos fundos do deque, tinham sido limpos e colocados no lugar e a banheira de pés em forma de garra tinha sido recolocada sob o deque.

Drew, com o cabelo bagunçado e mais rugas sob seus olhos castanhos do que Justine tinha notado, estava em sua poltrona, com uma cópia da revista *Star* aberta na página das palavras cruzadas. Mandy estava junto do balcão da cozinha, com sua revista presa em um porta-receitas, enquanto anotava os ingredientes que seriam necessários para fazer o *dartois* de pera e avelã de Dermot Hampshire.

Justine, que tinha acordado tarde, pegou uma combinação de roupas daquelas que tinha deixado nas gavetas da cômoda de seu antigo quarto, atendeu ao pedido de sua mãe para que comesse uma enorme quantidade de ovos e torrada e levou a velha spaniel Lucy para uma caminhada muito, muito lenta pela vizinhança. No caminho, passaram pelo lugar onde Nick Jordan, aos oito anos, tinha quebrado a clavícula ao cair de seu skate, enquanto tentava se mostrar para uma Justine pouco impressionada. A meio quarteirão dali, Justine e Lucy pararam por um momento junto ao cano de escoamento de água da chuva, que fazia eco, e onde Justine e Nick costumavam praticar risadas demoníacas.

— *Muah, ha, ha, ha, ha* — tentou Justine pelos velhos tempos.

Lucy agora estava deitada no tapete ao lado da poltrona de Drew, tão imóvel que era difícil ter certeza de que não estava morta. Justine se sentou ao lado da velha cachorra, acariciando distraída sua barriga peluda e terminando a última xícara de chá que planejava tomar antes de se arrumar para ir para casa.

— Vamos lá, sua espertinha irritante — disse Drew. — Alguma coisa, alguma coisa, alguma coisa.

Justine já tinha contribuído com as palavras *tesserae* e *gaspacho* para o caça palavras deste mês. Por isso, só deu de ombros.

Drew suspirou.

— Metros? Juntas? Motor?

— De novo, qual é a pista?

— *O pássaro que me soltou um barro em cima, empoleirado no galho? Joguei-lhe uma bomba!*

— Então, "soltou" significa que há um anagrama.

— Sim, sim. Obrigado, Einstein. Mas um anagrama para *quê*? — perguntou Drew. — Esse Doc Millar. Ele é um sádico. Você sabe disso, não é? Ele se diverte com sofrimento e dor.

— Você é o masoquista que concorda em participar do jogo — respondeu Justine, tomando o resto de seu chá.

— *O pássaro que me soltou um barro em cima, empoleirado no galho? Joguei-lhe uma bomba!* — repetiu Drew. — *O pássaro que me soltou um barro em cima, empoleirado no galho? Joguei-lhe uma bomba!*

Ele balançou a cabeça.

— Bem, terei de deixar você com essa — disse Justine. — Pois a vida na cidade me chama.

— Você está indo embora? Já? — perguntou Mandy do balcão da cozinha, fazendo uma expressão de tristeza, própria de um desenho animado.

— Tenho coisas para fazer, pessoas para ver, lugares para ir — mentiu Justine.

Drew tirou seus óculos de leitura, levantando-se da poltrona e se despediu na sala de estar, mas Mandy acompanhou Justine da porta da sala até o meio-fio. Observou enquanto a filha colocava sua bagagem no carro, então segurou-a pelos ombros e a olhou nos olhos.

— Você não parecia bem ontem à noite. Há alguma coisa que eu deva saber? — perguntou Mandy e, pela primeira vez, ela esperou de verdade por uma resposta.

— Bem, acho que posso dizer que você terá uma nova e amável nora a qualquer momento — respondeu Justine.

— Eu estava perguntando sobre *você*. — Mandy enrugou a testa de preocupação.

— É apenas que... Aussie e Rose. Eles estão tão felizes e... — Ela se interrompeu antes de a dor em sua garganta ficar pior.

— Querida menina. — Mandy puxou a filha para um abraço. — Sua vez vai chegar.

— Só tenho de continuar acreditando nisso, não é? — perguntou Justine, afundada no ombro de sua mãe.

— Exatamente — disse Mandy. — Vai chegar sua vez quando menos esperar.

Ω

Já era noite quando Justine chegou a Alexandria Park e parou seu carro minúsculo na pior vaga no estacionamento ridículo de tão apertado das Evelyn Towers. O carro poderia permanecer ali por semanas a fio, até mesmo meses — sua lataria continuaria a desbotar para uma cor de ferrugem, o capô sendo cada vez mais coberto por folhas, galhos e cocô de pássaros — até a próxima viagem de Justine para a casa de seus pais.

Com a bolsa de lona pendurada em um dos ombros, Justine seguiu com esforço, atravessando os arbustos de lilases que precisavam de uma boa podada e margeavam a rua. Quando chegou ao décimo segundo andar, encontrou Nick diante de sua porta. Nesse momento, ela desejou não ter se vestido com qualquer farrapo do closet de Edenvale. E desejou que tivesse escovado o cabelo. Ou, pelo menos, passado um pouco de rímel.

Nick tinha acabado de sair do banho, seu cabelo escuro e úmido brilhava. Sob uma jaqueta esporte, ele usava uma camisa azul-clara, bonita, e uma calça jeans muito melhor do que a média.

— E aonde você vai nesta ótima noite de domingo, sr. Jordan, todo vestido para matar?

Mas Nick parecia distraído. Ele passou a mão no cabelo molhado.

— Como foi a festa?

— Ótima — respondeu ela. — Foi... ótima.

Durante a volta, Justine estivera ansiosa para contar a Nick todas as notícias de casa — como o garoto que fazia bullying contra eles na escola primária tinha encontrado o budismo e como o pilar da comunidade, Nora Burnside, havia sido pega roubando pasta de dente do supermercado Co-op —, mas agora que estava parada ali podia ver que não era a hora certa para isso.

— Então, tem uma coisa sobre a qual preciso conversar com você — disse Nick.

Justine: *Isso vai ser bom? Ou ruim?*

Cérebro: *Bom, em geral, não gostamos da frase "Tem uma coisa sobre a qual preciso conversar com você". Parece muito com "Espero que você não se importe com o que vou falar, mas...".*

— Não vou fazer isso — disse Nick.

Justine soube, de imediato, o que ele queria dizer. Mesmo assim, perguntou:

— Fazer o quê?

— Não farei a audição. Não consigo.

Dentro de seu peito, Justine sentiu aquela sensação de afogamento de novo. Para baixo, bem abaixo, lá no fundo. Sob camadas de azul.

— Eu pensei...

— Eu lamento de verdade — disse Nick. — Sei que você queria que eu fizesse e sei que você saiu do seu caminho para me conseguir uma entrevista com Alison Tarf. E eu queria a audição. Queria. Mas acontece que viajarei bastante no verão e não há como eu fazer o trabalho agendado e, olhe, queria lhe contar pessoalmente.

— Viajando? Por quê?

— Consegui um novo emprego.

— Um emprego de ator? — perguntou Justine, cheia de esperança.

— Disseram-me que é como atuar sem as falas — respondeu Nick, sem emoção.

— Hein?

— Laura e eu vamos ser o casal do vinho Chance. Você conhece, a vinícola? Eles querem que assinemos um contrato de cinco anos para fazer uma série de comerciais. Televisão, imprensa, internet. Você não acreditaria no quanto eles querem me pagar para usar um chapéu Akubra e segurar uma taça de vinho.

— Ser modelo? — perguntou Justine, sem se esforçar muito para esconder seu desdém. — Você vai ser modelo?

— Deixe-me explicar — respondeu Nick, parecendo aflito.

Sabendo que estava revelando emoções demais, Justine não conseguia descobrir para onde olhar, como ficar, onde estar.

— Você não precisa.

— Preciso que você entenda. Eu não sei se você leu o horóscopo. É provável que não, mas você nunca vai adivinhar quem Leo citou para mim este mês. Vamos lá. Adivinhe.

Justine balançou a cabeça, sem esperança.

— Shakespeare — respondeu ele. — *Shakes*peare. Você consegue acreditar nisso?

Ela conseguiria.

— *"Ousadia, seja minha amiga! Audácia, seja minha arma!"* Essa foi a citação. De *Cimbelino*.

Justine pensou. Com cuidado, e ainda que soubesse estar navegando por águas turbulentas, disse:

— E isso não poderia significar, por exemplo, que você deveria ter coragem para fazer a audição para a nova companhia shakespeariana de Alison Tarf?

Nick soltou um suspiro.

— Não, eu não acho. Realmente não. Porque isso não requer coragem de verdade. Veja, isso nem me preocupa a sério. Não me atinge na alma. Mas desistir de alguma coisa que importa de verdade pela mulher que eu amo? Isso dói. Exige muita força. Coragem verdadeira.

Justine esperou que ele continuasse.

— *"Ousadia, seja minha amiga! Audácia, seja minha arma!"* Foi isso que Leo disse. Então farei a coisa mais corajosa que está ao meu alcance. Sacrificarei alguma coisa que quero, que realmente desejo, para dar a Laura alguma coisa que ela quer de verdade.

— Que é...?

— Tudo de mim, Justine — respondeu ele com total sinceridade. — Cada pedacinho. Leo disse que devo levar isso para o próximo nível. *Arris-*

que-se, Aquário! Foi isso que ele disse. Então é isso que vou fazer. Vou pedi-la em casamento.

Cérebro: *Aconselho com firmeza que agora você não diga nada.*

Justine disse:

— Sagitarianos devem ser rudes, certo?

Cérebro: *Não, não, não. Boca fechada, Justine!*

— Bem, claro. Sim.

Cérebro: *Justine! Cale a boca.*

— Bem, deixe-me ser clara. Não me surpreende, no mínimo, que Laura seja o rosto do perfume Nenúfar. Isso é perfeito. Na verdade, muito mais que perfeito.

— Do que você está falando?

— Toda a beleza na superfície. Uma beleza maravilhosa. Mas você já virou um nenúfar de cabeça para baixo? Não há nada além daquelas pequenas raízes desgrenhadas. Nada. Acontece. Por baixo.

Nick balançou a cabeça, desapontado.

— Sabe, vejo isso o tempo todo. As mulheres sempre odeiam Laura. Isso acontece porque ela é bonita. Elas a odeiam, mesmo antes de conhecê-la.

— O quê? Eu não a *odeio*. E, mesmo se a odiasse, não seria apenas porque ela é bonita. Você pode ser totalmente obcecado com a aparência das pessoas, mas eu não sou.

— Eu sou obcecado?

— Você ao menos já parou para pensar que o que realmente gostam um no outro é que são a mesma pessoa?

Cérebro: *Não, não, não. Não vá por esse caminho. Abortar missão! Abortar missão!*

— Quero dizer... sobre o que é mesmo o relacionamento de vocês? Porque, com certeza, não é sobre o que é melhor para você, Nick. Sobre o que é? De verdade? Hein? Algum desejo estranho de se reproduzir por osmose?

— O quê?

— Imagine o quanto os filhos de vocês serão perfeitos! — A voz de Justine estava cheia de desprezo.

— Do que você está falando? Você não sabe nada sobre meu relacionamento com Laura.

— Sei que não é certo para você. O relacionamento certo para você não seria com alguém que pensa que você é uma droga de *modelo*.

— E isso por acaso lhe diz respeito?

— Sabe de uma coisa? Não. Vá, case-se com a srta. Nenúfar. Promova vinho barato. Ousado e audacioso, é o que você é. De verdade. — Justine havia passado do ponto onde era capaz de se refrear. Seu cérebro tinha se retirado para seus aposentos internos: uma cela acolchoada de pelúcia, onde poderia se balançar de um lado para outro e murmurar incoerências. — Jogue o seu talento pelo ralo! Porque é por ali que você *vai se arriscar, Aquário!*

— Não vou ficar aqui parado ouvindo essa baboseira — disse Nick. Ele se virou, afastando-se dela e foi em direção à escada.

— Não há nada mais para ouvir! — gritou Justine atrás dele, mas não houve resposta, a não ser o som dos passos dele nos degraus.

Ω

Justine se sentou em estado de choque em seu sofá e olhou através da abertura, para as janelas escuras do apartamento em frente. Quando seu telefone tocou, alguns minutos depois, ela o tirou do bolso, esperançosa, mas a tela não trazia "Nick Jordan" no identificador de chamadas. Dizia "Papai". Pensou em não atender, mas sabia que isso deixaria o pai preocupado pensando que ela não tinha chegado a salvo na cidade.

— Oi, pai.

— Seu pai é um gênio — disse Drew.

Justine suspirou, esperando que não tivesse sido ouvida.

— Por qual motivo?

— *O pássaro que me soltou um barro em cima, empoleirado no galho? Joguei-lhe uma bomba! Eu resolvi!* — disse ele, exultante. — Então, genial filha minha: um sinônimo de sete letras para "empoleirado", por favor?

— Estou muito cansada, pai.

— Certo. Facilitarei para você. Um sinônimo com cinco letras para "saia" é... "parta".

E o sinônimo de sete letras para "empoleirado" é... trepado.

— Excelente. — Justine se afundou ainda mais nas almofadas do sofá.

— Agora, precisamos nos perguntar: quais são os anagramas de *trepado*? E o que eles podem ter a ver com bombas?

— Tenho certeza de que você está prestes a me contar.

— Arrá! Não apenas *péter* em francês significa "soltar um peido" como também é a origem etimológica de "petardo". E "petardo", como você, sendo minha filha, já irá perceber, é um anagrama também para uma bomba! Então é isso. Seu pai é um gênio. A palavra é "petardo", minhas palavras cruzadas estão completas e o Doc Millar pode vir aqui beijar a minha bunda.

— Sério, você é um erudito e um cavalheiro — disse Justine.

— A propósito, você sabe o que é um petardo na verdade? Sempre imaginei que fosse uma espécie de forca ou pórtico para o carrasco. Alguma coisa que alguém poderia usar para se "içar". Mas, acontece que petardo era uma máquina de guerra no século XVI, usada para derrubar paredes. Em essência, era um tipo de bomba. Peide as paredes abaixo! Então o que a expressão quer dizer é "levado aos ares pelo próprio petardo", ou seja, a vítima é levantada no ar e explodida por seu próprio equipamento.

— Bem, obrigada pelo esclarecimento, pai.

— Então você está segura em casa?

— Estou.

— Então fique aí, docinho. Só queria que você fosse capaz de dormir em segurança, sabendo que não há quadrados em branco nas palavras cruzadas. Diga a Doc, se você o vir, que eu não serei derrotado.

— Boa noite, pai.

Justine, ainda incapaz de se levantar, olhou de novo em direção às suas portas francesas. "*Levada aos ares pelo próprio petardo*", pensou Justine.

Ka-boom.

Ω

Nos últimos dias de setembro, Justine decidiu que era hora de fazer algumas resoluções de Ano-Novo fora de época. A primeira delas era que ela deveria deixar a seção de horóscopo de Leo Thornbury para lá. Não importava se ela chegasse cedo ao trabalho em uma manhã e visse um convidativo fax de Leo saindo da bandeja da máquina no escritório de Henry, não importava se ela ficasse até tarde no trabalho em uma noite e ouvisse a máquina de fax começar a estremecer e imprimir. Não importava a hora do dia, as circunstâncias, ela não mexeria nas previsões de Leo. Nunca mais. Nunca. Pois ela provara a si mesma que era a pior astróloga de mentira que o mundo já tinha visto.

Sua segunda resolução era aceitar o fato de que Nick Jordan estava destinado a ser o marido de Laura Mitchell e o cara dos vinhos Chance e de que ela, Justine, iria admirá-lo em outdoors e enviar um conjunto de sachês de chá Dele e Dela como presente de casamento.

Sua terceira resolução era se desculpar com Nick.

Na semana que seguiu a lista dessas resoluções, Justine teve mais sucesso com a primeira. Não interferiu uma vez sequer no horóscopo de Leo Thornbury. Ela não viu seu fax, não procurou por ele ou entrou no escritório de Henry. Nota máxima, 10. Até agora, tudo bem.

Foi mais difícil medir o progresso em relação à conclusão da sua segunda resolução. Como alguém sabia quando tinha uma esperança e a perdera por completo?

Justine não tinha certeza, mas sabia que estava fazendo seu melhor para não pensar em Nick de qualquer forma que excedesse a relação de amizade ou de vizinhos.

Então havia a terceira resolução. Justine se desculpou com Nick de várias maneiras. Ela lhe telefonou e lhe mandou uma série de mensagens de texto com pedidos de desculpas — mas Nick não atendeu suas ligações, nem respondeu às suas mensagens. Para agitar as coisas, ela escreveu uma carta, humilhando-se e colocou na caixa de correio dele. Mas não houve resposta.

Ficando ainda mais sério, Justine pegou uma tesoura de cozinha robusta e caminhou pelas ruas de Alexandria Park até encontrar uma sebe de jovens oliveiras crescendo diante de uma mansão imponente ao estilo da Federação. Ela cortou um galho de tamanho decente, levou para casa e colocou na cesta, que enviou para o apartamento de Nick. No dia seguinte, entretanto, o ramo de oliveira ainda estava na cesta, aparentemente intocado. E lá ficou, murchando um pouco mais a cada dia, durante toda a semana que se seguiu; a semana em que a cidade de Justine estava se aprontando para a grande final nacional do campeonato de futebol.

Pelos subúrbios, bandeiras foram afixadas nas janelas dianteiras e cercas das casas, carros andavam com borlas de serpentina nas antenas e as pessoas vestiam seus cachecóis listrados para trabalhar, ir ao supermercado — em qualquer lugar, em todos os lugares —, mesmo que o clima estivesse ameno.

Na manhã antes do jogo, Huck Mowbray ligou para Daniel Griffin para oferecer-lhe a chance de assistir ao grande evento do confronto de um camarote corporativo. Mas ele não convidou apenas Daniel Griffin. Ele convidou Daniel Griffin, mais um, e Daniel chamou Justine em seu escritório para explicar que faria sentido, já que ela fizera todo o trabalho para a matéria de capa da *Star* com Huck Mowbray, que ela o acompanhasse.

— Então? — disse Daniel — O que você me diz?

Ele estava de pé atrás da mesa com um cachecol de futebol pendurado nos ombros. Era das cores do time que fora desclassificado na semifinal. O time de Justine — que ela seguia com completa lealdade, mas com um nível baixo de interesse — nem mesmo chegara à fase final, fazendo partidas desastradas por toda a temporada.

Justine: *Ele está me convidando como um encontro ou a trabalho?*

Cérebro: *Supondo a última opção, poderia ser uma boa oportunidade para fazer contatos importantes. Pode haver gente interessante nesse camarote.*

Justine: *O que você quer dizer com isso?*

Cérebro: *No contexto da Resolução Dois — parar de pensar em Nick Jordan —, isso pode ser exatamente o que você precisa.*

— Obrigada, Daniel — disse Justine. — Eu adoraria ir.

Ω

Como se pôde ver, a experiência de assistir a uma final de futebol de um camarote corporativo foi uma desilusão deprimente para Justine. Como experiência de fazer contatos, só teria sido bem-sucedida se ela estivesse pensando em comprar um ar-condicionado ou fazer um seguro para um carro esportivo.

Acompanhando o vendedor de ar-condicionado e o agente de seguros de carros estavam suas mulheres grávidas ou tentando engravidar, e Justine percebeu que tinha muito pouco a contribuir em suas conversas sobre ácido fólico e episiotomia. Para se manter ocupada comeu uma bela quantidade de jujubas com as cores do time que estavam em pequenas tigelas em cada mesa e bancada por ali, e então teve de passar um tempo no banheiro feminino esfregando as cores berrantes de seus dentes. Realmente, Justine preferiria ter assistido ao jogo dos assentos ao ar livre, com uma torta com molho de tomate e uma cerveja, em vez de trancada em um camarote com entradas e Chardonnay.

Faltando dois minutos para o fim do jogo, quando estava claro que os azarões eternos da competição tinham a taça da primeira divisão ao seu alcance, Huck Mowbray — que já bebera vários litros de cerveja *premium* — levantou-se, ergueu sua garrafa e cuspiu um fragmento de "A carga da brigada ligeira", de Tennyson, em tom crescente de barítono.

— "Quando irá a sua glória desvanecer-se?" — entoou. — "Oh, a carga bravia que fizeram!"

No apito final, o estádio era um turbilhão barulhento, Justine fantasiou que a repentina ascensão dos aplausos poderia ser suficiente para derrubar o helicóptero da rede de televisão.

No gramado, os vencedores saltaram uns nos braços dos outros sem sentir dor, enquanto os derrotados sentaram no gramado enlameado com os braços sobre os joelhos, sentindo uma carga dupla de dor. O sistema de som do estádio trovejava a música do time vencedor, e Daniel teve que se inclinar para se fazer ouvir. Justine podia sentir o calor da respiração dele em seu ouvido.

— Devemos ir embora para um drinque tranquilo em algum lugar?

Justine riu.

— Onde você propõe encontrar um lugar tranquilo nesta cidade hoje à noite?

— Conheço o lugar certo. — Ele a agarrou pela mão, aparentemente com o desejo de não perder Justine na multidão. Mas mesmo quando estavam muito além do estádio, tomando o seu caminho pelas ruas loucas com a febre do futebol, Daniel ainda tinha a mão de Justine entre a sua. E ela percebeu que não estava, por alguma razão, fazendo nenhuma tentativa de se livrar dele.

— Aonde estamos indo? — quis saber Justine.

— Zubeneschamali.

— Repete?

— Zube-ne-scha-mali. É um bar de *chartreuse*. Perto do rio.

E Justine, sem querer parecer ignorante, manteve a pergunta seguinte para si.

Acontece que um bar de *chartreuse* era um bar especializado em licores, que, até essa noite, Justine não achava que era coisa alguma além de um nome idiota para um tom de verde-amarelado.

O Zubeneschamali ficava mesmo perto do rio, no andar mais alto de um galpão, e podia ser alcançado por uma escadaria meio escondida que dava ao lugar um ar de bar clandestino. Dentro, havia um ou dois cachecóis listrados de futebol para serem vistos, mas não havia uma televisão colossal transmitindo as agonias e êxtases do pós-jogo, e, pela primeira vez desde que Justine e Daniel haviam saído do estádio, não ouviam ninguém cantando o hino do clube vencedor.

Previsivelmente, talvez, a decoração do bar era em tons de verde. As paredes estavam pintadas dessa cor, assim como o estofamento das banquetas, e havia sofás cheios de almofadas com todos os tons de um arco-íris ictérico. Nas prateleiras de vidro acima do bar, era possível ver garrafas e mais garrafas, todas elas cheias de líquidos de cada tom possível entre o verde e o amarelo, enquanto pendurados abaixo dessas prateleiras havia montes do que pareciam ser, para Justine, ervas secas.

Daniel pediu duas bebidas por um preço que fez os olhos de Justine se arregalarem.

— Já bebeu *chartreuse* antes? — perguntou ele, quando uma série de seis copos de *shots* apareceu diante de cada um deles.

— Não, pelo menos até onde sei.

— É uma mistura de ervas. Historicamente, era feita por monges franceses. Supostamente, contém algo em torno de 130 plantas diferentes.

O drinque era, para o paladar de Justine, doce, meloso e violentamente alcoólico. De qualquer forma, o conteúdo dos doze copos pareceu evaporar depressa enquanto ela e Daniel conversavam — sobre o Alexandria Park e os preços das casas, os lugares bons para comer, sobre a aposentadoria de

Jeremy Byrne e a direção de Radoslaw, sobre a *Star* e os planos de Daniel para ela. Quando os drinques terminaram, Daniel pediu mais do *chartreuse* amarelo que Justine mais gostou.

— Então — disse ela —, está sentindo falta de Canberra?

— Não, na verdade. Quer dizer, é melhor do que era, mas ainda é essencialmente uma cidade de faz de conta dentro de um curral. Um lugar de quarentena para políticos e seus puxa-sacos.

— Como uma galeria de imprensa para jornalistas?

— São os piores — disse Daniel, com um sorriso autodepreciativo.

Eles falaram sobre política e filmes, livros e música, sobre se era possível ser simultaneamente uma pessoa Brontë *e* uma pessoa Austen (Justine disse que sim, Daniel que não — ele era todo Brontë, declarou). E enquanto falavam bebiam mais *chartreuse* e, apenas por precaução, seguiam com mais *chartreuse*.

— Melhor estar cheio de *chartreuse* do que cheio de babaquice — disse Daniel, tomando outro gole. — É o que sempre digo.

— É mesmo? — disse Justine — Ouvi dizer que seu bordão mais conhecido na galeria de imprensa em Canberra é "cativar para desarmar".

Ela observou Daniel perder um pouco de sua compostura.

— Quem disse isso a você?

Tinha sido Tara a soltar essa pequena informação no colo de Justine. Aparentemente, Daniel tinha uma reputação e tanto por acalmar sua presa com charme antes de cair sobre ela com perguntas demolidoras.

— Então, é verdade? — pressionou. — "Cativar para desarmar"? Não é um tanto manipulador?

— Ah, nós usamos a palavra *manipulador*? Ou *estratégico*?

— Eu digo biscoito, você diz bolacha?

— Mas, sério, quem foi? Quem contou isso?

Justine riu.

— Uma boa jornalista jamais revela suas fontes.

— Justo — disse. Ele tomou outro gole do seu licor amarelo-brilhante e deliberou por um instante. — O que isso indica, entretanto, é que... você esteve me checando.

As sobrancelhas de Justine saltaram em sua defesa.

— Eu dificilmente diria checando.

— Mas você não pode negar que esteve falando sobre mim. O que parece indicar algum grau de interesse?

Houve um silêncio, durante o qual Daniel olhou para Justine, bem direto. Quase direto demais. Olhou para ela como se Justine fosse uma zebra separada de sua manada, na savana africana. Daniel se aproximou um pouco mais dela, com os cotovelos sobre a mesa.

— Eu gosto de você, Justine — disse, simplesmente.

Justine piscou.

Ela estava prestes a beijar seu novo chefe?

Aparentemente estava sim.

Ω

Justine: *Oi?*

Silêncio.

Era manhã. Provavelmente fim da manhã, pensou Justine, dada a intensidade da luz que passava através de uma abertura nas cortinas. Por um momento, achou que estava atrasada para o trabalho, até que, de algum modo, caiu uma ficha distante de que era domingo.

Justine: *Oi?*

Mais silêncio.

Aquelas eram suas cortinas? Imaginou, tentando se orientar no espaço. Sim, eram. Isso era um bom sinal. E logo ali, pendurado na parede sobre a penteadeira: era o seu próprio mapa-múndi, pontilhado com alfinetes vermelhos em todos os lugares que conhecia e arborizado com alfinetes verdes nos lugares aonde ela queria ir. Mongólia, Terra Nova, Noruega, Finlândia, Buenos Aires, as Ilhas Galápagos, Jérsei, Lucknow... Sim, a casa era definitivamente dela.

Justine gostaria de voltar a dormir, mas estava com muita sede. E também parecia brotar um recife de corais de seus dentes. E precisava fazer xixi, o que significava que, mesmo que parecesse uma missão arriscada, teria de tentar sair da cama. Quando se sentou, Justine foi tomada por um intenso enjoo, como se tivesse vivido no mar por vários anos e agora lutava para lidar com um mundo que não estava oscilando, mas perigosamente seguro, desconcertantemente parado. Fechou os olhos, mas a sensação não diminuiu. Abriu os olhos, e não estava sozinha.

Merda.

Daniel Griffin estava na sua cama — deitado de bruços, a pele nua dos ombros descoberta, um braço de pele cor de oliva pendendo para o chão. O cabelo dele era volumoso, exuberante e bagunçado na fronha branca, e, no caso de Justine ter qualquer dúvida sobre como passaram a noite, um dilúvio de imagens a estremeceu. Essa mão, ali. Aquela língua, aqui.

Justine: *Oi? Oi?*

Seu cérebro não respondeu. Aquela droga tinha saído de férias. Para Chartreuselândia, provavelmente.

Justine saiu da cama. Da poltrona ao lado, pegou um par de meias grossas que fariam a vez de chinelos e um cardigã leve e longo que funcionaria como roupão improvisado. Passando pelo banheiro, foi para a cozinha, ainda em leve estado de pânico. Foi só depois de tomar uma aspirina que seu cérebro, finalmente, apareceu.

Cérebro: *Bom dia!*

Justine: *Bom dia? Boa porcaria de dia?*

Cérebro: *Er, cortinas? Estão abertas.*

Justine: *Merda!*

Agarrando a frente do seu cardigã, ela se arrastou como um caranguejo pelas paredes da sala de estar e rapidamente fechou as cortinas sobre as portas francesas.

Cérebro: *Assim é melhor.*

Justine: *Melhor? Melhor do que o quê? Melhor do que o desastre completo no qual estamos metidos? Deveríamos ir ao maldito futebol, e não para a cama! O que você está pensando? Eu finalmente consegui a posição de assistente pela qual esperei — por anos, devo acrescentar — e simplesmente dormi com o meu novo chefe? Que diabos?*

Cérebro: *Podemos tomar café antes de falarmos sobre isso?*

Na cozinha, Justine desajeitadamente pôs colheradas de café na cafeteira.

Cérebro: *Ahhh. Esse cheiro. Já me sinto melhor.*

Justine: *Isso é ruim, isso é ruim, isso é muito, muito, muito ruim. Como pudemos ser tão estúpidos?*

Mas seu cérebro ficou em silêncio quando Daniel chegou na cozinha e envolveu a cintura de Justine com os braços nus. A mão dele, quente e seca, escorregou para dentro do cardigã. Ela sentiu a pele sobre a pele no plexo solar, e foi incrivelmente agradável.

— Bom dia — disse Daniel, suave.

Justine: *Er... socorro?*

Mas não houve resposta do cérebro. Houve, em vez disso, a outra mão de Daniel percorrendo sua coxa. E os lábios dele em sua nuca. Ela se virou dentro dos braços dele e o beijou apropriadamente.

— Escorpião — sussurrou ele no ouvido dela.

— Receio que não — respondeu.

Ω

O que alguém veste para o trabalho na segunda-feira, após um fim de semana no qual acidentalmente dormiu com o novo chefe? Era sobre essa questão que Justine ponderava na frente do espelho do quarto, vestindo nada além de calcinha e sutiã. Ela pegou um vestido preto e o segurou diante do corpo. Era um daqueles vestidos que pareciam simples, mas servia tão bem em Justine que isso o tornava insubstituível, o favorito absoluto.

Mesmo assim, não era uma opção. Tinha um painel de renda nas costas, entre os ombros, que poderia ser interpretado como um pouco sensual.

Então, não. Sem vestido preto. Talvez a calça cinza e a camisa azul-cobalto com os babados e as mangas boca de sino? Não. Era um traje que dizia casual. Dizia confortável. E confortável dizia *eu estou bem com tudo que aconteceu.* E pensar, agora, sobre tudo que acontecera era o suficiente para fazer Justine corar. O sofá, o tapete, o banco da cozinha... nunca mais seriam os mesmos outra vez.

Daniel ficou no apartamento dela a maior parte do dia. Houve um beijo de despedida na porta, e então, antes que ela pudesse fechá-la, ele se virou.

— Provavelmente deveríamos falar sobre como as coisas vão ser daqui para a frente — disse. — No trabalho.

— Como será?

— Nós somos adultos, certo? E somos pessoas inteligentes. Trabalho é trabalho, diversão é diversão. Nós podemos mantê-los... separados.

— É claro — concordou Justine. — Inteligentes. Separados.

— Ei?

— Sim?

— A parte da diversão. Eu gostei. Muito, tudo bem?

Depois que ele foi embora, Justine foi ao banheiro para tomar um banho e, despindo-se do cardigã, notou no espelho uma marca roxa na base da garganta.

Cérebro: *Ah, que moça fina.*

Justine: *Ah, você está de volta agora, não está? Alguma ideia?*

Cérebro: *Sempre podemos enlouquecer.*

Então enlouqueceram. Com afinco. Por toda a tarde do domingo, e a maior parte da noite. E agora era segunda-feira de manhã. Justine operava com talvez três horas de sono, e não tinha nada para vestir no trabalho. Quando seu guarda-roupa estava meio vazio, e sua cadeira do quarto perdida debaixo de uma avalanche de tecidos, ela finalmente escolheu uma calça marrom de *tweed*, uma blusa laranja com punhos, colarinho e bainha de uma camisa branca aparecendo. E ela amarraria uma echarpe fina ao redor do pescoço para esconder aquela marca, para ficar segura.

Ainda era cedo quando alcançou o outro lado do Alexandria Park, mas Justine se sentia muito estranha e enjoada para aproveitar uma parada no Rafaello's, então perambulou nos mercados. Hoje, não era com nenhuma alegria, ou a satisfação habitual de vigilante de ortografia, que Justine imaginou-se riscando o D em ADVOCADOS. Hoje, estava apenas irritada. Sentia uma pontada de dor em sua têmpora, também. Desejou que não estivesse adoecendo.

Ω

— Justine?

Daniel estava na porta da sala dos redatores e, embora sua expressão fosse cuidadosamente inescrutável, nem Martin ou Roma desviaram o olhar do trabalho.

Finalmente, pensou Justine, olhando para o relógio na tela do computador. Eram quase cinco horas, e até agora Daniel não havia se esforçado nem para arquitetar um momento para ficar sozinho com ela. E o dia todo Justine se distraiu com esse fato, embora soubesse que isso não deveria surpreendê-la. Trabalho era trabalho, ele havia dito, e diversão era diversão. Daniel estava apenas sendo fiel às suas palavras.

— Posso vê-la no meu escritório?

Justine assentiu, igualmente inescrutável.

Cérebro: *Viu, eu avisei. Você só precisava esperar.*

Justine: *Certo, espertinho. Então, você tinha razão.*

Mas, tendo seguido Daniel até o escritório dele e tomado um assento, Justine teve a clara impressão de que aquele não seria o tipo de momento a sós que esperava.

— Você acha que há chances — começou Daniel, parecendo sério enquanto se inclinava para trás na cadeira que Justine ainda pensava ser de Jeremy, atrás da mesa que Justine ainda pensava ser de Jeremy, dentro do escritório que era muito mais organizado agora que não era mais de Jeremy — que Davina Divine seja um nome real?

— Desculpe?

— Esta manhã, abri uma carta de alguém que se chama "Davina Divine" — disse Daniel, estendendo uma folha de papel dobrado para o outro lado da mesa. — Eu estou interessado em saber o que você acha disso.

Era o tipo de folha que você conseguiria num conjunto de papel de carta: o tipo que você poderia comprar para uma adolescente quando não sabia mais o que dar de presente no Natal. A página tinha uma borda larga de redemoinhos em azul, roxo e azul-piscina, entre os quais minúsculas sereias brincavam. Justine pôde ver o envelope correspondente, aberto com cuidado, no topo de uma pasta de papel manilha bem na frente de Daniel. A carta tinha sido endereçada ao editor, a escrita no envelope e a carta em si feitas em tinta roxa-brilhante, do tipo com aroma. Justine podia cheirar: doce, mas horrível, como chiclete meio mascado.

— Leia — encorajou Daniel.

Ao Editor,

Escrevo a você com a esperança de que enviará a minha carta para o seu astrólogo, Leo Thornbury. Eu teria escrito diretamente ao sr. Thornbury, mas, por mais que tenha procurado, não consegui encontrar o endereço dele. Também sou astróloga, embora é claro que não esteja nem perto do nível do sr. Thornbury. Espero que ele seja gentil o bastante para explicar a mim onde tenho errado com o signo solar de Aquário, já que nos últimos meses as leituras dele dos portadores da água têm sido diferentes das minhas — quase opostas, em alguns casos. Sei que devo estar entendendo algo errado, mas não sei o que é, e espero sinceramente que o sr. Thornbury possa me dar algum conselho que ajude na minha carreira.

Cordialmente,

Davina Divine

Diplomada pela Federação Australiana de Astrólogos

Justine estava apenas na primeira frase da carta quando o seu coração começou a trotar. Duas frases, e estava a meio-galope. Quando alcançou a assinatura, o pulso estava em galope completo. O papel de carta cafona de sereias tremia em suas mãos.

— Então, eu estava pensando — perguntou Daniel — se você pode me dar alguma ideia sobre a consulta da sra. Divine.

De dentro de uma corrente de adrenalina, Justine tentou avaliar a situação. Daniel tinha recebido uma carta de uma senhora maluca dos astros. Isso era tudo. Isso, por si, não poderia significar muito. Mas então Daniel abriu a pasta de manilha na frente dele, e lá dentro estava uma pilha de papéis que Justine reconheceu muito bem. Enquanto Daniel espalhava o conteúdo, Justine viu os faxes de Leo, a maioria deles um pouco amassada, e todos eles perfurados perto do meio por pequenos buracos irregulares. Daniel voltou ao conteúdo da pilha de documentos.

Cérebro: *Isso não é bom.*

Intercaladas com os faxes estavam páginas arrancadas da Star. As páginas de horóscopos. Tanto nos faxes quanto nos recortes haviam listras rosa-choque do tipo feitas por um marcador. Aquário, Aquário, Aquário. A palavra saltava para Justine de vários lugares, de uma só vez.

Cérebro: *Não é nada bom.*

Nos faxes de Leo, Justine observou as palavras destacadas, *"Trilhe seu novo caminho com determinação"*, *"influências opostas predominantes"* e *"Saturno estimula você"*. Nos recortes, outras palavras — as próprias palavras de Justine — tomavam seus lugares: *"Paraíso não cimentado"*, *"forma de Deus se manter anônimo"*, *"cogumelos bons dos venenosos"*, *"Ousadia, seja minha amiga!"*.

Daniel, observando que Justine havia visto e registrado conteúdo da pasta, fechou-a.

— Por que você fez isso? — perguntou.

Justine tentou falar, mas sua língua parecia anestesiada. Desamparada, deu de ombros.

Daniel continuou a observá-la, e, enquanto o fazia, Justine ficou intensamente a par dos tipos de problemas que alguém enfrentava quando dormia com o chefe. Você poderia ser pega no flagra por adulterar a coluna do horóscopo, mas se lembrar de como foi doce o beijo que ele deu em seu nariz. Ou ter a lembrança inapropriada do rosto de seu chefe exatamente no momento do orgasmo. E, no caso de Daniel, tinha os olhos arregalados, como se fosse uma versão loira do Astro Boy.

— Eu teria jogado a carta no lixo — disse Daniel.— Mas acontece que me lembrei daquela manhã, logo após você ser promovida. Quando cheguei ao escritório, você não estava na sua nova mesa. Estava na mesa antiga, digitando a coluna de astrologia. Para ajudar Henry, você disse.

Justine sentiu-se completamente transparente.

— Mas tenho uma teoria — disse Daniel — sobre por que você fez isso.

Ele brincava com uma caneta enquanto falava, passando entre os dedos. Parecia sério, mas um tanto satisfeito consigo, um pouco como um detetive prestes a esclarecer um mistério de uma vez por todas.

— Sempre foi apenas Aquário. Nenhum dos outros signos — afirmou ele. — O que me faz pensar que você... bem, vou colocar da seguinte maneira: minha teoria é que, ao alterar os horóscopos do Leo, você estava tentando promover sua autoestima, anular as suas partes mais materialistas, talvez até mesmo ajudar a si mesma a se recuperar de um romance fracassado, mas certamente para tentar ir atrás do que realmente quer na vida. Para perseguir seus sonhos. Porque você é aquariana, não é, Justine? E você tem tentado, através da coluna do Leo, mudar seu próprio destino.

Cérebro: *Na verdade, Justine, isso é genial.*

Justine: *Eu sei. E muito melhor que a verdade.*

Justine fixou a expressão em uma mistura de arrependimento e admiração.

— Uau — disse ela para Daniel. — Isso é incrível. Porque você está absolutamente certo — e Justine estava apenas imaginando, ou o peito de viciado em academia de Daniel inchou um pouco ao ouvir essas palavras?

— Tudo bem, então — falou Daniel. — Fico feliz que estejamos chegando a algum lugar. — Ele não sorriu exatamente, mas seus músculos faciais indicaram querer seguir nessa direção. — Fazer uma coisa dessas, porém, foi muito, muito estúpido da sua parte — continuou ele, e Justine deixou a parte arrependida da sua expressão vir à tona. — Você provavelmente pensou *Isso é apenas o horóscopo.* E, sabe, teria razão. É apenas o horóscopo. Mas Leo Thornbury é um dos nossos colaboradores mais antigos e distintos. Porque você é esperta, provavelmente calculou que o risco de Leo notar as discrepâncias era praticamente nulo. Mas, Justine, e se ele *tivesse* uma cópia da revista? E se ele tivesse visto as mudanças que você fez? O que você fez é extremamente desrespeitoso. Sem mencionar que foi antiético.

— Eu sei — disse Justine. — E sinto muito. Não farei outra vez.

— Tenha a certeza de não fazer isso de novo — recomendou Daniel. — Porque, se fizer, terei que mandá-la de volta às minas de sal do cargo de contínua. Ou, pior ainda, demiti-la.

Trabalho é trabalho, pensou Justine com pesar.

— Então, você não vai fazer isso de novo. E, para ter certeza de que nem sequer se sentirá tentada, quero que saiba que, embora eu não vá contar a Henry sobre seu experimento de edição, vou pedir que dê atenção especial quando o horóscopo desse mês chegar. Vou dizer para ele esperar cem por cento de exatidão na transcrição. E que até eu mesmo poderei checar.

— Quem mais sabe sobre isso?

— Apenas eu e você — disse Daniel. — E eu acho que é melhor deixarmos assim.

— Obrigada.

— Tudo bem, então. — Daniel apanhou uma caneta e pareceu não pensar em nada ao desenhar uma linha na página em frente a ele — E Justine...?

— Sim? — disse ela, esperando que ele dissesse algo, qualquer coisa, que confirmasse a ela que realmente passaram meio fim de semana na cama, juntos. Que ele gostava dela.

— Você tem as qualidades de uma ótima jornalista — elogiou Daniel. — Não faça nada estúpido assim outra vez, certo?

A pergunta a magoou, mesmo que fosse completamente justa. *Tinha* sido estúpida. Tinha sido estúpida em mexer no horóscopo, e estúpida por se envolver com Daniel.

— Não vou mais fazer isso — disse.

— Promete?

— Prometo — disse Justine. E ela estava falando bem sério.

Ω

Quando chegou em casa naquela noite, Justine sentiu-se aérea e fora de foco. Cada junta do seu corpo doía e ela não conseguia dizer se estava quente ou frio; o rosto ardia, mas, ainda assim, ela tremia. Estava com febre? Não, é claro que não. Adoecer não seria nada além de inconveniente.

Justine se aproximou das cortinas da sala, e na sacada oposta estava Nick Jordan usando sua blusa sândalo e botas de pele de carneiro, e ele estava tirando o ramo de oliveira da cesta de seu faroleiro. Olhando em frente e vendo Justine, ele sorriu, colocando uma das mãos no coração, e ergueu o ramo cortado como se fosse uma rosa.

Justine abriu as portas francesas, e o ar da noite a fez estremecer violentamente.

— Isso foi alguma vez um ramo de oliveira? — perguntou Nick.

— Isso é, na verdade, um grande pedido de desculpa.

— Eu estive fora — disse Nick, deixando o ramo cair ao seu lado.

— Tão longe que não podia retornar nenhuma das minhas ligações?

— Talvez não tão longe. Mas eu precisava de tempo para processar aquela nossa pequena conversa.

— Eu realmente sinto muito, Nick. Por todas as coisas estúpidas que disse.

— Não foram estúpidas.

— Sim, foram. E rudes. Eu não deveria ter falado a coisa sobre o nenúfar. Perdi o controle da minha boca.

— Isso acontece com sagitarianos.

— Achei que você nunca mais fosse falar comigo — disse Justine, miserável. Havia um doloroso nó na garganta dela.

— Ei, você está bem?

— Sim, eu... não, talvez. Olha, eu não sei — hesitou Justine. — Minha cabeça. E, agora, a minha garganta.

— Você está doente?

— Não. Eu odeio ficar doente. É uma chatice.

Nick balançou a cabeça, indicando que achava que ela estava sem esperança.

— Vá para dentro e se aqueça. Chego aí num instante.

— Estou bem — insistiu Justine, mas Nick já estava a caminho.

Não fazia muito tempo desde que Justine tinha visto Nick pela última vez. Fazia apenas algumas semanas, na verdade. E, ainda assim, havia algo sobre ele na sua porta — após esse lapso de tempo — que a fez querer falar alemão. *Unheimlich*. Nick era isso. Ele era apenas como ele mesmo, apenas um pouco mais si mesmo, como se fosse muito bem delineado e tivesse suas cores supersaturadas. *Unheimlich*: desconhecido de uma forma que só faz sentido se o que quer que seja desconhecido seja também, simultaneamente, completamente conhecido. Por Deus, os alemães tinham palavras boas.

Justine sentiu o aroma de sândalo da blusa de Nick e começou a temer que poderia fazer algo irracional, como se jogar em direção ao calor dele, e chorar, e confessar. Sobre o sermão de Daniel. Sobre o horóscopo. Sobre...

— Você está uma droga — disse Nick.

— Obrigada — ela conseguiu responder.

— Você tem limão?

— Pode ser que exista um muito triste no fundo da fruteira. Por quê?

— Você, sofá. Agora mesmo. Estarei de volta em um minuto.

Justine se enrolou em uma das extremidades do sofá e puxou a manta sobre ela. Da cozinha, veio o som de gavetas abrindo e fechando, e de talheres tinindo contra a cerâmica. Finalmente, Nick apareceu para lhe entregar dois comprimidos de paracetamol e uma caneca cheia de um líquido amarelo quente que parecia salpicado com alguma terra orgânica certificada por Lesley-Ann Stone. Justine provou um gole e fez uma careta.

— Que diabos é isso?

— Limão e mel — disse Nick, sentado no pufe não muito longe dos pés de Justine. — Os suspeitos de sempre. Mas também alho triturado e uma pitada de pimenta caiena. Eu sei, eu sei. Mas fará com que se sinta melhor.

Ela tomou outro gole, mas a infusão fétida não melhorou.

E ali, Nick fez algo estranho e bom. Ele se inclinou e tocou Justine ao colocar as costas da mão na testa dela.

Teve o efeito estranho de fazer lágrimas correrem debaixo dos globos oculares de Justine.

— Beba essa infusão. E, quero dizer, tudo. Tome os comprimidos e vá para a cama, certo? — E, então, afastou a mão do rosto dela.

— Eu sinto muito mesmo, Nick. Odeio que você esteja bravo comigo.

— Eu sou um desgraçado teimoso, às vezes. Agora esqueça disso.

Mas Justine não havia terminado.

— Se você ama Laura, então deve haver muitas razões para amá-la.

— Está bem, Jus. De verdade. Esqueça.

— Sua amizade — disse ela — é uma das mais antigas da minha vida. Eu não quero perdê-la.

— Nem eu.

Justine sabia para onde a conversa precisava ir. Ela não estava gostando dessa parte, mas tinha que ser feito.

— Então, na última vez que conversamos, você estava prestes a fazer um pedido. Eu acredito que deu certo?

— É, eu acho que sim — disse Nick.

— Então, é oficial? Quando será o grande dia?

Nick deu a ela um olhar estupefato.

—Ah, eu acho que você está se precipitando um pouco aqui. Entendo o que eu e Laura temos como um tipo de acordo pré-noivado. Noivado de verdade, me disseram, não acontece até que exista uma aliança.

— Entendi — disse Justine. — E quando acontecerá o anel?

— Eu sou levado a acreditar que esse será um processo lento. Uma pedra deve ser adquirida, desenhos devem ser examinados, os joalheiros devem ter o tempo para fazer o serviço.

Justine piscou.

— Parece caro.

— É — disse Nick, um pouco soturno. — Olha, eu preciso ir. Você precisa dormir. Cuide-se, está bem? Se ainda estiver se sentindo uma droga amanhã, ligue para mim e eu volto para preparar outra infusão de limão.

— Ah, ótimo — disse Justine, fazendo careta para a caneca.

Quando Nick saiu, Justine tomou outro gole e então jogou a mistura na pia. No quarto, foi recebida pela descoberta frustrante de que havia tirado a roupa da cama naquela manhã.

Os lençóis, as cobertas e fronhas estavam todos jogados no chão da lavanderia, mas nesse momento o esforço de colocar roupas limpas estava além dela. Do mesmo modo, vestir um pijama era ir longe demais. Ela tirou suas roupas e as jogou no chão. Enrolada apenas em seu roupão, os dentes batendo de frio, ela rastejou sob o edredom e ligou seu cobertor elétrico na potência mais alta.

Enquanto caía em um sono agitado, Justine tinha certeza de duas coisas. Uma, que Laura Mitchell era uma mulher de muita sorte. A outra era que ela definitivamente estava com febre.

$$\Omega$$

Nos dois dias seguintes, Justine esteve doente demais para ir ao trabalho, ou até mesmo sair da cama. Na hora do almoço do terceiro dia, ela se sentiu suficientemente melhor para comer um pouco de sopa enlatada e transferir seu leito de moribunda para o sofá. Ali permaneceu o restante do dia, assistindo a episódios de *Jeannie é um gênio*, dormindo e acordando.

Ela dormia levemente quando foi acordada por uma batida na porta do seu apartamento. Abrindo os olhos, viu que faltavam apenas alguns minutos para as seis horas. Quando chegou à porta, a entrada estava vazia exceto por um enorme arranjo de rosas cor de creme, as extremidades das pétalas pintadas de rosa. Estavam embrulhadas em papel branco brilhante e havia uma nota afixada que dizia: *Doente, hein? Essa é uma maneira e tanto de me evitar.*

Espero que esteja bem. DG x.

Justine pegou as rosas e as levou ao nariz, mas eram do tipo que não cheiravam a nada. Ela levou o buquê para dentro, encheu um vaso com água e pensou. Então ela rolou a lista de contatos no celular e selecionou o nome de Daniel.

— Então — atendeu ele —, você recebeu as flores.

— Recebi.

— Você gostou delas?

— Obrigada. São muito bonitas.

— Por que tenho a sensação de que um "mas" está vindo?

— Porque está — disse Justine. Houve um longo silêncio, no qual ela reunia a coragem ao se lembrar de como se sentiu na segunda-feira, enquanto tentava jogar o jogo de *trabalho é trabalho* de Daniel. — Eu não vou conseguir fazer isso, Daniel.

— *Você* está chateada *comigo*? Sobre o negócio da astrologia?

— Não, não é isso. Eu estava completamente errada, e você foi totalmente justo. É a coisa toda. Eu me conheço, Daniel, e eu apenas sei que não serei capaz de dividir uma cama nos fins de semana e então, na manhã de segunda-feira, fingir que não somos nada além de colegas. Isso me deixa muito insegura. Isso... bem, dói.

— Mas, Justine, é um local de trabalho. Não é que nós podemos...

— Eu não acho que você esteja errado. Sobre a necessidade de se comportar assim — explicou ela. — É que apenas não consigo. Você parece bem com isso. Mas eu não estou. Sou uma garota do tipo coração mole. Desculpe.

— E não há nada que eu possa falar para você mudar de ideia?

— Acho que não — disse Justine.

— Olha, sei que a situação não é a ideal. Seria melhor se não trabalhássemos no mesmo lugar. Seria ainda melhor se nós ainda fôssemos... apenas colegas. E sei que nós começamos rápido. Rápido demais.

— Definitivamente rápido demais — concordou ela.

— Mas foi bom, não foi?

Você tinha que dar esse crédito a ele, pensou Justine. Ele tinha confiança.

— Foi — admitiu.

— Tudo bem, então — disse Daniel, embora Justine tivesse a nítida impressão de que isso não estava relacionado ao que ele acabara de dizer. — Eu não queria fazer isso, mas você me deixou sem opções.

Justine congelou.

— Fazer o quê?

— Os astros de Leo chegaram. Eu tenho o fax aqui, e eu vou ler os seus astros para você. Pronta? *É primavera, Aquário, a estação da renovação.*

Justine: *Aquário? Por que ele está lendo Aquário para mim?*

Cérebro: *Lembra daquela conversa no escritório?*

Justine: *Ah, merda.*

— *Aqueles ressentimentos e raiva escondidos* — continuou Daniel — *farão bem em permitir a sua purificação na forte onda da graça e do perdão. Este mês traz uma expansão do espírito e uma explosão de generosidade em direção a todas as criaturas, grandes e pequenas. Todos não merecem uma segunda chance? Ou até mesmo uma terceira?*

Justine imaginou quantas vezes alguém poderia ser atingido pelo mesmo petardo.

— Então... — declarou Daniel, após um momento. — Essa explosão de generosidade aquariana pode se estender a mim? Eu poderia ter uma segunda chance?

Justine pensou por um momento.

— Trabalho ainda terá que ser trabalho, certo?

— Sim, mas só dê algum tempo. Dê algum tempo para eu mostrar a você que é possível.

— Eu não...

— Sabe, tenho lido um pouco, sobre os astros. E eu aprendi que os aquarianos e os leoninos são opostos polares no horóscopo. Ar precisa de fogo. Fogo precisa de ar. É o que os astrólogos dizem.

— Significa?

— Dê outra chance para mim. O que acha deste fim de semana?

O ascendente em Virgem de Justine pode ter mesmo deixado claro que haviam muitas discrepâncias na situação na qual se encontrava, e todas apontavam para a necessidade de se aproximar dessa proposta com cuidado. Mas não era a parte ascendente em Virgem de Justine que estava respondendo. Era o impulsivo Sagitário.

— O que você tem em mente? — perguntou ela.

Cúspide

ELAS VIERAM PARA APANHAR Brown Houdini-Malarky sob a cobertura da escuridão, aquelas mulheres que sussurravam em suas túnicas cáqui e enormes luvas de camurça. Em um minuto, ele estava dormindo sobre os farrapos da sua jaula, nos distantes blocos de fundo da área de adoção, e depois estava lutando e ganindo, sendo enfiado em uma gaiola de transporte. O mundo dele inclinava e balançava enquanto o levavam até o prédio principal. Em seguida, ele foi jogado em uma sala iluminada com lâmpadas fluorescentes e empurrado para uma pequena jaula interna, o chão forrado com jornais. A porta da jaula foi fechada. Um ferrolho foi colocado no devido lugar. E Brown sabia, precisamente, o que tudo isso significava.

Brown não estava sozinho na sala iluminada. Lori, a poodle, com sua sarna e seus ligamentos arruinados e feridos, havia sido trancada na jaula ao lado. A porta abriu outra vez e a mulher voltou com a caixa. Desta vez foi Fritz que trouxeram com elas, uma cruza de dachshund com incontinência fecal. Carga de caixa pós carga, as mulheres encheram as jaulas do nível superior: Dumpling, a pug, seu rosto uma desordem de olhos com glaucoma e dobras babadas; Esther, a kelpie geriátrica que viveu mais que sua humana e era idosa demais para um novo lar. Então as luzes se apagaram. A próxima vez que acendessem, Brown sabia, seria no dia seguinte, e todos os cinco cães estariam prontos à espera do veterinário.

Logo depois de a luz ser acesa, os cães condenados receberam cada um uma pequena tigela de refeição picada para o café da manhã. Fritz, o eterno otimista, devorou sua refeição. Mas nem Dumpling nem Lori pararam de uivar tempo o bastante para comer a delas. Esther, de cintura grossa e temperamento devoto, calmamente saboreou seu último café da manhã e deitou quieta com a cabeça nas patas, confortada pelas histórias que lhe contaram sobre a vida após a morte num lugar conhecido como Ponte do Arco-Íris.

Brown não tinha estômago para comida. Tendo inspecionado repetidamente a jaula, sabia que era intransponível. Maldito seja o desgraçado do Guy. Maldito seja ele e a desgraçada de sua mãe e qualquer filhote cheio de vermes que possa algum dia brotar de suas entranhas repugnantes. Desgraçado! Brown teve algum prazer ao xingar, e perguntou-se se esse seria o último prazer de toda a sua vida. Com todas as outras opções encerradas para ele, Brown deitou no fundo de sua jaula, enrolou-se e mergulhou num sono profundo.

A veterinária chegou ao meio-dia. Era Annabel Barwick, uma jovem com um capacete macio de cabelo ruivo e uma aliança de casamento nova em folha na mão esquerda. Brown, observando com seu olho bom, deu-lhe crédito por falar em um tom de desânimo afetuoso, desculpando-se com cada um. Seu ajudante era o enfermeiro-veterinário Jesse Yeo, um jovem com pernas compridas, cabelo muito preto e olhos vermelhos.

Brown concentrou seus pensamentos e visualizou um raio laser com todo o seu poder de vodu canino saindo de seu olho. *O cão de um olho só não deveria estar aqui,* ele disse silenciosamente. *O cão de um olho só deve ser devolvido à sua jaula, ileso.*

Mas a veterinária e o enfermeiro estavam preocupados e ele não conseguiu captar o olhar de nenhum deles.

Fritz — abençoado seja — ainda pensava que havia uma chance de seu charme funcionar, então foi até a frente da jaula com uma salva animada de latidos. Mas isso só significou que seria o primeiro: a enfermeira segurou sua pata dianteira cor de noz enquanto o veterinário tosava um pedaço da pele e enfiava a agulha. Então o pequeno Fritz estava em uma sacola no chão. Brown observou tudo. Ele observou Lori ser injetada, e seus gritos por alguém chamada Prudence ficaram incoerentes até pararem. Ele observou Esther fechar os olhos e partir para se encontrar com sua dona.

Brown sabia quem seria o próximo. Mas ele ficaria irritado se fosse gentilmente para o seu adeus. Tendo estudado minuciosamente a sala além de sua jaula, Brown sabia que era um local totalmente desgraçado, inteiramente desprovido de recantos e fendas. Tinha um piso de limpeza fácil curvado na base das paredes e mal possuía móveis. A porta que levava ao corredor, e para o mundo além dele, estava fechada. Não havia escapatória.

Mas então houve um golpe de sorte. Assim que Jesse, o enfermeiro, se abaixou junto à porta da jaula de Brown, a veterinária Annabel deu vários passos em direção à porta da saída e alcançou a maçaneta. O momento, percebeu Brown, seria perfeito. Tudo que ele tinha de fazer era pular da jaula, passar por Jesse e correr para a porta. Sim! A veterinária baixou a maçaneta. A porta começou a abrir. Era uma possibilidade pequena, mas suficiente para um terrier de rua de incansável iniciativa.

Brown saltou, escapando das mãos grandes e ávidas de Jesse. As garras dele lutavam por tração no chão escorregadio, mas não fazia sentido economizar qualquer esforço para depois. Pedalando as patas traseiras como um coelho, ele correu, seguindo em frente. A porta estava apenas entreaberta, mas ele conseguiria enfiar sua cabeça, tinha certeza. E então estaria fora. Pelo corredor, saindo pela porta. E para longe!

— Seu pestinha — murmurou Jesse. — Annabel! Feche a porta!

Bateu com força. O trinco deslizou. A pesada porta branca estava nivelada com a parede. E Brown estava no lado errado. É claro, ele correu, guiando Annabel e Jessie em uma dança animada, uma, duas, três vezes ao redor da sala. Mas não havia esperança. Logo foi encurralado. Jesse o ergueu pela nuca. E agora Brown estava no ar, uivando, contorcendo-se e rosnando enquanto o enfermeiro o levava para a mesa. Enquanto isso, a veterinária colocava o fluido verde na seringa.

◆

Luke Foster, quinze anos — Libra, meio-atacante durante o inverno, guarda-meta na equipe de críquete durante o verão, alisador habitual de cabelo espetado e fã inflexível dos filmes (os clássicos) de *Guerra nas estrelas* —, alcançou o porta-luvas do Saab da mãe, tirou um lenço impregnado com aloe vera e o entregou a ela. Era sexta-feira de manhã e estavam estacionados há algumas quadras da escola particular que, a partir daquele dia, seria sua *alma mater*.

Ele havia saído de St. Gregory um dia antes do programado, sem qualquer despedida ou fanfarra. Nenhuma parte dele queria sofrer sobre os olhares piedosos dos meninos cujos pais eram médicos, de famílias ricas, empresários ou mergulhadores em busca de abalones e que haviam financiado a educação dos filhos com dinheiro em espécie em vez de uma herança imaginária. Seus colegas da escola particular continuavam com o seu uniforme em estilo marinheiro, vestindo blazer e gravata azul e vermelha a caminho do sucesso nas regatas, de lições particulares de violoncelo ou eufônio e de vagas nas melhores universidades do mundo. E ele não os acompanharia. Teria de encontrar o seu próprio destino em uma camisa polo amarela.

— Eu sinto muito — soluçou a mãe, Mariangela. —Ah, Lukey, queríamos o melhor para você. Realmente queríamos.

Nos dois anos em que frequentou a St. Gregory's, Luke nunca demonstrou a mais remota curiosidade em saber como seus pais pagavam as mensalidades. Ele e seus irmãos mais novos, os dois ainda no ensino fundamental e a salvo de toda aquela confusão, constavam da lista do colégio antes mesmo de largar as fraldas, e talvez essa fosse uma das coisas que o levaram a acreditar que seus pais tinham alguma espécie de plano para pagar as mensalidades. E, ainda que ele nunca tivesse pensado sobre isso, se *tivesse*, pensaria que tinham um plano melhor e mais seguro do que estourar o cartão de crédito e esperar o avô morrer. Especialmente já que, agora que o avô *havia* morrido, tudo que ele deixara para a mãe de Luke era uma aliança de casamento, alguns móveis feios de pau-rosa e um piano desafinado.

Uma parte de Luke queria perguntar à mãe em que diabos ela estava pensando. Por que não o mandou para a escola pública desde o início? E agora, enquanto se encaminhava para uma sala de aula desconhecida em sua camisa polo nova demais, limpa demais e muito amarela, a fofoca já o rondava. *Esse é o menino que foi tirado da St. Gregory's.*

Outra parte de Luke — a que odiava ver sua mãe com os olhos vermelhos e o nariz inchado — queria pegar a mão de Mariangela e acariciá-la, dizer que tudo ficaria bem, que nunca gostou muito mesmo da St. Gregory's, que agora ela poderia pegá-lo na escola com suas botas Uggs e uma jaqueta estofada preta em vez de roupas de grife ou daquela fantasia de mãe-que-frequenta-academia, e que a escola local tinha algo que a St. Gregory's nunca teria: Garotas. Isso a faria rir.

— Você vai ficar bem hoje, Lukey? — perguntou Mariangela.

— Claro.

Luke baixou o quebra-sol do Saab, mirou-se no espelho e alisou o cabelo. Mas, é claro, ele já estava espetado de novo quando Luke lançou-se para a rua com sua mochila.

— Tchau, mãe — ele se despediu.

— Tchau, querido. — Mariangela mandou um beijo deprimido e chorão.

— Tenha um bom dia — disse ele.

— Eu vou tentar — fungou Mariangela.

Em uma voz estranhamente precisa de mestre Yoda, Luke disse:

— Faça, ou não faça. Não existe tentativa.

◆

Patricia O'Hare — Virgem, dona de casa de carreira com síndrome do ninho vazio, mãe das filhas adultas Larissa e Zadie, na espera para ser avó, gênia da bolsa de valores e confeiteira do pão de ló de maracujá mais leve da humanidade — voluntariava-se todas as sextas-feiras no Abrigo de Cães. Essa era apenas uma das muitas atividades que Patricia havia assumido para se manter ocupada, agora que as garotas já eram totalmente independentes. Ainda que tivesse seu portfólio de ações para gerenciar, e muito tricô para fazer depois que Zadie descobrira que estava grávida, essas atividades mal eram suficientes para manter uma mulher tão ativa quanto Patricia longe do círculo vicioso do programa do *Dr. Phil* na hora do almoço e um Chardonnay às quatro da tarde.

Patricia descobriu o Abrigo de Cães quando visitou o lugar após um período de luto por Bonnie, uma cadela da raça boiadeiro australiano, para escolher um novo cachorro. Na sua primeira visita, enquanto caminhava pelos corredores de jaulas, chegou a um greyhound branco e marrom sentado modestamente em suas ancas finas na frente da jaula, numa pose que fez Patricia lembrar de uma dançarina dos anos 1920 sentada ao lado de sua mala enquanto esperava uma carona. O cão olhou para Patricia como se dissesse: "Ah, finalmente você chegou". E uma boa combinação se revelou, também, com tanto a mulher quanto o cão dividindo um ar de respeitabilidade inerente, um amor por sofás confortáveis e admiração por cuidados pessoais.

Em sua primeira sexta-feira como voluntária, Patricia levou cães para passear. Com pastores, huskies, vizslas, shelties e shih tzus, ela andou pela rota conhecida, traçada entre os arbustos remanescentes ao redor do Abrigo de Cães. Era dona de um adorável chapéu novo, comprado para esse propósito, assim como um par de novos tênis de corrida em uma combinação atrevida de cores joviais. Ela achava o dia menos agradável quando era a sua vez de recolher as fezes dos cães das jaulas, mas Patricia não tinha ilusões — se o serviço não fosse de alguma maneira desagradável ou inconveniente, todos o fariam.

Não levou muito tempo, entretanto, para a administração do Abrigo de Cães perceber que Patricia tinha habilidades que a faziam valiosa no escritório. Dois meses após começar como voluntária, fazia a triagem da correspondência, corrigia o boletim informativo, fazia as contas e coordenava a base de voluntários.

A cada poucos meses, entretanto, Patricia acordava e percebia que não era apenas uma sexta-feira, mas uma daquelas sextas-feiras, e ela desejava ir para qualquer outro lugar naquele dia que não o Abrigo de Cães.

Aquelas sextas-feiras eram quando aquela adorável jovem veterinária, Annabel Barwick, desocupava a agenda do seu consultório no centro da cidade e dirigia até o Abrigo de Cães para uma manhã sombria de trabalho voluntário.

Enquanto Annabel fazia o seu trabalho na sala de cirurgia no fim do corredor, Patricia ficava no escritório, esforçando-se ao máximo para não pensar no conteúdo daqueles sacos reforçados de plástico que mais tarde seriam descartados como lixo hospitalar.

No meio da manhã, naquela particular sexta-feira horrível, o cesto de lixo de Patricia estava transbordando com lenços usados. Amava aquela velha kelpie, Esther. Teria levado a querida garota idosa consigo, se não fosse pelo fato de ter prometido a Neil que não levaria para casa qualquer causa perdida que apertasse o seu coração.

Patricia puxou outro lenço da caixa e removeu o elástico grosso que unia a pilha de correspondência do meio do dia. Ela notou a carta imediatamente. Era grande e gorda, o envelope era espesso e o papel parecia caro: de modo algum o tipo de carta que geralmente era recebida pelo Abrigo de Cães. Veio, como ela pôde ler, do venerável escritório de advocacia Walker, Wicks e Clitheroe.

A primeira coisa que Patricia notou quando abriu a carta foi que a assinatura no fim da página era bastante real, do próprio Don Clitheroe. O que quer que aquela carta tivesse a dizer, pensou, devia ser importante. Empurrou os óculos para o alto do nariz e leu. Parecia que um cliente de Clitheroe, um senhor chamado Len Magellan, morrera recentemente e deixara todas as suas posses para o Abrigo de Cães. As instruções dele eram para liquidar todos os seus bens para que a instituição tivesse acesso ao capital da maneira mais rápida possível. A quantia que poderia se esperar da venda dos ativos do sr. Magellan estava em torno de...

— Meu Deeeeeeeeeeeeus!

Os gritos de Patricia encheram a recepção como uma sirene. Espalharam-se pelo corredor, pela copa e pelo banheiro, finalmente penetrando a sala de cirurgia onde Annabel acabara de medir uma dose de Lethabarb para ser mergulhada na perna de um terrier maltrapilho de um olho só. O grito ultrapassou os limites do prédio para atiçar toda a população canina do Abrigo de Cães, que se uniu em uma cacofonia de latidos, uivos e berros, em meio à qual Patricia se levantou e fez alguns movimentos que eram, talvez, relacionados distantemente aos de uma dança na chuva.

Então ela arregalou os olhos e saiu em disparada pelo corredor em seus tênis coloridos de corrida.

— Annabel! Annabel! Annabel! — berrou — Pare! Pare! Pare! Não faça mais!

Mas Annabel Barwick e Jesse Yeo já tinham interrompido sua atividade e, nervosos, espiavam pela porta da sala, alertados pelo grito, imaginando se um atirador, ou alguém desse tipo, estava à solta no abrigo. Em vez disso, viram uma Patricia O'Hare com olhos brilhantes e chorosos, vindo pelo corredor agitando uma folha de papel creme que significava que o Abrigo de Cães poderia arcar com os custos de dar a Brown Houdini-Malarky — que agora arfava, aliviando-se nos jornais da sua jaula — outra chance na vida.

Phoebe Wintergeen, quinze anos — Leão, favorita dos professores, ainda que de forma relutante, bebedora de milk-shakes de limão, filha única e consumidora ávida de livros, amante de Shakespeare e artista de espelho de banheiro apaixonada por grandes solilóquios —, estava irritada. Estivera irritada a tarde inteira. Estava irritada na aula de matemática, onde resolveu as equações quadráticas com violência suficiente para quebrar três grafites da lapiseira, e também durante a aula de educação física, na qual se jogou no treino intervalado com o vigor corado de um boxeador se preparando para a vingança de sua carreira. Phoebe foi para a aula de música depois da escola, vermelha e furiosa, e atacou suas escalas de aquecimento como se o seu saxofone barato e emprestado fosse, na verdade, uma cobra perigosa e inflexível com a qual deveria lutar até a submissão.

Phoebe estava irritada por todo o caminho cansativo e enquanto subia os degraus da passarela da estrada, e irritada por todo o caminho do outro lado, com sua mochila cheia de livros quicando dolorosamente na altura de sua coluna e o estojo do sax batendo na lateral do joelho. Ela estava irritada enquanto subia pelo portão baixo e quebrado que guardava a frente do bangalô feio de tijolos alugado onde morava. A nuvem de raiva, que era quase visível acima da forma de Phoebe, foi o bastante para mandar Tiggy, a gata, para um lugar seguro embaixo de um arbusto de hortênsias. Ah, sim, Phoebe Wintergreen estava irritada.

Alice Wintergreen — Gêmeos, empacotadora no turno da noite e organizadora sindical, jovem mãe solteira e viciada em programas de culinária — não estava irritada. Estava cansada, mas apenas da forma com que os corpos de trabalhadores noturnos aprendem a quase se acomodar. E ela ficou um pouco irritada — com a conta de luz, com as notícias na televisão de pessoas expulsas de seus países, com o aumento dos preços dos mantimentos, com o comportamento errático e cada vez mais demente do sr. Spotswood, da casa ao lado, sobre o aquecimento global, com o custo das aulas de saxofone de Phoebe e com o cinto de segurança quebrado do carro —, mas, de novo, era apenas de uma forma que agora parecia tão familiar a ela que dificilmente valeria comentar. Cozinhar ajudava, e naquele momento Alice preparava uma fornada de pimentas cristalizadas e biscoitos de chocolate. Estava picando o chocolate e monitorando as fatias finas de pimenta que cozinhavam em fogo baixo, em uma calda de açúcar no forno, quando ouviu a porta da frente ser escancarada e então fechar com uma batida.

— Entrada, palco à esquerda — murmurou para si mesma um pouco antes de a filha entrar.

— Eu o odeio — gemeu Phoebe. Ela deixou o estojo de seu saxofone cair no chão e tirou a mochila das costas.

— Oi, amor — cumprimentou Alice.

— Eu o odeio! Eu o odeio mais do que qualquer pessoa, viva ou morta, tenha odiado qualquer um. Em toda a história do ódio, não houve ódio maior e nem mais terrível que o meu por aquele babaca de rosto macio.

— Chá? — ofereceu Alice.

— Eu o desprezo. Detesto, tenho ojeriza, odeio, tenho horror e... hum... eu o *abomino*. Você deveria ver como ele lê Shakespeare. Pensa que é tão esperto, mas não reconheceria um pentâmetro iâmbico nem se ele se arrastasse entre suas nádegas e morresse ali. Ele não merece *viver*.

— Quem é esse?

— Luke... *Foster* — respondeu Phoebe. — Ele.

— Quem é ele?

— O garoto novo.

— Nesta época do ano?

— Seus pais não conseguiram mais pagar a St. Gregory, então o tiraram de lá e infligiram sua presença imbecil a nós. A mim! Eu lhe pergunto, pergunto ao Universo: o que há comigo que faz com que qualquer divindade que esteja lá em cima acredite que eu mereça sofrer essa agonia? Por qual pecado, eu lhe pergunto, estou sendo forçada a dividir a aula de teatro com um bobalhão malvado e feio? Uma sudorese medonha, um bombardeio de chateação, um saco recheado de tripas...

— De onde é isso?

— De *Henrique IV*. Parte Um — respondeu Phoebe, como um parêntese, depois continuou. — Eu o amaldiçoo. E não apenas ele, mas também seu pai e sua mãe. Amaldiçoo cada um de seus antepassados, cuja estupidez lasciva acabou por gerar esse patife obsceno e seboso na *minha* aula de teatro! Espero que as aranhas de costas vermelhas coloquem seus filhotes no escroto dele! Espero que ele tenha uma doença de pele rara e repugnante, o que significa que ele terá de ficar em casa e nunca, jamais...

— Gostaria que você não pudesse se ver no espelho enquanto está reclamando — comentou Alice.

— O quê? Nem ao menos há um espelho aqui.

— Querida, eu não sou cega. Posso ver você se admirando com isso. — Alice bateu com os dedos na porta de vidro escuro do micro-ondas, deixando uma mancha, como uma aspa. — Isso arruína sua performance, amor. Sempre arruinou. Mesmo quando você tinha três anos.

— Mã-mã-mãe. Isso é *sério*. Ele arruinou meu teste de teatro! Arruinou! E agora eu vou fracassar. E, quando isso acontecer, será de inteira reponsabilidade daquele nojento membro encolhido e murcho de um dugongo e seu iPhone 6.

— Eu pensei que era apenas um exame parcial.

— E como isso é relevante? É a matéria em que eu vou melhor! Quero dizer, quem no mundo tem "Bad to the Bone" como toque de celular que não é, ao mesmo tempo, um total... furúnculo?

— Espere. Você odeia esse Luke... porque o telefone dele tocou no meio do seu exame de teatro?

— Ele a detonou. Minha linda Julieta. Você sabe o quanto trabalhei duro! Eu tinha acabado de chegar à parte de *gritar como mandrágoras arrancadas da terra,* então eu estava realmente concentrada e então... da da da *da*, há esta explosão da música de George-pé-no-saco-Thorogood. Perdi por completo a concentração e não consegui continuar.

—Ah, Phoebs — disse Alice. — Eu sinto muito, amor.

Sob o toque leve da simpatia de sua mãe, Phoebe murchou como um balão desatado. Apoiou-se em uma cadeira, com a parte superior do corpo sobre a mesa da cozinha. Seus cachos castanhos se espalharam sobre a toalha.

— Eu o odiarei *para sempre* — disse ela.

E foi então que a campainha tocou.

—Ah, Deus! — Phoebe revirou os olhos. — Deve ser o sr. Spotswood, não é?

— É provável — respondeu Alice, com um sorriso apertado.

— Quantas vezes ele veio aqui hoje?

— Três.

— Suponho que você quer que eu atenda — disse Phoebe.

— Você faria isso? Por favor?

— Tudo *bem*. — E se levantou.

Nos anos em que seu vizinho idoso, o sr. Spotswood, vinha perdendo sua memória, Phoebe havia aprendido uma ou duas coisas sobre como melhor conversar com ele. Se o sr. Spotswood confidenciasse que estava planejando, mais uma vez, votar em Robert Menzies, Phoebe lhe diria que ela estava certa de que essa era uma boa decisão. E, se o sr. Spotswood comentasse sobre sua surpresa ao, naquele dia, ligar seu televisor e descobrir que as figuras agora apareciam coloridas, Phoebe concordaria simplesmente que esses novos avanços da tecnologia eram incríveis. Em seu caminho na direção das batidas, ela se preparou para a sua improvisação. Mas quem encontrou ao abrir a porta não foi o sr. Spotswood, mas Luke Foster.

Phoebe balançou a cabeça de leve, como se fosse para espantar a óbvia alucinação que estava ali, à sua porta, um adolescente, com grossas e diabólicas sobrancelhas e uma ruga séria no meio da testa.

— Eu, hum, perguntei a Maddie onde você morava — disse Luke, segurando um copo grande de milk-shake branco, com a marca de uma cafeteria chique, da qual Phoebe tinha ouvido falar, mas à qual nunca tinha ido.

Sem obter resposta de uma Phoebe espantada, ele continuou depressa:

— Ela disse que você gosta de milk-shakes. É sabor limão. Espero que ela não tenha feito uma piada.

Ele inclinou um pouco o copo, como um convite para ela pegá-lo. Mas Phoebe apenas continuou piscando, incapaz de fazer com que as palavras fluíssem do seu cérebro acelerado e desordenado.

— É um pedido de desculpas — disse Luke. — Por hoje. Eu lamento muito por ser tão imbecil. E não apenas porque você ficou tão zangada pelo que aconteceu, mas porque seu monólogo foi a única coisa que valeu a pena escutar o dia todo. Você é realmente talentosa.

Não havia uma grande distância entre a porta da frente da residência dos Wintergreen e o forno elétrico de 1970, na cozinha, onde Alice Wintergreen estava mexendo suas pimentas cristalizadas. Então Alice ouviu a maior parte do que se passava entre Phoebe e Luke. Ouviu Luke contar a Phoebe que *Romeu e Julieta* seria apresentado no Jardim Botânico, no verão, e que ele conseguiria uma entrada para ela, se ela quisesse, como um pedido de desculpas decente, e ela ouviu Phoebe gaguejar um discurso de aceitação. Quando Tiggy anunciou sua presença na janela da cozinha com um miado, era quase como se tivesse dito *você nunca adivinhará quem apareceu na porta da frente*. Alice deu à gata um sorriso do tamanho do sorriso do Gato de Cheshire, de *Alice no País das Maravilhas*.

— Eu acredito, srta. Tiggy — disse Alice, mudando a direção na qual mexia as pimentas, agora em sentido anti-horário —, que nossa menina, daqui em diante, vai precisar de uma boa contramaldição. A senhorita concorda?

ESCORPIÃO

♏

QUANDO O HALLOWEEN CHEGA A CADA ANO, com os ossos do festival pagão de Samhain ainda visíveis através do manto esfarrapado, prepara pessoas do hemisfério norte para resistirem ao teste de vida e morte que é o inverno e as obriga a lembrar que devem fazer as pazes com os mortos. Mas no hemisfério sul, onde o Halloween chega pouco antes da temporada de críquete, uma época do ano onde as vendas de protetores solares estão em alta, a noite dos mortos é apenas uma oportunidade para vestir uma fantasia ultrajante e inventar bebidas alcoólicas coloridas e brilhantes.

Para os funcionários da *Alexandria Park Star*, o Halloween era um grande evento porque a diretora de publicidade, Barbel Weiss, sempre dava uma festa — uma grande festa. Durante sua infância, seus pais europeus nômades se fixaram por um tempo no Minnesota, onde a jovem Barbel adorou o festival anual de abóboras esculpidas, fantasias, contos assustadores e doces ou travessuras. Então a cada 31 de outubro, ela e sua esposa, Iris, organizavam uma festa de Halloween em sua casa na Austinmer Street e convidavam um grande círculo de amigos e colegas. Ano após ano, a reputação da festa crescia, e os convidados levavam suas fantasias a sério.

Os preparativos de Justine envolveram comprar um conjunto de arco e flecha infantil numa loja de brinquedos e desenterrar de suas malas uma tiara da Estátua da Liberdade feita de espuma cor de menta que ganhara de souvenir de alguém que tinha ido para Nova York. Mergulhou a tiara estrelada em cola de PVC e então a pressionou em uma assadeira com glitter prateado espalhado.

Naquele ano, o Halloween caía numa terça-feira, e às cinco da tarde Justine tomava seu caminho pela Rennie Street na direção de sua casa, falando com sua melhor amiga, Tara, pelo celular.

— Bem, ele é legal — disse Justine.

Estavam falando sobre Daniel. Mais especificamente, estavam discutindo sobre se encontrar com Daniel, o que Justine fizera nas últimas semanas.

— Legal? — repetiu Tara — Algum avanço além disso?

— Eu acho que estaria preparada a ir até "muito legal".

Passando pela vitrine de uma imobiliária, Justine parou. Um grande pôster descrevia uma mansão com janelas panorâmicas como sendo um "endereço muito *esclusivo*". Aninhando o celular junto ao ombro, alcançou sua bolsa e puxou uma caneta Sharpie. A caneta chiava enquanto escrevia, direto no vidro da janela: "Acho que você quis dizer *exclusivo*".

— De acordo com cada fofoca de imprensa que já ouvi — Tara continuou, inconsciente do fato de que o mundo estava, enquanto ela falava, sendo salvo do crime de ortografia homonímica —, Daniel Griffin é completamente deslumbrante. E também charmoso, inteligente, bom no seu trabalho, engraçado e tem músculos totalmente definidos. Você mesma disse que o sexo era bom. Mas agora apenas bebe vinho caro com ele e se amassam na porta no fim de cada encontro? Não entendo isso. O que realmente está acontecendo?

Justine suspirou.

— É uma situação tão estranha. Quando estamos juntos longe do trabalho, nós nos divertimos muito, mas então algo surge, como essa festa hoje à noite. Todos com quem trabalhamos estarão lá, então fingiremos que nada está acontecendo. Isso me deixa muito incomodada. Eu suponho que existam razões para não considerar a melhor atitude do mundo transar com um dos colegas de trabalho.

— Ah, vamos lá — disse Tara. — Todo mundo faz isso. Todo mundo tem feito isso desde que todos têm... feito isso. Suponho que a verdadeira pergunta é: por que *você* não quer fazer isso?

Essa era uma boa pergunta.

Uma noite, Daniel a levou para jantar no Cornucópia (onde ela ficou satisfeita em ver que o *fettuccine* no cardápio agora tinha seu complemento correto de "t"s e "c"s), e ela pensou que isso era extravagante demais. Mas ele a surpreendeu ao pagar a conta depois do prato principal e levá-la ao Raspberry Fool para vinho de sobremesa e *cheesecake*. Então, pediu um táxi aquático para levá-los para uma volta mais longa do que o necessário que eventualmente os fez desembarcar no Clockwork, onde tomaram café e chocolate. Daniel não deixou Justine pagar coisa alguma, nem mesmo os cafés, e ela sabia que a noite toda deveria ter custado uma nota.

Em um domingo, ele a levou a um vinhedo à beira-mar para o almoço. As vinhas amadureciam muito bem, e todo o lugar cheirava docemente à grama primaveril. Daniel e Justine beberam um vinho diferente com cada prato e passaram algumas horas após o almoço deitados em pufes sob guarda-sóis, sentindo a brisa marítima que não era nem muito quente nem muito fria, nem muito forte nem muito leve. Era, isso sim, exatamente perfeita.

Mesmo assim, Justine não conseguia afastar a sensação de que estivera no mesmo encontro inúmeras vezes. Em todas elas a comida era ótima, o vinho era o melhor, a conversa era divertida e Daniel era um cavalheiro completo. Não havia nada, absolutamente nada, para não gostar.

— É difícil explicar — disse Justine, dubiamente.

— Tente — incentivou Tara.

— Eu sinto que falta alguma coisa.

— O quê? — pressionou Tara.

Justine: *O que estou tentando dizer, exatamente?*

Cérebro: *Desculpe. Sem pistas aqui.*

— Talvez... — começou Justine. — Talvez eu não saiba porque a coisa que falta é algo que nunca tive antes. Ela pode nem mesmo existir, pelo que sei.

Justine ouviu Tara respirar fundo.

— Insatisfeita em ter as afeições de Daniel Griffin de bandeja, a minha melhor amiga quer, ainda por cima, um maldito unicórnio.

♏︎

Quando a avó de Justine morreu, não deixou coisa alguma ao acaso: o seu testamento cobria páginas, páginas e páginas. Para Justine, legou uma seleção adorável de brincos e pingentes, braceletes, anéis e itens impossivelmente frágeis de porcelana Belleek. Mas, mais do que tudo isso, Justine valorizava duas outras coisas que herdara de Fleur Carmichael, e essas eram: um guarda-roupa cheio de roupas antigas e um corpo pequeno que permitia que as vestisse.

Apesar de ter sido uma mulher muito bem-vestida, Fleur não acreditava na moda, ou em comprar peças que durariam apenas uma estação.

Ela sempre comprou roupas de boa qualidade e esperava que durassem por toda a vida. Foi por isso que nunca jogou fora seus vestidos xadrez bordados dos anos 1960, casacos de alfaiataria, vestidos de noite, as calças de cintura alta ou suas blusas estampadas da Liberty. Justine gostava de vestir essas roupas, não apenas pela aparência delas, mas também porque parecia que carregava uma parte de sua avó consigo.

Para a festa de Halloween de Barbel, Justine decidiu usar uma roupa de sua avó que nunca tivera a oportunidade de levar para dar uma volta: um vestido mídi justo de lurex prata brilhante. Era um pouco áspero contra a pele, mas, para os propósitos daquela noite, era perfeito. E parecia especialmente apropriado usar um dos vestidos de sua avó naquele dia, já que 31 de outubro era o aniversário de Fleur. Se estivesse viva, completaria 88 anos.

O vestido prata estava estendido sobre a cama de Justine, ao lado de meias prateadas, botas prateadas de cano curto e uma tiara da Estátua da Liberdade recentemente tingida de prateado. No banheiro havia uma sacola cheia de todas as outras coisas que Justine precisava para completar a sua fantasia.

A primeira coisa que fez foi seu rosto de prata fosco. Depois, aplicou realces de glitter nos lábios, rosto e sobrancelhas. Fixou estrelas autocolantes em constelações aleatórias no canto dos olhos. Em seguida, borrifou o cabelo de prata e espalhou um punhado de glitter sobre sua cabeça antes que a tinta secasse, enquanto aceitava a realidade de que haveria glitter no chão do seu banheiro e por toda a penteadeira por anos e anos. Tinha acabado de vestir a fantasia e fixar a tiara no lugar quando ouviu o celular anunciar a chegada de uma mensagem.

Era de Nick: *Você está em casa?*

Com dedos brilhantes, Justine digitou uma mensagem: *Bem, de certa maneira, sim.*

Nick: *Como alguém pode estar em casa "de certa maneira"?*

Justine: *Eu quis dizer que sou eu, de certa maneira.*

Nick: *Misteriosa. Pode vir até a varanda?*

Justine olhou para seu reflexo no espelho. Ela estava coberta por maquiagem brilhante. Sussurrou:

— Murphy, você é mesmo um desgraçado.

Em sua varanda, Nick parecia perfeitamente normal em jeans e camiseta. Justine encobriu sua estranheza prateada sendo excessivamente estranha. Isso é, fez um tipo de pose *ta-da* atrapalhada.

Nick levantou as sobrancelhas.

— Em honra ao Halloween, imagino?

— *Brilha, brilha.*

— Então, você é... uma estrela?

— Quase.

Justine entrou e voltou com um conjunto de arco e flecha. Nick juntou as sobrancelhas antes do momento em que a lâmpada acendeu.

— Uma estrela cadente. Melhor ainda. Ei, você tem molho Tabasco?

— Bloody Mary, hein?

Nick concordou.

— É Halloween.

— Espere.

Justine encontrou um vidro de Tabasco no fundo da geladeira e colocou dentro da cesta, que enviou para o lado de Nick.

— Eu poderia preparar um Bloody Mary para você — sugeriu Nick.

— Acho que serei muito bem servida aonde vou, na verdade.

— Que é?

— Uma festa. Tenho um colega que é muito ligada no Halloween — disse Justine. — E você? Não está pedindo doces ou fazendo travessuras?

— Nós íamos a um lugar. Mas Laura está fora, e houve uma confusão com sua reserva da passagem e, bem, ela não vai conseguir voltar para casa até amanhã. Eu poderia ir sozinho, suponho, mas não conheço aquele pessoal. Então, infelizmente, minha fabulosa fantasia permanecerá oculta.

Isso deu uma ideia a Justine, uma ideia que saiu da sua boca antes que pudesse considerar completamente suas consequências.

— A menos, é claro, que você viesse à festa comigo?

♏

Na Austinmer Street, Justine e Nick encontraram Gloria, que fora tirada do depósito e colocada na caixa de correio. Era um esqueleto em tamanho real, e neste ano ela estava enfeitada com uma peruca loira surrada e tinha uma rosa vermelha entre os dentes. No quintal, Barbel se aproximou deles com uma bandeja de drinques. Seu cabelo, normalmente loiro platinado e liso, estava puxado e arranjado em mechas pavorosas roxas e verdes, e sua maquiagem de Dia dos Mortos era perfeita.

— Ah, nossa — disse ela —, se não é uma pequena estrela cadente! Você está deslumbrante, querida. E esse é?

Justine apresentou Nick a Barbel, que o olhou de cima abaixo, franzindo a testa.

— Azul. Muito azul. Mas você precisará explicar.

Nick estava mesmo azul. Ele usava uma peruca azul bem-feita, uma camiseta azul-escura pontilhada com pequenas estrelas prateadas, e seu rosto e pescoço estavam cobertos por redemoinhos de tinta azul. Quando ele se virou e se curvou um pouco, ficou evidente que havia cortado dois buracos ovais do traseiro de sua calça, um para cada nádega. Cada pedaço visível de seu traseiro estava pintado de azul.

Barbel jogou a cabeleira selvagem para trás e riu histérica.

— Uma lua azul! Eu amei! Agora, aceitam uma bebida?

Metade dos drinques na bandeja era preta e tinha um forte odor anisado, e a outra metade era cor de nascer do sol, entre amarelo e laranja, com um pequeno olho de plástico boiando no xarope vermelho na superfície.

— Ferrão na Cauda? — perguntou Barbel, gesticulando com a mão livre na direção dos copos. — Ou Apocalipse Zumbi?

Justine escolheu Ferrão na Cauda; Nick, o Apocalipse Zumbi.

— Estou tão feliz que vocês conseguiram vir — disse Barbel. — Sintam-se em casa, sim?

Justine notou que Radoslaw estava lá, e Anween também. Jeremy e seu marido, Graeme, estavam sentados juntos em uma namoradeira, e suas fantasias de caubói combinavam. Glynn estava na churrasqueira ao ar livre usando um avental emborrachado com partes internas de um corpo mapeadas em alto relevo. Isso o fazia parecer que estava em meio a sua própria autópsia antes de terem pedido para ele virar o queijo haloumi.

Justine e Nick já estavam na celebração há vários drinques quando Daniel chegou. Ele usava terno e gravata, e para os olhos de Justine a única coisa que parecia incomum nele era que seu cabelo volumoso tinha sido dividido e puxado para trás, mantido no lugar por algum tipo de produto.

Mas, ao se aproximar, ela pôde ver que havia um pequeno distintivo de metal na lapela do seu paletó: 007.

— Ah! — Justine por fim compreendeu. Estendendo a taça, ela brindou a ele.

— Saudações, sr. Bond. Nick, este é Daniel Griffin, editor da *Star*. Daniel, você se lembra do meu amigo Nick? Nick Jordan.

— A última vez que o vi, você era o Romeu — disse Daniel. — Preciso dizer que você parece um pouco diferente... azul.

Então seguiu-se uma explicação para a fantasia de Nick, e de Justine, durante as quais Daniel estendeu o braço para arrumar uma mecha do cabelo prateado de Justine. Essa era uma brecha, embora muito pequena, do acordo *trabalho é trabalho*, e Justine se perguntou se foi distraída ou se Daniel queria provar algo a Nick.

— Você conhece a namorada do Nick também — continuou Justine —, ou devo dizer noiva? Pelo menos, você deve conhecê-la.

Daniel não parecia convencido.

— Eu conheço?

— Ela é modelo. A que está na propaganda do perfume Nenúfar.

Justine observou o olhar descrente de cima a baixo que Daniel deu a Nick, o que claramente dizia: *Como é que um cara como você consegue uma mulher assim?*

— Então, você é o novo editor? — disse Nick.

— É. Desde agosto. Tivemos muitas mudanças na *Star* este ano. Provavelmente mais do que em todos os 25 anos da revista.

— Leo previu, é claro — falou Nick, naquela forma zombeteira que também continha um grau de seriedade.

Cérebro: *Uh-oh.*

— Leo Thornbury? — perguntou Daniel. — Nosso distinto observador das estrelas?

— Sim, ele previu isso no início do ano — disse Nick. — Justine admite agora que ele estava certo, mas não acreditava nisso naquela época.

— Ela não acreditava? Mas ela tem tanto interesse nos astros. — E, com isso, Daniel deu empurrão gentil em Justine: a segunda violação da noite na política *trabalho é trabalho*.

Nick fez uma expressão incrédula.

— Interesse nos astros? Justine? Esta Justine?

Cérebro: *Perigo! Perigo! Desviar trajetória da conversa! Agora!*

Justine disse:

— Algum de vocês está com fome?

Mas nem Nick nem Daniel pareceram ouvi-la.

— Sabe, levei muito tempo para descobrir o signo solar de Justine — disse Daniel. — Mas acabei conseguindo.

— Sério? — perguntou Nick. — Eu achava que ela era apenas um tipo perfeito. Sabe... curiosa sobre tudo. Nunca parada. Honesta — ergueu as sobrancelhas para ela — até demais, às vezes.

Justine: *Droga, droga, droga, droga. Em um minuto alguém dirá Aquário ou Sagitário, pelo visto. E então estarei completamente perdida.*

Cérebro: *Você vai precisar fazer um trabalho melhor para distraí-los.*

Justine: *Como?*

Cérebro: *Diga alguma coisa!*

— *Erklärungsnot* — disse Justine alto.

— O quê? — indagou Nick.

— Precisa de um lenço? — perguntou Daniel.

— Não, não. Eu só estava pensando, outro dia, sabe, sobre aquelas ótimas palavras em alemão que não possuem tradução.

— E qual foi essa? — perguntou Nick, os olhos parecendo mais do que confusos dentro dos aros de tinta azul.

— *Erklärungsnot*. Significa algo como "explicação de emergência". — Por exemplo, quando você é pego mentindo, e não sabe como sairá da situação.

— Ceeerto. — Nick tomou um longo gole do seu Apocalipse Zumbi.

— Qual é o gosto de sua bebida? — Daniel gesticulou na direção do drinque de Nick enquanto girava os resíduos em seu copo.

— Horrível, mas muito alcoólico — admitiu Nick.

— O mesmo aqui — disse Daniel.

— Você prefere um pouco de vinho? Eu sei que eu prefiro. Vi alguns lá dentro.

— Por favor — pediu Daniel.

— Justine?

— Eu estou bem. — Justine desejou que seu pulso desacelerasse. Ela havia escapado por debaixo de uma ponte levadiça. Mas por pouco. E as palavras de Nick ecoavam em sua mente. *Honesta. Até demais.*

♏

Leo Thornury — Sagitário, octogenário, observador de estrelas e astrólogo reconhecidamente recluso, melhor amigo de uma cadela d'água portuguesa idosa chamada Vênus, rato de praia e bebedor habitual de um Tom Collins refrescante às quatro da tarde — fazia apenas uma concessão ao fato de que era Halloween. Em vez de preparar seu drinque diário com Bombay Sapphire, ele mergulhou em seu suprimento de gim para ocasiões especiais, que era destilado na região da Floresta Negra, na Alemanha, e custava uma fortuna para ser enviado para seu endereço extremamente remoto.

Leo vivera nos últimos vinte anos longe da multidão enlouquecedora, em uma ilha dentro de outra ilha, que era por si, tecnicamente falando, fora de uma ilha. Ele tinha escolhido o local pela pureza do ar e a escuridão do céu noturno, e construiu uma casa cujo centro era um pavilhão octogonal com teto de vidro. A mesa enorme feita sob medida também tinha o mesmo formato e havia sido colocada no ponto central, perfeitamente alinhada ao teto. A mesa era coberta por couro azul-escuro e também por uma fina camada de areia branca que parecia estar em tudo naquela beirada marítima do mundo.

O sol havia se posto e o céu acima do teto octogonal de Leo obscurecia a tela, preparando-se para a noite. Leo enfiou uma folha de papel em sua máquina de escrever Remington. Áries, datilografou. Então sentou-se em sua cadeira forrada com couro, pressionou os nós dos dedos de uma das mãos contra os lábios e pensou. Cercando sua máquina estavam várias efemérides astrológicas, abertas e fechadas, uma série de mapas estelares enrolados e desenrolados, livros de referência muito manuseados, notas manuscritas, vários divisores, compassos, réguas e lápis 2B.

Era como uma obrigação, nesses dias, preparar os horóscopos para a *Alexandria Park Star* mês sim, mês não. Às vezes Leo resmungava em vão para si mesmo, se perguntando por que ainda fazia isso. Mas, na verdade, sabia. Ele escrevia para a *Star* porque era um admirador de Jeremy Byrne, e também porque Jem era um bajulador sem-vergonha e muito eficaz. Era difícil imaginar que o jovem Jem agora estava em idade de se aposentar.

Leo havia, por algum tempo, fornecido serviços astrológicos para a mãe de Jem, Winifred, uma leonina exibida com ascendente em Áries. Era uma mulher e tanto, lembrou Leo, e se viu precisando enxugar uma gota repentina de suor em sua sobrancelha. Após guardar o lenço, Leo colocou os dedos nas teclas da máquina. Ele criou um parágrafo de previsão e aconselhamento para Áries, Touro, Gêmeos, Câncer, Leão, Vigem e Libra. Quando terminou Escorpião, a escuridão chegara a sua plenitude. Olhando para cima, Leo foi recompensado com um céu noturno coberto por sardas prateadas. Assim, sob a luz das estrelas, era o jeito favorito de Leo escrever seus horóscopos, embora precisasse admitir que também recebia ajuda da luz perolada e fraca que brilhava de uma pequena luminária elétrica em sua mesa.

Sagitário, digitou Leo. Por reflexo, consultou as notas manuscritas que havia compilado. Mas, na verdade, não tinha necessidade. Ele conhecia muito bem aquele conteúdo problemático.

— Vamos, Leo — encorajou a si mesmo, e pôs os dedos nas teclas da máquina. Ainda assim, no fundo, relutou. Particularmente, nunca gostara de escrever o horóscopo para o seu próprio signo, mas essa noite queria escrever ainda menos que de costume. Olhou para a palavra *Sagitário* até que começasse a perder o seu sentido. Então, com um suspiro profundo, rolou a página para baixo e deixou um espaço em branco. Ele teria de voltar a sagitário mais tarde. Agora, iria para Capricórnio.

Logo Leo completou o horóscopo para os nativos de Capricórnio, e então se viu em Aquário. Tirou os óculos, esfregou os olhos, recolocou a armação no rosto e procurou o pedaço de papel certo sobre a mesa.

— Aquário, Aquário — balbuciou. — Onde estão vocês, pequenos portadores da água? Ah, aqui está.

Leo leu suas notas e pensou por algum tempo, a sobrancelha enrugada pela concentração. Ele admirava os aquarianos, aqueles espíritos livres, aqueles doadores apaixonados. Não eram, talvez, tão emocionalmente evoluídos quanto os piscianos. Aquarianos, de acordo com a experiência de Leo, tendiam a pontos cegos quando se tratava de amor e até mesmo amizades. Mas quem poderia falhar em admirar sua coragem e pensamento original? Jules Verne foi um aquariano, e Virginia Woolf também. Thomas Edison, Lord Byron, Mozart e Lewis Carroll. Charles Darwin — havia um aquariano para cada um.

Aquário: "É um raro talento", escreveu Ursula K. Le Guin, "saber aonde você deve ir antes de visitar todos os lugares nos quais não deve permanecer." E ainda que poucos de nós possuam esse dom singular, não há necessidade, aquariano, de procurar nos cantos infrutíferos da sua realidade com tanto empenho, como você tem feito. Os astros deste mês o incitam a parar de procurar e, em vez disso, simplesmente ver. Pare de ziguezaguear e perceba qual padrão pode surgir por conta própria.

Leo terminou de digitar e releu suas palavras com alguma satisfação.

— Sim — sussurrou. — Sim, isso está certo.

Sem esforço, Leo completou o horóscopo para Peixes. Então rolou o papel na sua máquina de volta para o espaço branco que deixara ao lado da palavra *Sagitário*. Mas, antes mesmo de Leo começar a reunir sua coragem, viu o olhar castanho e suplicante de Vênus. Embora estivesse imóvel no chão, seu corpo estava bem esticado, seus músculos prontos para responder à menor palavra ou gesto que podiam anunciar uma caminhada na praia.

— Mais um signo para acabar — disse Leo a ela. — Apenas os arqueiros, minha menina. E então terei acabado.

Vênus fez um pequeno barulho em protesto, algo entre um bocejo e um gemido, e a determinação de Leo se dissolveu no nada.

— Minha menina — disse ele —, minha querida menina idosa. Como você sabe bem, não posso lhe negar nada. Venha, então. Vamos.

Vênus se pôs de pé em meio segundo, então partiram pelas portas de vidro do pavilhão e entraram na noite revigorante. A cadela idosa vacilante liderava o passeio pela trilha, sob a luz da lua cheia. Quando as samambaias deram lugar às dunas de grama, os ouvidos de Leo sintonizaram ao ritmo de elevação e colapso das ondas, e, no momento em que o par alcançou a beirada da areia branca, Vênus correu para a água. Esse era o elemento dela, e os anos se afastaram de seus membros curvados. Deu um alegre sorriso canino que mostrava os dentes desgastados e atarracados que cravejavam seu maxilar inferior.

Leo olhou para as estrelas. As lindas estrelas. As divinas estrelas. Mas estrelas problemáticas, também. *Algo está chegando ao fim para você, Sagitário*, os céus sussurraram para Leo, e ele sabia que, quando voltasse à sua mesa para completar o seu horóscopo para Sagitário, essas seriam as palavras que deveria datilografar, ali no espaço em branco deixado na página. *Algo está chegando ao fim.*

Talvez, pensou Leo esperançoso, não fosse nada além de seu octogésimo primeiro ano que chegava ao fim. Mas, não. Ele conhecia as estrelas. Olhou para a sua cadela que estava nos bancos de areia com sua folhagem verde-limão fosforescente formando espirais ao redor das suas pernas. *Mas, por favor*, implorou na direção geral das estrelas, *não Vênus. Não ainda.*

Os sentidos caninos de Vênus registraram o repentino assalto de tristeza em Leo como uma queda na pressão atmosférica, e ela veio trotando da água em direção a ele para investigar. Talvez fosse o palhaço nela que a fez decidir sacudir-se, atirando uma chuva fina de água e areia sobre as pernas de Leo. Ele riu, e ela lhe deu um sorriso canino, e o velho homem se abaixou para se sentar na areia ao lado dela, esfregando suas orelhas encharcadas. *Algo está chegando ao fim*, pensou outra vez.

— Bem, não vou escrever essas palavras — disse a Vênus, e ela inclinou a cabeça para ouvir. — Não vou.

♏

No badalar da meia-noite, na noite de Halloween, uma estrela cadente e uma lua azul tomavam seu caminho pelo Alexandria Park. A estrela cadente andava descalça e carregava um par de botas prateadas de cano curto sobre os ombros pelos cadarços, enquanto a lua azul parecia se derreter um pouco no ar da noite quente. Ambas carregavam maçãs carameladas — compradas dos vendedores ambulantes que haviam montado suas barracas de comida na noite de Halloween próximas ao cruzamento principal das muitas trilhas do parque — e, de tempos em tempos, mordiam pedaços pegajosos de suas frutas enquanto caminhavam.

Mesmo suando por baixo da pintura corporal, e ainda que as maçãs carameladas pudessem ser frustrantes para morder, Nick Jordan sabia que estava experimentando um momento de que provavelmente se lembraria para sempre. Aprendera a reconhecer esses momentos: eram aqueles em que o tempo parecia desacelerar e seus sentidos ficavam aguçados, aqueles dos quais não estava esperando coisa alguma ou indo especificamente numa direção, nem pensando no passado ou no futuro.

Ele estava simplesmente vivendo naquele momento, e o momento era bom. Isso tinha algo a ver com o vento quente que varria o parque, e algo a ver com o ritmo *zydeco*, típico da Louisiana, que os músicos ambulantes no coreto tocavam, e um pouco a ver, também, com Justine. Em um mundo verdadeiramente perfeito, percebeu, o que ele faria naquele instante seria pegar a mão dela.

— Então, qual é a história entre você e Daniel? — perguntou Nick.

— Ah. Você percebeu.

— Talvez. Mas não posso dizer que estou inteiramente certo de que sabia o que estava vendo acontecer ali — disse Nick. Por que, ele se perguntava, Daniel parecia tão incomodado por Nick e Justine saírem juntos da festa? E, se o deixava tão chateado, por que Daniel não se ofereceu para levar Justine para sua casa? — Então, vocês dois estão... o quê? Juntos? Flertando? Terminaram? — Era difícil dizer.

Justine riu.

— Eu não sei o que somos.

— Mas vocês estão namorando? — pressionou Nick.

As sobrancelhas de Justine se curvaram.

— Mais ou menos. Como posso definir? Gosto do Daniel, mas, sempre que saímos, eu me pego imaginando se ele é muito caviar e rosas para mim.

— Por que você é o quê?

— Eu acho que sou um pouco mais Vegemite e dentes-de-leão — disse Justine. — Ele é como um adulto todo crescido e eu... não sou.

Nick riu.

— Entendo o que você quer dizer. Na verdade, no fundo, somos apenas uma dupla de crianças de Edenvale.

— Eu senti muito a sua falta, sabia? Depois que você saiu de Edenvale.

— Senti sua falta também — disse ele.

— Sabe, queria perguntar algo a você. Você lembra aquela vez? Aquele fim de semana do Dia da Austrália? Na Austrália do Sul?

Justine continuou andando enquanto ela dizia isso, e Nick percebeu como ela manteve o olhar no chão, como se ouvi-lo fosse menos arriscado desse jeito.

— Eu estava começando a achar que nunca falaríamos sobre isso — confessou ele. — Eu pensei, talvez, que fosse uma lembrança ruim para você. Ou algo assim.

— Você *pensou*?

— Bem, você deixou bem claro que se arrependeu. Você nem mesmo saiu do quarto para se despedir de mim.

— Nick! — disse ela, parando no meio do caminho e se virando para ele. — Nós tínhamos catorze anos!

— E o que isso quer dizer?

— Quer dizer que não era que eu não queria falar com você. Era que eu queria falar *demais* com você.

Em vez de se afastar dele nesse instante, e em vez de continuar no caminho, Justine ficou imóvel, olhando para o rosto de Nick, aquelas sobrancelhas mordazes dos Carmichael tão unidas que havia apenas um pequeno sulco de pele entre elas. Os lábios dela estavam brilhantes e açucarados, e havia um caco perdido de caramelo em seu queixo pintado de prata. Ela parecia tão viva e engraçada que ele queria rir.

Nick alcançou as mãos dela.

— Aquela foi uma das minhas noites preferidas de todos os tempos — disse ele, embora não tenha percebido até se ouvir dizer em voz alta a verdade absoluta disso. Na praia, com Justine, meio bêbado com vinho Stone's Green Ginger... Foi um daqueles momentos perfeitos que Nick sabia que nunca, em toda a sua vida, esqueceria.

— Foi?

Justine olhou para ele, e a dispersão de estrelas capturadas nos cantos dos olhos dela brilhou.

— Jus?

— Sim?

— Quando estou com você, eu... — começou ele, e então se interrompeu, porque sabia que, embora houvesse muitas coisas que gostaria de dizer naquele momento, havia todas as razões para não fazer aquilo. Não seria justo. Nem com Laura, nem com Justine. Ainda que Nick desejasse poder manter as coisas que queria dizer presas naquele instante, sabia que seria impossível. Então resolveu dar um beijo no alto da cabeça prateada dela, e disse:

— Fico tão feliz que você seja minha amiga, Jus. Estou tão feliz por termos nos encontrado de novo.

E então continuaram pelo seu caminho: a lua azul e a estrela cadente.

♏

Em casa, no décimo segundo andar das Evelyn Towers, Justine tomou um longo banho refrescante. Um riacho de tinta reluzente e estrelas prateadas giravam ao redor de seus pés como galáxias que, então, desapareciam pelo ralo. Justine ficou embaixo do fluxo de água até que, finalmente, ele começou a escorrer transparente.

Justine: *Então, acho que é mesmo isso. Ele está feliz que eu seja amiga dele.*

Cérebro: *Acho que sim.*

Justine: *Nós demos o nosso melhor, não demos?*

Cérebro: *Demos. Demos mesmo. E ser amiga não é pouca coisa.*

♏

O dia seguinte ao Halloween estava abafado, e o dia depois dele foi ainda mais quente. Mas essa não era uma cidade onde o sol brilhava direto por dias a fio em um céu sem nuvens; esse era um lugar onde mesmo uma pequena sequência de dias ensolarados seria pago com tempestades e chuvas. A mudança veio na noite de quinta-feira daquela semana, as demonstrações espetaculares de raios e granizos que esmurravam tetos de carros e capôs. As lixeiras com rodinhas da cidade foram espalhadas aos quatro ventos, e mais de um trampolim levantou voo. Quando a sexta-feira chegou, ela era cinza, molhada e tépida, e o cabelo cata-vento de Justine encaracolou como lã de carneiro merino.

Passava das seis da tarde e Justine gastou boa parte do dia tentando injetar uma centelha de criatividade em um artigo principal sobre o mercado imobiliário de Alexandria Park, um assunto que era de fascínio inesgotável para os leitores da revista. Agora não havia mais pessoas no escritório além de Justine e Daniel. Essa parecia a maneira silenciosa de decidirem como as coisas funcionariam; os dias ficariam no escritório até que todos tivessem ido para casa, e então aproveitariam a privacidade para conversar um pouco, ou fazer planos.

À noite, quando Daniel foi à sala dos redatores, arrastou a cadeira de Martin até a estação de trabalho de Justine e sentou-se do lado contrário. Inclinado no encosto da cadeira, deu um grande sorriso em direção a Justine, o que a fez imaginar como ele era quando menino na escola. Daniel estava perto o bastante para que pudesse tocá-la, mas não o fez. Na mão dele haviam dois ingressos, com fundo preto reluzente e letras vermelhas.

— São para a nova sala no cinema — disse Daniel, parecendo muito satisfeito. — A resposta do Orion para a Classe Ouro. O gerente está tentando me cultivar como contato.

Justine já havia falado para Daniel que algo que amava fazer era ir ao Orion e se arriscar com o que quer que estivesse em cartaz. Sua maneira favorita de assistir a um filme era sem ideias pré-concebidas e sem publicidade. Na verdade, quanto menos soubesse sobre um filme antes de sentar para assistir, melhor.

— Vamos assistir algo de que nenhum de nós dois ouviu falar? Jantar no Afterwards? Caminhar na chuva?

— Tudo isso parece muito bom — disse Justine. E parecia.

— Você tem razão, então. Eu vou me organizar.

Justine desligou seu computador, limpou a mesa e encolheu os ombros dentro do casaco. Ela pegou sua xícara de chá com a intenção de esvaziar as borras na pia da copa. Mas, em seu caminho pelo saguão, passou pela porta aberta do escritório de Henry Ashbolt e viu uma folha de papel, acima da bandeja da fina máquina branca sobre a mesa.

Cérebro: *Arrã. A Resolução Um afirma que não haverá adulteração dos horóscopos.*

Justine: *Eu não acho que diga nada sobre apenas ler os horóscopos.*

Cérebro: *Em outras palavras, vou tirar apenas a garrafa do armário de bebidas?*

Justine: *Eu não vou fazer nada. Eu só quero ver o que Leo tem a dizer.*

Cérebro: *Para Nick? Ou para você?*

Justine: *Talvez um pouco dos dois. Vamos. Apenas uma pequena prévia. Por favor? Você também está curioso. Eu sei que está.*

Cérebro: *Uma prévia, você diz?*

Justine: *Sim. Nada mais. Eu levarei o fax até a copa e lerei, e quando passar de novo pelo escritório do Henry colocarei o fax exatamente onde está agora.*

Cérebro: *Promete?*

Justine: *Eu posso até jurar.*

Além da janela dos fundos da copa, as flores roxas de um jacarandá mirrado pendiam sob o peso de tantas gotas de água. Justine colocou o fax no balcão ao lado da pia, para que pudesse ler enquanto lavava a sua xícara. Áries, Touro, Gêmeos, Câncer, Leão, Virgem, Libra, Escorpião, Sag...

— Ei. — Daniel juntou-se a Justine na pia. Ele segurava as alças de várias canecas de café, enganchadas entre seus dedos. Justine deixou sua xícara cair e ela aterrissou com um tinido sobre o mármore.

— Ah, droga. Desculpe — disse ele.

Cérebro: *O fax, Justine! O fax!*

Justine: *Eu sei, eu sei. O que devo fazer? O que devo fazer?*

Cérebro: *Dobre e coloque no bolso do casaco antes que ele veja.*

Justine: *Mas vai ficar todo marcado! Não posso colocar uma página marcada de volta no fax!*

Cérebro: *Bem pensado... Aaaahhh... Você pode fazer uma cópia depois, e colocar a versão sem marcas de dobra de volta na máquina.*

— Tempo agradável lá fora — disse Justine, acenando em direção à janela.

Justine: *Ah meu Deus! Estou falando sobre o tempo. Pior ainda. Eu estou falando sobre o tempo como os colegas de golfe do meu pai! Daniel vai perceber.*

Cérebro: *Bolso, Justine! Bolso!*

— Você está bem?

— Estou bem. Muito bem — respondeu ela, e, sorrindo tão inocentemente quanto conseguiu, dobrou o fax de Leo e o enfiou no bolso do casaco.

♏

Às 3h47 da madrugada seguinte, Justine — sozinha em sua cama nas Evelyn Towers — acordou com uma ideia horrível em sua mente. Geralmente, quando acordava com pensamentos terríveis na cabeça, entendia rapidamente que eram irracionais. O apartamento ser na verdade um enorme cilindro de Pringles e que alguém a sufocava ao colocar a tampa de volta era, evidentemente, algo muito improvável. Ela perdeu a senha para sua gaveta de roupa íntima ou que ter esquecido de recarregar o fígado não eram cenários particularmente convincentes, uma vez que tivesse um momento de vigília para pensar neles.

Mas o pensamento terrível desta manhã não era implausível como seus pensamentos recorrentes das 3h47 da madrugada. Este era assustadoramente realístico. Poderia mesmo ter voltado do cinema para casa sem seu casaco?

Justine levantou da cama e olhou para a pilha de roupas na cadeira ao lado da cama. Sem casaco. Ela foi até a sala de estar, mas não havia casaco pendurado no encosto de uma cadeira de jantar ou amarrotado no banco da cozinha. Não estava no banheiro, e ela não o tinha deixado cair por acidente do décimo segundo andar. E, quanto mais pensava sobre isso, com mais clareza se via colocando o casaco azul e púrpura de sua avó sobre o assento de uma banqueta no bar do cinema Orion. Seria possível que, após todas as tapas e drinques, Justine tivesse levantado e deixado o casaco lá?

Quando o Orion abriu as portas às onze da manhã, Justine já esperava na rua. Embora o homem atrás do balcão de ingressos tenha inicialmente insistido que ele mesmo olharia os casacos na chapelaria e checaria a cesta de itens perdidos, acabou por ceder às súplicas de Justine e permitiu que ela conduzisse sua própria busca. Mas, ainda que ela tenha procurado na chapelaria com absoluta meticulosidade, olhando debaixo de cada casaco abandonado para ter certeza de que o dela não estava escondido abaixo deles em um cabide, e ainda que tenha procurado em cada canto dos cubículos dos banheiros masculino e feminino, e ainda que tenha implorado com sucesso para ir à nova parte chique do cinema, onde ela e Daniel assistiram a um filme mexicano maluco sobre um idiota chauvinista abandonado por sua mulher sofrida, foi inútil. O casaco de Justine não estava por ali, o que significava que o último horóscopo de Leo Thornbury também tinha sumido.

Justine: *Eu estou naufragando em um mar de bosta.*

Cérebro: *E temo dizer que qualquer tentativa de resgate é inútil.*

De volta ao seu apartamento, Justine preparou uma xícara de chá e compilou uma lista completa e não censurada de todas as suas opções. Não levou muito tempo, pois o total geral eram duas. A primeira era dizer a Daniel que ela havia perdido o horóscopo de Leo junto com o seu casaco e que alguém precisava entrar em contato com o astrólogo para que enviasse outra cópia. Esse curso de ação tinha a vantagem de ser honroso, mas havia a séria desvantagem de Daniel saber que ela tinha pegado o fax, em primeiro lugar.

A segunda opção era mais complicada. Envolveria pegar uma máquina de escrever velha e inventar os horóscopos para os doze signos do zodíaco. Então ela teria que ir ao escritório tarde da noite, copiar a página datilografada para que parecesse um fax e enfiar a cópia na máquina do escritório de Henry.

Justine: *Por que diabos você me deixou pegar aquele fax?*

Cérebro: *Meu controle sobre os seus impulsos é, como você sabe, frágil na melhor das hipóteses. E será que você pelo menos considerou que os faxes de Leo têm um pequeno cabeçalho mostrando o número do remetente? E, é claro, está em um estilo completamente diferente da datilografia do resto da página...*

O cérebro tinha razão. Mas ela poderia encontrar um dos faxes antigos de Leo. Tirar uma cópia. E recortar o cabeçalho. Seria apenas o caso de colar o número no alto da sua página datilografada e copiar as duas coisas juntas, mas seria um pouco mais complicado fazer as linhas ao redor do papel colado desaparecerem completamente da cópia. No entanto, isso provavelmente poderia ser feito, entendeu Justine, com a ajuda de um corretivo e alguns ajustes no controle de brilho da fotocopiadora.

Mas onde conseguiria um dos faxes antigos de Leo? Era improvável que encontrasse um na pilha de documentos de Henry; provavelmente estavam todos em uma das pastas de papel pardo de Daniel. Então, além de todas as coisas fraudulentas que a segunda opção envolvia, incluía também roubar algo do escritório de Daniel.

Justine roeu uma unha, tomou um gole de chá gelado e entrou no *Gumtree.**

♏

Era o meio da tarde de domingo quando Justine chegou em casa com uma máquina de escrever manual recondicionada Olympia SM9, uma resma de papel A4 e uma conta bancária esgotada. De todas as máquinas que viu na casa suburbana de um entusiasta semiprofissional de máquinas de escrever, ela escolhera a Olympia SM9 porque o entusiasta dissera a ela que Don DeLillo teve uma. Aparentemente, ele havia escrito todos os seus romances, incluindo *Libra*, em uma máquina dessas; Justine resolveu encarar isso como um sinal.

Embora fosse cedo, ela fechou as cortinas da sala de estar. A Olympia SM9 era muito agradável de se olhar, com um corpo cinza-pálido arredondado e teclas no mesmo verde luminoso das fontes cursivas do logotipo que aparecia no centro da capa protetora. Justine se serviu de uma grande taça de vinho e enfiou uma folha de papel na máquina. Como faria isso?

Não era astróloga. Ela mal conseguia colocar os planetas do sistema solar na ordem correta e sabia ainda menos a respeito de onde esses corpos celestes estavam no céu. E mesmo que soubesse onde estavam, e como se posicionavam em relação um ao outro, se eram diretos ou retrógrados, não teria a menor ideia do que significavam. Justine sentiu como se esperasse

---

* Site de classificados locais. (N.T.)

nos bastidores, e sua deixa viria a qualquer minuto, mas ela não sabia suas falas, ou mesmo em que peça deveria atuar.

Cérebro: *Então não mencione nenhum planeta. Mantenha as coisas... vagas.*

Então Justine teve uma ideia. Ela se lembrou de algo que sua melhor amiga Tara tinha lhe contado sobre o rádio. O segredo para fazer rádio, dissera Tara, não era pensar que estava falando com um monte de pessoas lá fora na Terra dos Ouvintes, mas que você estava falando com apenas uma pessoa. A pessoa poderia ser um amigo, um parente, ou algum tipo inventado de ouvinte.

— Eu posso trabalhar com isso — sussurrou Justine.

Tudo que tinha a fazer era pensar em uma pessoa, uma para cada signo do zodíaco, e escrever uma mensagem a ela, uma mensagem pessoal. Justine flexionou os dedos e começou.

Para Áries, pensou na mãe de Nick, Jo Jordan, e escreveu uma mensagem para ela sobre velhos amigos, e como nunca desapareceram completamente do seu coração. Para Touro, disse a Tara que o mundo era sua ostra; e para a sua mãe, que era Gêmeos, previu que logo haveria um casamento na família. Roma Sharples era sua canceriana, e Justine lhe indicou que deveria definitivamente continuar aconselhando os jovens em seu trabalho. Ela começava a se divertir, procurando citações relevantes e personificando o tom quase místico de Leo. As teclas da máquina de escrever eram tão diferentes das teclas do computador, mas havia algo agradável na sensação de trote delas, e no esforço extra exigido para que as letras fossem impressas iguais na página.

Mas, então, veio Leão.

Leão, digitou, e ela sabia que seu modelo para esse signo tinha de ser Daniel Griffin.

Mas o que ela diria a ele?

Afastou suas mãos das teclas da máquina e pensou por um tempo.

Finalmente, ela escreveu: *O filósofo britânico Bertrand Russell certa vez escreveu que a vida real era, para a maioria das pessoas, apenas razoável, um eterno pêndulo entre o ideal e o possível. Mas você é um leão, e leões não se comprometem. Se isso se aplica ao seu ambiente de trabalho ou lar, sua vida romântica ou amizades, é a estação para você deixar partir tudo o que deseja que seja ideal, mas sabe que é meramente possível.*

Isso era triste, mas também verdade.

Tecla de retorno, tecla de retorno.

E agora Justine estava em Virgem. Seu irmão era Virgem, então ela seguiu em frente no assunto do amor e citou Elizabeth Barret Browning. Para seu pai libriano, escreveu sobre jogos de habilidade e tenacidade, possivelmente até jogos de palavras, que apareceriam com proeminência nas semanas seguintes; e, mesmo se a escorpiana favorita de Justine — sua avó — não estivesse mais viva, isso não significava que ela não poderia escrever uma mensagem para ela sobre o quanto as outras pessoas admiravam aqueles que viveram sua vida ao máximo.

Sem capricornianos à mão, Justine parou por um tempo no décimo signo. Então se lembrou de Nick lhe contando que Laura Mitchell era capricorniana, então escreveu uma mensagem sobre como o trabalho duro e os talentos naturais trariam sucesso e alegria. E isso, momentaneamente, fez Justine sentir-se um tanto honorável. O décimo segundo signo do zodíaco, Peixes, era muito mais fácil, já que Jeremy Byrne era pisciano. Para ele, Justine escreveu sobre as novas fases da vida e tirar prazer das coisas simples.

E, claro, ao compor o horóscopo para Sagitário, escreveu para si mesma. *Pode ser difícil saber quando já se passou dos limites. Algo chega ao fim para vocês neste mês, arqueiros, e vocês podem achar isso desafiador, mesmo sabendo que deixar partir é o melhor. Lembrem-se de que, quando tudo falha, uma viagem é geralmente um tônico. Talvez seja hora de vocês tirarem suas malas de debaixo da cama e animarem-se com as palavras de Susan Sontag, que poderiam muito bem ser o mantra dos sagitarianos: "Não estive em todos os lugares, mas está na minha lista".*

E o que ela escreveu para Aquário, para Nick — para seu bom amigo Nick — era também um tipo de despedida, um término: *Com o seu olhar aquariano focado em todo o mundo e em seu futuro, pode ser fácil esquecer que há outra fonte de inspiração e sabedoria — você mesmo. O que aconteceria se, em vez de procurar conselhos dos que o cercam, e a consultoria dos que admira, confiasse nos murmúrios do seu próprio coração? Como a grande Jane Austen observou: "Se prestarmos atenção, somos melhores guias para nós mesmos do que qualquer outra pessoa poderia ser".*

Então ela levou a Olympus SM9 para o porão das Evelyn Towers e a jogou no contêiner de lixo. Enquanto ouvia o som do plástico se partindo e do metal se retorcendo, repassou em sua cabeça as palavras que escrevera: *Algo chega ao fim para vocês neste mês, arqueiros.*

Cúspide

DANIEL GRIFFIN — Leão, jornalista de política bem-sucedido que virou editor da *Alexandria Park Star*, nomeado em seu livro do ano da época do colégio como o homem com mais chances de ter sua foto na capa da *Esquire* e o capacho intimidado, mas inquebrável, de uma *personal trainer* chamada Sadie — ergueu os olhos quando ouviu uma batida inesperada na porta do seu escritório em uma manhã de sexta-feira de novembro.

Na porta estava um entregador — um jovem com pernas depiladas e musculosas parcamente cobertas por uma bermuda brilhante. Em seus braços segurava o que parecia ser um pacote de tecido.

— Daniel Griffin?

— Sim?

— Esta é uma gentileza de Katie Black, a gerente da Orion. Ela pediu para dizer a você que a sua namorada esqueceu o casaco no bar. E, porque Katie o reconheceu, ela o guardou no escritório dela para ter certeza de que seria devolvido à dona.

— Mas isso foi há semanas. — Daniel parecia confuso.

— Ela também queria que você recebesse isto — admitiu o jovem, entregando uma nota à imprensa. — Katie pediu para dizer que acabaram de terminar o programa para o festival de cinema de verão. E também que ela anseia ler a cobertura da revista *Star*, e que ela está disponível para dar uma entrevista a qualquer momento.

Daniel deu um sorriso irônico.

— Obrigada, colega. Diga a Katie que sou grato pelo trabalho que ela teve. *E também pela pura bondade de seu coração.*

Daniel ergueu o casaco pelos ombros, capturando um leve sopro de cânfora. O tecido estava coberto com pequenos hexágonos cor-de-rosa e púrpura, os botões eram de baquelite e a peça provavelmente estivera na moda pela última vez por volta de 1963. Justine tinha um gosto um tanto estranho, com um quê de loja de caridade, em relação à moda, mas Daniel achava que ela deixaria essa fase para trás agora que seu salário estava aumentando.

O casaco era bem pequeno, percebeu Daniel. Ele não achava que Justine era tão *mignon*, mas o casaco era a evidência de que deveria ser. E isso o fez pensar que, se havia algo consistente no relacionamento com Justine, era que ele sempre se enganava a respeito dela. *Relacionamento?*, perguntou-se. *Que relacionamento?* Se tinham tido, ou estavam tendo, então era quase como se fosse conduzido em marcha ré. A cada encontro, as coisas ficavam menos apaixonadas, e não o contrário.

Enquanto pendurava o casaco em um cabide atrás da porta de seu escritório, Daniel percebeu a ponta de uma folha dobrada sobressaindo ligeiramente de um dos bolsos. Claro, Daniel sabia que a ação honrosa seria deixar o papel onde estava. Mas, de verdade, que tipo de jornalista ele seria se nem ao menos desse uma espiada? E, quando se tratava de Justine, ele não estava procurando pistas? Na hora em que desdobrou a página, soube o que era. E, quase imediatamente, desejou que não soubesse.

— Droga!

Ela tinha feito de novo, não tinha? Dera uma bronca nela e também uma nova chance. Mas Justine tinha feito de novo.

— Droga — repetiu.

Então, após respirar fundo algumas vezes, perguntou-se que tipo de jornalista seria se não checasse todos os fatos. Bons jornalistas não saltam para conclusões, lembrou-se.

Uma hora depois, Daniel sentou em sua mesa olhando para todas as provas que precisava, mas desejando que não as tivesse encontrado. Sentiu-se tonto, pois estava claro que, desta vez, Justine não fora apenas impulsiva.

O que ela havia feito, fizera com um grau chocante de premeditação. E desta vez não tinha sido apenas com o signo de Aquário.

O texto de toda a coluna do horóscopo, como aparecia na edição mais recente da *Star*, era diferente do texto do fax do bolso de Justine. Mas, ainda pior do que isso, Daniel encontrou na pilha de documentos de Henry um fax substituto "original" que combinava com o texto publicado. Sob inspeção minuciosa, conseguiu ver as leves linhas reveladoras de sombra ao redor do número de fax de Leo no topo da página: evidência de que o documento tinha sido adulterado.

Em uma rápida olhada, o fax de Justine parecia o mesmo que o de Leo, mas, com um exame cuidadoso, Daniel reconheceu que a fonte no fax falso era um pouco diferente da fonte de todos os outros originais do astrólogo.

— Meu Deus. — Daniel esfregou o alto da cabeça.

Justine era, até onde Daniel pudera determinar, um ser humano normal, lógico e racional. Então por que ela teria tanto trabalho para alterar horóscopos?

E o que significava ter escrito para o signo solar dele: *O filósofo britânico Bertrand Russel uma vez escreveu que a vida real era, para a maioria das pessoas, apenas razoável, um eterno pêndulo entre o ideal e o possível. Mas você é um leão, e leões não se comprometem. Se isso se aplica ao seu ambiente de trabalho ou lar, sua vida amorosa ou suas amizades, é o momento certo para você deixar partir tudo o que deseja que seja ideal, mas sabe que é praticamente impossível.*

Essa tinha que ser uma mensagem para ele, pessoalmente. Daniel andou de um lado para outro em seu escritório. Ele pensou, e pensou. Então notou alguém parado no corredor, parecendo um tanto perdido. Estava usando uma camiseta de *Onde vivem os monstros* que já tinha visto dias melhores e segurava um capacete de bicicleta como se fosse uma tigela.

Dentro do capacete-cestinha estava o que parecia ser, em sua maioria, um arranjo de ervas-daninhas. Era o amigo de Justine. Romeu. A lua azul. *Nick*. Era isso.

— Bom dia — cumprimentou Daniel.

— É. Huummm… Dan? — disse Nick.

Daniel não gostou especialmente de ser chamado de Dan, mas deixou rolar.

— Desculpe por interromper — continuou Nick. — Passei por aqui para ver Justine, mas não sei qual é a sala dela.

— Aquela, logo ali. — Daniel indicou a porta da sala dos redatores. — Mas tenho certeza de que ela ainda não chegou. O que é estranho. Justine é uma madrugadora.

— Ah, certo. Tudo bem se eu deixar isso na mesa dela?

Nick ergueu o capacete cheio de plantas. Daniel viu alguns dentes-de-leão saindo de um arranjo de gramíneas e urtículas, cardos-marianos e ervas-azedas recentemente colhidas.

Na outra mão, Nick segurava algumas fatias de pão integral embrulhados em plástico filme.

— É aniversário dela — explicou Nick.

— E você trouxe para ela... um arranjo de ervas-daninhas? E um sanduíche?

— De Vegemite — completou Nick.

— Por quê?

Nick parecia prestes a dizer algo, mas então pensou melhor:

— É tipo uma piada.

— Certo — disse Daniel.

— Então, eu vou...

— Nick, você tem certeza de que o aniversário dela é *hoje*?

— Sim. É hoje.

— Você tem certeza?

— Nós nos conhecemos desde que nascemos. E, até onde sei, ela não o alterou por procuração ou algo assim.

— Mas, neste momento, não estamos em Aquário. Estamos?

Nick pareceu intrigado.

— Não, Aquário é em fevereiro. Mais ou menos alguns dias antes no fim de janeiro.

— Ei, você pode...? — Daniel voltou ao seu escritório e gesticulou para que Nick o seguisse. — Olha, você a conhece desde sempre e... Talvez possa dizer o que eu preciso saber. Você se importa em olhar uma coisa?

E então Daniel mostrou a Nick a evidência que estava espalhada pela sua mesa. De abril a setembro, Daniel explicou, Justine havia alterado os horóscopos para Aquário, mas deixado os outros iguais ao original de Leo. Mas, mesmo depois de Daniel confrontar Justine com esse fato em outubro, ela levara as coisas para outro nível em novembro, trocando o fax original de Leo por um fraudulento, com o texto de todos os signos solares completamente reescritos.

— Ela me prometeu que pararia de fazer isso. Mas não apenas continuou, como intensificou. Eu acho que deveria estar furioso, mas estou mais desnorteado que qualquer outra coisa. E decepcionado. Acho que isso parece muito engraçado para você. Provavelmente está pensando, "É apenas o horóscopo — qual é a importância?".

Nick colocou o sanduíche de Vegemite e o capacete da bicicleta cheio de margaridas e ervas sobre a mesa de Daniel e começou a examinar os documentos um por um, com cuidado. Daniel percebeu que Nick não parecia estar considerando aquilo tudo uma grande piada. Após algum tempo, Daniel começou a se sentir inquieto pela atenção que Nick dava aos documentos e pela expressão insensível no rosto dele.

— Eu provavelmente não deveria ter compartilhado nada disso com você. Ou com ninguém. Mas eu não a entendo. Preciso de uma perspectiva aqui, porque estou completamente perdido — disse Daniel. — Por que Justine faria isso? É muito desrespeitoso com Leo. É extremamente antiético. É simplesmente... estúpido. E Justine não é nada estúpida. Então, por que ela faria isso? Ela me disse que era aquariana. Que estava tentando mudar seu próprio destino ou algo assim. Não foi bem isso. O que aconteceu na verdade foi que *eu* sugeri tudo isso a ela. Mas Justine me permitiu acreditar. Mesmo que não fosse verdade. Era? — Nick balançou a cabeça. — Então, qual é o negócio com Aquário? — Daniel sentia-se cada vez mais agitado enquanto falava. — O que há com Justine e Aquário? Deve haver um aquariano na vida dela. Mas quem? Você sabe?

— É — concordou Nick. — Eu sei.

— Então?

Nick passou a mão pelo cabelo.

— Sou eu.

SAGITÁRIO

↗

PRECISAMENTE ÀS 7H15 DA MANHÃ DA SEXTA-FEIRA, 24 de novembro, Justine Carmichael abriu as cortinas da sala de estar. Não tinha nenhuma expectativa específica de que Nick Jordan fosse estar de pé em sua varanda com um chapéu de festa na cabeça e alguns balões de hélio nas mãos. Nem tinha previsto que um presente, ou mesmo um cartão, esperaria por ela na cesta que compartilhavam. Mas, quando viu que a cesta estava vazia e no lado de Nick, e percebeu que não parecia haver ninguém no apartamento em frente, Justine se sentiu um pouco desapontada.

Em pouco tempo, no entanto, mensagens de texto de aniversário e telefonemas começaram a chegar. Mandy ligou do carro durante a ida para o trabalho e gritou da maneira como parecia acreditar que uma pessoa tinha de fazer quando falava com outra por meio de um viva-voz. Então veio um telefonema do pai de Justine, que estava em algum lugar remoto perseguindo cavalos selvagens. Ele parecia sem fôlego, mas animado. Justine riu da piada grosseira na mensagem que o irmão enviou e sorriu para o texto muito mais civilizado que veio de Tara, que prometeu telefonar mais tarde durante o dia para desejar feliz aniversário do jeito certo.

Em seguida, recebeu um telefonema da tia Julie, a irmã de Mandy que nunca, jamais, sequer uma vez, se esquecia de ligar para Justine na manhã de seu aniversário. E, de maneira surpreendente, às oito em ponto, chegou uma mensagem de texto de Tom. Meio sem graça, mesmo para o texto de um ex. *Muitas felicidades e que seu dia seja muito feliz*, dizia, e Justine se perguntou se Tom tinha instalado algum tipo de aplicativo que enviava mensagens de aniversário padronizadas para todos em sua lista de contatos, de acordo com o fuso horário em que viviam.

Uma vez que terminou essa pequena enxurrada de telefonemas e mensagens de texto, o silêncio do apartamento vazio de Justine se instalou desconfortavelmente ao redor dela.

Enquanto despejava cereal Weet-Bix em uma tigela, Justine pensou que não tinha presentes para abrir. Enquanto derramava leite sobre o cereal, pensou sobre o fato de não ter com quem dividir seu café da manhã de aniversário. Enquanto misturava o cereal com a colher, disse a si mesma que não tinha sido esquecida por quem a amava. Mas, ao mesmo tempo, sabia a verdade: não era o amor da vida de alguém.

✗

Aniversários pareciam diferentes quando era criança, pensou Justine enquanto andava pelo Alexandria Park a caminho do trabalho. Ao fazer sete, oito, nove anos, acordava na manhã de seu aniversário já sabendo que aquele era um dia especial, que era o dia *dela*. E o dia mantinha sua aura especial durante todo o tempo, até que Justine voltasse para a cama à noite. Naquela época, o 24 de novembro era mais brilhante, nítido, iluminado e revigorante do que qualquer outro dia do ano.

Então veio uma época, que foi da entrada na adolescência aos vinte e poucos anos, em que Justine experimentara a alegria de seu aniversário apenas em ondas ocasionais. O vigésimo quarto dia de novembro parecia apenas mais um dia normal, exceto quando Justine lembrava, do nada, que era de fato seu aniversário.

Então, aquela emoção de fazer aniversário parecia explodir em todas as cores de um pacote de Fruit Tingles de uma vez só. Mas, agora que estava fazendo 27 anos, tudo o que Justine conseguia sentir era a sensação fantasma dessa alegria intensa e cintilante, e ela ficou triste ao pensar que talvez essa percepção ainda pudesse se tornar mais e mais tênue, até que um dia seus aniversários parecessem dias em nada fora do comum.

Para se animar depois desse pensamento sombrio, ela decidiu passar por dentro dos mercados em seu caminho para o trabalho e tomar uma atitude em nome da dignidade do avocado. Aproximando-se da quitanda, viu uma linda exibição de frutas de verão.

Havia morangos e framboesas, amoras e mirtilos, groselhas comuns e negras, e uma pequena embalagem de cerejas colhidas um pouco antes da estação, todas brilhando como um punhado de pedras preciosas. E essa visão foi o suficiente para fazer Justine pensar melancolicamente nos pudins de verão e nas pavlovas cobertas de frutas que sua mãe fazia para suas festas de aniversário na infância, e quase o suficiente para fazê-la se esquecer do D extra na plaqueta bem no alto da pilha de avocados.

Mas não o suficiente.

Com o marcador permanente em punho, Justine espiou em volta, escondida atrás de uma pilha de melões. Olhou para a esquerda e para a direita e se esgueirou para apanhar a placa discretamente e riscar um "X" grosso e satisfatório em cima da consoante supérflua.

Talvez Justine estivesse mais descuidada do que de hábito naquele dia, ou talvez só fosse simplesmente azarada, mas, antes que pudesse colocar a placa no lugar, sentiu a mão pesada de alguém pousar em seu ombro.

O verdureiro era apenas um pouco mais alto do que Justine, porém significativamente mais largo. O maxilar inferior dele, assim como seus caninos, era bastante proeminente, e mesmo em um bom dia aquelas características lhe conferiam a aparência de um buldogue. Naquele momento, no entanto, ele parecia um buldogue furioso e salivante. Ele pegou a mão de Justine que ainda estava segurando o marcador permanente destampado e apertou até que os dedos dela doessem e a palma de sua mão ficasse manchada de tinta preta. Ele estava tão perto de Justine que ela podia ver o preenchimento das obturações brancas entre os dentes, o que sugeria que ele não usava fio dental tanto quanto deveria. Ou, talvez, nunca.

— Dê. O. Fora — disse ele e, ainda que não estivesse exatamente gritando, não estava longe disso. — E nunca mais volte aqui. E não toque mais nas minhas placas. Estou falando sério.

— Mas eu estava apenas tentando...

— Fora! Saia! — Agora ele estava gritando.

— Mas é "avocado", e não...

— Você é uma vândala maluca. Fora!

Clientes e funcionários observaram Justine enquanto ela fugia dali, seu rosto quente de vergonha e medo. Abalada e corada, Justine seguiu pela

Dufrene Street em direção à redação da *Star*. Ela estava a vários quarteirões de distância da área dos mercados antes de perceber que tinha esquecido seu marcador permanente. Ainda assim, em nome de todo o bem que ele lhe proporcionara, ela segurava a tampa na mão trêmula.

✗

O próprio Rafaello estava no balcão quando Justine passou pela porta aberta da sua cafeteria, com o rosto ardendo e as mãos ainda tremendo. Era possível, perguntou-se, que o olhar zangado do verdureiro tivesse lhe infligido algum tipo de queimadura?

— Ah, aí está ela! Hoje seu café com leite e croissant de amêndoa são por conta da casa. E aqui — Rafaello colocou sobre o balcão uma folha de papel e um lápis bem apontado — está tudo que você precisa para corrigir meu novo cardápio de verão. Imaginei que poderia convencê-la a fazer isso agora. Dessa forma, não haverá desculpas para você rabiscá-lo quando ele voltar da impressão. Não é?

Justine deu um meio-sorriso para Raf.

— Será que posso só pagar pelo meu café e o croissant?

Raf recuou.

— Uma oportunidade de ouro para melhorar meu cardápio e a Rainha do Acento se recusa?

— Prometo que não vou mais rabiscar seu cardápio — prometeu ela, sendo sincera.

— Nem mesmo se meus suflês assados duas vezes vierem com hífen?

— Nem assim.

— Nem se minhas framboesas vierem grafadas com *N*?

Justine pensou.

— Bem...

— Rá! Entende?

— Será que posso voltar e fazer isso amanhã? É que hoje estou um pouco... esquisita.

— Tudo bem, senhora — respondeu Raf, pegando o papel e o lápis.

— Então, amanhã.

Justine escolheu um lugar em um canto isolado da cafeteria, fora da vista da janela. Já passava das nove da manhã, o que a tornava, tecnicamente falando, atrasada para o trabalho. Mas ela precisava de um café e algum tempo para a cor do seu rosto voltar ao normal.

Quando, por fim, sentiu-se um pouco mais recomposta, Justine foi para o trabalho. No portão da frente da *Star*, percebeu que alguém tinha colocado uma bicicleta contra a cerca. Parecia-se muito com a de Nick. Passou por baixo do "perigo amarelo" e subiu os degraus da frente.

Cecilia estava junto da fotocopiadora, no corredor.

— Bom dia, Cecilia — disse Justine.

— Ei, Justine — respondeu Cecilia.

Justine passou pela porta aberta do escritório de Barbel.

— Bom dia, Barbel — disse ela.

— Bom dia, Justine — respondeu Barbel.

E então Justine chegou à porta aberta do escritório de Daniel. Estava prestes a gritar um amável "Bom dia, Daniel", mas então viu que ele não estava sozinho. No escritório de Daniel, usando um short de Lycra e sua camiseta de *Onde vivem os monstros,* estava Nick Jordan.

Seu rosto estava sério, como o de Daniel. Sobre a mesa, cheio com o que parecia ser um semiesmagado buquê de dentes-de-leão, estava o capacete de Nick e, sob o capacete, um monte de papéis que Justine reconheceu de imediato.

— Justine — disse Daniel. Mas Justine já tinha se virado e fugido.

✗

Justine: *Ser comida viva por piranhas.*

Cérebro: *Ser queimada na estaca.*

Justine: *Ser dada como cobaia para o cirurgião plástico do Michael Jackson.*

Cérebro: *Beijo de língua em um punhado de excremento humano.*

Justine: *Argh!*

Cérebro: *Qual é o problema? Eu pensei que deveríamos nos fazer sentir melhor fazendo uma lista de tudo em que pudéssemos pensar como sendo pior do que o que acabou de acontecer.*

Justine: *Sim! Mas não há necessidade de agir de maneira repugnante.*

Cérebro: *Oh, tudo bem. Hum... Receber cócegas por 48 horas por um garoto de cinco anos que sapateia e canta "Parabéns para você" o tempo todo, mas um pouco fora do tom.*

Justine: *Eu não sei... acho que posso até aceitar isso depois do que aconteceu esta manhã. Vou perder meu emprego, você entende? E ninguém nunca mais me empregará. Pelo menos, não como jornalista. Terei de ir trabalhar no McDonald's. Ou talvez passe minha vida inteira segurando aquelas placas de* DEVAGAR *e* PARE *nas estradas. E agora Nick vai me odiar. E Daniel também.*

Cérebro: *Isso foi uma batida na porta?*

Justine: *Não.*

Cérebro: *Justine, isso foi uma batida na porta.*

Justine: *Não foi.*

Cérebro: *Você sabe que foi, certo?*

Justine: *Isso foi uma batida na porta do 12B.*

Cérebro: *Ah, não. Foi na sua porta.*

Justine: *Não quero atender à porta. Não quero ver outro ser humano. Nunca mais. Enquanto eu viver. Ou mesmo falar com algum. Foi por isso que fechei as cortinas, tranquei a porta e desliguei o telefone.*

Cérebro: *Você vai abrir a porta, Justine.*

Justine: *Talvez sejam apenas mórmons.*

Cérebro: *Odeio lhe dizer isso, minha amiga, mas você está em negação.*

Justine: *Então, quem é?*

Cérebro: *É bem provável que seja Daniel. Ou Nick.*

Justine: *Não, não, não! Não quero ver nenhum dos dois. Qual deles é?*

Cérebro: *Qual deles seria pior?*

Justine: *Nick.*

Cérebro: *Então deve ser ele. Porque hoje é esse tipo de dia.*

Quanto a isso, porém, o cérebro de Justine estava errado. Na porta, estava Daniel, as mangas da camisa enroladas na altura do pulso, sua gravata afrouxada no colarinho, e seu rosto severo ostentava uma expressão que poderia ser considerada muito pouco amigável. Justine corou de vergonha.

— Posso entrar?

Justine assentiu e abriu a porta.

Daniel olhou ao redor do apartamento como se fosse a primeira vez que ele o via. Ou talvez como se ele estivesse tentando enxergá-lo de uma nova maneira.

— Posso lhe servir uma xícara de chá? — perguntou Justine.

— Não, estou bem.

— Café?

— Não, obrigado.

Daniel não se sentou. Em vez disso, apoiou-se na ponta da mesa de jantar dela. Do tampo da mesa, pegou uma tigela de plástico, que tinha feito parte da fantasia de Halloween de Justine. Ela o examinou, enquanto ele girava a tigela entre as mãos, testando sua resistência.

— Então — disse ele, e Justine, empoleirada no braço do sofá da sala, esperou que continuasse. Ela se sentia como uma prisioneira no banco dos réus, esperando sua sentença ser pronunciada. — Então... você entende que tenho de suspendê-la. Da *Star*.

— Suspender?

— O que está bom demais, Justine. Você tem sorte por eu não...

— Eu sei, eu sei. É isso que quero dizer. Então, você só vai me suspender? Isso é incrível. É mais do que eu mereço. É...

— Vou suspendê-la e cortar seu salário pela metade, enquanto decido o que fazer. Pode ainda ser o caso de eu precisar que você saia.

— Ah.

— E pelo quê? Pelos malditos *astros*? Justine, em que diabos você estava pensando? Eu não consigo acreditar que uma escritora com tanto caminho pela frente pode ser uma... idiota completa.

— Eu sinto muito, Daniel. De verdade, lamento.

Mas Daniel dispensou sua lamentação, como se não houvesse mais o que ela pudesse falar para fazê-lo acreditar nela.

Justine disse:

— A última coisa que eu quero é dar desculpas esfarrapadas pelo meu comportamento. Sei que tudo que fiz foi completamente errado. E sinto muito. Mas se houver alguma coisa que eu puder dizer para convencê-lo de que...

— Dadas todas as circunstâncias, sou a pessoa errada para tomar a decisão final. Não posso pensar de modo isento sobre esse assunto. Por isso, vou entregar o caso a uma autoridade maior.

— Jeremy? — perguntou Justine em um sussurro, e o mero pensamento da expressão desapontada de seu ex-chefe foi o bastante para dar força a uma nova onda de vergonha.

— Sim. E, no interesse da honestidade total, também terei de contar a ele que meu relacionamento com você tem sido, bem, menos do que profissional. Pensei que poderíamos fazer isso, Justine. Talvez eu seja apenas um otimista sem conserto, mas pensei que ficaríamos bem.

— Sinto muito. Eu...

— Terei de conversar com Leo Thornbury, também.

— Terá? O que vai contar a ele?

— Apenas os fatos. Como eu os vejo.

Justine assentiu.

— Outra coisa — disse Daniel, sem olhar para ela. — Não relacionada ao trabalho.

— Sim?

E agora ele olhava para ela, bem diretamente.

— Há quanto tempo você está apaixonada por Nick?

Justine conseguiu ver o quanto o magoava fazer essa pergunta. Entendeu também que era um privilégio poder conhecer alguém bem o bastante para ver sua ternura e dor vazando por todos os poros de seu rosto destemido. Tinha sido descuidada com os sentimentos dele e o mínimo que poderia fazer agora era contar para ele a verdade absoluta.

— Há muito, muito tempo, tanto quanto consigo me lembrar, acho — respondeu ela.

Daniel segurou a tigela entre as mãos.

— Sagitário, hein?

— Sim — respondeu Justine.

— Espírito livre.

— Sim.

— Impulsiva.

— Com frequência.

— Honesta até o fim.

Justine estremeceu. Daniel se endireitou e colocou a tigela sobre a mesa.

— Entrarei em contato — disse ele. — E, Justine?

— Sim?

— Feliz aniversário.

Nos dias que se seguiram, Justine permaneceu dentro de casa e manteve as cortinas do apartamento fechadas. A princípio, disse a si mesma que tudo de que precisava para sua miséria ser completa era Nick Jordan vir até sua porta e gritar com ela. Mas depois de um tempo, começou a pensar que estava errada. Se acontecesse, alguns gritos seriam bem-vindos, seriam uma espécie de alívio. Pelo menos seria alguma coisa. Mas Nick não veio à sua porta. E Nick não telefonou.

Justine teria gostado de telefonar para sua melhor amiga, Tara, e contar a ela a história terrível inteira, mas ela não sabia se aguentaria o desapontamento de qualquer outra pessoa que amava e admirava. Então Justine trancou-se dentro de casa, subsistindo com as ofertas escassas de seu refrigerador e sua despensa.

Em pouco tempo, o suprimento de leite em pó acabou, o que fez com que o chá e o café se tornassem pouco atraentes, e depois o pão congelado no freezer acabou, o que fez com que fosse impossível a existência de uma torrada. O freezer estava vazio, com exceção de formas de gelo, a geladeira estava sem ovos e iogurte, e tudo que tinha sobrado na fruteira era uma laranja, que estava no meio do processo de mofar. Por fim, Justine foi forçada a confrontar a realidade de que era necessário sair do apartamento em busca de provisões.

Seus óculos de sol estavam desaparecidos, e quando Justine saiu para a rua, depois de todos aqueles dias passados em semiescuridão, o brilho repentino do verão a cegou. Por um tempo, ela ficou parada nos degraus, piscando para se acostumar à luminosidade. Quando, por fim, sua visão se acostumou, ela viu uma pequena van de mudanças estacionada em frente ao feio bloco de apartamentos de tijolos à vista ao lado; o veículo tinha suas portas traseiras escancaradas.

Dois homens estavam enchendo a van com caixas, enquanto um terceiro as empilhava. De imediato, Justine soube o que estava acontecendo. Soube em seu íntimo, antes que visse o sofá de dois lugares, tão familiar, ser colocado na traseira da van. Quando ela viu Nick sair pela porta da frente, carregando malas em ambas as mãos, Justine sentiu um impulso de ir até ele, para conversar, explicar. Mas o impulso de se virar na direção oposta e correr pela rua foi um pouco mais forte.

Quando Justine voltou com as compras, a van já tinha ido embora. No andar de cima, ela abriu as cortinas e viu o que esperava ver: o apartamento de Nick Jordan estava mais ou menos vazio. Onde o tapete cor de trigo ficava, agora não havia nada além de carpete verde. No banheiro, o chuveiro estava, de novo, sem cortina. E deitada no chão de concreto da sacada, como se tivesse sido jogada ali, estava a cesta de piquenique. A corda que conectara os dois apartamentos desaparecera. Se tinha sido desfeita — ou cortada —, Justine não sabia.

Cúspide

✦

Tansy Brinklow parou no arco, na extremidade da sala de espera de sua clínica. Trazia consigo uma prancheta e seus óculos estavam na ponta do nariz, enquanto examinava a lista de atendimentos com a testa um pouco franzida.

— Giles Buckley — anunciou.

Ela observou um homem alto se levantar, ajustando seus suspensórios, enquanto fazia isso. Ela o encarou de volta e o cumprimentou com um sorriso breve.

— Cuidado com a altura do arco para não bater a cabeça — disse ela, então seguiu pelo corredor, na direção de seu consultório. Sua sala era mobiliada com seriedade, em couro e cromados. Ela não era do tipo que colocava fotografias de suas filhas em porta-retratos prateados sobre a mesa, ou exibia um calendário engraçadinho. Tinha um suprimento de lenços de papel, que mantinha na gaveta.

Com sua indicação, o paciente se sentou. Ela fez o mesmo. Abriu um arquivo e pousou as mãos unidas e sem qualquer ornamento sobre eles.

— Vamos direto ao ponto, podemos, sr. Buckley? — perguntou. — Seu tumor é benigno.

— O quê?

— É uma boa notícia, sr. Buckley. O tumor é benigno. O problema é que ele se alojou em um lugar complicado em seu pulmão. Daí a falta de ar, o chiado e o sangue quando o senhor tosse.

Tansy falou por um tempo, depois, sobre a cirurgia, o risco cirúrgico e o tempo de recuperação, mas podia ver que o sr. Buckley não estava ali com ela por completo. Estava sentado, olhando para as palmas de suas mãos imensas. De vez em quando, balançava a cabeça muito de leve, como se quisesse espantar um inseto que pousara em seu cabelo.

— Sr. Buckley? — chamou ela, em tom de dúvida. — O senhor tem alguma pergunta?

Ele a encarou, com a testa franzida.

— Então o que eu faço?

Tansy piscou. Não era todo dia que ela dispunha de boas notícias para dar e, ainda assim, aquele pobre homem parecia mais confuso do que aliviado.

— Fazer? O senhor se refere à cirurgia?

Ele respondeu:

— Não, não. Não isso. Quero dizer, o que a senhora faria, doutora? Se tivesse acabado de descobrir que ainda tem o resto de sua vida? De que, afinal de contas, ela ainda é sua?

— Ah — respondeu Tansy. — Bem. Isso é uma coisa dura a se dizer. Do que o senhor... gosta, sr. Buckley?

Ele ergueu as mãos como se estivesse prestes a fazer um malabarismo com frutas.

— Se lhe fosse dada uma segunda chance, então não deveria, sabe, fazer alguma coisa *com isso?*

Um nó se formou e se expandiu na garganta de Tansy. Sem explicação, ela pensou nas mãos macias de Simon Pierce, tão diferentes quanto as mãos de um homem poderiam ser das mãos de Giles Buckley. Foi como se, de repente, Tansy pudesse sentir o toque de Simon em seis lugares diferentes de seu corpo, ao mesmo tempo.

— O que *você* faria, doutora?

— Eu compraria um Alfa Romeu. Conversível — respondeu Tansy Brinklow em voz alta, surpreendendo a si mesma ao fazer isso. Então fechou a boca com firmeza, antes que a outra parte da resposta pudesse escapar de seus lábios.

E eu me casaria com Simon Pierce.

— Não aquela — disse Laura, com um sorrisinho. — Esta.

Ela abriu caminho para a fila muito menor — aquela para passageiros de primeira classe e classe executiva. Mas estar na fila menor não mudava o fato de que era muito, muito cedo, além do aceitável, e Nick estava sofrendo com uma leve sensação de frio, rígida e implacável — que invadia seu corpo e sua alma —, que sempre o assaltava quando era forçado a acordar antes do amanhecer. Estavam viajando para a Austrália do Sul, em um voo matutino, para passar vários dias posando para as câmeras em meio a filas de videiras. Ele tinha enviado por e-mail todas as suas medidas para que suas calças de fustão estivessem prontas quando chegasse lá. E para que providenciassem um chapéu Akubra no tamanho certo

— Você está bem? — perguntou Laura.

Ela já tinha lhe perguntado isso uma vez, no apartamento. Embora Nick tivesse oficialmente voltado a morar com Laura, as caixas de papelão que continham a maioria de suas coisas ainda estavam empilhadas no vestíbulo. Durante o período em que estiveram separados, Laura havia removido todos os pregos das paredes e passado argamassa para que fossem repintadas, então, os pôsteres das produções de Nick permaneciam encostados na parede. Seus livros, CDs ou DVDs também ainda não tinham encontrado um lar.

— Por que não esperamos e vemos do que *precisamos* de verdade — continuava dizendo Laura — antes de enchermos o lugar de novo?

Com o Natal se aproximando, os balcões da companhia aérea estavam enfeitados com laços prateados e bolas vermelhas e verdes. Na frente de Nick, na fila, estava uma mulher com um macacão de estampa de zebra e ombros que exibiam um bronzeado agressivo.

Nick conseguia ver como o produto químico usado para o bronzeamento tinha se misturado ao tecido das alças em seus ombros.

— Nick? Você está bem? — perguntou Laura de novo, colocando a mão, com gentileza, no braço dele.

Seguindo a tradição daqueles que ainda não estão prontos para falar que não estão bem, Nick respondeu:

— Eu estou bem.

Se comportar dessa forma não o fazia se sentir bem, mas teve a impressão de que era bem mais seguro se isolar em si mesmo por enquanto. Mesmo que não soubesse bem o que havia de errado consigo, Nick sabia que deixar à mostra seus pensamentos e sentimentos agora não faria nada além de causar danos.

— Certo. — Laura deu de ombros, como se dissesse, *aprume-se*. Nick e Laura chegaram ao balcão e, enquanto se adiantavam para despachar sua bagagem, a garota do outro lado encarou Laura.

Aqui vamos nós, pensou Nick.

— Você é... não é você? É sim! É você! É você na propaganda do perfume Nenúfar — disse a garota. — Ah, meu Deus! Aquelas propagandas são incríveis.

E Laura — cujo cabelo escuro e brilhante estava preso em um simples rabo de cavalo, cuja maquiagem estava leve, mas ainda assim perfeita —, que não parecia de jeito algum ter acordado antes do amanhecer, sorriu de maneira vitoriosa.

— Eu não deveria, não é? — perguntou a garota tirando seu iPhone do bolso do casaco da companhia aérea. — Você se importaria?

Nick ficava impressionado por Laura nunca se importar com esse tipo de atenção.

Ela era sempre muito generosa e paciente quando as pessoas queriam tirar fotografias dela e com ela. Quando a garota deu a volta no balcão de atendimento ao cliente, sorrindo e corando, Nick viu Laura, sem esforço, mudar sua expressão para a de modelo, que era apenas um pouco diferente de sua expressão do dia a dia. Era como se ela fosse, de alguma forma, capaz de solidificar suas características e padronizá-las. Era essa sua profissão, supôs Nick, saber de modo preciso o que fazer com seus olhos, bochechas, lábios, a fim de obter um resultado maravilhoso completamente previsível.

— Você tem certeza de que está bem? — perguntou Laura, depois que passaram pela segurança e estavam acomodados em seus assentos no saguão junto ao portão de embarque.

— Sim, estou ótimo — respondeu Nick de novo.

— É que você parecia...

E ela estava certa, é claro. Ele "parecia". Porque ele estava.

— Acho que vou comprar alguma coisa para ler no avião — disse Nick. — Você quer alguma coisa da loja?

Laura deu um sorriso um pouco triste.

— Apenas que você fique mais alegre.

Na banca de jornal, Nick pegou um pacote de pastilhas de groselha e a edição de fim do ano da *Alexandria Park Star*. A capa trazia um cartum, e Nick soltou uma risada enquanto decodificava sua mensagem. A cena estava ambientada em uma sala de estar natalina. Ao lado da lareira, em uma pequena mesa, havia um prato cheio de migalhas, uma taça de conhaque quase vazia e uma cenoura mordida. No centro da imagem, vestido com um pijama de moletom, estava a versão infantil do primeiro-ministro do país, e ele estava reagindo com deleite desmesurado ao que acabava de descobrir ter sido deixado para ele durante a noite, no consolo da lareira. Ali, amarrados com laços, bem onde se esperaria que as meias cheias fossem penduradas, havia pequenos buquês feitos dos testículos dos cinco chefes sindicais mais influentes do país, cada pequeno pacote amarrado com um laço vermelho e decorado com um raminho de azevinho.

Nick abriu a revista na página em que Leo Thornbury encarava o leitor por baixo das sobrancelhas grossas e desgrenhadas.

Aquário: Através dos altos e baixos do ano que se foi, portadores da água, vocês encontraram seu caminho para o lugar exato em que precisam estar. Esperem boa sorte em sua carreira, sobretudo se seu trabalho exige que vocês estejam sob os olhos do público. E, como as forças espirituais do universo convergem dentro de vocês, emergirá uma nova clareza, na qual o amor poderá florescer. Tenham certeza de que, esteja ou não, neste momento, claro para vocês, vocês estão no caminho para onde precisam ir.

Daniel Griffin contara a Nick que Justine tinha sido suspensa da *Star* e que, agora, o próprio Daniel estava supervisionando a coluna da astrologia, por isso Nick estava tão certo quanto poderia estar de que essas palavras haviam sido escritas pelo próprio Leo Thornbury.

Mesmo assim, segurar a revista nas mãos fez com que ele sentisse um misto de emoções — nenhuma delas particularmente agradável.

Havia alguma raiva na mistura, ainda que ela tivesse perdido a intensidade. Ele não queria mais ir até o apartamento de Justine e sacudi-la para fora da sacada, pendurada pelos pés, até que ela explicasse o que diabos estava pensando.

Ela o tinha feito de tolo. De forma brilhante. E por meses ela o tinha enrolado. Porque olhando para trás, revendo tudo que "Leo" tinha escrito, deveria ter ficado óbvio para ele que um ventríloquo estava se passando por Leo. Mas sobre o que era, na verdade, essa brincadeira? Era seu modo de provar a si mesma de que ele era ridículo por dar atenção ao horóscopo? Justine planejava, algum dia, contar a ele sobre sua pequena artimanha? Ou pretendia rir dele, em segredo, para sempre?

Sim, ela o fizera de idiota, mas, o que ainda era pior, tinha tirado uma coisa dele. Justine estragou tudo: sua pequena dose de magia em um mundo pragmático — um punhado inofensivo de poeira de estrelas e mistério, uma vez por mês, na página de uma revista.

Agora que sua raiva tinha diminuído, Nick foi deixado com a confusão. Havia tantas perguntas não respondidas. Por exemplo, se você determinasse o curso de sua vida por uma direção falsa, necessariamente terminaria no destino errado? Ou o destino tinha caminhos complicados para se certificar de que você terminasse onde deveria estar, afinal de contas?

Porque, na maior parte do ano, não tinham sido as predições de Leo Thornbury, mas as falsas criadas por Justine Carmichael que Nick tinha tomado por bússola. Isso era o equivalente a confundir um satélite com uma estrela ou digitar uma folha de texto inteira antes de perceber que seus dedos estavam nas teclas erradas. Era como tentar achar o seu caminho em Londres usando um mapa de Nova York. Então, *era* esse o caso — como Leo agora estava sugerindo —, de que Nick tinha chegado ao lugar preciso onde era necessário que ele estivesse? Ou ele estava nos arredores errados?

Nick estava em um lugar em que um bom número de pessoas gostaria de estar. Tinha se mudado para a casa de uma mulher linda — de quem estava quase noivo —, tinha um novo emprego e estava ganhando bem; ele não estava — como estivera há não muito tempo — percorrendo estandes de comida saudável, usando uma fantasia inflável de pimentão, ou abrindo ostras, usando um traje fedorento de peixe. Ele deveria, sabia disso, estar feliz. Mas não estava.

Nick enfiou a cópia da *Star* de volta à estante de revistas, pegou um exemplar da *GQ* e a colocou junto com as pastilhas sobre o balcão.

— Tudo isso fica em onze dólares e trinta e cinco centavos — disse o jovem atrás do balcão.

CAPRICÓRNIO

♑

O CONSENSO HUMANO DE QUE A TERRA terminava sua volta anual ao redor do Sol em 31 de dezembro não era mais do que um acidente da história — uma decisão arbitrária que poderia facilmente ter seguido vários outros caminhos. Para falar com precisão, 364,25 outros. Mas isso não aconteceu. Seguiu-se o caminho de 31 de dezembro, o que significava que essa data se tornou, para sempre, sinônimo da ideia de finalização que, naturalmente, não pode ser separada da noção de começo. Pois mesmo quando dizemos um alegre adeus aos borrões e manchas na página bagunçada de um ano que chega ao fim, estamos ansiosos para passar para o seguinte, com sua página em branco e cheia de potencial. Amanhã.

Como tantas outras pessoas, embora possivelmente com mais motivos do que a maioria, naquele ano, Justine Carmichael acordou na manhã de 31 de dezembro com uma sensação de alívio pairando em algum lugar nos confins de sua consciência. O ano estava quase acabando. E, à meia-noite, toda aquela confusão ficaria no passado com o tique-taque de um relógio. Feito. Empoeirado. Deixado de lado como experiência e arquivado. Em um lugar escuro e embolorado.

Naquele ano, a noite de Ano-Novo caiu em um domingo. Justine acordou cedo, em seu quarto de infância em Edenvale, e o sol já estava castigando quando ela foi para o deque do quintal.

Usando a mão para fazer sombra nos olhos, ela distinguiu a silhueta de sua mãe lá fora, no jardim, com um balde. Era um hábito de Mandy manter um balde a seus pés, enquanto tomava banho. Agora, vestindo um roupão curto de algodão, ela estava distribuindo a água coletada em suas amadas flores: dracenas vermelhas e patas de canguru.

Justine respondeu ao aceno de bom-dia de sua mãe e bolou um plano desordenado de passear com Lucy em algum momento do dia — um dia que ela, a não ser por esse breve passeio, pretendia passar sentada no sofá, de pijama, assistindo à trilogia original de *Guerra nas estrelas*.

ᚩ

No período que antecedeu o Natal, Patricia O'Hare tinha passado bastante tempo em shopping centers e supermercados, e sua consequente exposição à alta rotatividade de músicas natalinas a deixara com um fragmento de canção grudado, como um torrão de açúcar num pirulito, em seu cérebro.

Agora era véspera de Ano-Novo, mas a melodia fundida em sua cabeça não dava sinais de dissolução; Patricia se viu assobiando a música "It's the Most Wonderful Time of the Year" enquanto andava pelos corredores de concreto do Abrigo de Cães.

Na tradicional enxurrada pós-Natal, o abrigo lotou com filhotes caros de spoodle e cavoodle que faziam poças inesperadas de xixi em tapetes ainda mais caros. Nesse ano, também havia uma boa quantidade de filhotes de pug que pareciam mais fofinhos antes de deixarem um rastro de pares de sapatos mastigados por onde passavam. Um labrador chocolate de três anos tinha sido abandonado, de novo, depois de comer as bolas da árvore de Natal e uma família dissera que voltariam para pegar seu velho pastor alemão quando voltassem de Bali, se ele ainda estivesse ali.

Como de costume, essa época do ano era difícil para o Abrigo de Cães: não apenas porque havia mais animais do que o usual, mas porque a maioria dos voluntários estava de férias. Ainda que Patricia atuasse mais no escritório, aquela não era hora de bancar a diva. Então, no início da tarde, Patricia e sua pá de recolher cocô entraram na jaula do cão que talvez fosse o mais feio do abrigo. Ele era um street terrier e um reincidente no abrigo, e a probabilidade de ele conseguir uma nova casa era quase nula. Na vez mais recente em que ele fora trazido, estava usando uma bandana suja em que alguém havia escrito um nome: Brown Houdini-Malarky. Esse, portanto, era o nome pelo qual ele tinha se tornado conhecido e era o nome que estava escrito em uma pequena lousa pendurada na frente de sua jaula.

— Ei, Brown — cumprimentou Patricia.

Brown abanou o rabo magricelo e empelotado. Ele sabia que não adiantava ser rabugento com os voluntários. Então apenas observou enquanto Patricia recolhia uma pilha de excremento com textura de mousse de chocolate. Logo, porque ele não era, por natureza, um cachorro mal-humorado, adicionou um pouco de uivo harmônico à música que ela estava cantando.

— Você tem uma voz adorável, Brown — disse a ele Patricia e o acariciou entre suas orelhas.

Brown gostaria de ter levado o crédito pelo que aconteceu a seguir.

Na verdade, ele pegaria o crédito para si, decidiu. No futuro, quando andasse pelas ruas da cidade, um street terrier de volta a seu habitat natural, contaria como foi seu vodu canino irresistível que fez a mulher sair correndo de sua jaula, com a pá de colher cocô e o balde.

Ele afirmaria que foram seus poderes mentais superiores que a fizeram fechar a porta de qualquer jeito e correr com seus sapatos coloridos e brilhantes, com seu telefone contra o ouvido, sem olhar para trás.

— Zadie está o quê? — perguntou Patricia ao telefone. — Em trabalho de parto? Agora?

Brown observou a mulher estancar no meio do caminho.

Você não vai olhar para trás, você não vai olhar para trás.

— A bolsa já rompeu?... Hum-hum.

Você não vai olhar para trás, você não vai olhar para trás.

Estava funcionando, Brown viu. A mulher não olhou mesmo para trás.

Em vez disso, ela estava com lágrimas nos olhos e parecia alheia ao que acontecia ao seu redor.

— Está acontecendo de verdade, não está? Eu vou ser avó... Certo, certo. Estou a caminho.

Depois que a mulher desapareceu de sua vista, Brown esperou alguns instantes. Então cutucou a porta da jaula com o focinho.

Sim! Ela se abriu com facilidade. Brown estendeu a cabeça, olhou para a direita, depois para a esquerda, ainda que a falta de seu olho esquerdo o obrigasse a virar mais a cabeça para dar uma boa olhada naquela direção. Vendo que o caminho estava livre, ele agradeceu suas estrelas da sorte. Quando se tratava de ser adotado, era uma desvantagem estar alojado tão ao fundo no abrigo. Mas, quando se tratava de escapar, com certeza era um bônus estar nos blocos de trás, onde os humanos quase não apareciam.

A certa distância, no caminho, Brown avistou um par de lixeiras com rodinhas encostadas em um muro do concreto. Ele julgou que, pelas latas estarem afuniladas em sentido a suas bases, ele seria capaz de se espremer no espaço atrás delas. De onde as latas estavam — para um street terrier de coragem e empreendedor — era só uma corrida até os portões dos fundos do abrigo. E tudo que Brown precisava fazer era se esconder e esperar.

Brown escapou de sua jaula. Ele teria gostado de dizer que tinha resistido à tentação indigna que lhe sobreveio, enquanto corria em direção às lixeiras, mas a verdade é que não resistiu. Passando pela jaula de um pequeno lulu da pomerânia contentinho que estava esperando sua liberdade há meses, Brown espalhou uma mensagem apressada, em xixi, pelo arame. *Finalmente livre! Eu sou Brown Houdini-Malarky e finalmente estou livre!*

ↄ

Caleb Harkness — Sagitário, arquiteto paisagista durante a semana e capitão de hóquei subaquático aos fins de semana, solteirão não ortodoxo e colecionador de discos de vinil — não tinha sido capaz de esquecer a mulher bonita, com o cabelo escuro e uma gérbera atrás da orelha, que tinha conhecido na loja Vinnies, de discos antigos, onde também tinha encontrado um LP dos Pixies em perfeito estado. Desde o dia em que a conhecera, vinha se castigando por ser um idiota. Não apenas tinha ficado muito tímido para pedir o telefone dela, tinha sido imbecil ao ponto de até mesmo não perguntar seu nome ou descobrir onde trabalhava.

Naquele dia fatídico da porcelana do casamento de Charles e Diana, houve muito tempo e várias oportunidades. Enquanto aquelas vinte caixas cheias de porcelana estiveram bloqueando a saída da loja, ele poderia ter conseguido algum tipo de informação útil.

E até mesmo quando a entrada foi liberada houve tempo o bastante. Junto com a garota da loja, Caleb e a mulher com a gérbera atrás da orelha abriram uma caixa depois da outra, em uma onda incrível de incredulidade.

Tinham de saber: quanta porcelana do casamento de Charles e Diana era possível uma pessoa ter?

Durante todo o episódio, o único fato que ele havia descoberto, e isso só porque ela deixara escapar por acaso, era que ela era florista. Onde? Naquela cidade? Em qual bairro? Ele não tinha perguntado. Era um idiota monumental.

Verdade, era bem provável que ela fosse casada com algum pintor abstrato, intenso e sofisticado, ou então com um dramaturgo com costeletas. Ou, já que tocamos nesse assunto, com uma dramaturga com seios requintados. Mas e se ela não fosse? Ele nunca teve muito tempo para o conceito de química, mas estava bem certo de que o cheiro dela causara um desequilíbrio em seus átomos. Ela cheirava como lírios depois da chuva. Era esbelta e misteriosa, e havia um tom sensual em sua voz. Era espirituosa e tinha uma risada solta e, acima de tudo, era de alguma forma familiar, como se ele já conhecesse a sensação de acordar com a cabeça dela pousada na curva de seu braço. E por isso ele tinha decidido visitar, de forma sistemática, cada floricultura em cada bairro da cidade até encontrá-la.

Mas quem poderia dizer que existiam tantas floriculturas? Ela não foi encontrada na floricultura famosa e reluzente próxima ao hospital, que vendia ursinhos cor-de-rosa e azuis e balões de alumínio com mensagens brilhantes. Nem ele a tinha encontrado em qualquer loja de flores chiques no centro de Sidney. Teve grandes esperanças no dia em que foi até uma floricultura de inspiração asiática — sua vitrine estava cheia de orquídeas e outras flores tropicais — que não ficava longe da Vinnies. Mas ela também não estava lá.

Ele começou sua busca com um otimismo total, mas alcançou o fim de sua lista sem qualquer alegria. Agora era noite de Ano-Novo e estava na mente de Caleb adicionar "esqueça a florista bonita" na sua lista de resoluções, que também incluía "pare de passar tardes inteiras procurando discos no eBay", "consiga um sistema melhor de arquivamento para os recibos de impostos" e "poupe dinheiro levando marmita para o trabalho durante a semana".

Nesse dia, o último do ano, a irmã superorganizada de Caleb estava dando um jantar de família, e já que sua irmã não o considerava capaz de fazer uma salada ou sobremesa impressionante o suficiente, ela lhe dera a missão de levar os camarões. Tudo que Caleb precisava fazer, disse ela, era comprar alguns quilos no caminho para a casa dela.

Então, lá estava ele, nos mercados de Alexandria Park, por volta das quatro da tarde, na véspera do Ano-Novo, segurando um embrulho de camarões crus que nunca chegariam à mesa de sua irmã. Pois bem do outro lado do caminho ficava uma banca de flores que não estava em sua lista. Ela se chamava Hello Petal e no balcão, com uma gérbera alaranjada e vibrante na orelha, estava sua linda florista. Caleb não parou para pensar. Caminhou em sua direção. E, quando percebeu que não tinha um plano para o que iria dizer, ficou parado a um metro de distância dela.

Ela usava um avental com um bordado xadrez e preso à alça havia um crachá de chita costurado à mão. Fern. O nome dela era Fern. O que lhe caía com perfeição. Caleb sentiu suas mãos começarem a suar enquanto a observava colocar uma bandeja de amores-perfeitos sobre o balcão. Ela ergueu o olhar. E o viu. Ele pôde ver que ela o reconhecera.

— Olá de novo — cumprimentou ela.

Ele conseguia ver que ela estava contente.

— Oi — disse ele. — Estive procurando por...

Ele, nervoso, procurou por um nome para completar a frase. Rosas? *Chato. Óbvio.* Lírios? Soa *funerário.* O silêncio que se seguiu à sua frase estava se alongando. Caleb piscou. Fern abriu ainda mais o sorriso. Ela sabia pelo que ele procurava. Ela era amável para caramba. Ele poderia também só contar a verdade.

— Estive procurando por você — afirmou ele.

Foi do lado de dentro da curva de um aqueduto, ao lado de uma avenida movimentada, que Brown Houdini-Malarky viu a última luz do dia — e a que também era a última do ano a extinguir-se do céu. Ele passou várias horas quentes e sedentas atrás daquelas latas, esperando que alguém abrisse o portão do fundo, e, aproximando-se do fim do dia de trabalho, ele tinha começado a pensar que isso nunca aconteceria. Mas por fim alguém veio e, em um espetacular golpe de sorte, era um voluntário com joelhos frágeis e péssima visão; Brown tinha passado por ele sem ser visto, mesmo o spaniel que o velho segurava pela coleira tendo latido como louco.

Agora que a noite tinha chegado, Brown trotou ao longo da beira da avenida até chegar às luzes brilhantes e aos cheiros de comida de uma lixeira de uma lanchonete, transbordando de delícias. Já no chão, havia restos de um hambúrguer quase todo comido. Brown não deu bola para ele e, então, levantando-se e apoiando as patas do lado da lixeira, usou seu focinho para empurrar um copo de milk-shake que já estava na beirada. Leite amarelo, sabor banana, escorria pelo lado da lixeira e Brown o lambia com gratidão. Essa era a sua primeira refeição em meses que não era ralada ou enlatada.

Brown se retirou para um lugar seguro nas sombras e sentou-se sobre sua barriga para observar os rodotrens indo e vindo. Como um meio de transporte, caminhões eram imperfeitos. Brown sabia por experiência que eles, em geral, contornavam a periferia da cidade, sendo raro passarem pelo centro. Entretanto, motoristas de rodotrens, com frequência, sentiam-se solitários, o que os deixava mais propensos a aceitar a companhia de um pequeno companheiro de viagem do que os motoristas dos carros. Se Brown conseguisse pegar uma carona em um rodotrem, isso o deixaria a meio caminho das ruas que conhecia tão bem.

O primeiro motorista que Brown viu era do tipo errado. Ele tinha um rosto anguloso, um jeitão de homem de negócios e um equipamento reluzente, o que significava que era quase certo ele ser intolerante a pelo de cachorro. O segundo pareceu mais convidativo, mas ele estava se afastando da cidade e não indo em direção a ela. *O terceiro é o da sorte,* pensou Brown, avistando um motorista corpulento e desleixado saindo de uma lanchonete cheio de comida gordurosa e bebidas cheias de açúcar. Quando o motorista chegou ao seu caminhão, Brown estava sentado no chão, do lado da cabine, balançando seu rabo de maneira amigável, mas não muito ostensiva.

O motorista viu o pequeno cachorro feio e, de imediato, experimentou uma sequência de pensamentos muito claros. *Vou abrir minha porta,* ele pensou. *Deixarei esse pequenino fofo entrar e o levarei para dar uma volta. Também abrirei bem o vidro do passageiro para ele, para que assim ele possa colocar sua cabeça para fora e tomar uma brisa.*

Momentos depois, Brown Houdini-Malarky estava a toda em direção à cidade, com o vento batendo em seu pelo e seu único olho aberto, procurando sua próxima oportunidade.

☌

Laura Mitchell usava um vestido preto, até a altura dos joelhos, com detalhes sutis de renda no pescoço e na bainha, e sandálias de tiras e salto alto. Seu cabelo tinha sido moldado com cuidado, exibindo ondas que caíam sobre os ombros, e, embora sua maquiagem não fosse tão sutil, também não estava exagerada.

— Você está incrível — disse Nick, que, por insistência de Laura, tinha vestido um smoking.

Eles estavam diante do prédio do apartamento deles, esperando pelo táxi que os levaria até o Cassino Galaxy. Lá, eles se encontrariam com dois colegas de Laura, Eve e Sergei, que haviam sugerido comerem no Capretto, o mais badalado dos restaurantes do cassino, onde as refeições eram pequenas e a cozinha não fechava até muito mais tarde. Depois do jantar, os quatro planejavam subir até o salão de baile, no último andar, para o show de Ano-Novo tradicional do Galaxy, apresentado, neste ano, por uma dos artistas favoritos de Nick, Blessed Jones.

Laura disparou um sorriso brilhante para Nick.

— Esta vai ser uma noite inesquecível, não vai?

Nick assentiu. Entendia o que ela queria dizer. Ambos sabiam, apesar de não terem falado sobre isso em voz alta, que, em algum momento da noite, Nick surpreenderia Laura ao mostrar a caixa de anel que trazia no bolso e a pediria em casamento.

O desenho do anel não era surpresa mais genuína do que a ocasião de sua apresentação. Laura estivera envolvida em cada parte do processo — escolhendo o joalheiro, a pedra (um rubi de um tom avermelhado profundo), fazendo o esboço da peça (simples, elegante, em ouro branco), assegurando-se do tamanho correto e mandando a Nick uma mensagem de texto, avisando que o anel já estava pronto para ser retirado.

Era simplesmente prático para uma mulher, Laura havia dito, estar envolvida com a escolha de sua joia de casamento. Afinal de contas, ela disse a ele, se vai ser para sempre, precisa ser perfeito.

ૐ

Tansy Brinklow enfiou o pé no acelerador e seu novo Alfa Romeu Spider deu outra arrancada emocionante em alta velocidade. Passava um pouco das oito da noite, era véspera do Ano-Novo, a capota estava arriada, "You Sexy Thing" pulsava pelos alto-falantes e as pontas prateadas da echarpe de caxemira que cobria o cabelo de Tansy voavam, sopradas pelo vento.

Tansy não tinha nenhum destino certo em mente. Bem agora, tudo que desejava era passar pelo rodotrem que estava bloqueando sua vista da estrada à frente. Ela sinalizou rápido e foi para a faixa da esquerda.

Quando passou pelo caminhão monstruoso, pareceu a ela como se alguma coisa estivesse voando da janela do passageiro — alguma coisa parecida com um tapete sujo ou um brinquedo macio e peludo. Mas quando olhou no seu espelho retrovisor, não havia nada caído na estrada. Tansy deu de ombros e dirigiu em direção à cidade, sem perceber que um pequeno clandestino marrom estava agora encolhido atrás do banco do passageiro, ofegante de alívio.

ૐ

Por volta das nove horas da noite, o táxi de Nick e Laura estava passando pela margem oeste do Jardim Botânico da cidade, e Nick — ainda que estivesse algo ciente do aperto de sua gola e da gravata-borboleta — estava se sentindo do modo como, com frequência, sentia-se quando outra pessoa o levava de carro pelos lugares, tomado por uma sensação agradável, um torpor ao mesmo tempo hipnótico e sonhador.

— No que você está pensando? — perguntou Laura.

— Hum? — indagou ele, embora tivesse ouvido sua pergunta muito bem.

— Eu perguntei no que você está pensando.

— Estava pensando no meu horóscopo — respondeu Nick, e essa era quase toda a verdade.

E, como as forças espirituais do universo convergem dentro de vocês, tinha escrito Leo, *emergirá uma nova clareza, na qual o amor poderá florescer.*

Mas, é claro, pensar sobre horóscopo e sobre Leo Thornbury inevitavelmente levava Nick a pensar em Justine.

— Você e seu horóscopo — zombou Laura, apertando sua mão.

Nesse momento, Nick viu um pequeno cachorro — um terrier ou algum parecido — pular de um conversível preto para a estrada. Não se sentindo mais hipnotizado, Nick se inclinou para a frente para observar o cachorro passar por entre os carros que seguiam na mesma direção que o táxi. Ele o viu chegar a salvo no canteiro central, esperar por um instante e então saltar — através do tráfego corrente — em direção ao Jardim Botânico. Na maior parte do tempo, o cachorro fez um trabalho incrível se desviando dos carros velozes, mas então calculou errado e foi atingido em seu lado esquerdo por um carro veloz. O cão deslizou pelo asfalto. Havia sangue na estrada; o carro não parou.

— Caramba! Você viu isso?

— Sim, sim. Ele não parece bem — disse o motorista.

— Pare o carro — ordenou Nick.

— Qual o problema? — perguntou Laura, espiando o tráfego. — Houve um acidente?

— Um cachorro foi atingido. Vou atrás dele — respondeu Nick e abriu sua porta.

— Um cachorro? — perguntou Laura incrédula. — Nick, temos reservas para o jantar.

— Você pode ir. Eu a alcanço. Peça sem mim, certo? Estarei lá assim que conseguir.

— Você não pode sair correndo atrás de um cachorro! Não hoje à noite! É véspera de Ano-Novo, Nick. Temos *planos!*

Mas Nick já havia saído para o tráfego pesado e estava mandando um beijo para ela, pela janela da porta fechada do táxi.

Nick, assim como o cachorro tinha feito, chegou em segurança ao canteiro central e esperou ali. Diferente do cão, ele tinha a vantagem de ser visto com facilidade pelos motoristas dos carros que passavam velozes naquele trecho da estrada.

Erguendo as duas mãos em um gesto que era em parte rendição, em parte um apelo e em parte, uma desculpa, ele atravessou a confusão de veículos e buzinas para alcançar o outro lado da estrada, onde, na calçada, o cachorro tinha deixado uma trilha errática de manchas de sangue.

Nick continuou correndo, seguindo a evidência até encontrar o cachorro encolhido na folhagem, na base de uma sebe. Através de um único olho preto, o cachorro observou Nick se aproximar, seu corpo inteiro tremendo.

Havia sangue no pelo do cachorro, e a pata dianteira parecia estar torcida e doendo.

— Seu pobre coitadinho — disse Nick. — Acho que é melhor conseguirmos alguma ajuda para você, hein? Venha aqui, rapaz. Venha, venha aqui.

Nick se agachou, enquanto continuava a avançar, e os barulhos que ele fazia eram suaves e calmantes. Mesmo assim, o único olho do cachorro pareceu ficar maior e mais escuro, de medo, e apenas quando Nick estava dentro do alcance de seu pulo o cachorro se apoiou em três de suas quatro patas e mergulhou por uma abertura estreita da sebe.

— Caramba — disse Nick e saiu correndo, seguindo a sebe e tentando se lembrar de quantas entradas haviam ali para os jardins e onde diabos elas ficavam. Depois de uns poucos minutos, ele chegou a um portão duplo feito de lanças altas de ferro forjado. Afixada no portão da esquerda, havia um cartaz de *Romeu e Julieta* da companhia *Faces de Shakespeare*.

Nick empurrou o portão da direita, que se abriu. Dentro daquele lugar, de exuberância esverdeada e sossego, ele examinou os pontos escuros e as subidas nos gramados, os caminhos escuros e as silhuetas escurecidas das árvores. Os postes de iluminação, nas laterais do passeio, estavam quase invisíveis na escuridão, e seus globos de luz pareciam pendurados na noite, tão cheios quanto dentes-de-leão. Nick vasculhou o local, até entrever algo se movimentando desajeitadamente no topo de uma elevação.

O cão tinha uma boa vantagem sobre ele, e passaram-se muitos minutos antes que Nick — correndo o mais rápido que conseguia, usando seus sapatos brilhantes e escorregadios — chegasse ao local no alto da encosta onde tinha visto o cachorro. Da elevação dava para ver a famosa lagoa de nenúfares do Jardim Botânico, mas mais uma vez o cão desapareceu de vista.

Ah, caramba, Nick pensou, ele tinha tentado de verdade.

— Ei, Siri — falou ele para seu celular. — Ligue para Laura Mitchell.

— Sinto muito — disse Siri. — Eu não entendi bem. — Sua Siri estava envelhecendo e, nos últimos tempos, tinha ficado quase surda.

— Ligue para Laura Mitchell — ordenou ele, mas, ao falar, avistou o cachorro passando pelo gramado, do outro lado da água, em direção a um monte de árvores altas.

— Para qual Laura você gostaria de telefonar? — perguntou Siri, colocando opções na tela de seu telefone, mas Nick a ignorou.

Por qual direção ir?, perguntou-se Nick. Que caminho era mais curto — ao redor do lago, pelo lado esquerdo, ou pela direita? Ou... havia uma terceira opção.

Através do meio do lago havia uma estreita barragem de concreto, sobre a qual a água caía em uma cachoeira rasa. Se ele atravessasse por ali, pensou, mal conseguiria molhar os pés. Faria isso, decidiu — passaria direto pelo meio do lago.

A barragem de concreto era tão larga ou um pouco mais larga quanto o seu pé; dificilmente era como uma corda presa entre dois arranha-céus. No entanto, Nick sentiu seu pulso acelerar como se ele estivesse tentando algum feito de desafio à morte. Pé esquerdo, pé direito, pé esquerdo, direito... Mas então, em sua pressa, pisou em cheio em uma folha de nenúfar, em vez de, com cuidado, enfiar um dedo debaixo dela. A superfície da folha estava escorregadia. O pé de Nick escorregou para o lado. Sem pensar, ele abriu bem os braços para recuperar o seu equilíbrio e, quando conseguiu, deixou cair o telefone de sua mão. Ao cair, o aparelho fez um som mínimo na água, enquanto seguia a gravidade até o fundo do lago de nenúfares.

— Não! — gritou Nick. Por mais que estivesse longe de ser o mais novo iPhone do mundo, aquele telefone ainda era a segunda coisa de maior valor que ele tinha, depois de sua bicicleta. Parou com as mãos na cintura e olhou para a água escura, com folhas flutuando. Seu telefone estava perdido e não havia nada, ele sabia, a fazer quanto a isso. Mas agora era praticamente obrigatório encontrar aquele cachorro. Se encontrasse o cachorro, a perda de seu telefone seria considerada nobre. Se não encontrasse, seria apenas estupidez.

Parecia a Phoebe Wintergreen que ela e Luke eram os únicos dois membros da plateia que tinham vindo a *Romeu e Julieta* sem uma cesta e uma toalha de piquenique recheada de molhos e biscoitos, vinho e copos de plástico. Embora Luke tivesse aberto seu casaco para que se sentassem sobre ele, as mãos de Phoebe estavam dormentes de ficarem apoiadas na grama orvalhada e sua saia já estava toda úmida.

Eles revezavam uma garrafa de Stone's Green Ginger Wine que Phoebe tinha roubado da prateleira da despensa onde a mãe escondia comida, mas, ainda que a noite tivesse começado com tantas promessas, Phoebe estava sentindo desaparecerem todas as suas esperanças. Claro que, se Luke fosse pegar em sua mão, ele já teria feito isso. Estavam no terceiro ato, pelo amor de Deus.

Teobaldo — caminhando agora pelo palco com espadas pesadas balançando em ambas as mãos — estava sendo representado por uma mulher. Ela era alta e imponente, com o cabelo ruivo puxado bem firme para trás, em duas tranças grossas, e um figurino que sugeria que era uma donzela viking.

Mercúrio, já caído no chão atrás dela, não estava vestido no mesmo estilo, mas de um modo que lembrava o casaco de veludo do smoking de Oscar Wilde.

— *A alma de Mercúrio está apenas um pouco acima de nossas cabeças* — disse um Romeu distraído, olhando para o céu —, *esperando por você para lhe fazer companhia. Você ou eu, ou nós dois, deveremos ir com ele.*

O figurino de Romeu era, de novo, de um estilo diferente. Ele usava uma simples camisa branca e uma calça rústica que ia até a altura do joelho, o que o fazia parecer ter acabado de sair de um pastoreio de cabras em algum prado austríaco.

Teobaldo, com completo desdém, apontou a ponta de sua espada para a garganta de Romeu, e a plateia soltou um suspiro coletivo enquanto a atriz dizia sua próxima fala:

— *Tu, menino miserável, que o acompanhaste aqui, deve então prosseguir com ele.*

Mas Romeu escapou da ameaça, apertou a própria espada com mais força, preparou-se para lutar.

— *Isto deve determinar quem vai!* — gritou Romeu e avançou para cima de Teobaldo.

Enquanto Romeu e Teobaldo duelavam, Phoebe avistou o que parecia ser um cachorro. Ele estava mancando, seguindo pelo lado direito da plateia e sendo perseguido por um homem de smoking.

— Olhe — sussurrou ela para Luke. — Lá.

— Isso faz parte da peça? — perguntou Luke em voz baixa.

— Não na versão que conheço.

— O que ele está fazendo?

— Ele quer pegar o cachorro, eu acho.

Phoebe conseguia ver que o homem de smoking estava tentando se manter invisível e não ser notado, mas na verdade não estava tendo sucesso em relação a isso.

Quando o cão alcançou a ponta da iluminação do palco, o homem de smoking atacou. Mas o cachorro não tinha planos de ser contido.

Ele latiu e lutou, o sangue de sua mandíbula manchando toda a frente da camisa branca do homem, e, em seguida, lançou-se de volta ao chão, aterrissando com um uivo de dor. Ele saiu mancando, correndo como dava, com a cabeça meio virada para manter um olho no seu perseguidor. Phoebe cobriu a boca com a mão, quando o cachorro correu em direção ao duelo entre Romeu e Teobaldo.

— Mas que diabos? — gritou Teobaldo, de repente fora do roteiro, quando um lampejo de pelo sujo passou pelos seus pés.

Phoebe teve a impressão de que o cachorro iria correr direto pelo cenário e então sair pelo outro lado, mas, ao ver o arco oscilante da espada de Romeu, o cachorro mudou de direção. As pessoas na plateia soltaram um riso nervoso, não tendo certeza do que estava acontecendo, enquanto o pobre cachorro corria confuso naquela direção, e com isso ficando sob os pés de um dos lutadores, depois do outro, enquanto o homem de smoking pairava à beira do palco, com seus braços abertos, como se ele esperasse ser capaz de capturar o cachorro caso ele fugisse em sua direção.

Então a própria Alison Tarf — a diretora da peça e da companhia — apareceu usando suas roupas pretas, uniforme da equipe, com seu cabelo pálido voando, enquanto tentava agarrar o canino problemático. Mas o cachorro desviou dela e correu entre as pernas de Teobaldo, que perdeu o equilíbrio e caiu sobre Romeu, com o punho de sua espada batendo forte em seu rosto. Romeu deixou cair sua espada e soltou um grito de dor. A maioria das pessoas na plateia estava fora de seus assentos ou de joelhos, esforçando-se para ver o que estava acontecendo.

— Meu *dentche*! Meu *dentche*! Eu perdi um *dentche*! — gritou Romeu.

— Isso é de verdade? — perguntou Luke a Phoebe.

— Eu não tenho ideia *do que* está acontecendo.

Havia sangue nas mãos e no rosto de Romeu, e Mercúrio — que tinha estado morto sobre os paralelepípedos —, de repente, saltou com vida.

— É a merda do meu *dentche* da frente — disse Romeu, choroso.

Teobaldo, de quadro, estava procurando no palco.

— Encontrei! Encontrei! — exclamou ela, segurando alguma coisa entre o dedão e o dedo indicador.

Então Alison Tarf conseguiu, por fim, agarrar o cão cansado pela costela. Ela ainda estava segurando o animal ofegante, bem preso contra seu peito, quando foi até o centro do palco.

— Pedimos desculpas — disse ela, um pouco sem fôlego — por essa interrupção inesperada da produção. Por favor, conversem entre si por um momento, enquanto nos reorganizamos.

Phoebe, ouvindo trechos da conversa que se seguiu (*o que iremos fazer... que catástrofe maldita... nada de substituto... mande todo mundo para casa!... devolvam o dinheiro deles... onde está James?... leve-o para a emergência dentária*), não conseguia acreditar no seu azar. Por que não poderia ter sido Julieta que precisava ser ajudada para sair do palco? Se tivesse sido Julieta, então ela — Phoebe Wintergreen — teria sido capaz de dizer à Alison Tarf: *Conheço Julieta. Minha alma é prima de sua alma! Posso ser a sua Julieta.*

ↄ

Nick, sob o olhar fulminante de Alison Tarf, abriu a boca para falar. Então se conteve. O que ele estava pensando? Em seu bolso estava um rubi imenso que sua namorada estava esperando que ele, em algum momento durante aquela noite, colocasse em seu dedo. E nos braços de Alison Tarf estava um cachorro sangrando — um cão que se tornou responsabilidade de Nick. O animal precisava dos cuidados de um veterinário. Mas Nick também sabia o papel de Romeu. Ele ainda conhecia cada palavra, percebeu, pensando em Justine, sentada em sua varanda, de pernas cruzadas, com o roteiro dele aberto sobre um joelho e uma caixa de Maltesers no outro.

— Eu poderia... — disse Nick.

— Você poderia *o quê*? — perguntou Alison Tarf, de forma seca.

— Eu poderia... fazer o Romeu — respondeu Nick. — Conheço o papel. Fiz Romeu este ano. No Gaiety. Ainda sei todas as falas.

Então Alison Tarf olhou para ele com mais atenção. Com a visão mais apurada, ela o encarou com dureza.

— Eu o vi. Eu assisti àquela peça — disse ela. — E eu não o chamei? Para uma audição?

— Eu lamento, eu...

— *Quem* é ele? — perguntou Julieta, perplexa.

— Ele — respondeu Alison Tarf, de repente inundada de alegria e travessura — é nosso novo Romeu.

Nick acariciou a cabeça do cachorro exausto.

— Vê todas essas pessoas, amigo? Elas precisam que o show continue. Você consegue aguentar até o descer da cortina? Por favor? Vou levá-lo ao veterinário assim que possível. Tudo bem, amigo?

E foi a imaginação de Nick ou houve um brilho de entendimento no único olho escuro do cachorro?

— Certo — disse Alison —, vamos fazer isso.

— E quanto ao figurino? — perguntou Nick à diretora.

Alison Tarf segurou Nick pelos ombros, examinou-o em seu smoking e camisa manchados de sangue.

— Você estará bem do jeito que está.

☍

Annabel Barwick — Câncer, veterinária de segunda a sexta-feira, entusiasta do clube de cobertores nos fins de semana, estrela de fotografias de casamento, e que se fantasiava de uma calopsita chamada Sheila, apoiadora praticante de numerosos abrigos locais de animais e fundadora de uma instituição de caridade para cães nepaleses — estava trabalhando até tarde na véspera do Ano-Novo.

Ela não tinha pretendido trabalhar até tarde, mas um jovem kelpie vermelho-amarronzado foi trazido vomitando e inerte, e os raios-x revelaram que o chocalho de algum brinquedo macio tinha ficado preso em seu intestino. O cachorro estava voltando agora da anestesia com uma sutura imaculada feita por Annabel em sua barriga raspada.

Tendo mandado para casa toda a sua equipe, menos uma enfermeira, Annabel se sentou à mesa da sala de cirurgia para preencher a papelada relacionada à operação do kelpie. Para além da porta de vidro que dava para a rua, a cidade estava em festa, e Annabel conseguia sentir a pulsação das festividades. Quando a porta se abriu, por volta das onze e quinze da noite, deixou entrar um pouco do barulho — a batida da música, os gritos dos foliões, o irritante barulho das vuvuzelas. Também deixou entrar um jovem de boa aparência, vestindo um smoking e trazendo um terrier que sangrava em seus braços.

Não, não, não, não, não, pensou Annabel, sentindo que suas últimas esperanças de sair da clínica antes da meia-noite tinham evaporado. Em resumo, considerou dizer ao homem que não poderia ajudar. Que talvez ele pudesse tentar um hospital veterinário diferente. Mas então ela olhou nos olhos do cachorro ferido. Ele precisava de ajuda. E agora que olhava com mais atenção para o cão, percebeu que ele tinha cruzado seu caminho antes.

— Esse é o Brown Houdini-Malarky — concluiu Annabel, dando a volta no balcão.

— Você o conhece? — perguntou o homem de smoking.

— Você o adotou? — quis saber Annabel, incrédula.

— O quê?

— Do Abrigo de Cães? Você o adotou?

— O quê? Não, não. Eu não sei nada sobre ele. Foi atingido por um carro, próximo ao Jardim Botânico. Só aconteceu de eu assistir à cena e persegui-lo, conseguir pegá-lo e trazê-lo assim que pude. Bem... houve um pouco de atraso. Droga. Ele vai morrer, não vai?

A veterinária ajeitou o pelo que caia sobre o olho bom de Brown. A respiração do cachorro estava difícil, mas não tão ruim.

Havia sangue grosso e pegajoso em seu pelo e também nas dobras da camisa branca do smoking do homem.

— Ah, Brown. Você bancou o Houdini de novo? — perguntou Annabel ao cachorro. E então virou-se para o homem. — Você pode trazê-lo por aqui?

Com Brown deitado em uma mesa na sala de consulta, não levou muito tempo para Annabel verificar que o cachorro tinha uma pata com uma fratura horrível e que sua mandíbula também apresentava fratura, porém em melhor condição. Ela também suspeitou de que houvesse um pequeno quadro de hemorragia interna.

— Isso não está bom — atestou Annabel. — Quero dizer, é provável que eu consiga salvá-lo, mas a questão é se eu devo tentar ou não.

Ela explicou que Brown Houdini-Malarky tinha entrado e saído de abrigos pela maior parte de sua vida. A chance tinha sido dada a ele, mais vezes do que o imaginável, de ter um lar, mas com um olho faltando e... bem, ele não tinha exatamente uma beleza que saltava aos olhos... ninguém tinha aberto seu coração para ele. O cão já estivera no corredor da morte uma vez, disse ela. Não ter sido colocado para dormir ainda era um milagre. Consideradas todas as coisas, se ela telefonasse para o Abrigo de Cães para perguntar a eles o que fariam, era provável que dissessem a ela para...

— Não.

— Não?

O homem respirou fundo.

— Olhe, eu preciso ir. Já estou realmente bem atrasado para onde eu deveria estar. Mas, se você puder fazer a cirurgia, eu vou pagar por ela.

— Você entende que poderíamos consertá-lo, apenas para ele sofrer uma eutanásia daqui a seis meses ou um ano? Isso, digo, se ninguém o adotar. E a cirurgia é cara. Quero dizer, darei o máximo de desconto que puder, mas... — Annabel se interrompeu.

— Ele é mesmo feio, não é? — perguntou Nick, acariciando o cachorro com afeto, atrás de uma de suas orelhas.

— Ele é horrível — confirmou Annabel.

Em outra época, Nick Jordan poderia ter tomado uma decisão diferente. Mas, bem, naquele momento ele estava chapado de tantos aplausos e cheio de confiança em si mesmo e na elasticidade de sua conta bancária.

A plateia lotada da noite de estreia no Jardim Botânico, maravilhada pela *Faces de Shakespeare* ter conseguido fazer o show continuar com a total participação de um Romeu, levantou-se e deu ao elenco uma ovação surpreendente. E não apenas isso, quando Nick deu um passo à frente para agradecer, os aplausos se intensificaram ainda mais. Houve gritos, assovios e punhos no ar. Ele tinha sido um herói. Um herói.

— Não me importo com os custos. Eu pagarei — disse Nick, em tom de promessa.

ᚦ

Nick subiu as escadas da entrada da frente do Cassino Galaxy, de dois em dois degraus, e depois de empurrar uma porta giratória, que parecia demorar uma eternidade para virar, entrou no ambiente cintilante do saguão do cassino. Uma parede estava ocupada com uma cortina de água, que parecia feita de diamantes. Por toda parte, havia mulheres em vestidos brilhantes e homens em nuvens de perfume.

Ele, com a camisa manchada de sangue, a gravata borboleta desfeita e o cabelo bagunçado, estava chamando a atenção. Mas não tinha tempo para se preocupar com isso. Vasculhando o bolso do paletó, certificou-se de que, embora seu telefone estivesse no fundo do lago de nenúfares, o anel de noivado de Laura ainda estava a salvo com ele.

Nick encontrou um elevador e apertou, impaciente, o botão para subir e, por fim, as duas portas se abriram.

As palavras SALÃO DE BAILE estavam gravadas em metal, ao lado do botão mais alto do painel de controle. Nick o apertou e se foi. Quase: bem antes das portas se fecharem, elas deram um solavanco e se abriram de novo. Nick sentiu uma pontada de frustração quando dois adolescentes correram para o elevador, com um ar de que tinham acabado de encontrar um esconderijo muito bom. Vendo que não estavam sozinhos, tentaram se recompor, mas nenhum deles conseguiu fazer os risinhos tolos sumirem por completo de seus rostos.

Eles eram muitos jovens para estarem ali, observou Nick, e tinham bebido um pouco. Na verdade, Nick tinha certeza absoluta de que a ponta de uma garrafa estava saindo da mochila de patchwork da garota.

Ela tinha um cabelo denso, cor de areia, e era bonita de um jeito não convencional, que tinha alguma coisa a ver com seus olhos, que eram azul--esverdeados e bem grandes.

Ela se inclinou um pouco para a frente, como se fosse falar com Nick, depois se controlou. Ele se lembrou de que era provável estar parecendo um pouco assustador com sua camisa manchada de sangue, então tentou não exalar uma vibração impaciente nem ameaçadora quando indicou o painel de controle e perguntou para os adolescentes.

— Qual andar?

— Hum... salão de baile — respondeu o garoto.

As três paredes externas do elevador eram feitas de vidro levemente tingido, e enquanto toda a estrutura subia pela lateral do prédio Nick e os outros dois passageiros do elevador descobriam uma vista cada vez mais impressionante. Os costumeiros espaços abertos da cidade — os parques e jardins, as praças públicas, as esplanadas à beira do rio — hoje estavam apinhados de pessoas.

Nick checou seu relógio. Faltavam cinco minutos para meia-noite.

Ainda havia tempo, pensou ele, para tornar aquela noite inesquecível.

$$\eth$$

Era a visão firme de Fern Emerson de que a véspera do Ano-Novo era a celebração mais falsa, anticlimática e decepcionante já inventada. Isso se devia, em grande parte, ao que acontecera no começo dos seus vinte anos. Em três vésperas consecutivas de Ano-Novo, Fern tinha acabado no hospital.

Na primeira vez, ela saiu para a noite usando sapatos novinhos de salto que faziam com que seus pés doessem mais do que o inferno. Foi bem antes da meia-noite que ela havia admitido a derrota, tirando os sapatos horríveis, que largou em um banco no parque. Mas então, de pés descalços, pisou em um pedaço grande de vidro quebrado, que teve de ser removido com anestesia local.

No ano seguinte, Fern estava ajudando uma amiga bêbada a entrar num táxi quando a amiga, por acidente, chutou-a com um pé descoordenado, mandando-a direto para o tráfego da rua, onde ela conseguiu uma concussão bem séria.

No ano depois desse, em uma tentativa de quebrar a maldição, Fern tinha saído da maldita cidade. Com alguns poucos amigos, partiu para a costa e ficou em um resort tropical, onde planejava ver a chegada do Ano-Novo com *mai tais* e um lugar para nadar nua à meia-noite. Foi por isso que Fern ficou em choque quando pisou nos espinhos venenosos de um peixe-pedra. Foi levada correndo para o hospital local, em uma dor agonizante e enrolada em uma toalha, jurando e declarando que ela nunca mais, em nenhuma circunstância, comemoraria a véspera do Ano-Novo.

Mas, naquele ano, ela sentira essa resolução se evaporar quando Caleb Harkness tinha olhado para ela, nervoso, do outro lado do balcão da Hello Petal e dito: "Não pretendo ser atirado. Ou talvez isso seja uma mentira. Pode ser que eu seja atirado. Mas o que você vai fazer hoje à noite? Não acho que haja uma chance de você estar livre, é mais provável nevar no inferno. Livre para sair. Comigo? É provável que esteja um pouco tarde para conseguir ingressos para o show no Galaxy. Mas, para aqueles que são informados, há um local excelente. Muito exclusivo".

E foi assim que Fern se viu, quando faltavam quinze minutos para a meia-noite, no terraço do Cassino Galaxy, encolhida ao lado de uma abertura imensa do ar-condicionado, da qual se derramava a voz maravilhosa e abençoada de Blessed Jones. Para além das beiradas do terraço, havia uma vista de trezentos e sessenta graus da cidade iluminada e pulsante. Tudo estava perfeito. Quase.

Fern estremeceu. Era um risco ocupacional dela sempre estar um pouco úmida, e o cardigã que tinha jogado por cima das roupas de trabalho era muito fino.

— Você está com frio. — Caleb ajudou-a a se levantar e a levou até uma sala de máquinas, que ficava no telhado como uma *Tardis* recém-aterrissada. A porta estava destrancada.

— É sempre assim tão fácil? — Fern estava impressionada. A jornada deles até o terraço os tinha lançado em um entra e sai de elevadores, lances de escadas e portas com avisos que alertavam para consequências desastrosas. E, ainda assim, Fern percebeu, eles mal encontraram um obstáculo.

— Quase sempre — respondeu Caleb, segurando a porta da sala aberta.

— Como você conhece essa coisa?

— Uma adolescência gasta de forma indevida — respondeu Caleb, com um sorriso que insinuou, com sinceridade, seu extenso repertório de histórias verídicas, engraçadas, loucas e estúpidas.

Dentro da sala de máquinas, o ar zumbia com um ruído elétrico. Tudo ao redor deles eram coisas mecânicas com funções precisas. Fern não conseguia adivinhar para que serviam. Havia alavancas, polias e grandes rodas girando, enrolando ou desenrolando fios enquanto se moviam. Ao longo de toda uma parede ficavam imensos armários de metal, suas portas abertas revelavam painéis cheios de interruptores, botões e fios.

Caleb fechou a porta atrás deles e parou ali, incerto, com as mãos nos bolsos. Pareceu a Fern que, agora que estavam do lado de dentro, naquele espaço brilhante e iluminado, nem Caleb nem ela faziam ideia do que dizer ou fazer. Ela aguentou mais alguns segundos de estranheza, depois respirou fundo e arriscou:

— Você esteve mesmo procurando por mim?

— Todos os dias, desde que a vi no Vinnies.

— Sério?

— Por que você ficou tão surpresa?

— Coisas assim não acontecem. Não comigo.

— Na verdade, acontecem. Aqui, olhe, posso provar.

De sua carteira, Caleb tirou um pedaço de papel bem gasto e passou para ela. Era uma lista de todas as floriculturas da cidade.

— Agora estou começando a me preocupar com o fato de você pensar que sou um perseguidor.

Fern leu a lista: *The Tilted Tulip, The Bloom Room, Mother Earth, Laurel...* e assim por diante.

— Mas sua loja não está nas páginas amarelas — disse Caleb.

— Eu perdi o prazo de inscrição.

— E por isso eu poderia nunca ter encontrado você.

— Bem, mas apenas pense nisso... — Fern estava desconcertada. — Alguém jogou fora toda aquela porcelana do casamento de Charles e Diana. Se não tivessem feito isso, você teria saído pela porta com seu LP dos Pixies e nunca teríamos conversado.

— Você se lembra de qual disco eu comprei. — Caleb riu.

Fern abraçou os próprios ombros frios e sorriu de volta.

E ali, na sala de máquinas, no terraço do Cassino Galaxy, quando faltavam cinco minutos para a meia-noite, na véspera do Ano-Novo, Caleb Harkness beijou Fern Emerson pela primeira vez. O beijo começou gentil, mas não demorou muito para esquentar. Logo Fern estava puxando os botões da frente da camisa de Caleb e ele estava colocando a mão por baixo da saia dela para descobrir que suas meias pretas estavam presas com ligas.

— Caramba, isso é sensual — comentou Caleb.

Logo, Fern e Caleb eram um emaranhado de braços, pernas e línguas.

Eles cambalearam para trás e o pé de Caleb pousou na cabeça de uma vassoura, cujo cabo caiu em cima do armário aberto da central telefônica. Houve uma série rápida de estouros elétricos. Faíscas voaram e, sem o conhecimento de Caleb e Fern, um dos elevadores de vidro do Cassino Galaxy sofreu um solavanco em algum lugar entre o vigésimo terceiro e vigésimo quarto andares do edifício.

Caleb segurou Fern de modo protetor, de encontro a seu peito, enquanto um cheiro ardente de queimado enchia a sala de máquinas.

— Caramba — disse ele.

— Fogos de artifício — brincou Fern.

՞

Nick sentiu o elevador estremecer e depois pular algumas vezes como uma caixa presa à uma corda.

— Isso não é bom — disse a garota com a mochila de patchwork, olhando para o teto do elevador.

Nick apertou com força o botão que marcava salão de baile, mas nada aconteceu. Ele tentou os botões T, G e MEZANINO. Em desespero, apertou uma sequência aleatória de números e também o botão que deveria fazer as portas se abrirem. Mas elas não abriram. Nem o elevador se mexeu um milímetro. A única coisa que aconteceu foi que os tons suaves de "We're All in This Together", de Ben Lee, continuaram a penetrar pelos alto-falantes acima das portas fechadas.

— Merda! — xingou Nick.

Então se lembrou de que seu telefone celular provavelmente estava sendo mordiscado por uma carpa.

— Inferno! — gritou e chutou a porta.

O garoto e a garota se aproximaram mais e então se afastaram, como se tivessem dado um no outro um choque elétrico.

—Ah, merda. Sinto muito. Olhem, está tudo bem. Eu estou bem. Sinto muito — desculpou-se Nick. — Tive uma noite bem estranha, tá? E, no meio do caminho, perdi meu telefone. Teremos que usar o de vocês.

O garoto e a garota se entreolharam.

— O meu está sem bateria — declarou o garoto. — Quero dizer, zerado.

— E eu não tenho um — disse a menina.

— Vocês estão falando sério? Que tipo de adolescentes são vocês?

— Pobre no meu caso — respondeu a garota, dando de ombros. — Desorganizado no caso dele.

— Sinto muito. Lamento. Merda. Lamento muito. É que... vejam. Estou muitas horas atrasado para encontrar minha namorada e tenho esse imenso rubi em meu bolso e ela está esperando que eu o coloque em seu dedo esta noite, e eu queria de verdade ver Blessed Jones, e agora é provável que o show já tenha terminado, e essa era para ser uma noite, sabem, muito, muito importante...

— Não pode durar muito, não é? — perguntou a garota, tentando a sequência de botões. — Eles vão colocar os elevadores em movimento de novo logo, não vão?

— Olhem. — O garoto apontou para a lateral do edifício. Nick viu os outros elevadores de vidro do cassino subindo sem dificuldade.

— Merda! Cacete! — xingou ele novamente, embora não estivesse nervoso desta vez.

— Por quê? — perguntou a garota.

— Porque seres humanos são malditos preguiçosos. Se todos os elevadores do lugar estivessem parados, alguém perceberia de imediato. Mas apenas um elevador? Você só precisa pegar outro. Não é isso? Podemos ficar aqui por um tempo.

— Poderíamos tentar o telefone de emergência — sugeriu o garoto com humildade, e Nick se sentiu corar um pouco, sabendo que ele tinha falhado — e muito — em ser o adulto responsável na situação. Ele localizou o botão que mostrava o símbolo de um telefone, e depois que o pressionou o alto-falante ao lado soltou uma série de bipes longos, que continuaram a soar por um tempo. E então, de repente, parou.

Nick pressionou o botão de novo. Mas pela segunda vez o telefone de emergência falhou em colocar Nick em contato com qualquer pessoa que pudesse ajudar.

— É véspera de Ano-Novo. — O garoto deu de ombros. — Talvez seja uma noite muito ocupada.

A alguns quarteirões do cassino, um telão gigantesco — brilhando com imagens e luzes piscantes — despontava como um pico alto no horizonte da cidade. Em um display no centro de uma tela quadrada, números iam minguando, o que Nick presumiu ser uma contagem regressiva dos segundos que faltavam para meia-noite. Ali estavam dez, nove, oito, sete, seis, cinco, quatro, três, dois, um...

— Bem, feliz Ano-Novo, garotos — disse Nick com tristeza e, enquanto ele falava, o céu atrás do telão se encheu de explosões brilhantes de fogos de artifício: branco, cor-de-rosa, vermelho, azul, verde resplandecentes.

— Vá em frente — encorajou Nick. — Beije sua namorada, eu não vou olhar.

O garoto ficou da cor de uma beterraba.

— Ela não é, humm... somos apenas amigos.

E embora o garoto estivesse muito envolvido com seu próprio desconforto para notar por si mesmo, Nick viu claramente a expressão de coração partido que se espalhou, de repente, como fogos de artifício, pelos olhos azuis-esverdeados da garota.

ᚶ

A duas horas a oeste da cidade, em Edenvale, Justine Carmichael estava sentada na melhor ponta do sofá de couro de seus pais — a mais próxima da mesa de centro, sobre a qual havia uma garrafa de gim vazia, um pequeno prato com fatias de limão um tanto ressecadas e uma garrafa de água tônica. Ela usava o que parecia ser, e de fato era, seu pijama: uma camiseta listrada de rosa e branco, em tamanho bem maior, com a palavra DREAM estampada em letras douradas no peito, e um par de leggings pretas com um grande buraco em um joelho. Quando o relógio passou das 11h59 para a meia-noite, Justine estava sozinha, exceto pelo gim-tônica em sua mão, pela spaniel roncando no tapete da sala de estar e pela exibição ao vivo dos fogos de artifício da cidade que aparecia na tela de uma televisão sem som.

Mais cedo naquela noite, Mandy Carmichael, usando um uniforme de enfermeira curto demais, e Drew Carmichael, com um par de óculos de aviador e uma jaqueta de couro antiga, tentaram convencer Justine a ir com eles para a festa de Ano-Novo. A comemoração acontecia no galpão dos MacPhersons e o tema era "O que você quer ser quando crescer".

— Eu não tenho nada para vestir — disse Justine, ciente de que ela não estava conseguindo evitar a petulância em sua voz.

— Mas você pode ir usando qualquer coisa, querida — insistiu Mandy. — Qualquer coisa. Não é como se eu quisesse ser enfermeira. Só achei que, se tudo o que você tem sobrando são pernas bonitas, deve mostrá-las também, não estou certa?

— Mac está fazendo um galão de quase duzentos litros de seu ponche — completou Drew.

Velhos de cinquenta anos bêbados, conversas com pais orgulhosos sobre os velhos amigos da escola de Justine e seus casamentos e bebês. Pó de feno. Espirros. O cheiro subjacente de merda de ovelha e lanolina.

— Não acho que consigo encarar isso, papai. Não esta noite.

E então era meia-noite de um novo ano. Justine tomou um gole de gim--tônica. Na televisão, foliões cantavam, pulavam e se beijavam, e repórteres mais do que animados falavam coisas com seus lábios brilhantes, enquanto nitrato de potássio incendiava os céus.

O mundo estava acontecendo sem ela, mas Justine não precisava saber disso. Ela apertou o botão de desligar no controle remoto e voltou para o quintal, onde arrastou um dos sofás de sua mãe para a ponta do deque de madeira que lhe dava uma vista melhor do céu.

Para as estrelas, Justine sussurrou:

— Vamos tentar fazer melhor este ano, não vamos?

Abaixo do elevador de vidro enguiçado na lateral do cassino Galaxy, os se-máforos ficaram verdes, amarelos, vermelhos. Carros aceleraram e pararam.

Uma roda-gigante iluminada continuava rodando, levando cada nova carga de passageiros aos dez minutos seguintes de seu futuro. Nick apertou o botão do telefone de emergência de novo e de novo e mais uma vez, até que, por fim, desistiu e sentou-se.

A garota tirou a garrafa da bolsa e, embora parecesse estar quase vazia, ofereceu-a a Nick.

— Vinho Stone's Green Ginger? — perguntou Nick. — Isso é sério? Não consigo acreditar que vocês, crianças, ainda bebam esse lixo.

No entanto, ele deu um bom gole. A doçura ardente a princípio fez com que Nick estremecesse, mas depois aquilo disparou uma lembrança.

Areia da praia, a batida distante de um contrabaixo e então uma versão adolescente de Justine apoiada em seu peito, enquanto ela apontava para o céu azul-índigo.

O que era que ela havia dito?

— *Então havia uma estrela que dançava* — murmurou Nick para si mes-mo, e a garota sorriu para ele, do outro lado do elevador.

— *E sob ela eu nasci* — completou ela.

— O que você disse?

— *Então havia uma estrela que dançava* — repetiu a garota. — *E sob ela eu nasci.*

Nick piscou.

— Você conhece isso?

— Claro que sim. É de Beatrice de *Muito barulho por nada*. E eu pode-ria mesmo jurar que você já conheceria essa... Romeu.

Nick estremeceu.

— Vocês dois estavam no Jardim Botânico esta noite, não estavam?

O par assentiu.

— Então, viram o cachorro? Viram tudo?

— Sim — respondeu a garota. — Foi incrível. O modo como você ape-nas entrou no papel, sem saber a deixa ou qualquer outra coisa. Mal dava para dizer que você não era o verdadeiro Romeu.

— Obrigado — disse Nick. — Levei o cachorro ao veterinário. Logo depois da peça. Acho que ele ficará bem. Eu sou Nick, aliás.

— Phoebe. E ele é o Luke.

— Ela é atriz também — informou o garoto.

— É mesmo? — perguntou Nick.

Phoebe fez uma expressão humilde.

— Você não acreditaria no quanto ela ama Shakespeare. Ela é realmente incrível — elogiou Luke, e Phoebe ficou vermelha. — Ela sabe todas essas falas, solilóquios e todo o resto. Os insultos também. Ela pode ser bem assustadora quando começa. Teste-a, vamos lá. Aposto que ela sabe qualquer coisa que você perguntar a ela.

Nick deu de ombros. Não havia muito mais a se fazer.

— *Oh, Tempo* — citou ele —, *você deve desvendá-lo, não eu...*

— *É um nó muito difícil para eu desatá-lo* — completou ela, sem tentar muito parecer humilde. — De Viola, *Noite de reis*.

— *O justo é tolo e o tolo é justo* — desafiou Nick.

— As bruxas em *Macbeth* — respondeu Phoebe, dando um peteleco no próprio nariz. — *Paira sobre o nevoeiro e o ar imundo.*

— Viu? — perguntou Luke.

— Tenho uma amiga como você — disse Nick a Phoebe. — Ela tem uma memória fenomenal também. Ela só precisa ver o roteiro uma vez e ele fica gravado em seu cérebro. Ela também consegue ser assustadora, mas é ótima para me ajudar com as falas. Bem, ela era.

— Era? — perguntou Phoebe, com seu interesse despertado.

Nick soltou um suspiro.

— Essa é uma história realmente longa. E, com alguma sorte, não ficaremos aqui o suficiente para vocês a ouvirem.

Para além do vidro, no telão, a propaganda em um tom rosado e dourado chamativo de um musical estava se esvaindo de forma gradual, até a escuridão, e, quando um novo comercial apareceu, Nick percebeu que era uma imagem que ele conhecia muito bem.

Lá estava Laura, até a cintura em um lago de nenúfares, seu torso perfeito coberto com um vestido cujo decote lhe cobria levemente os seios, como pétalas rosadas e pontudas. Sua expressão era, ao mesmo tempo, meditativa e sedutora; as mãos estavam levantadas e os pulsos curvados para fora, de maneira sensual, com as pontas dos dedos se tocando. Em letras maiúsculas, na parte inferior da imagem, estava uma única palavra: NENÚFAR.

Nick soltou uma gargalhada sombria.

— O que foi? — perguntou Phoebe, confusa.

— Esta é minha namorada — respondeu Nick.

Quando Phoebe girou a cabeça, seus cachos grossos mal se moveram.

— O quê? Onde?

— Lá, no telão.

— A moça do perfume Nenúfar? Você está falando sério? — quis saber Luke. — Uau. Você é um cara de sorte.

Phoebe pensou. Ela franziu a testa. Começou a falar alguma coisa. Então parou. Por fim, conseguiu perguntar a Luke.

— Como você sabe?

— Como eu sei o quê? — perguntou Luke, perplexo.

— Como você sabe que ele é um cara de sorte? Quero dizer, odeio soar como a feminista ranhenta deste elevador, mas, só porque ela é bonita, não significa que ele seja sortudo.

— Não, mas...

Phoebe olhou para Nick.

— *O amor não vê com os olhos?*

— *Mas com a mente* — respondeu Nick.

— *Assim?*

— *É o Cupido alado feito cego.*

— Muito bom, Nick. — Phoebe tomou um gole do vinho Green Ginger. — Deveríamos tentar o telefone de emergência de novo?

— Você tenta — respondeu Nick. — Talvez você tenha um toque de mágica.

Depois que Phoebe pressionou o botão, o alto-falante soltou vários bipes irritantes e longos. Então surgiu uma voz, embora fosse difícil saber se vinha de uma máquina ou de um ser humano.

— Olá, você acionou os serviços de manutenção do Edifício CTG. Você está falando com Nashira. Como posso ajudá-lo?

♑

Naquele exato momento, como em todos os outros, os corpos celestiais estavam conectados em uma única e momentânea teia de magnetismo. Quando o mundo girou — como sempre fez, pois nada poderia pará-lo —, aquela teia se apertou e uma alma nova em folha foi dragada da escuridão até a luz das estrelas cintilantes. Longas pernas recém-nascidas apareceram em um repentino espaço misterioso e uma boca ultrajada atraiu rajadas inevitáveis de um ar novo e de estranha leveza.

Lá estava Rafferty O'Hare — Capricórnio, futuro dono de imensos olhos azuis, cílios ultrajantes de tão longos, joelhos machucados e da indulgência apaixonada de todas as mulheres que eram ligadas a ele e as muitas que não eram. Para dizer a verdade, ele já tinha — embora estivesse vermelho-brilhante e coberto de manchas de vérnix — tomado a posse instantânea dos corações de sua mãe, Zadie, deitada totalmente esgotada em uma cama de hospital, de sua avó Patricia, empoleirada na beira da cama com lágrimas nos olhos, e de sua tia Larissa, que parecia quase tão esgotada quanto a irmã.

Nas últimas horas, Zadie havia sido torcida, esticada, quebrada e forçada a se abrir e agora ela sentia que uma onda de amor inundava todos os novos espaços dela. Logo estava transbordando amor, e isso tinha de ir para algum lugar. Ela pegou a mão de sua mãe e a levou até seu rosto.

— Mamãe? — chamou ela, engasgando. — Eu amo você, mamãe. Eu a amo muito. Rissy? Riss? Deus, eu a amo. Você é a melhor irmã que qualquer pessoa poderia ter.

Então ela se virou para o outro lado da cama, onde Simon Pierce, o obstetra, estava secando as mãos com uma toalha branca, observando aqueles quatro seres humanos se apaixonarem. Sempre, essa era sua parte favorita. Mesmo que não fosse seu milagre, ele se permitia tocar as beiradas dele.

— Simon — disse Zadie, de maneira apaixonada. — Eu amo você, Simon. Eu amo muito você.

De um modo, essa era a completa verdade, e, de outro, não era.

Bem, de qualquer forma, não ainda.

Quando os técnicos em elevadores atravessaram as ruas cheias da cidade e subiram pelas escadas até o andar mais alto do Cassino Galaxy, era 1h05 da madrugada e Fern Emerson e Caleb Harkness já não estavam mais no local. Eles estavam na casa de Caleb — um pequeno barco a motor que ele mantinha ancorado em um canto mais externo da marina menos do que salubre —, onde Fern estava se dando conta que nem toda véspera de Ano-Novo era, necessariamente, anticlimática.

Quando os técnicos inspecionaram o dano e reclamaram de terem de trabalhar no começo do dia de Ano-Novo, Laura Mitchell estava no lavabo do último andar do Cassino Galaxy, iluminado por luz neon, telefonando, furiosa, para o número de celular de Nick Jordan, talvez pela centésima vez naquela noite. Sua ligação caiu na caixa postal e, embora isso não tivesse surpreendido Laura, acrescentou mais um pouco de peso em sua fúria crescente.

Não demorou para que os técnicos detectassem o problema, e não era um do tipo sério; o cabo da vassoura só havia desarmado o disjuntor.

Quando Nick Jordan, Phoebe Wintergreen e Luke Foster sentiram seu elevador dar um solavanco e voltar a funcionar, Phoebe deu um pulo e pareceu estar prestes a abraçar Luke. Ele, perdendo essa deixa, tomou o último gole de vinho Green Ginger.

— Bem, um aleluia para vocês aí fora, seus filhos da mãe! — disse Nick.

ᛣ

Blessed Jones parou no centro do palco no salão de baile do Cassino Galaxy com o violão Gypsy Black em seus braços, seus músicos e *backing vocals* distribuídos em um arco casual atrás dela. A parte final do show estava quase terminada, e Blessed podia sentir o suor descendo entre seus seios e molhando o vestido sob seus braços.

Seu cabelo estava muito arrepiado devido ao seu próprio suor e sua garganta estava começando a sentir os efeitos de horas de cantoria. E, ainda assim, ela estava muito feliz. Pois era ali o seu lugar, sob aquele holofote, naquele palco, com aquele violão, tocando para aquelas centenas de pessoas cuja atenção ela prendeu com uma corda feita de nada além de ar. Blessed soou um acorde e deu sinal para o rapaz na mesa de som colocar um pouco mais do som de Gypsy no retorno. Quando ela deu um passo à frente, para o microfone, sentiu a multidão se inclinar para vê-la.

— Aqui vai uma canção que escrevi quando meu coração estava partido — disse Blessed, e isso foi tudo o que falou. Apenas aquelas palavras, mas elas foram o bastante para a multidão no salão de baile do Cassino Galaxy encher o local com cumprimentos e assovios.

— Ah... — declarou Blessed, com uma surpresa zombadora. — Estou tendo a sensação de que alguns de vocês estiveram esperando por essa música?

Os cumprimentos e assovios se intensificaram e um canto surgiu. *Misté-rio ra-so. Misté-rio ra-so. Misté-rio ra-so.* Nos meses que se seguiram desde que ela a escrevera, a canção "Mistério raso" tinha subido nas paradas e elevado a popularidade de Blessed Jones a níveis estratosféricos.

Misté-rio ra-so! Misté-rio ra-so! Misté-rio ra-so! Todo mundo na plateia — incluindo quem nunca tinha visto Blessed Jones cantar ao vivo e aqueles que não tinham nenhum de seus álbuns e aqueles que, há seis meses, nunca tinham ouvido falar dela — estava ansioso para ouvir a música.

— Sabem, isso é estranho — comentou Blessed para a plateia e fez uma pausa, sentindo o poder de ser capaz de fazer uma pausa como aquela e ter todo mundo esperando pelo que quer que ela diria a seguir. — É um mistério. Como as coisas chegam às nossas vidas. Porque eu aproveitei as palavras para essa música de um cara em um bar...

Ela estava meio que cantando agora.

— Um cara cujo coração estava partido como o meu, e, onde quer que aquele cara esteja esta noite, quero que ele saiba que meu coração está re-mendado agora e espero que o dele esteja melhor também.

A multidão aplaudiu e cantou *Misté-rio ra-so! Misté-rio ra-so! Misté-rio ra-so!*. E Blessed começou a tirar os primeiros acordes de Gypsy.

— Têm certeza de que é essa música que querem ouvir?

Misté-rio ra-so. Misté-rio ra-so. Misté-rio ra-so.

— Tudo bem, então.

A multidão aplaudiu mais uma vez e depois aquietou-se para ouvir o dedilhar de Blessed e sua voz macia feito seda. Enquanto Blessed cantava, ela sentiu como se estivesse voltado no tempo, ao choque de ver uma garota nua próxima ao refrigerador e à dor que veio depois do golpe de traição, e foi com aquela dor que ela cantou.

Parada em sua mancha de luz, Blessed não conseguia ver todo o salão, mas conseguia ver os rostos iluminados das pessoas se balançando na pista de dança a seus pés. E ela podia ver, por cima do equipamento de iluminação, um cara de pé, em uma cadeira, de smoking, com a gravata borboleta desfeita e o colarinho da camisa branca coberto com o que poderia ser sangue. Ele era jovem e bonito, com o cabelo escuro e o rosto franco, e ele assistia a ela com um olhar de tamanho reconhecimento que Blessed soube que, naquela noite, ela estava cantando aquela música para ele, acima de todas as outras pessoas. Ela virou seu corpo um pouco, em direção ao rapaz.

Quando ela entrou na terceira repetição do refrão, encontrou seu olhar e cantou.

ᘔ

Nick Jordan não sabia como a música funcionava. Só sabia que funcionava. Ele sabia que não eram apenas as palavras e que não era apenas o ritmo. Ele sabia que não era apenas a pequena mulher com aquele grande cabelo maluco e sua voz agridoce, e ele sabia que não era apenas o violão preto reluzente, decorado com detalhes em madrepérola. Ele sabia que eram todas essas coisas juntas — e mais alguma coisa também — que enchiam o seu coração e o faziam doer da melhor maneira possível.

Em pé na cadeira — uma cadeira na qual ele tinha subido para ter uma vista melhor do salão e assim poder avistar Laura Mitchell —, Nick Jordan tinha se colocado no holofote do olhar do coração partido de Blessed Jones, capturado pelo som aveludado de sua voz. Ela estava cantando sua música mais famosa. Para ele.

Procurei sua alma, só achei a mentira,
Seu amor de tão pouco, nem enchia a piscina
Você é mais um roteiro, de outro filme ruim
E enganado em seus olhos, me encantei mesmo assim

Procurei tanto tempo seu tesouro escondido
Mas era ouro de tolo, só pedaços de vidro
E em você encalhei, encontrei meu ocaso
E me desesperei, com seu mistério raso.

Enquanto suas palavras penetravam em seus ouvidos e em sua mente e mergulhavam na profunda esponja vermelha de seu coração, Nick sabia que não era Laura Mitchell quem era o nenúfar, e nunca tinha sido. Não era Laura que não tinha nada por baixo além de raízes desalinhadas e doentias. Era ele mesmo. E Justine sabia o tempo todo. Na pessoa de Leo Thornbury, ela havia tentado de todas as maneiras que conseguiu dizer a ele para olhar mais fundo, cavar mais fundo, ir mais fundo. Ser mais profundo.

Justine.

Blessed Jones e sua banda no palco tocaram um longo interlúdio instrumental que conjurou uma montagem de memórias na mente de Nick. Lá estava Justine, aninhada em seu agasalho, em uma noite fria, no seu telhado, suas mangas muito longas batendo como um par de asas sem ossos. E Justine no patamar do décimo segundo andar, gritando como uma megera que ele estava jogando seu talento no vaso sanitário. E Justine com as sobrancelhas fixas, enquanto lutava a Batalha de Waterloo no jogo de damas. Justine em maquiagem prateada, com os lábios pegajosos e vermelhos de maçã caramelada, erguendo o rosto para encará-lo. Justine do lado de fora das Evelyn Towers, olhando, desolada, para a parte traseira aberta da van, enquanto ele passava com as malas nas mãos, fingindo não a ver.

Justine não tinha mexido com seu horóscopo para fazê-lo de tolo ou rir dele. Tinha feito aquilo porque estava tentando lhe contar uma coisa que Nick deveria ter sabido por outra centena de motivos: *ela* era a pessoa certa para ele.

Blessed Jones cantou o refrão uma última vez e fechou os olhos para cantar as notas finais, crescentes e agridoces e, quando a música chegou ao fim, ela abriu os olhos e encarou Nick mais uma vez.

— Obrigado — disse ele, e Blessed Jones acenou com seu cabelo arrepiado, em um gesto quase imperceptível de *não há de quê,* antes que a multidão da festa do Ano-Novo caísse como louca em cima dela.

Havia muitas mulheres no mundo que não sabiam andar muito bem com sapatos de salto alto. Laura Mitchell não era uma delas. Quando Nick afastou o olhar de Blessed Jones para ver Laura entrar pela porta do salão de baile do Galaxy, seu primeiro pensamento foi que ela caminhava de forma tão elegante usando aquelas sandálias pretas de tiras e salto alto que elas poderiam ser mesmo parte das suas pernas.

Nick saltou da cadeira e abriu caminho em direção à porta, por meio da multidão que cheirava a suor, tequila e júbilo.

Quando ele estava perto o bastante, ele a chamou em voz alta.

— Laura! Laura!

Enquanto ela registrava várias coisas em uma rápida sucessão — que ele estava ali, que ele estava vindo em sua direção, que ele estava uma bagunça, com uma camisa ensanguentada e um smoking amassado —, sua expressão lembrava a Nick um dia tempestuoso, que teve de tudo, desde sol até trovões e granizo. Quando ele a alcançou, Laura tinha enterrado suas expressões no subsolo.

— Então você está vivo — atestou ela.

— Sinto muito, muito. Eu deveria ter telefonado. Queria ter telefonado, mas derrubei meu celular em um lago — explicou Nick. — Estive tentando chegar aqui. Por quatro horas. Laura, sinto muito. — Nick pegou a caixa do anel do bolso do casaco de seu smoking.

— Aqui? — perguntou Laura, olhando ao redor, incrédula. — Agora? Você está brincando?

Nick abriu a caixa e ele viu Laura tentar não olhar para o rubi dentro dela.

— Não *agora* — retrucou ela. — Isso não está certo. Você arruinou por completo a véspera do Ano-Novo. Agora teremos de esperar até o Dia dos Namorados.

— Não — insistiu Nick. — Eu acho que agora está perfeito.

Ele pegou a mão dela, mas não a virou do modo como alguém viraria se fosse colocar um anel no dedo de alguém. Ele, com gentileza, virou a palma da mão dela para cima e colocou sobre ela o anel, a caixa e tudo mais, e viu que o clima no rosto dela, mais uma vez, tinha oscilado entre raios de sol e chuva.

— Quero que você fique com este anel. Como um presente de adeus.

— O quê? Do que você está falando?

— Laura, você é a mulher mais linda que já vi. Você talvez seja a mulher mais bonita que eu verei na vida real. Por toda a minha vida, eu a verei em outdoors do mundo e pensarei em sua beleza. Quando você se tornar uma dessas mulheres de cabelo branco, fazendo comerciais de cremes anti-idade, eu olharei para você e serei grato por ter tido a chance de admirá-la tão de perto. Você também é uma das pessoas mais fortes e trabalhadoras que eu conheço. Você será um extraordinário sucesso e eu assistirei a ele de longe, eu a admirarei e a aplaudirei. Mas não vou me casar com você.

— Você está terminando comigo? Com um anel?

— Ouça, Laura. Nunca serei quem você quer que eu seja. Nunca serei quem você precisa que eu seja. Não posso prometer que não andarei de bicicleta e que não comerei macarrão instantâneo quando tiver sessenta anos. Eu lamento, Laura, mas não sou a pessoa certa para você. Mas em algum lugar lá fora — Nick deu um aceno vago na direção da cidade, do país, do mundo — está a pessoa que é. Quero que você vá até lá e a encontre.

Ele se inclinou para beijá-la no rosto.

— Certifique-se de que Eve e Sergei a façam chegar em casa em segurança.

— Não acredito nisso. Aonde você está indo?

Nick não respondeu. Ele apenas deu um passo para trás, fazendo uma saudação carinhosa para Laura.

E então ele deixou o edifício.

Pelas escadas.

Porque era uma noite de temperatura alta, Justine dormia de forma confortável no deque inferior, sob as estrelas. Sem ser incomodada também, já que uma das poucas bênções da seca perpétua era que o ar noturno de Edenvale estava livre de mosquitos.

Por volta das três da manhã, Justine acordou com os sons de seus pais chegando em casa da festa: Mandy falando com Lucy como se ela fosse um bebê, enquanto Drew fazia barulho na cozinha, em busca de um analgésico. Em pouco tempo, as luzes da casa se apagaram de novo, e Justine voltou a dormir ouvindo o zunido de insetos dentro da terra seca do jardim.

Talvez tenha ficado mais frio na hora mais escura, bem antes do amanhecer, e talvez tenha sido isso que a acordou. Ou talvez tenha sido uma espécie de sexto sentido de que havia alguém por perto, observando-a dormir.

O que quer que fosse, Justine abriu seus olhos para ver Nick Jordan sentado a alguns metros dela, usando uma camisa manchada de sangue e com um paletó preto dobrado e sobre o colo. Ela se sentou e o encarou.

— Nick?

— Pergunta — começou ele. — Por que você fez o que fez?

— O que você está fazendo aqui?

Nick se inclinou para a frente, com os cotovelos sobre os joelhos.

— Eu preciso saber. Por que você fez isso?

— Mas como você soube onde eu estava?

Do Cassino Galaxy, Nick tinha corrido pela cidade até as Evelyn Towers, onde Aussie Carmichael tinha aberto a porta do apartamento de Justine, vestindo uma bermuda de correr e deixando escapar uma fumaça com um cheiro pungente de maconha.

— Seu irmão me contou — respondeu Nick.

Justine olhou para o próprio pulso procurando o relógio que não estava lá e então olhou para a lua.

— Devem ser... que horas são, afinal?

— São quatro e meia da manhã.

— Como você chegou aqui?

Essa parte não tinha sido fácil. Quando Nick soube que devia ir a Edenvale, os trens já tinham feito a pausa noturna. Teria ido de bicicleta, se fosse preciso, mas seria uma pedalada de oito horas e ele não sentia que tinha esse tempo todo para desperdiçar.

Teria pago por um táxi, se fosse necessário, mas só nessa noite ele já tinha aberto mão de um anel que valia mais dinheiro do que tinha ganhado nos últimos dezoito meses e passado um cheque em branco em nome de um vira-lata machucado e caolho.

— A resposta curta é que pedi carona.

— E a longa?

— Eu conto em um minuto. Mas primeiro você me diz. Por que fez aquilo?

Justine mordeu o lábio.

— Sinto muito, Nick. Nunca quis...

Nick balançou a cabeça com impaciência.

— Não quero uma desculpa. Não é isso. Quero entender.

— Você não sabe mesmo?

— Eu acho que posso saber, mas não quero adivinhar — explicou Nick.

Ela começou a falar uma coisa e então parou. Começou de novo. Parou. Por fim, ela disse:

— Fiz isso porque não queria que você parasse de ser você. Fiz porque não queria que você desistisse de tudo que é. Eu ainda não tenho certeza... mas acho que você quer fazer isso.

— Mas isso não é tudo, é? — pressionou Nick. — Quero dizer, por que você deveria se importar tanto? Por que se importaria o bastante para arriscar seu emprego?

— Isso foi mesmo estúpido. E errado.

— Foi. Ambas as coisas, falando sem rodeios. Mas isso não responde a minha pergunta. Por que você se importa com o que faço da minha vida? O que isso tem a ver com você?

As sobrancelhas grossas e escuras de Justine se juntaram, e toda sua feição pareceu estremecer.

— Ah, qual é, Nick. Você sabe.

Ele conseguia ver as lágrimas se juntando nos olhos dela. Justine estava lutando com todas as forças para segurar o choro. Contudo, não funcionou. Uma lágrima correu por seu rosto e, apesar de sentir uma fisgada de culpa, Nick a pressionou mais.

— Estou começando a ter uma ideia, mas ainda quero que você responda.

Uma segunda lágrima correu pelo rosto de Justine.

— Eu acho que talvez... ame você — disse ela.

Nick veio se sentar ao lado de Justine. Estendeu a mão e limpou as lágrimas de seu rosto com carinho.

— Bem, está tudo certo, então.

— Está?

— Sim. Porque eu amo você também.

— Você me ama?

— E me desculpe por ser tão estúpido para não ter deduzido isso. Até agora.

— Por que agora?

— Bem, essa seria a resposta longa.

O céu ainda estava escuro quando Nick Jordan começou a contar a Justine Carmichael a história de sua noite. Ele lhe contou sobre o cachorro pulando do conversível e sendo atropelado por um carro, e sobre o ator que interpretava Romeu e o dente arrancado caído no chão de paralelepípedos, e sobre a veterinária e como ela conhecia o cachorro do abrigo. E sobre o elevador parado e Phoebe Wintergreen, que conhecia Shakespeare tão bem quanto a própria Justine, e que estava, era quase certeza, apaixonada por Luke Foster, que era um jovem inexperiente e que não sabia o que fazer com o fato de que ele, muito provavelmente, amava Phoebe da mesma forma, e sobre Blessed Jones e como a cantora olhou direto em seus olhos, e como a música que ela escreveu devido a um encontro casual em um bar tinha, de alguma forma, tido um significado para ele — Nick —, e como ele tinha se despedido de Laura do lado de fora do salão de baile do Cassino Galaxy, e como ele estava quase certo de que houve uma expressão de alívio nos olhos de Laura, e sobre como pensou nela — Justine — no táxi, antes mesmo que o cachorro saltasse do carro, e de novo, quando chegou o momento de ele escolher se interpretaria Romeu ou não, e mais uma vez no elevador, e ele contou a ela que achava que talvez todos tivessem alguns pontos baixos escondidos dentro de si mesmos, mas como ele agora sabia — e talvez isso tivesse a ver com Netuno em Aquário, e as forças espirituais do universo convergindo, como Leo Thornbury havia dito — que os pontos baixos não seriam o suficiente. E que essa era a sua resolução de Ano-Novo.

A essa altura, o céu já não estava escuro, mas num tom que poderia ser chamado de acinzentado, até que se olhasse o suficiente para notar todas as suas outras dimensões.

— Então, eu peguei o caminho mais longo — continuou Nick. — O caminho mais longo mesmo. Mas agora estou aqui. E... você pode me prometer que, se quiser que eu saiba alguma coisa, dirá a mim diretamente? Não peça para um astrólogo me contar, tudo bem? E não finja ser uma astróloga. Tudo isso é muito confuso.

Justine riu.

— Nem mesmo funcionou. Se você pensar, quase todas as coisas que fiz voltaram-se contra mim. *Ousadia, seja minha amiga! Audácia, seja minha arma!* Isso poderia ter ficado pior do que ficou?

— E, ainda assim, aqui estou eu. E aqui estamos nós.

— Apenas por sorte — disse Justine. — Apenas por... sorte, caos aleatório. Quero dizer, se você não tivesse visto um cachorro de rua ser atingido por um carro, se aquele elevador não tivesse parado por tempo o bastante para aquela garota citar Shakespeare para você, o que aconteceria? Há escolhas dentro de escolhas, com acasos. Tudo é tão complicado e enrolado. Alguma coisa acontece do jeito que deve acontecer?

— Não sei como isso funciona, Jus. Só sei que funciona.

— E voltando mais no tempo. Se Blessed Jones não tivesse escrito aquela música, ou se ela nunca estivesse ido àquele bar, ou se o coração dela nunca houvesse sido partido, ou...

— Shhhhhiiiiii — fez Nick.

Cérebro: *Tenho quase certeza de que ele vai beijá-la agora.*

Justine: *Acho que você está certo.*

Cérebro: *Então, estamos felizes?*

Justine: *Acho que poderíamos estar delirantes.*

— Feliz Ano-Novo, Justine — disse Nick.

E então ele a beijou. E ela o beijou de volta.

Cúspide

NA COSTA OESTE DA AUSTRÁLIA, o primeiro dia do ano tinha acabado de amanhecer quando Joanna Jordan — tendo passado o Ano-Novo com várias taças de espumante — acordou com o som do telefone tocando sobre a sua mesa de cabeceira. O calor já penetrava no quarto, em forma de raios solares que entravam pelas pontas das cortinas. O dia seria escaldante.

Mark Jordan, deitado na cama ao lado de sua esposa, grunhiu sonolento e abriu um só olho para ver as horas.

— São cinco horas da manhã, caramba — resmungou ele, e então se virou, enterrando a cabeça sob o travesseiro, como costumava fazer.

Nessa época do ano, quase não se usava roupas de cama, e mesmo as roupas de dormir eram leves. Em uma camisola de seda fininha, Jo se sentou na cama e pegou o telefone. A tela mostrava um número da Costa Leste.

Sentindo seu elástico materno se distender, ela pensou, de imediato, em Nick.

—Alô?

A voz do outro lado da linha era de uma mulher.

— Jo? É você?

— Quem é? — perguntou Jo.

— É Mandy! Mandy Carmichael. Querida, eu sei que é muito cedo aí onde você está e sinto muito, mas eu só...

—Ah, meu Deus — disse Jo em voz alta o bastante para permitir outro grunhido de Mark. Ela saiu da cama e foi para o corredor, apertando os olhos ao chegar à sala de estar. — Deve ter se passado quanto? Dez anos? E todo Ano-Novo prometo a mim mesma que vou atrás de você, mas nunca faço isso, mas...

Mandy riu. Era uma risada familiar, borbulhante, que contagiava quem quer que a ouvisse.

— Eu sei, eu sei. Faço exatamente a mesma coisa. Mas esta manhã eu precisava falar com você. Já acordei outros M & J Jordans em Perth. Pobres coitados. Mas não pude evitar. Tinha que telefonar — disse ela, parecendo satisfeita. — Tinha de contar para alguém. Tinha de contar para *você*!

Jo ficou confusa.

— Ei, ei. Devagar um pouco. Contar o que para mim?

— Então, eu estou aqui em Edenvale, na mesma velha casa, e, nesta manhã, eu abri a porta do quarto de Justine, estava só levando uma xícara de chá para ela, mas, que Deus abençoe seu coração, ela estava com uma *companhia*.

— O quê?

— Nick está aqui. Nick está *aqui*.

— Você está dizendo...? — perguntou Jo.

— Sim! — berrou Mandy.

— Você quer mesmo dizer...?

— Sim!

Jo acenou com a mão ao lado do rosto em um gesto ineficaz que tinha alguma coisa a ver com sentir muita emoção de uma só vez.

— Eu sabia que eles estavam se vendo um pouco... Mas eu nunca pensei... sequer ousei ter... — Ela se interrompeu.

— ... Esperança — Mandy terminou a frase de Jo.

E então, por um breve momento, através de um milagre de metal e magia que se estendia à largura de um continente, as vozes de duas velhas amigas se uniram em gritos estridentes e um tanto lacrimosos de alegria.

◆

Mais tarde, naquele dia de Ano-Novo, Daniel Griffin sentou-se sob a sombra da pérgola do quintal de Jeremy Byrne e tomou um gole de um copo grande de Pimm's, enquanto o editor emérito da *Alexandria Park Star* lia o conteúdo da pasta de papel manilha que Daniel lhe trouxe.

Jeremy tinha voltado de um cruzeiro de um mês pelas Ilhas do Pacífico há apenas um dia e ambos, ele e Graeme — que estava molhando o canteiro de flores —, estavam bronzeados e, de uma maneira quase sobrenatural, relaxados.

Com firmeza, e com os óculos empoleirados no nariz, Jeremy percorreu os documentos na pasta: horóscopos conforme enviados à revista *Star* por Leo Thornbury e recortes da *Star* com as alterações de Justine bem destacadas. Ele chegou, então, ao último documento: uma carta de Leo, escrita em papel azul-claro e espesso, que havia sido remetida em um envelope do mesmo material e cor, lacrado com uma gota de cera prateada. A carta dizia:

Querido Daniel,

Você vai se lembrar de que aceitei com relutância seu pedido para fornecer uma opinião sobre o futuro da srta. Carmichael com a Star, e foi com um peso no coração que cumpri com essa responsabilidade.

A mim, parece que o motivo da srta. Carmichael para adaptar os horóscopos para seus próprios propósitos não foi por ganância nem malícia. De um modo estranho, sua visão astrológica estava, pelo menos em uma ocasião, mais clara do que a minha. Isso me levou a me perguntar se, por acaso, minha visão ficou turva devido à minha idade avançada. Eu confesso que é a perspicácia da srta. Carmichael — ela identificou de modo correto que este é um mês de términos para aqueles nascidos sob o signo do arqueiro — que me leva à decisão que devo agora dividir com você. Decidi renunciar ao meu posto como astrólogo da Star. Embora tenha sido meu grande prazer servir à publicação por todos esses longos anos, é preciso ceder a outro o direcionamento de seus leitores em relação aos astros. Então, meu conselho quanto à srta. Carmichael é pecar pelo lado da generosidade e do perdão. Confesso que o romântico em mim deseja que, por todo o amor a mim, uma mulher pudesse ser levada a uma conduta tão precipitada.

Com carinho,
Leo Thornbury

Jeremy devolveu a carta à pasta, que ele deixou cair fechada em seu colo, e Daniel esperou que o editor emérito olhasse com o tipo de expressão séria que ele reservava para casos graves de má conduta. Daniel ficou surpreso em ver, quando Jeremy ergueu a cabeça, que seus olhos estavam cheios de zombaria.

— Deixe-me lhe contar uma pequena história — disse ele. — Lá atrás, de volta ao passado sombrio, escuro e distante, quando eu era subeditor de um jornal diário, fiquei bastante apaixonado po· um jovem. Um músico, quando isso aconteceu. Contrabaixo, sabe. Muito talentoso. Pouco depois de eu conhecê-lo, o jornal lançou uma competição cujo prêmio era uma caixa de champanhe muito elegante.

Jeremy fez uma pausa para mordiscar uma folha de hortelã de seu Pimm's.

— Continue — pediu Daniel.

— Bem, você deve se lembrar de que tudo isso aconteceu há muito tempo. As coisas não eram tão, ah, reguladas como são hoje. Quando as inscrições para a competição chegaram, deram a mim a simples instrução de tirar um envelope de um saco cheio deles. De acordo com a minha memória, puxei a inscrição de uma tal de sra. J. Phipps. Estranho, não é? Como essas coisas grudam na nossa cabeça! A sra. J. Phipps foi a, hum, vencedora original. Porém, o mais estranho foi que, quando os resultados da competição apareceram impressos, o nome do ganhador foi o de — Jeremy piscou de modo ostensivo — um jovem contrabaixista de Alexandria Park.

Daniel estava chocado.

— Mas...

— É claro, ele pode nunca nem ter entrado na competição. Mas era difícil ele recusar uma caixa de champanhe. E *alguém* teria de telefonar para ele e combinar a entrega do prêmio.

— Então você telefonou... e ele...?

— Sim, sim. Minha pequena artimanha foi bem-sucedida. Por todo o bem que ela fez para mim. O relacionamento foi um desastre do início ao fim, mas, depois que acabou, tirei umas férias para remendar meu coração machucado e partido. E, do lado de quem, no avião, eu estava sentado?

Jeremy olhou para onde Graeme estava jogando água nas folhas de um arbusto cheio de vida de hortênsias.

Daniel encarou Jeremy.

— Você não acha que o que fez foi... errado?

— Sob certo ângulo, sim, é claro. Mas tendo agora uma visão geral, Daniel, é muito difícil julgar tais assuntos. Talvez, perdendo o prêmio, a sra. Phipps foi privada de uma noite ou duas de bolhas e romance. Ou talvez nossa sra. Phipps fosse uma alcóolatra incurável e a champanhe só teria servido para apressar sua morte por cirrose. Talvez eu tenha feito uma bondade a ela. Quem sabe?

Daniel soltou um suspiro.

— Então o que você acha que eu devo fazer?

— Sobre Justine? — perguntou Jeremy.

Daniel assentiu.

Jeremy sorriu com indulgência.

— Dê a ela outra chance, Daniel. Acho que você não irá se lamentar.

AQUÁRIO

♒

Margie McGee acordou à primeira luz, em um mar de folhas sob seu barco, uma pequena plataforma de madeira martelada, sessenta metros acima do chão, dentro do tronco de um eucalipto do pântano gigante. A data era 14 de fevereiro e esse era o 136º dia de protesto, sentada em uma árvore.

Ela se arrastou para fora de seu saco de dormir, vestiu uma jaqueta de plumas e então começou a fazer para si mesma uma xícara de chá. Embora seu nariz estivesse entorpecido de frio e suas costas duras pela noite passada no colchão fino, Margie sorria ao som alegre do coro do amanhecer.

Enquanto ela colocava água sobre as folhas de chá em sua pequena panela esmaltada, um haicai passou por sua mente.

A pálida bruma da manhã
Elevada alto no céu
Pelo doce cantar dos canários

Margie se sentou, balançando os pés na ponta da plataforma, assim eles caíam sobre a floresta como se fossem na água. Ninguém iria pavimentar este paraíso. Não sob sua vigília.

Charlotte Juniper percorreu, durante o horário de pico da humanidade, dos subúrbios mais profundos até a cidade e então andou os últimos quarteirões até o escritório do senador do Partido Verde, Dave Gregson. Dave chegou meia hora mais tarde e foi direto para a pequena cozinha do escritório fazer café.

Embora morassem juntos, Dave e Charlotte pensaram que seria melhor que chegassem ao trabalho separados, saíssem do trabalho em horários diferentes e, de todas as outras formas, permitissem que o restante da equipe do escritório mantivesse a frágil ficção de que o relacionamento de Charlotte e Dave era estritamente profissional. Mas, naquela manhã, todos os outros membros da equipe estavam fora, a serviço, ou de férias ou tinham ficado doentes. Essa era, Charlotte sabia, uma oportunidade rara.

Ela entrou de modo sorrateiro na cozinha e trancou a porta atrás de si. Embora o som da porta alertasse Dave para a presença de Charlotte, ela era rápida demais para ele. Dave ainda estava em pé no banco, segurando a lata de café e uma colher, quando a mão dela bateu entre suas pernas, por trás, tão precisa quanto uma cobra.

Dave podia sentir — pelo tecido da calça — as unhas dela em seu escroto.

— Eu só quero que você saiba, Dave Gregson — informou ela —, que, se você for infiel a mim, a primeira coisa que vou fazer é colocar em suas bolas um daqueles pequenos anéis verdes que os fazendeiros usam para capar o gado. Só vai doer por um tempo, e então suas bolas vão simplesmente murchar e... *cair*.

— E a segunda coisa que você irá fazer? — quis saber ele.

— Eu vou começar a usar calcinha para vir trabalhar.

♒

No início da tarde, Fern Emerson, tendo deixado a Hello Petal nas mãos capazes de Bridie, levou uma pesada caixa de papelão até a cafeteria Rafaello's, na Dufrene Street. Ela colocou a caixa sobre uma mesa vazia e a abriu. Houve uma agitação momentânea de papel bolha.

— Estes — disse ela a Rafaello.

Rafaello franziu os lábios e coçou a cabeça.

— Você tem certeza? Para sua festa de noivado? Você quer a porcelana do casamento da princesa Diana e do príncipe Charles?

Fern assentiu, feliz.

Raf, preocupado, correu a mão pelo que restava de seu cabelo escuro e liso.

— Mas com os números sobre os quais estivemos conversando para sua festa, não haverá o bastante aqui. Não para todo mundo.

Raf pareceu aliviado por ser capaz de apontar isso, pensou Fern.

— Na verdade — disse ela, apontando a minivan de Caleb estacionada na frente do café. — Eu tenho muito mais de onde vieram essas.

No vilarejo de Fritwell, em Oxfordshire, Dorothy Wetherell-Scott, nascida Gisborne, ex-proprietária da maior coleção de porcelana do casamento de Charles e Diana do mundo, acordou e descobriu que seu marido já havia se levantado. Ela ficou intrigada, pois Rupert não era, por natureza, de acordar cedo. Ela esperava que ele não estivesse doente.

Na base da escada, Flossie, a border collie, esperava como uma escoteira experiente e, ao avistar Dorothy, deu um sorriso conspirador, antes de virar a cauda e trotar para a cozinha, com as unhas das patas estalando no piso de linóleo que brilhava de tão encerado.

Rupert estava diante do fogão, cozinhando ovos.

— Bem, boa noite, sra. Wetherell-Scott. — Rupert lhe lançou uma piscadela.

— Bom dia, sr. Wetherell-Scott — devolveu Dorothy.

Essa piada, para eles, não estava fora de moda.

Dorothy viu que Rupert tinha colocado a mesa, posto uma toalha branca e escolhido a melhor prataria. Havia um envelope esperando no lugar dela e uma dúzia de rosas vermelhas sobre a mesa, em um arranjo muito bonito em um vaso de porcelana. Com um suspiro, ela percebeu que era o vaso do casamento de Kate e William

— Ah, Rupert. — Dorothy suspirou.

— Feliz Dia dos Namorados, meu amor.

A mulher deslizou uma unha pintada em um tom chamado "Pixie Dust" sob a dobra de um envelope branco e largo. Então fez uma pausa. Para o gato

ruivo sentado calmamente sobre a mesa laminada da cozinha, que observava cada movimento seu, ela disse:

— Bem, Babaca, lá vai.

Dentro de um envelope, estava uma revista. Com pressa, a mulher passou suas páginas. Então ela parou e encarou, paralisada, descrente. O relógio fez um tique-taque. O coração do gato um tum-tum. Mas a mulher, por um tempo, não respirou nem piscou.

E então:

— Eeeeeeeeeeee!

Era oficial. Estava impresso. Ali estava uma prova, naquela pequena fotografia quadrada, uma foto de perfil, seu pescoço longo e elegante, seu cabelo penteado pelos cabeleireiros da cidade para cair em cachos desordenados, sob um lenço de grife. Era ela. De verdade. E ela era Davina Divine, astróloga da *Alexandria Park Star*.

Daniel Griffin deixou a edição de fevereiro cair fechada em sua mesa, então se inclinou na cadeira do escritório com um sorriso satisfeito. Era uma edição formidável em sua opinião. Jenna havia vasculhado a galeria de imprensa atrás de um novo escândalo que envolvia despesas de viagem e que estava ameaçando derrubar um membro antigo do Parlamento, e algumas citações da coluna severa de Martin sobre o estado do rúgbi australiano estavam se tornando virais. Quanto a Justine, Daniel teve de ceder. Ela não perdera uma oportunidade desde que voltara ao trabalho e seu artigo sobre a aposentadoria de um locutor de rádio rouco tinha ficado tão delicadamente ácido que ele tinha gargalhado em várias partes.

Apenas para si mesmo, pensou Daniel — quando o telefone começou a tocar —, ele também merecia um tapinha nas costas. Substituir Leo Thornbury pela desconhecida Davina Divine tinha sido um movimento arriscado, mas, se a primeira coluna valesse alguma coisa, sua aposta iria render e muito. A escrita de Davina era contemporânea, apimentada, apenas um pouco mais sensual e — o que era um bônus — seu horóscopo de fevereiro tinha prometido oportunidades românticas espetaculares para os leoninos do zodíaco. Daniel, ainda apoiado em sua cadeira, deixou o telefone tocar três, quatro vezes. *Leoninos*, refletiu, respondendo às demandas em seu próprio e doce tempo.

— Daniel Griffin — disse ele, por fim atendendo a ligação.

— Daniel, olá — cumprimentou uma voz de mulher. — Aqui é Annika Kirby.

Annika Kirby, Annika Kirby, Daniel pensou, tentando ligar um lugar à pessoa. Levou alguns instantes, mas ele conseguiu. Ela era a editora-assistente de uma daquelas revistas femininas que tratavam, da capa até o fim, de sexo e moda — com exceção do artigo obrigatório sobre casamento infantil ou liberação de minas terrestres. Mas o que Annika Kirby queria com *ele*?

— Estou telefonando porque você ficou em décimo sétimo lugar na nossa lista de vinte melhores solteiros do país — informou ela — e, para minha sorte, é minha responsabilidade redigir alguns centímetros de texto em uma coluna sobre você.

Décimo sétimo, registrou ele. Em sétimo teria sido melhor. Mas, mesmo assim, ele estava na lista.

— Compreendo — disse Daniel, tentando não soar tão satisfeito quanto se sentia. — Então, Annika. O que exatamente você gostaria de saber?

♒

Len Magellan ficou confuso ao ver que estava no Céu. Por um lado, sempre pensou que o Céu fosse besteira. E então havia o fato de que ele muito dificilmente havia sido um cidadão modelo. Muitas vezes, ele fora um idiota completo.

E, ainda assim, lá estava ele, sentado em uma confortável cadeira de balanço, empoleirado na beirada de uma nuvem. Com Della a seu lado. Seu cabelo tinha o tom alourado de sua juventude e estava penteado como o de Grace Kelly, e ela vestia o tailleur verde-pastel que tinha escolhido como roupa para terminar o dia de seu casamento.

Ele tinha esperado que ela enlouquecesse com ele, sobre sua decisão de deixar seus três filhos fora de seu testamento. Mas, da forma como as coisas passaram, Della nem mencionou o fato. O Céu era assim; coisas que pouco importavam na Terra pareciam importar menos ali em cima.

— Veja, Len — ela disse então —, lá está o nosso Luke.

Len conseguia ver Alexandria Park estendendo-se como um mapa, com caminhos sinuosos atravessando gramados verdes e manchas de lagos azulados. Luke estava sentado em um banco de praça, com um ar nervoso e tentava esconder atrás de si um buquê de tulipas enrolado em papel.

Uma garota se aproximou. Ela usava um vestido estilo camponês, com mangas longas e cheias e um bordado colorido. Estava limpando as mãos suadas na parte de trás da saia.

Ao avistá-la, Luke escondeu ainda mais o buquê atrás do próprio corpo e se levantou para cumprimentá-la.

— Oi.

— Oi — devolveu a garota, que era, é claro, Phoebe Wintergreen.

Luke passara a maior parte do mês de janeiro espremido dentro de um carro quente numa horrenda viagem com a família, e nas últimas semanas Phoebe ficou no acampamento de teatro. Agora que eles se viam de novo, depois de todo esse tempo separados, estavam — cada um deles — para lá de nervosos.

— Feliz Dia dos Namorados. — Luke empurrou o buquê de tulipas na direção dela. Deus, ele era um idiota. Quase enfiou as flores pelo nariz da garota.

— Obrigada — disse Phoebe. — São lindas.

Tendo pronunciado aquela fala mais do que rotineira, Phoebe virou a página de seu roteiro mental, apenas para descobrir que a página seguinte estava em branco. Por completo. Então ela não falou nada. Luke também não. Houve um silêncio. E foi um do tipo estranho.

Na verdade, Phoebe estava certa de que era o mais excruciante silêncio da história das coisas excruciantes.

Então, os dois, ao mesmo tempo, tiveram a mesma ideia impensada e imprudente. *Dane-se*, pensaram. E se beijaram.

Luke beijou Phoebe bem do jeito que ele tinha visualizado beijá-la e descobriu que seu perfume cheirava a menta. E Phoebe o beijou de volta do modo como tinha imaginado, e a pele do rosto dele raspava um pouco na dela. O beijo foi longo e doce.

— Issoooooo! — comemorou Len Magellan, em sua cadeira de balanço, enquanto dava um soco no ar do Céu.

De volta à Terra, Justine Carmichael caminhava pela Dufrene Street. Mesmo com o entardecer, ela tirou os óculos de sol que trazia na cabeça e cobriu os olhos, antes de dar uma olhada casual procurando dentro das lojas. Abriu caminho por uma frutaria até os fundos e lá estava. Em letras grandes, pretas e vibrantes: ADVOCADOS. Justine respirou fundo para se preparar e empunhou sua caneta Sharpie nova em folha, que ela havia pegado no armário do escritório.

Daquela vez, a tinta da caneta era vermelha.

As condições eram arriscadas, observou Justine, já que havia clientes por ali. Atrás do balcão estava o próprio dono da mercearia, usando um longo avental listrado, que se esticava ao redor de sua grande cintura. Por sorte, embora a banca de abacates estivesse posicionada à extrema direita da composição, depois de uma avaliação rápida do perímetro Justine decidiu que ela deveria ser capaz de entrar e sair sem ser vista, usando uma pirâmide de maçãs do tipo Granny Smiths como cobertura.

Ela se aproximou rápida e decidida, destampando a caneta enquanto fazia isso. Alcançou a placa, mas, em vez de riscar a letra D extra em ADVO-CADOS, Justine desenhou um pequeno e brilhante coração sob a palavra. Então foi embora, sem olhar para trás, saindo dos mercados, atravessando a avenida e o portão de ferro, entrando em Alexandria Park.

Ela sorria.

De um lado, em um dos passeios do parque, estavam alguns praticantes de *tai chi*. Usando as roupas largas e brancas e em perfeita sincronia, passavam de uma posição à outra. Do outro lado, próximo do coreto, uma garota estava deitada de bruços, olhando no rosto de um jovem, deitado de costas, com um buquê de tulipas ao seu lado. Justine não conseguiu deixar de olhar quando o garoto se esticou e colocou as mãos nos lados do rosto da garota, puxando-a com carinho para beijá-la. Sorrindo enquanto caminhava, Justine se perguntou se Nick já estaria em casa, depois dos ensaios. Ela conhecia *Sonho de uma noite de verão* quase de cor.

Quando Justine estava quase no lado mais extremo do parque, o caminho fazia uma curva, então ela olhou direto para as Evelyn Towers. De cada lado dos degraus baixos da entrada, olmos jovens sombreavam a última luz do dia, nas curvas de suas folhas amareladas. Ela passou pelos arcos da entrada, um par de portas decoradas com partes de vidro brilhavam, convidativas, através dos tons de rosado, esverdeado e adamascado de seus adornos. Justine andou mais rápido.

Na sala de estar, com suas paredes decoradas com cartazes de produções teatrais, Justine encontrou um bilhete sobre a mesa de jantar.

Em sua caligrafia, garranchos em letra bastão, Nick tinha escrito VENHA AQUI PARA CIMA. Justine tirou os sapatos e enfiou os pés nos velhos chinelos de Nick. *Sua atrevida,* pensou ela, enquanto as solas de borracha faziam barulho no chão durante sua subida para o telhado.

Quando abriu a porta, viu todas as partes do cenário ao mesmo tempo e riu com prazer. As espreguiçadeiras estavam alinhadas sob a sombra do varal rotatório, de onde pendiam estrelas encapadas com papel-alumínio. Havia uma centena delas, ou mais, penduradas em cordões e balançando com a brisa, suas superfícies prateadas cintilavam com a luz do refletor.

Em uma das mesas, sobre uma toalha estampada com estrelas, havia uma garrafa de espumante e um par de potes de Vegemite transformados em copos. Havia o balançar do rabo de borlas de Brown Houdini-Malarky pendurado em pernas curtas e retorcidas para cumprimentá-la. E então Nick Jordan — aquariano, amante e amigo — estava recostado em uma das espreguiçadeiras, com seu chapéu de palha sobre a cabeça. Ao ver Justine, ele tocou um acorde alegre no ukulelê que segurava.

Enquanto Nick cantava os primeiros versos de "I Don't Care if the Sun Don't Shine", Brown levantou as orelhas e se juntou a ele com um uivo bem-humorado.

Justine tirou o chapéu da cabeça de Nick e bagunçou seu cabelo antes de beijá-lo na testa. Ele largou o ukulelê, abriu espaço e ela se deitou ao seu lado. Brown, entretanto, não quis se sentir abandonado.

— Ei — ralhou Nick, quando todo o peso do gordo street terrier desabou sem cerimônia sobre sua barriga.

— Sente-se, seu cachorro pateta — disse Justine, e Brown adotou uma pose de total contentamento, com as patas em cima do peito de Nick. A cadeira de bambu não era muito confortável e o hálito quente de Brown não era muito cheiroso, mas nada fez Justine querer sair de onde ela estava.

— Então, o que os astros dizem sobre esta noite? — perguntou Nick.
Justine olhou para cima.

— Eles dizem, Aquário, que sua vida nunca esteve melhor.

— Certeza?

— Absoluta — garantiu Justine.

Acima de Nick Jordan, Justine Carmichael e Brown Houdini-Malarky, uma constelação de estrelas de alumínio brilhava e girava. E acima desses fragmentos de brilho, além de uma camada de poeira feita de homens e nuvens, as estrelas de verdade também rodopiavam.

AGRADECIMENTOS

IMENSOS AGRADECIMENTOS A: JOHNNY JONES e MORRIS JONES, por comporem a canção "Hidden Shallows"; WALLACE BEERY, pelos conselhos sobre palavras cruzadas; SARAH LEROY, por toda a ajuda com as citações de Shakespeare; THE PICKY PEN, pelo pedantismo requintado; GABY NAHER, por ser a estrelinha dourada no firmamento deste livro. BEVERLEY COUSINS, HILARY TEEMAN, FRANCESCA BEST e DAN LAZAR, por toda a sua fé, trabalho árduo e ideias brilhantes, e CAMILLA FERRIER e JEMMA MCDONAGH, por fazerem brilhar sua mágica tão particular.

ESCREVER seria mais difícil sem: FREDA FAIRBAIRN — Touro, melhor de todos os leitores; SUGAR B. WOLF — Leão, desbravadora e alma gêmea; JEAN HUNTER — Leão, garota da Renascença; LAGERTHA FRASER — Sagitário, bússola infalível; PIERRE TRENCHANT — Escorpião, cavaleiro na armadura brilhante; MARIE BONNILY — Câncer, coração cheio de fé; LOU-LOU ANGEL — Leão, criadora de felicidade; THE NOO — Cão Maior, aquecedor de pés e companheiro fiel; ALASKA FOX — Gêmeos, estrela luminosa do meu céu; DASH HAWKINS — Capricórnio, máquina de abraçinhos, e TIKI BROWN — Capricórnio, um milagre. E tudo isso seria impossível sem JACK MCWATERS — Aquário, meu amor.

Este livro, composto na fonte Fairfield,
foi impresso em papel Avena 70 g/m², na Edigráfica.
Rio de Janeiro, junho de 2019.